Introduction à la politique économique

Du même auteur

AUX MÊMES ÉDITIONS

Introduction à l'économie
coll. « Points Économie », 2e édition, 1995

Chiffres clés de l'économie mondiale
coll. « Points Économie », 1993

Chiffres clés de l'économie française
coll. « Points Économie », 1993

Les Politiques économiques
coll. « Mémo », 1996

AUX ÉDITIONS HACHETTE

Économie politique
1. Microéconomie
coll. « Les Fondamentaux », 2e édition, 1995

Économie politique
2. Macroéconomie et comptabilité nationale
coll. « Les Fondamentaux », 2e édition, 1996

Économie politique
3. Macroéconomie ouverte
coll. « Les Fondamentaux », 2e édition, 1996

CHEZ D'AUTRES ÉDITEURS

Droite, Gauche, Droite…
Plon, 1995

L'Économie politique : analyse économique
des choix publics et de la vie politique
Larousse, coll. « Textes essentiels », 1996

Une raison d'espérer. L'horreur n'est pas
économique, elle est politique
Plon, 1997
2e édition, Pocket, coll. « Agora »,
à paraître en 2000

Jacques Généreux

Introduction à la politique économique

TROISIÈME ÉDITION MISE À JOUR

Éditions du Seuil

ISBN 2-02-039651-3
(ISBN 2-02-013495-0, 1re publication)
(ISBN 2-02-032198-X, 2e publication)

Présentation

Objectif et champ couvert

Cet ouvrage tente d'expliciter les principaux mécanismes et raisonnements qui fondent les politiques macroéconomiques, c'est-à-dire les interventions de l'État pour corriger les déséquilibres susceptibles d'affecter l'économie nationale : récession, chômage, inflation et déséquilibres de la balance des paiements. Il constitue une suite naturelle de notre *Introduction à l'économie* (Points Économie nº 31) où nous présentons les concepts et mécanismes économiques fondamentaux (agents et opérations économiques, comportements économiques, fonctionnement des marchés, problèmes de l'économie nationale). Les lecteurs peu initiés à l'analyse économique pourront se référer à cette *Introduction à l'économie* pour mieux comprendre certains des raisonnements ou concepts utilisés dans le présent ouvrage. Toutefois, la lecture de *Introduction à la politique économique* ne requiert pas une formation économique initiale : nous avons veillé à définir et expliciter les concepts essentiels au fur et à mesure de leur apparition. Certains points importants font l'objet de fiches encadrées que les lecteurs pourront utiliser ou bien laisser de côté sans préjudice pour la compréhension du texte principal.

Compte tenu de l'espace imparti à cet ouvrage et de son objet relativement large, le champ couvert doit être clairement délimité. En premier lieu, l'ouvrage est analytique et non historique, même si de nombreuses références à l'expérience historique viennent illustrer un propos essentiellement théorique. Nous cherchons à donner les clés de lecture indispensables pour comprendre les fondements, le fonctionnement et les effets des principales politiques économiques mises en œuvre dans les grands pays industriels. C'est pourquoi l'ouvrage traite surtout les politiques macroéconomiques dont l'emploi est généralisé dans l'ensemble des pays industrialisés.

Plan de l'ouvrage

La première partie répond à la question « pourquoi l'État intervient-il ? », ce qui soulève deux types de questions corollaires :

1º) L'État doit-il ou non intervenir pour limiter les déséquilibres de l'économie nationale ?

2º) Quels sont les objectifs des politiques ?

La seconde partie répond à trois questions :

1º) Comment l'État intervient-il ? (les instruments)

2º) Est-ce que ça marche ? (l'efficacité)

3º) Dispose-t-on de stratégies pour surmonter l'impuissance apparente des politiques devant un certain nombre de dilemmes de la fin du XXe siècle ?

PREMIÈRE PARTIE

Fondements et objectifs de la politique économique

- Chapitre 1. ***Équilibres et déséquilibres de l'économie nationale :***
  Rappel des mécanismes fondamentaux qui régissent le fonctionnement de l'économie nationale
- Chapitre 2. ***Les fondements théoriques du libéralisme :***
  Vision libérale de l'économie concluant à l'inutilité des politiques macroéconomiques
- Chapitre 3. ***Les fondements théoriques de l'interventionnisme :***

Vision keynésienne de l'économie concluant à la nécessité des politiques macroéconomiques
- Chapitre 4. ***Les objectifs économiques :***
Justification et limites des quatre objectifs traditionnels : croissance, plein emploi, stabilité des prix et équilibre extérieur
- Chapitre 5. ***Les objectifs politiques :***
Critique de l'approche traditionnelle des objectifs et introduction des motivations politiques

SECONDE PARTIE

Instruments et stratégies de la politique économique

- Chapitre 6. ***Politique monétaire et politique de change :***
Contrôle de la création monétaire, des taux d'intérêt et des taux de change
- Chapitre 7. ***Politique budgétaire :***
Action par les dépenses, les recettes et les déficits publics
- Chapitre 8. ***La mutation des contraintes et des stratégies des années 1950 aux années 1990 :***
Pourquoi le modèle keynésien a fonctionné jusqu'aux années 1960, quels dilemmes sont apparus dans les années 1970 et les années 1980 et comment ont-ils transformé les stratégies de politique économique ?
- Chapitre 9. ***Les stratégies à l'aube du XXIe siècle :***
Synthèse des débats théoriques et des expériences pratiques ; quels points de convergence se dessinent pour définir des stratégies face aux dilemmes persistants de la fin du XXe siècle ?
- Chapitre 10. ***Mondialisation, horreur économique et horreur politique :***
En guise de conclusion, réflexions générales sur les marges de manœuvres de la politique économique

PREMIÈRE PARTIE

Fondements et objectifs de la politique économique

1

Équilibres et déséquilibres de l'économie nationale

On ne peut aborder l'étude de la politique économique sans bien comprendre certains aspects fondamentaux du fonctionnement de l'économie nationale. Ce premier chapitre rappelle donc rapidement les bases nécessaires à une bonne compréhension des chapitres suivants. Le lecteur familier de l'analyse macroéconomique pourra éventuellement passer directement au chapitre 2. Le lecteur qui souhaiterait un exposé plus approfondi des mécanismes économiques élémentaires pourra se référer à notre *Introduction à l'économie* publiée dans la même collection (Points Économie nº 31).

1. LE CIRCUIT DE L'ÉCONOMIE NATIONALE

L'économie nationale est constituée par les décisions et les actions des millions d'agents économiques individuels qui la composent. En simplifiant, on peut regrouper ces agents en trois grandes catégories : entreprises, administrations et ménages.

Les *entreprises* produisent (ou encore *offrent*) des *biens et services marchands* (vendus sur des marchés) : biens de consommation, biens d'équipement, services aux particuliers (commerce de détail, transport individuel ou collectif, loisirs, coiffure, etc.), services aux entreprises (conseil, assurance, assistance technique, etc.), services financiers (crédit, comptes bancaires, gestion de portefeuille, etc.). Pour produire, les entreprises utilisent *(demandent)* des facteurs de production (travail, outils, machines, etc.).

Les *administrations* produisent des *services non marchands* : il peut s'agir de services publics (police,

Fiche 1. Les opérations sur biens et services

Production : Au sens économique le plus large, est productive toute activité qui *permet de satisfaire un besoin d'au moins un individu.* Au sens comptable, on ne peut enregistrer que les productions ayant une valeur monétaire mesurable. La mesure comptable de la production inclut donc les *biens et services marchands*, évalués à leur prix de vente, et les *services non marchands,* évalués par leurs coûts de production. Échappent donc à la mesure statistique : les productions issues du travail domestique, du travail bénévole, et les productions donnant lieu à des échanges clandestins (« au noir ») ou non monétaires (troc).

Consommation : *utilisation immédiate* de ressources (biens, services, temps) qui disparaissent dans le processus de consommation. La *consommation finale* est l'utilisation immédiate de biens et services en vue de satisfaire les besoins des individus. La *consommation intermédiaire* est l'utilisation immédiate de biens et services dans un processus de production d'autres biens et services.

Investissement : Augmentation du stock de capital au cours d'une période donnée. Le *capital* comprend tous les biens qui sont utilisés durablement en vue de produire d'autres biens (outils, machines, terrains, bâtiments, stocks, etc.). L'introduction des stocks dans la définition de l'investissement surprend souvent le profane. En effet, les matières premières ou les produits stockés par l'entreprise ne sont pas normalement destinés à rester en stock mais à être rapidement consommés ou vendus. Cependant, pour éviter justice, défense nationale, éducation et santé publiques, éclairage public, infrastructures routières et portuaires) ou de services privés (syndicats, associations, clubs, etc.).

Les *ménages*, c'est-à-dire toutes les personnes physiques ou tous les groupes d'individus vivant en communauté, offrent aux autres agents leur temps de travail et leurs capitaux disponibles. Grâce à la rémunération de leur travail et de leur capital, ils constituent un revenu

---

toute rupture des approvisionnements nécessaires au processus de production et pour limiter les délais de livraison des produits finis à la clientèle, les entreprises maintiennent en permanence une réserve minimum de matières premières, de produits intermédiaires et de produits finis. Les stocks constituent donc vraiment des biens immobilisés durablement pour mener à bien le processus de production de l'entreprise ; leur différence avec des biens d'équipements est que les biens qui les composent changent constamment (c'est une valeur qui est immobilisée et non des produits matériels particuliers) ; aussi désigne-t-on les stocks par le terme de *capital variable*, par opposition au *capital fixe* constitué par les biens d'équipements qui restent eux-mêmes immobilisés sans être en permanence relayés par d'autres biens équivalents.

Consommation de capital : Le capital subit une usure physique ou une usure technologique qui contraint à remplacer et renouveler les équipements. Autrement dit, le processus de production entraîne une *consommation intermédiaire du capital*. La différence avec les autres consommations intermédiaires (de matières premières ou de biens intermédiaires) vient de ce que la consommation du capital est étalée dans le temps et, à très court terme, invisible. Dans la comptabilité privée, cette consommation est constatée par *l'amortissement*, qui consiste à inscrire chaque année dans les charges de l'entreprise une fraction de la valeur des équipements en cours d'utilisation.

Valeur ajoutée brute : Différence entre la production (au sens comptable) et l'ensemble des consommations intermédiaires qui ont contribué à la production (sauf la consommation du capital).

qu'ils peuvent affecter à la demande de biens de consommation ou à l'épargne.

Comment ces millions de décisions individuelles, prises sans concertation par des millions d'agents indépendants, sont-elles compatibles entre elles ? C'est tout le problème de l'équilibre de l'économie nationale. Nous allons à présent montrer comment ces différentes décisions individuelles s'articulent dans un circuit logique et cohérent. On examinera ce circuit de l'économie nationale de trois points de vue successifs et complémentaires correspondant aux trois grandes catégories d'opérations économiques : les opérations assurant la production et l'utilisation des biens et services, les opérations assurant la répartition du revenu, les opérations financières.

A. Le circuit de la production

a) Le marché des biens et services

D'où viennent les biens et services qui s'échangent dans un pays, ou, autrement dit, de quoi sont constituées les ressources en biens et services du marché intérieur ? Il n'y a que deux sources d'approvisionnement du marché intérieur : la *production intérieure* (que l'on appelle produit intérieur brut ou PIB, voir fiche 2) et les *importations de biens et services étrangers*.

Que deviennent les biens et services offerts sur le marché intérieur, ou encore, comment sont-ils employés ? Ils comprennent soit des biens et services de consommation demandés et utilisés par les ménages pour satisfaire leurs besoins, soit des biens d'investissement. Les biens d'investissement comprennent d'une part les outils, machines, installations techniques, en un mot les biens d'équipement, et, d'autre part, les stocks de matières premières, de biens intermédiaires, de produits en cours de fabrication ou finis, que les producteurs détiennent

Fiche 2. Le produit intérieur brut (PIB)

La valeur ajoutée est le concept pertinent pour mesurer la production à l'échelle nationale. En effet, si l'on additionne simplement la valeur comptable de la production des différents agents, on compte plusieurs fois les consommations intermédiaires. Ces dernières sont en effet comprises à la fois dans la valeur de la production des entreprises qui les consomment et dans celle des entreprises qui les produisent. Chaque producteur n'augmente le produit intérieur du pays que du montant de sa valeur ajoutée. On doit donc, à l'échelle nationale, effectuer la somme des valeurs ajoutées et non la somme des productions individuelles ; on obtient ainsi le « produit intérieur brut » ou PIB : PIB = somme des valeurs ajoutées brutes.

L'amortissement pose un problème pour l'évaluation du produit intérieur. En effet, une mesure exacte de la valeur ajoutée devrait déduire de la production la totalité des consommations intermédiaires, y compris la consommation du capital fixe. Mais l'amortissement comptable pratiqué par les entreprises ne mesure pas la consommation effective du capital. Son montant est en effet fortement influencé par des critères de gestion ou des contraintes fiscales. Dans la mesure où les évaluations de la consommation annuelle des équipements à l'échelle nationale restent délicates et imprécises, la comptabilité nationale préfère ne pas déduire la consommation du capital et calcule des valeurs ajoutées *brutes*. Le PIB est donc une *somme des valeurs ajoutées brutes* et le terme « brut » est là pour rappeler que ce chiffre inclut la consommation du capital qui ne constitue pas une production mais une charge. Ainsi, le PIB n'indique pas correctement *le niveau* du produit intérieur. Mais l'erreur commise en incluant la consommation du capital n'est pas sensiblement différente d'une année à l'autre. Aussi, le pourcentage de variation annuelle du PIB reste un indicateur correct de *la croissance* effective du produit intérieur.

pour garantir la régularité de leurs approvisionnements et de leurs livraisons à la clientèle. Si les biens et services ne sont ni consommés ni investis à l'intérieur du pays, ils sont exportés vers l'étranger.

b) Le nécessaire équilibre entre l'offre et la demande globale

La figure 1 décrit les ressources (flèches entrant sur le marché intérieur) et les emplois (flèches sortant du marché intérieur). Les ressources constituent l'offre globale, et les emplois, la demande globale de biens et services. Tous les biens et services utilisés dans le pays viennent nécessairement de quelque part, c'est-à-dire soit de la production intérieure, soit des importations. Inversement, tous les biens et services offerts sur le marché sont employés d'une façon ou d'une autre : ils sont soit vendus pour la consommation et l'investissement intérieurs ou étrangers, soit stockés.

Figure 1. Le marché des biens et services

RESSOURCES
(offre globale)
PIB
Importations
MARCHÉ
DES
BIENS
ET
SERVICES
EMPLOIS
(demande globale)
Consommation
Investissement
(y compris stockage)
Exportations

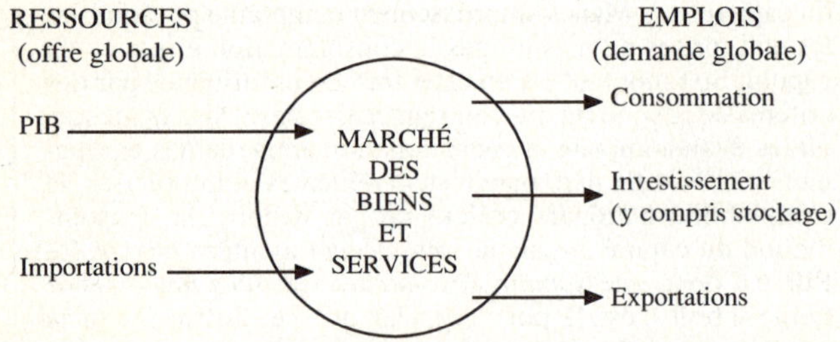

Ainsi, les ressources sont nécessairement identiques aux emplois ou encore l'offre globale est forcément identique à la demande globale.

Offre globale	=	Demande globale
PIB + Importations	=	Consommation + Investissement + Exportations

On peut présenter l'identité ci-dessus différemment en soustrayant les importations des deux côtés de l'égalité (ce qui en conséquence ne change en rien l'identité). On obtient la présentation suivante :

PIB	= Consommation + Investissement	+ Exportations – Importations
Produit intérieur =	Demande intérieure	+ Demande étrangère nette
[1]	[2]	[3]

La consommation et l'investissement constituent l'utilisation des biens et services à l'intérieur du pays : la demande intérieure. Les exportations diminuées des importations représentent la demande étrangère nette : si elle est positive (exportations supérieures aux importations), les échanges extérieurs sont excédentaires et se soldent par une sortie nette de biens et services vers l'étranger ; si elle est négative (importations supérieures aux exportations), les échanges extérieurs sont déficitaires et se soldent par une entrée nette de produits étrangers.

Cette présentation a le mérite de montrer l'interdépendance entre l'équilibre intérieur et l'équilibre extérieur. Si la demande intérieure est juste égale à la production intérieure ([1] = [2]) le solde des échanges extérieurs de biens et services est nul ([3] = 0) : l'équilibre des échanges extérieurs est réalisé lorsqu'il y a équilibre des échanges intérieurs. Si la demande intérieure est supérieure au produit intérieur ([2] > [1]), le pays a besoin d'une entrée nette d'importations étrangères pour satisfaire la demande intérieure ; les échanges extérieurs sont déficitaires ([3] < 0). Inversement, si la demande intérieure est inférieure au produit intérieur ([2] < [1]), c'est que le pays dispose d'un surplus de production qui a été exporté et représente un excédent des échanges extérieurs ([3] > 0).

B. Le circuit du revenu

a) L'origine du revenu

Tous les revenus distribués dans l'économie viennent de la production. En effet, la valeur des biens et services offerts sur les marchés est répartie par les agents producteurs entre l'ensemble des agents économiques. Une première répartition s'effectue à l'occasion même du processus de production *(répartition primaire de la valeur ajoutée)* : pour produire, les agents producteurs doivent payer des salaires et des cotisations sociales et un certain nombre de taxes directement assises sur le volume de la production ou les salaires. Ce qui reste aux producteurs *(excédent brut d'exploitation)* sert ensuite à payer des intérêts sur les capitaux empruntés, des loyers, des primes d'assurances, des impôts sur le revenu ou sur le patrimoine, etc. S'il reste encore quelque chose aux producteurs, il s'agira de bénéfices qui seront soit distribués aux propriétaires des entreprises, soit conservés dans l'entreprise. D'une manière ou d'une autre, la totalité des revenus engendrés par la production se retrouvera dans le revenu des différents agents économiques (ménages, administrations ou entreprises). Dans une économie fermée aux échanges extérieurs, le PIB serait ainsi parfaitement identique au revenu national. Mais dans une économie ouverte, des revenus issus d'une production à l'étranger peuvent entrer dans le pays et augmenter le revenu national (revenu de travailleurs ou d'entreprises installés à l'étranger et qui rapatrient une part de leurs revenus extérieurs dans leur pays d'origine). Inversement, des revenus issus de la production intérieure peuvent être transférés vers l'étranger *(le reste du monde)*. On retiendra donc l'identité suivante :

Revenu national	=	PIB
		+ Revenus reçus du reste du monde
		– Revenus versés au reste du monde

Au niveau de la nation donc, les revenus ne peuvent provenir d'autre chose que de la production (intérieure ou extérieure). Au niveau d'un agent particulier, il n'en va pas forcément de même car les revenus tirés de la production font l'objet d'une vaste redistribution entre les différents agents. Certains agents ne tirent pas l'essentiel de leurs ressources de la production de biens et services mais de revenus versés par les autres agents. Les ménages, par exemple, tirent l'essentiel de leurs ressources de la rémunération du travail et des intérêts ou loyers qu'ils perçoivent sur les capitaux et les biens immobiliers qu'ils mettent à la disposition des autres agents. Ce qu'il importe de comprendre ici est que l'ensemble des opérations de distribution des revenus entre les différents agents ne modifie pas le revenu national défini ci-dessus, mais affecte seulement le revenu disponible de chaque agent particulier. Le *revenu disponible* est constitué par les revenus qui restent à un agent quand il a reçu tous les revenus qui lui sont versés par les autres agents et qu'il a lui-même versé tous les revenus qu'il doit transférer aux autres agents ; c'est donc le revenu dont il peut disposer en toute liberté.

b) Les emplois du revenu

Les ménages peuvent affecter leur revenu disponible à deux types d'opérations : la consommation finale et l'épargne. Seuls les ménages ont à proprement parler des dépenses de consommation finale puisque seuls les ménages (les personnes physiques) peuvent utiliser des biens directement pour la satisfaction de leurs besoins (une entreprise, une administration, ne mangent pas, ne boivent pas, n'écoutent pas de musique, etc.). La partie du revenu des ménages qui n'est pas affectée à la consommation constitue l'épargne des ménages qui sert principalement à financer des investissements immobiliers (achats de logement) ou des placements financiers [cf. **C.** ci-dessous]. Pour les autres agents, le revenu disponible est tout simplement une épargne disponible. Cette épargne permet notamment aux agents de financer leurs investissements productifs : achats de biens d'équipement ou constitution de stocks.

A ce stade, soulignons l'interdépendance du circuit de la production et du circuit des revenus. La production engendre des revenus qui, une fois distribués et redistribués entre les agents, sont utilisés à des dépenses de consommation et d'investissement et assurent donc des débouchés à la production de biens de consommation et de biens d'investissement.

Certains agents effectuent des opérations d'investissement pour un montant inférieur à leur épargne ; il leur reste donc quelque chose qu'on appelle une *capacité de financement*. D'autres agents entreprennent au contraire des investissements d'une valeur supérieure à leur épargne ; leur épargne ne suffit donc pas à financer leurs investissements : ils ont *un besoin de financement*. Les entreprises qui, en raison de leur fonction de production des biens et services marchands, assurent l'essentiel des investissements productifs, ont toujours un besoin de financement. Bien entendu, cela n'empêche pas certaines entreprises particulières de disposer d'une capacité de financement. Mais, prises dans leur ensemble, les entreprises ont un besoin de financement permanent. De leur côté, les ménages, pris dans leur ensemble, ont toujours une capacité de financement. Les administrations peuvent avoir, selon les époques, une capacité ou un besoin de financement. Pour les administrations publiques cela dépend essentiellement de la politique budgétaire qui détermine en partie le solde du budget de l'État et de la conjoncture économique qui influence largement les recettes fiscales et les dépenses sociales.

Comment certains agents peuvent-ils durablement avoir un besoin de financement et financer des investissements supérieurs à leur épargne ? Tout simplement parce qu'ils trouvent les moyens financiers nécessaires auprès des agents qui disposent d'une capacité de financement. Cette rencontre entre les capacités et les besoins de financement est assurée par le fonctionnement du système financier.

C. Le circuit financier

Il existe plusieurs types d'instruments financiers permettant aux agents de détenir ou de placer leurs capacités de financement ou au contraire de combler leurs besoins de financement. Un agent qui dispose d'une capacité de financement peut la *thésauriser* c'est-à-dire la détenir en monnaie liquide (billets et pièces) dans un tiroir ou un coffre. Le plus souvent, il détiendra l'essentiel de sa monnaie sur des comptes à vue dans les banques. Il peut aussi placer son épargne disponible sur des comptes à terme, des comptes sur livret, ou encore acheter des bons du Trésor ou des valeurs mobilières (actions, obligations, SICAV, etc.). Les agents qui ont des capacités de financement alimentent donc une *offre de fonds prêtables* qui est drainée par les institutions financières. Cette offre sert à répondre à la demande de fonds des agents qui ont des besoins de financement. Les entreprises en particulier (qui engendrent l'essentiel des besoins de financement de l'économie) peuvent faire un appel direct aux agents disposant de capacités de financement sur les marchés financiers : elles émettent et proposent des *titres de propriété* (actions) ou des *titres d'emprunt* rémunérés par un intérêt (obligations, billet de trésorerie, etc.). Elles peuvent également faire appel aux banques en utilisant différents instruments de crédit (escompte des effets de commerce, découvert, crédits de trésorerie, crédits d'équipement, etc.).

On voit que les institutions financières jouent un rôle essentiel dans le bouclage du circuit financier. Elles servent d'intermédiaire entre les capacités et les besoins de financement qui émanent d'agents qui peuvent rarement se rencontrer directement (des ménages et des

Fiche 3. Comment les banques

La monnaie est créée par les banques au sens économique du terme, c'est-à-dire par toute institution qui gère des dépôts à vue d'agents non financiers et a le pouvoir de créditer le compte de ces derniers (soit, en France, les banques au sens légal du terme, la Banque de France et le Trésor public).

Pour répondre à la demande des agents non financiers, les banques créent de la *monnaie scripturale* en inscrivant des sommes au crédit des comptes de leurs clients, en échange de créances remises par ces derniers : créances sur l'étranger (devises), créances sur l'économie (effets de commerce, contrats de crédit) ou créances sur le Trésor public (bons du Trésor). Nous allons illustrer ces trois sources de création monétaire.

La contrepartie « créances sur l'étranger »

Les exportateurs français payés en devises étrangères cèdent l'essentiel de leurs avoirs en devises à des banques. Les banques reprennent à leur compte les devises qui constituent une créance sur les différents pays émetteurs et, en contrepartie, créditent le compte de leurs clients d'un montant en francs : elles mettent ainsi en circulation une quantité de monnaie nationale supplémentaire. En revanche, des importateurs français qui doivent régler leurs achats à l'étranger en devises demandent ces devises aux banques contre de la monnaie nationale. Dans ce cas, les banques diminuent la masse monétaire en circulation en débitant le compte de leurs clients et en leur cédant des créances sur l'étranger. Globalement donc, lorsque l'ensemble des opérations des agents résidents avec l'extérieur est excédentaire, il se produit une entrée nette de devises converties en monnaie nationale et donc un développement de la masse monétaire. Inversement, un déficit extérieur implique une sortie nette de devises et une réduction de la masse monétaire.

La contrepartie « crédits à l'économie »

Les producteurs qui ont besoin de liquidités peuvent faire *refinancer* par leur banque les crédits commerciaux qu'ils ont eux-mêmes accordés à leurs clients. En contrepartie des effets de commerce, la banque crédite le compte de l'entreprise pour une valeur équivalente, diminuée d'un certain pourcentage, le

créent-elles la monnaie ?

taux d'escompte. Là encore, la banque met en circulation de nouveaux moyens de paiement. Notons qu'à l'échéance des effets de commerce la banque détruit de la monnaie en exigeant le remboursement des effets en sa possession.

La banque peut aussi créer simultanément la monnaie et la créance qui en constitue la contrepartie. En effet, elle peut par exemple accorder une avance de trésorerie ou une autorisation de découvert à un agent en contrepartie du simple engagement de rembourser contracté par cet agent. Elle détient alors une créance sur l'agent en échange de laquelle elle crédite son compte en banque. Lorsque le client rembourse sa dette à la banque, la monnaie créée par l'opération initiale de crédit est détruite.

Ainsi, il apparaît que toute création de monnaie par acquisition de créances sur l'économie est suivie par une opération inverse de destruction de monnaie au moment du remboursement de ces créances. En période de croissance de l'activité et des échanges, les opérations de création monétaire tendent à dépasser les opérations de destruction et contribuent donc à un accroissement de la masse monétaire.

La contrepartie « créances sur le Trésor »

Les opérations avec le Trésor public peuvent entraîner une création de monnaie par les banques, par la banque centrale ou par le Trésor public lui-même.

Quand l'État a un besoin de financement, les banques peuvent lui apporter leur concours en souscrivant des bons du Trésor en compte courant, ou en lui consentant des avances en comptes comme pour une entreprise. Les banques peuvent financer ces apports en puisant dans les dépôts mais aussi en créant une monnaie supplémentaire par un simple jeu d'écriture créditant le compte du Trésor. L'État peut également demander des avances en compte à la banque centrale qui crée alors de la monnaie comme une banque ordinaire pour l'un de ses clients. Enfin, le Trésor peut transformer lui-même des créances sur le Trésor public en monnaie, par l'intermédiaire des comptes courants postaux (CCP). En effet, l'État règle les fournisseurs et les fonctionnaires qui détiennent un compte courant postal simplement en créditant ce compte.

entreprises en particulier). Les banques jouent en outre un rôle particulier en raison de leur *pouvoir de création monétaire.*

Il se peut en effet que le volume d'épargne disponible à un moment donné ne suffise pas à combler l'ensemble des besoins de financement liés aux investissements. Même s'il y a équilibre global entre l'épargne et l'investissement, au cours d'une année quelconque, il n'y a pas de raison pour que les capacités de financement mises à la disposition de l'économie par les agents soient *au jour le jour* équivalentes aux demandes de fonds des agents qui ont des besoins de financement. Les banques peuvent combler ces écarts entre besoins et capacités de financement des agents non financiers en créant des moyens de paiement supplémentaires. Rappelons en effet qu'une banque peut, par un simple jeu d'écriture, créer de la monnaie supplémentaire en décidant de porter une somme au crédit des comptes ouverts chez elle par ses clients. Elle peut le faire en contrepartie de devises étrangères, d'effets de commerce ou de bons du Trésor cédés par ses clients. Elle peut aussi créer de la monnaie sans aucune contrepartie préalable en octroyant un crédit à un client auquel elle fait signer en contrepartie une simple reconnaissance de dette (cf. fiche 3, p. 24-25).

D. Le circuit global en résumé

Les ménages *offrent leur travail* et leurs capitaux disponibles en vue d'obtenir un revenu. Une partie de ce revenu se transforme en *demande de biens* de consommation et le reste en épargne. Cette épargne alimente une *offre de fonds prêtables* que les ménages mettent à la disposition des autres agents, soit directement en achetant des titres (obligations, actions, bons du Trésor), soit indirectement en les déposant dans des établissements financiers.

Tous les autres agents (entreprises financières et non financières et administrations) *demandent du travail et des biens d'investissement* en vue de produire des biens et des services. Ils *offrent des biens* de consommation et d'investissement dans les différents secteurs. En contrepartie, ils obtiennent un revenu soit par la vente de leurs produits, soit par des contributions volontaires, soit par des prélèvements obligatoires. Ces revenus tirés de la production sont répartis entre les agents sous différentes formes (rémunération du travail, intérêts, dividendes, loyers, bénéfices non distribués, etc.). A l'issue de cette répartition, certains agents disposent d'une *capacité de financement* et alimentent *l'offre de fonds* prêtables. D'autres agents ont, au contraire, un *besoin de financement* et constituent la *demande de fonds prêtables*.

Un fonctionnement harmonieux du système économique suppose donc que, d'une manière ou d'une autre, les offres et demandes se rencontrent et s'équilibrent sur les différents marchés : la demande de travail doit rencontrer une offre équivalente ; l'offre de biens et services suppose des débouchés, c'est-à-dire une demande de biens et services équivalente ; les demandes de fonds (de capitaux) ne sont satisfaites que si elles correspondent à une offre de fonds.

2. LE PROBLÈME DE L'ÉQUILIBRE ÉCONOMIQUE

Nous venons de montrer comment l'ensemble des opérations économiques, bien qu'elles résultent de millions de décisions non coordonnées, s'articulent en un ensemble cohérent qui assure le fonctionnement de l'économie nationale. Mais le fait que cette dernière fonctionne n'indique en rien qu'elle fonctionne correctement ni même tout simplement de façon équilibrée au sens économique du terme. Les équilibres dont nous avons parlé jusqu'ici (entre l'offre et la demande, les capacités et les besoins de financement, etc.) ne sont que des *équilibres comptables*, c'est-à-dire un constat du résultat des opérations effectivement réalisées au cours d'une période donnée. Ce type d'équilibre est parfaitement tautologique. En effet, les opérations effectivement réalisées sont forcément compatibles entre elles (équilibrées) sans quoi elles n'auraient pu se réaliser ! *L'équilibre économique* désigne tout autre chose : la compatibilité des plans (ou projets) des agents économiques, avant même que les opérations ne soient réalisées. Si le résultat du fonctionnement concret de l'économie permet aux agents de réaliser leurs plans de production, de consommation, d'investissement, de travail, etc., alors l'économie est en équilibre. Les agents étant satisfaits des résultats obtenus, il n'existe en effet plus aucune pression dans un sens ou un autre pour modifier le cours des choses. Mais, tandis que l'équilibre comptable est une nécessité, l'équilibre économique n'est jamais garanti *a priori*. Nous allons voir à présent comment les différents processus décrits ci-dessus recèlent au moins quatre sources de déséquilibres économiques. La justification théorique de la politique économique dépend de la façon dont les économistes appréhendent la capacité ou l'incapacité de l'économie à résorber spontanément ces déséquilibres.

A. Le problème des débouchés

L'examen du circuit de la production nous a conduit à l'identité fondamentale suivante :

PIB	= Consommation + Investissement	+ Exportations – Importations
Produit intérieur =	Demande intérieure	+ Demande étrangère nette
[1]	[2]	[3]

Au vu de cette identité, toute la production intérieure a forcément un emploi, ou, autrement dit, un débouché.

Mais cela ne nous dit pas, par exemple, si la production et l'investissement ont un volume conforme à celui qui était prévu par les entreprises, ni si la répartition de la production entre biens de consommation et biens d'équipement est finalement conforme à celle qui était programmée par les producteurs. Prenons un exemple. Que se passe-t-il si les entreprises surestiment la demande de biens de consommation et programment en conséquence une production trop importante par rapport aux débouchés réels ? Elles rencontrent des difficultés pour écouler leurs produits et voient gonfler leurs stocks de produits invendus. D'un point de vue comptable, cela ne pose pas de problème particulier. La production supplémentaire (à gauche de notre identité) a bien un emploi (à droite de notre identité) : l'augmentation des stocks qui correspond à un investissement supplémentaire des entreprises. Mais cet *équilibre comptable* va de pair avec un *déséquilibre économique* : les producteurs ne parviennent pas à réaliser leurs plans de ventes de biens de consommation et effectuent des investissements non désirés dans les stocks ; ils ne sont pas en situation d'équilibre et sont incités à prendre de nouvelles décisions pour s'adapter à cette situation imprévue.

Au problème du déséquilibre global entre l'offre et la demande s'ajoute celui des déséquilibres sectoriels. Même s'il y a globalement une demande et une offre équivalentes de biens de consommation, il est possible que cet équilibre ne soit pas réalisé produit par produit. Par exemple, un constructeur automobile peut prévoir correctement le nombre de voitures qui lui seront demandées, mais se tromper sur la répartition de sa production entre les berlines trois portes, les berlines cinq portes, les break, etc. ; on constatera une surproduction de certains modèles et une pénurie pour d'autres modèles. L'équilibre économique ne requiert donc pas seulement une équivalence globale entre la valeur de l'offre et celle de la demande, mais aussi un équilibre simultané sur chaque marché particulier. Or, il n'y a aucune raison *a priori* pour que les producteurs prévoient exactement ce que sera la demande pour chacun des millions de produits qui s'échangent dans une économie développée.

B. Le problème du plein emploi

Les déséquilibres éventuels du marché des biens et services ont nécessairement des répercussions sur le marché du travail où les ménages offrent leur main-d'œuvre aux entreprises et aux administrations. Une insuffisance des débouchés pour les biens de consommation, par exemple, conduit les producteurs à réviser à la baisse leurs plans de production pour éviter un gonflement indésirable de stocks invendus. Leurs besoins en main-d'œuvre (et en capital) se trouvent donc réduits et ils seront amenés à restreindre leur demande de travail. Sur le marché du travail, la demande devient inférieure à l'offre et le chômage apparaît : des individus disposés à travailler aux conditions habituellement offertes pour leur niveau de qualification sont privés d'emploi. Les ménages ne parvenant plus à réaliser leurs plans en matière d'offre de travail, et donc de revenus du travail, seront conduits à réviser à la baisse leurs plans de consommation, aggravant ainsi le déséquilibre sur le marché des biens en réduisant plus encore les débouchés.

Le problème du plein emploi se pose même en l'absence de déséquilibre initial sur le marché des biens et services. Au sens large, *le plein emploi est réalisé si l'ensemble des facteurs de production (travail et capital) disponibles dans l'économie est utilisé de la façon la plus efficace possible*, c'est-à-dire dans l'usage qui assure leur plus forte productivité. On retient souvent le terme de plein emploi dans un sens plus étroit pour désigner uniquement le plein emploi du facteur travail. La question est donc de savoir si le niveau de PIB qui assure l'équilibre du marché des biens et services est suffisant pour assurer à chaque individu disposé à travailler un emploi correspondant à sa qualification. On voit que le problème des débouchés et celui du plein emploi sont intimement liés. Si les producteurs commencent par utiliser pleinement les facteurs de production disponibles et offrent ensuite leur production sur les marchés, l'économie risque de buter sur la question des débouchés : y aura-t-il toujours une demande suffisante pour écouler toute cette production ? Si les producteurs déterminent leur niveau de production, non pas en fonction du volume de travail et de capital disponible, mais en fonction de la demande connue sur les marchés, le problème des débouchés se pose moins, mais celui du plein emploi apparaît : la demande sera-t-elle toujours suffisante pour utiliser au mieux de leurs possibilités tout le travail et tout le capital disponibles ?

C. L'équilibre monétaire et l'inflation

Nous avons montré plus haut [**1. C.**] que le bouclage du circuit financier reposait en partie sur le pouvoir de création monétaire des banques. En l'absence d'un contrôle de l'activité bancaire, ce pouvoir peut constituer une source de déséquilibre économique.

Le fait de mettre en circulation des moyens de paiement supplémentaires, par exemple en stimulant le crédit à la consommation et les crédits de trésorerie des entreprises, ne reste pas sans effet sur l'économie nationale : très probablement les ménages et les entreprises développent leurs dépenses.

La demande de biens et services est donc stimulée par une expansion de la masse monétaire. Toute la question est de savoir si cette demande supplémentaire rencontre une offre supplémentaire équivalente, sans quoi apparaît un déséquilibre sur le marché des biens et services. Nous examinerons la réaction de l'économie dans deux cas extrêmes.

• ***Premier cas de figure :*** l'offre de biens se développe dans les mêmes proportions que la masse monétaire. Dans ce cas, il n'y a pas de problème particulier. La production est plus élevée, les revenus distribués sont donc plus importants et les dépenses se développent en conséquence. Les agents ont besoin de plus de moyens de paiement pour financer un volume plus important d'échanges. Le système bancaire, en créant plus de monnaie, ne fait que répondre à une demande de monnaie elle-même justifiée par un revenu et un volume de dépenses plus élevés. L'offre et la demande se développent en parallèle et le marché des biens et services n'est pas déséquilibré par la création monétaire.

• ***Second cas de figure :*** l'offre est rigide. Il se peut que l'économie soit proche du plein emploi des facteurs de production, si bien qu'à court terme les entreprises ne sont pas en mesure de développer la production. Dans ce cas, si le système bancaire accroît la masse monétaire en circulation, la demande supplémentaire de biens et services qui s'ensuit ne rencontre pas une offre équivalente. Le marché des biens et services est en déséquilibre. Une demande excédentaire apparaît et les producteurs guidés par la recherche du profit s'adapteront à la pression d'une demande qu'ils ne peuvent satisfaire en augmentant leurs prix de vente. La création monétaire produit donc l'inflation (hausse du niveau général des prix) qui réduit la valeur réelle (le pouvoir d'achat) des unités monétaires en circulation.

Ces exemples permettent d'écarter ici une erreur fréquente : l'accumulation de moyens de paiement supplémentaires n'est pas en soi le signe d'une richesse supplémentaire. Une monnaie ne vaut que par son pouvoir d'achat, c'est-à-dire par la quantité de biens et services qu'elle représente. Le *revenu réel* vient de la production et uniquement de la production. Une augmentation de la masse monétaire qui n'est pas provoquée ou accompagnée par un développement parallèle de la production n'entraîne que l'inflation, c'est-à-dire une augmentation de la *valeur monétaire (nominale)* de la production et non une augmentation de sa *valeur réelle (son volume)* : les agents ont plus de monnaie mais ils ne peuvent pas disposer d'une plus grande quantité de biens et services ; leur niveau de vie est donc inchangé.

D. Le problème de l'équilibre extérieur

Reprenons notre identité fondamentale :

PIB	= Consommation + Investissement	+ Exportations – Importations
Produit intérieur =	Demande intérieure	+ Demande étrangère nette
[1]	[2]	[3]

L'équilibre comptable entre l'offre et la demande globale n'implique en rien un équilibre des échanges extérieurs. Au contraire, nous l'avons vu, un écart entre exportations et importations ([3] positif ou négatif) est parfaitement compatible avec cet équilibre et correspond seulement à un écart entre le produit intérieur et la demande intérieure. Il n'y a par ailleurs aucune raison *a priori* pour que les exportations soient spontanément identiques aux importations. En effet, les unes et les autres résultent de décisions prises par des agents différents (nationaux et étrangers) et dont les comportements dépendent de variables en grande partie indépendantes. Le seul facteur qui influence à la fois les importations et les exportations est le *prix relatif* (rapport des prix) des produits nationaux et des produits étrangers. Hormis ce facteur, les exportations d'un pays dépendent du niveau de la demande globale à l'étranger qui dépend elle-même du revenu disponible, du niveau d'activité, de la politique économique, etc., à l'étranger ; de leur côté, les importations sont liées à l'évolution de ces mêmes variables, mais dans le pays. En conséquence, la demande nationale pour des produits étrangers (les importations) et la demande étrangère pour les produits nationaux (les exportations) n'ont aucune raison d'évoluer systématiquement au même rythme ni dans le même sens. A tout moment donc, le pays peut connaître un excédent ou un déficit extérieur et c'est d'ailleurs plutôt l'équilibre exact des échanges qui constitue l'exception.

En quoi cette situation est-elle gênante pour l'économie nationale ? La plupart des pays ne peuvent effectuer une grande partie de leurs paiements à l'étranger qu'à l'aide de devises reconnues comme monnaies de transaction internationale et différentes de leur monnaie propre. Or, ils ne peuvent acquérir ces devises qu'en bénéficiant à leur tour de paiements en provenance de l'étranger. On le voit, il doit bien s'établir d'une façon ou d'une autre un équilibre entre les paiements reçus du reste du monde et les paiements versés au reste du monde *(un équilibre de la balance des paiements)*. Lorsqu'un pays enregistre un excédent des échanges extérieurs, il accumule des devises et cela lui permet éventuellement de supporter ensuite un déficit financé par ses réserves en devises (réserves de change). Un pays peut donc tolérer un déficit temporaire, mais il ne peut indéfiniment cumuler des déficits de ses paiements extérieurs ; à un moment ou à un autre il est contraint de gagner les devises nécessaires à ses règlements extérieurs ; les échanges doivent être équilibrés, du moins dans le long terme. Un excédent durable des échanges paraît à première vue plus confortable puisqu'il se traduit par des entrées de devises et une augmentation des réserves de change. Mais les agents nationaux qui reçoivent ces devises en demandent la conversion en monnaie nationale à leurs banques. L'excédent extérieur se traduit alors par une augmentation de la masse monétaire. Or, nous avons montré qu'une hausse de la masse monétaire non provoquée ou accompagnée par un développement équivalent de l'offre de biens et services entraîne un déséquilibre du marché intérieur (une demande excédentaire) qui se solde le plus souvent en inflation.

Nous reviendrons plus longuement sur cette question au chapitre 4. Il nous suffit pour l'instant de retenir que l'équilibre extérieur ne va pas forcément de soi et qu'un déséquilibre extérieur est une source potentielle de difficultés pour l'économie nationale.

Dans quelle mesure les quatre types de déséquilibres décrits dans ce chapitre justifient-ils la mise en œuvre de politiques économiques ? La réponse à cette question dépend de deux facteurs :

– l'existence ou non de mécanismes d'ajustement spontané des marchés, en l'absence d'intervention de l'État ;

– le délai dans lequel ces mécanismes d'ajustement sont en mesure de résorber les déséquilibres.

Dans les deux chapitres suivants, nous exposons deux approches théoriques opposées sur cette question. L'approche libérale considère que les mécanismes de fonctionnement des marchés libres permettent en général de résorber automatiquement et rapidement la plupart des déséquilibres évoqués ci-dessus ; dans ces conditions, les interventions de politique économique ont le plus souvent des effets néfastes et contraires à leur objectifs, parce qu'elles perturbent les mécanismes d'équilibre automatiques. L'approche interventionniste part du constat inverse : l'inexistence ou l'impuissance des mécanismes spontanés de l'économie de marché à assurer dans des délais raisonnables le plein emploi, la stabilité des prix et l'équilibre extérieur, justifient amplement la mise en œuvre des politiques économiques.

2

Les fondements théoriques du libéralisme

D'un point de vue historique, la théorie économique libérale recouvre pour l'essentiel la pensée des économistes classiques, néoclassiques, monétaristes et nouveaux classiques.

• ***Les classiques*** (XVIIIe et XIXe siècles, notamment A. Smith, J.-B. Say, D. Ricardo, J.-S. Mill) ont posé les bases principales de l'économie politique moderne ; s'ils ont également engendré un courant d'analyse pessimiste et critique à l'égard de l'économie de marché (avec notamment T.R. Malthus, K. Marx, Sismondi) ils ont très largement développé une vision libérale de l'économie.

• ***Les néoclassiques*** (de 1870 à nos jours) ont unifié les différents aspects de la théorie économique en une science cohérente des comportements individuels et de leur coordination par les marchés. Ils ont tenté de démontrer mathématiquement les vertus prêtées aux mécanismes de marché par les classiques (L. Walras, V. Pareto, A. Marshall, A. C. Pigou, M. Allais, K. J. Arrow, G. Debreu, etc.).

• ***Les monétaristes*** (des années 1950 à nos jours), ainsi dénommés pour le rôle déterminant qu'ils accordent à la monnaie dans l'explication des fluctuations et des problèmes économiques sont pour le reste des néoclassiques (M. Friedman, F. von Hayek) ; ils se sont attachés à montrer les effets pervers des politiques d'inspiration keynésienne, et en particulier des politiques budgétaires.

• ***Les nouveaux classiques*** (dans les années 1970-1980) ont développé la *théorie des anticipations rationnelles* selon laquelle les agents rationnels connaissent les mécanismes économiques et anticipent correctement tous les effets des décisions publiques. Leurs modèles tentent de démontrer que ces anticipations ôtent toute efficacité aux politiques macroéconomiques (R. Lucas, R. Barro, T. Sargent, N. Wallace).

Notre propos n'étant pas ici l'histoire de la pensée économique nous ne distinguerons pas le plus souvent ces différentes écoles et les considérerons comme un ensemble constituant l'approche libérale de l'économie. Elles partagent au moins trois idées fondamentales :

– les mécanismes d'une économie de marché sont efficaces ;

– les déséquilibres qui peuvent apparaître sont temporaires et automatiquement éliminés par des ajustements de prix sur les différents marchés ;

– les politiques macroéconomiques ne sont donc pas nécessaires pour corriger les déséquilibres et le plus souvent elles les accentuent au lieu de les atténuer.

1. LES MARCHÉS SONT EFFICIENTS

Dans chaque secteur de la vie économique, la coordination entre les décisions indépendantes des agents individuels est assurée par des marchés. Un marché est le lieu de rencontre entre les offreurs (les vendeurs) et les demandeurs (les acheteurs). Si les marchés peuvent fonctionner en toute liberté, ils sont efficients, c'est-à-dire qu'ils garantissent la réalisation permanente de l'équilibre économique le plus satisfaisant possible, tant pour les individus que pour la collectivité.

A. Le fonctionnement des marchés

Les quantités offertes et demandées sur les différents marchés dépendent des prix que les uns et les autres peuvent obtenir.

L'offre (d'un bien, d'un service ou d'un facteur) varie toujours dans le même sens que le prix (est toujours *une fonction croissante du prix*). Un producteur est disposé à offrir une production d'autant plus élevée que le prix de vente est plus élevé. Un travailleur est disposé à offrir une quantité de travail d'autant plus forte que le prix du travail (le salaire) est élevé. Un agent qui dispose d'une capacité de financement offrira de prêter des fonds d'autant plus importants que les taux d'intérêt sont élevés.

La demande, de son côté, varie toujours en sens inverse du prix (est toujours *une fonction décroissante du prix*). Ainsi, la demande des biens et services est d'autant plus forte que leurs prix sont faibles ; la demande de travail par les employeurs est d'autant plus faible que les salaires sont élevés ; la demande de fonds prêtables est d'autant plus limitée que les taux d'intérêt sont élevés.

Le prix qui s'établit sur chaque marché (prix d'un bien, salaire, taux d'intérêt) est le résultat d'un processus de libre négociation entre offreurs et demandeurs qui se poursuit jusqu'à la découverte du prix qui assure l'équilibre entre l'offre et la demande. Si la demande est supérieure à l'offre, la concurrence entre les acheteurs pour obtenir satisfaction pousse les prix négociés vers le haut. Inversement, si l'offre est supérieure à la demande, la concurrence entre les vendeurs pour écouler leur offre (leurs produits, leurs fonds, leur travail) entraîne les prix d'équilibre vers le bas. Ainsi, quand un choc quelconque modifie la demande ou l'offre sur un marché, la libre concurrence met en œuvre automatiquement un processus d'ajustement des prix qui garantit le retour à l'équilibre.

Fiche 4. La loi de l'offre et de la demande

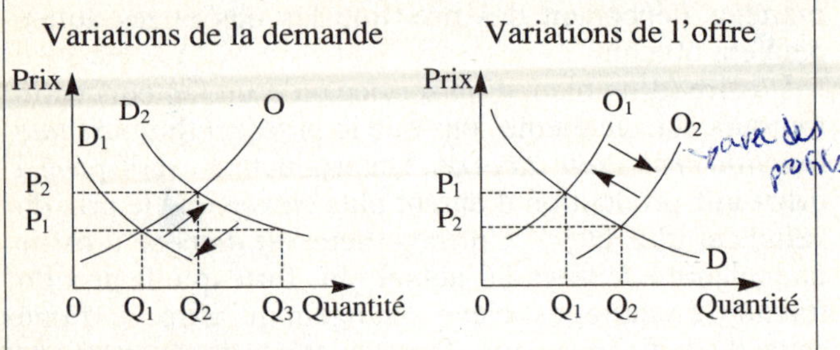

Figure 2-a **Figure 2-b**

L'offre (courbe O) d'un bien est une fonction croissante de son prix et la demande (courbe D) d'un bien est une fonction décroissante de son prix. Le prix est négocié entre les offreurs et les demandeurs jusqu'au moment où l'offre est égale à la demande. Il n'existe qu'un seul *prix d'équilibre* (ou *prix de marché*) pour lequel l'offre et la demande sont équivalentes (P_1 ou P_2 selon les cas).

Effets d'une variation de la demande (figure 2-a). Si, pour une raison quelconque, la demande augmente de D_1 en D_2, le prix initial P_1 n'est plus un prix d'équilibre : il existe désormais une *demande excédentaire* par rapport à l'offre mesurée par la distance entre Q_1 et Q_3. La pression de la demande entraîne une augmentation du prix en P_2 : l'équilibre entre l'offre et la demande est rétabli pour une quantité Q_2. On peut raisonner dans l'autre sens, quand la demande passe de D_2 en D_1 et montrer que le prix baisse de P_2 en P_1 et la quantité de Q_2 en Q_1.

Effets d'une variation de l'offre (figure 2-b). Si la courbe d'offre se déplace de O_1 en O_2, il y a désormais une offre excédentaire au prix initial P_1. La concurrence entre les producteurs pour développer les ventes entraîne une baisse du prix d'équilibre en P_2. Inversement un recul de l'offre de O_2 en O_1 réduit la quantité en Q_1 et élève le prix de P_2 en P_1.

La théorie libérale suppose une parfaite flexibilité des prix. Si tous les prix sont parfaitement flexibles sur tous les marchés, il ne peut y avoir de déséquilibre durable dans l'économie. Toute divergence entre l'offre et la demande de biens est corrigée rapidement par une variation des prix ; tout écart entre l'offre et la demande de travail (et donc tout chômage) est éliminé par un ajustement des salaires ; tout déséquilibre entre les capacités et les besoins de financement est résorbé par des mouvements des taux d'intérêt. Seules des réglementations ou des interventions de politique économique gênant ou bloquant la libre négociation des prix, des salaires ou des taux d'intérêt, peuvent engendrer des déséquilibres durables dans l'économie nationale.

B. L'efficacité des marchés

Tout d'abord, le fonctionnement d'un marché concurrentiel présente l'avantage d'éliminer automatiquement tout déséquilibre à la suite d'un choc quelconque affectant l'offre ou la demande.

Si les prix sont fixés par l'État ou son administration, et non par la libre négociation, ils ne sont pas automatiquement ajustés pour résorber les déséquilibres :

– une pénurie (excès de demande, insuffisance de l'offre) pour un bien provoque une *file d'attente* ; les demandeurs sont servis par ordre d'arrivée jusqu'à épuisement de l'offre, à moins que l'on ne mette en place des critères réglementaires d'attribution prioritaire des biens disponibles (âge, sexe, nationalité, appartenance à un groupe politique, etc.) ;

– un excès d'offre de biens (surproduction) ou de travail (chômage) est persistant tant que les prix ou les salaires ne sont pas révisés à la baisse ; on gaspille des facteurs de production inutilisés (chômage) ou employés à produire des biens qui ne sont pas demandés par la collectivité.

De plus, les variations de prix jouent un rôle de *signal efficace* pour l'affectation des facteurs de production aux différentes activités. Les producteurs sont incités à affecter plus de facteurs aux produits dont les prix montent et moins de facteurs aux produits dont les prix baissent. Ainsi, quoique motivés par leur seul intérêt (la recherche du profit maximum), ils répondent aussi à l'attente de la collectivité en adaptant continuellement la structure de la production à celle de la demande. Cette observation a inspiré à Adam Smith (1766) une image célèbre : tout se passe comme si *une main invisible* conduisait des actions individuelles parfaitement égoïstes vers la réalisation du bien commun. A l'opposé, un système de prix et de production planifiés par l'État laisse subsister des pénuries majeures pour les produits les plus demandés et des surproductions inutiles dans d'autres secteurs. Même si les planificateurs ont le souhait de satisfaire la demande, il leur faut du temps pour acquérir l'information sur les pénuries et les surproductions, mesurer leur ampleur, et modifier leurs plans ; ensuite, ils ne savent pas dans quelle mesure ils doivent rectifier les prix et les productions pour atteindre l'équilibre ; ils doivent donc procéder à des changements de prix et de production hasardeux, attendre le résultat au cours de l'année suivante, mesurer à nouveau les pénuries et les surproductions éventuelles, et ainsi de suite. Un marché parfaitement concurrentiel évite ce long et coûteux processus d'acquisition de l'information. L'information sur les offres et les demandes excédentaires est instantanément et continuellement reflétée dans les prix qui indiquent aux entreprises dans quel sens elles doivent ajuster leurs productions.

Enfin, la concurrence et la flexibilité des prix tendent à abaisser les coûts moyens de production à long terme. En effet, quand les entreprises réalisent des profits sur un marché, elles sont incitées à développer leurs capacités de production (leur échelle). De nouveaux producteurs sont également attirés sur le marché. A long terme, donc, l'offre se développe (la courbe d'offre se déplace vers la droite), tant qu'il subsiste des profits. En conséquence, pour une demande donnée, le prix tend à baisser régulièrement jusqu'à la disparition des profits. Cette tendance systématique à la baisse des profits incite les entreprises à rechercher en permanence comment abaisser les coûts de production pour rétablir les profits. La collectivité peut ainsi accéder à des quantités croissantes des biens dont elle a besoin, avec des coûts de production et à des prix réels de plus en plus bas.

2. LES DÉSÉQUILIBRES SONT TEMPORAIRES

Même si, à un moment donné, l'économie nationale se trouve en équilibre général, elle n'est pas à l'abri des chocs qui affectent les demandes et les offres sur les différents marchés et perturbent donc l'équilibre initial. Ainsi, tout événement qui abaisse les coûts unitaires de production développe l'offre qui, pour un prix de marché donné, devient plus profitable (une baisse du prix des matières premières, ou des salaires, ou des impôts ; des innovations améliorant la productivité, etc.). Inversement les chocs augmentant les coûts de production freinent l'offre. L'évolution démographique et les mouvements de population modifient l'offre de travail. Les variations de la conjoncture économique à l'étranger affectent la demande étrangère. On pourrait multiplier les exemples indiquant que les conditions d'offre ou de demande sont susceptibles de changer en permanence sur les différents marchés. La question est donc de savoir comment le fonctionnement libre des marchés permet un retour permanent et automatique vers l'équilibre. Nous étudierons la réponse libérale en abordant successivement les quatre types de déséquilibres présentés au

chapitre précédent (insuffisance de débouchés, sous-emploi, inflation, déséquilibre extérieur).

A. Le problème des débouchés

Pour les économistes libéraux du XIXe, le problème de l'équilibre entre l'offre et la demande globale est résolu en théorie par la *loi des débouchés* de Jean-Baptiste Say (1803). Celle-ci s'appuie sur l'identité comptable entre production, revenu, et emplois du revenu que nous avons établi au chapitre précédent. Mais, en outre, la théorie libérale pense montrer que l'équilibre comptable correspond aussi à un équilibre économique.

a) La « loi des débouchés »

Pour J.-B. Say il ne peut y avoir de surproduction généralisée dans l'économie nationale parce que l'offre de biens et services *crée sa propre demande*. En effet, la valeur du produit intérieur (l'offre globale) constitue un revenu pour les agents producteurs ; ce revenu est ensuite réparti entre les différents agents sous des formes multiples (salaires, intérêts, dividendes, loyers, bénéfices mis en réserves, etc.) ; d'une manière ou d'une autre, la totalité de la valeur de la production se transforme ainsi en revenus pour les différents agents ; or, les agents utilisent leurs revenus pour effectuer des dépenses de consommation ou d'investissement (la demande globale). Ainsi, le produit intérieur (l'offre globale) est égal au revenu national qui est égal à la dépense intérieure (la demande globale) : l'offre engendre un flux de revenu et donc de dépense équivalant à la valeur globale des biens et services offerts sur les différents marchés. Une crise de surproduction générale est donc impossible.

Toutefois, à la lumière de ce que nous avons expliqué au chapitre 1 sur le circuit du produit et du revenu, cette loi des débouchés soulève immédiatement quatre objections.

1º) Même si la valeur totale de l'offre est égale à la valeur totale de la demande, la structure par produits de l'offre et celle de la demande ne sont pas nécessairement identiques ; on peut alors constater une surproduction temporaire dans certains secteurs, et une sous-production (des pénuries) dans d'autres secteurs.

2º) Une partie des revenus distribués n'est pas dépensée en biens de consommation mais épargnée. Une partie de cette épargne sert à financer des dépenses d'investissement, mais une autre peut être thésaurisée, c'est-à-dire conservée sous forme d'argent liquide et jamais dépensée. La dépense peut alors être inférieure à la production.

3º) Même si la totalité de l'épargne est utilisée pour des dépenses d'investissement, il faut que la répartition de la production entre biens d'investissement et biens de consommation décidée par les producteurs corresponde à la répartition du revenu des ménages entre consommation et épargne. On peut manquer d'épargne par rapport aux besoins d'investissement des entreprises. Inversement, les ménages peuvent choisir une épargne trop forte par rapport à la demande d'investissement et donc une consommation trop faible pour écouler tous les biens de consommation disponibles.

4º) Une partie de la demande intérieure peut s'adresser à des producteurs étrangers. Une partie des revenus engendrés par le produit intérieur ne sert donc pas à financer une demande pour les produits intérieurs. Il peut donc y avoir un problème de débouchés pour la production nationale sauf si la perte de débouchés associée aux importations est exactement compensée par des débouchés extérieurs (exportations). Mais il n'y a aucune raison *a priori* pour qu'il en soit systématiquement ainsi.

b) Les mécanismes d'adaptation aux déséquilibres

Selon la vision classique de l'économie, les quatre objections présentées ci-dessus ne remettent pas fondamentalement en cause la loi de J.-B. Say.

1º) Les prix sont parfaitement flexibles. Si on laisse les offreurs et les demandeurs négocier en toute liberté, les déséquilibres sur des marchés particuliers seront très vites résorbés par la hausse des prix sur les marchés où la demande est trop forte, et la baisse des prix sur les marchés où l'offre est trop abondante.

2º) La monnaie n'est pas un bien demandé pour lui-même : les individus n'utilisent la monnaie que pour effectuer des dépenses. Les agents rationnels n'ont aucune raison de détenir des encaisses liquides non rémunérées autres que celles utilisées pour assurer les dépenses courantes, alors qu'ils peuvent améliorer leur revenu en plaçant la monnaie dont ils n'ont pas besoin pour les échanges. Aussi, l'épargne est placée en totalité sur les marchés financiers, ou sur des comptes bancaires, et le système financier utilise cette épargne pour financer des investissements. En conséquence, l'épargne ne réduit pas la dépense globale ; elle n'est finalement qu'une dépense en biens d'investissements.

3º) Si la répartition du revenu entre consommation et épargne n'est pas compatible *a priori* avec la répartition de la production entre biens d'investissement et biens de consommation, les fluctuations des taux d'intérêt rétablissent aussitôt l'équilibre. En effet, selon la théorie classique la répartition du revenu entre épargne et consommation dépend des taux d'intérêt. Plus les taux d'intérêt sont élevés, plus les ménages sont incités à limiter leur consommation présente et à épargner pour augmenter leur consommation future. L'épargne est donc une offre de fonds prêtables qui sera d'autant plus élevée que les taux d'intérêt sont élevés. De son côté, l'investissement engendre une demande de fonds qui est une fonction décroissante des taux d'intérêt.

Les offres et les demandes de fonds se rencontrent sur les marchés financiers, soit directement, soit par l'intermédiaire des établissements financiers, et les taux d'intérêt sont librement négociés jusqu'au moment où l'offre et la demande de fonds sont égales. Par conséquent, s'il y a trop d'épargne par rapport aux besoins d'investissement (et pas assez de consommation), cela signifie que l'offre de fonds prêtables sur les marchés financiers est supérieure à la demande de fonds prêtables. La concurrence entre les offreurs pour placer leurs fonds entraîne une baisse des taux d'intérêt ; la baisse des taux freine l'épargne et stimule l'investissement jusqu'à ce que l'équilibre épargne-investissement soit rétabli. Dans le même temps, la baisse des taux d'intérêt stimule la consommation et résorbe aussi le déséquilibre du marché des biens de consommation. Inversement, une insuffisance d'épargne correspond à une offre de fonds inférieure à la demande de fonds. La concurrence entre les investisseurs pour se procurer les fonds dont ils ont besoin entraîne une hausse des taux d'intérêt qui freine la consommation et l'investissement et stimule l'épargne, jusqu'au retour à l'équilibre.

4º) Les déséquilibres liés aux échanges extérieurs seront également éliminés par la flexibilité des prix ou par celle des taux de change. Nous renvoyons l'examen détaillé de ces mécanismes à la section D ci-dessous.

Ainsi donc, selon l'approche libérale, la flexibilité de tous les prix et la libre concurrence sur tous les marchés sont censées garantir la réalisation d'un équilibre général et un retour automatique vers l'équilibre à la suite de tout choc modifiant les conditions d'un ou plusieurs marchés.

B. Le plein emploi est assuré

Non seulement une économie de marché libre assure l'équilibre de l'offre et de la demande globale, mais cet équilibre engendre un niveau d'activité qui permet d'utiliser pleinement et au mieux tous les facteurs de production disponibles.

a) Le fonctionnement du marché du travail

La production ayant toujours des débouchés, les producteurs se comportent comme s'ils pouvaient écouler n'importe quelle quantité de biens et services. En conséquence, leur demande de travail n'est en rien limitée par le niveau des débouchés. Les employeurs sont spontanément incités à utiliser au mieux le plus de facteurs de production possible, tant que la production est rentable. Le seul élément susceptible de limiter la demande de travail est le coût du travail. Les employeurs comparent ce qu'une heure de travail supplémentaire rapporte et ce qu'elle coûte :

– elle rapporte une certaine quantité de produits (la productivité de cette heure de travail qu'on appelle la *productivité marginale)* ;

– elle coûte le salaire horaire réel ; le salaire réel est égal au salaire nominal (la valeur monétaire inscrite sur la fiche de paye) divisé par le prix moyen des biens produits, ce qui revient à mesurer la valeur réelle du salaire par une quantité de biens ; les agents rationnels ne tiennent en effet pas compte des valeurs monétaires qui en soi n'indiquent pas les valeurs réelles ; ici, pour l'employeur, le coût réel du travail est la quantité de biens et services qu'il devra produire et vendre pour pouvoir payer le salaire.

Tant que la productivité marginale (de l'heure supplémentaire) du travail est supérieure au salaire réel, une entreprise utilise davantage de travail parce que cela augmente son profit ; elle arrête d'embaucher quand productivité marginale et salaire réel horaire sont équivalents. Partant d'une position d'équilibre (salaire = productivité), toute hausse des salaires réels conduit les employeurs à réduire leur demande de travail et toute baisse des salaires réels stimule la demande de travail. La demande de travail, comme celle de n'importe quel bien ou facteur varie donc en sens inverse de son prix (le salaire). De son côté, l'offre de travail des ménages est une fonction croissante des salaires réels. La libre confrontation de l'offre et de la demande de travail détermine le salaire d'équilibre pour chaque type et chaque niveau de qualification.

Si le marché du travail est parfaitement concurrentiel et libre de toutes entraves réglementaires, la libre négociation des salaires implique que les salaires s'adaptent tant que l'équilibre entre l'offre et la demande n'est pas établi : ils sont parfaitement flexibles.

Dans ces conditions, l'existence du chômage paraît inexplicable dans le cadre de la théorie libérale. En effet, même une économie confrontée à une réduction importante du niveau d'activité ne devrait pas, selon cette théorie, connaître un chômage durable. Une réduction du volume d'activité conduit les entreprises à réduire leur demande de travail. Sur le marché du travail, la réduction de la demande entraîne une baisse des salaires jusqu'à ce que l'équilibre soit rétabli. Aux taux de salaires anciens, les employeurs sont désormais disposés à utiliser moins d'individus ; éventuellement un certain chômage apparaît si les entreprises prennent l'initiative des suppressions d'emplois ; mais la concurrence entre les chômeurs et les travailleurs pour occuper les emplois disponibles les contraint à accepter des baisses de salaires. Si les salaires sont parfaitement flexibles, ils baissent jusqu'au rétablissement complet de l'équilibre entre l'offre et la demande de travail. Selon la théorie des anticipations rationnelles le chômage ne devrait même pas apparaître à court terme. En effet, les employeurs comme les employés savent très bien ce qui va se passer ; dans ces conditions, pourquoi attendre l'apparition d'un chômage pénible pour les individus pour renégocier les salaires ? Les salaires seront renégociés instantanément et en permanence pour atteindre leur nouvel équilibre sans passer par des périodes de chômage.

Fiche 5. L'équilibre sur le marché du travail

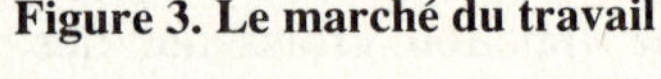

Figure 3. Le marché du travail

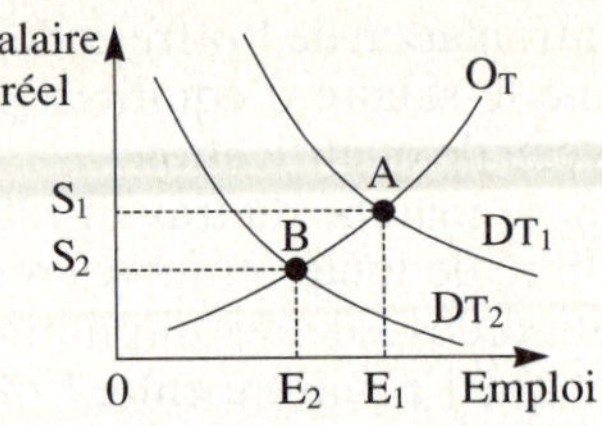

L'offre de travail est une fonction croissante du salaire réel (courbe O_T). La demande de travail est une fonction décroissante du salaire réel (courbe D_T). La libre négociation entre employeurs et travailleurs fixe un salaire d'équilibre S_1, au point A. Si une réduction de l'activité des entreprises les conduit à réduire leur demande de travail de D_{T1} en D_{T2}, le nouvel équilibre s'établit au point B : le salaire baisse de S_1 en S_2 et l'emploi de E_1 en E_2. Au point B, il n'y a pas de chômage. Tous les travailleurs offrant du travail au salaire S_2 ont un emploi.

Quoi qu'il en soit, une fois l'équilibre rétabli, il n'y a pas de chômeurs : au nouveau taux de salaire payé dans les entreprises, tous les individus souhaitant travailler ont un emploi ; si tel n'était pas le cas, s'il restait des individus sans emploi et souhaitant travailler au taux de salaire existant, la concurrence exercée par ces chômeurs pour obtenir les emplois ferait à nouveau baisser les salaires jusqu'à l'équilibre entre l'offre et la demande de travail.

b) L'interprétation libérale du chômage

Comment peut-on alors expliquer l'existence pourtant bien réelle d'un chômage durable ? Le chômage ne peut persister que parce qu'il existe des institutions ou des réglementations qui empêchent la libre négociation des salaires. Le développement du pouvoir syndical, les législations sur le salaire minimum, les conventions collectives, le droit du travail en général, limitent les possibilités d'ajustement instantané des salaires pour corriger les déséquilibres entre l'offre et la demande de travail. C'est donc *la rigidité des salaires et leur niveau trop élevé* qui sont principalement responsables du chômage. Dans l'incapacité de négocier librement les salaires, les entreprises privilégient les ajustements de l'emploi pour s'adapter aux récessions. Les jeunes chômeurs sans qualification ne peuvent trouver d'emploi parce que la loi contraint les entreprises à leur payer *un salaire minimum* trop supérieur à leur productivité. Les chômeurs issus des secteurs en déclin ont des qualifications qui ne sont plus adaptées aux nouveaux besoins de l'économie ; elles sont donc moins recherchées que par le passé et leur prix a baissé sur le marché du travail. Mais tant que ces chômeurs demandent une rémunération équivalente à leur ancien salaire, et donc sensiblement supérieure au nouveau prix de marché de leur travail, il leur sera très difficile de trouver un emploi.

Par ailleurs, *l'indemnisation du chômage* peut créer un biais en faveur de l'ajustement de l'emploi et au détriment de la flexibilité des salaires, dans la mesure où les syndicats risquent de s'opposer moins vigoureusement à des licenciements indemnisés qu'à des baisses de salaires non indemnisées. Les libéraux mettent parfois plus explicitement en cause les syndicats en les analysant comme des clubs de privilégiés (travailleurs expérimentés) qui, en défendant efficacement leurs intérêts et en obtenant des avantages (meilleurs salaires et plus grande sécurité de l'emploi), condamnent des minorités défavorisées (moins aptes à défendre leurs intérêts) à supporter tout le poids des ajustements durant les périodes de crise.

Enfin, la multiplication des charges (cotisations sociales, taxes) et des contraintes réglementaires pesant sur le travail peut inciter les entreprises à développer leurs capacités de production en utilisant des techniques qui économisent le facteur travail et emploient plus intensivement les biens d'équipement. Cette *substitution du capital au travail* engendre alors un mode de croissance économique qui pénalise le travail et crée de moins en moins d'emplois, venant aggraver ainsi de façon structurelle le chômage associé à la rigidité de salaires.

En matière de politique économique, la conclusion libérale est donc évidente : le chômage ne justifie pas une intervention de l'État ; il serait plutôt la conséquence d'une intervention croissante de l'État dans la détermination des salaires et la gestion de la main-d'œuvre. La réduction du chômage passe au contraire par une réduction du coût du travail, une déréglementation du travail et une plus grande flexibilité des salaires.

C. L'inflation est un phénomène monétaire aisément maîtrisable

L'inflation est une hausse du niveau général des prix, c'est-à-dire du prix moyen de tous les biens et services échangés dans le pays au cours d'une période donnée.

Quelle que soit sa cause initiale (augmentation des coûts, pressions de la demande, etc.), l'inflation est par nature un phénomène monétaire. En effet, si le prix moyen des biens en francs augmente, cela implique que l'on dépense plus d'unités monétaires (plus de francs) qu'auparavant pour chaque unité de biens échangée dans l'économie ; cela suppose soit une augmentation de la quantité de monnaie en circulation, soit une élévation de la *vitesse de circulation de la monnaie* : chaque franc en circulation « change de mains » un plus grand nombre de fois et permet d'effectuer un nombre de transactions plus élevé qu'auparavant.

L'analyse économique libérale considère habituellement que la vitesse de circulation de la monnaie est stable : la quantité de monnaie qui est nécessaire pour assurer un volume donné d'échanges dépend essentiellement des habitudes de paiements, du mode d'organisation et du degré de développement du système bancaire, et ces facteurs sont très stables. Si la vitesse de circulation de la monnaie est stable, l'inflation ne peut se développer sans une expansion de la masse monétaire. Les libéraux, et en particulier les monétaristes, estiment donc que l'inflation résulte toujours d'une expansion trop rapide de la quantité de monnaie (ils ne font là qu'appliquer un résultat ancien du modèle néoclassique : *la théorie quantitative de la monnaie* ; cf. fiche 6).

Fiche 6. La théorie quantitative de la monnaie

La monnaie n'est demandée que pour effectuer des échanges de biens et services. Plus la quantité de biens et services échangés dans l'année (le PIB) est importante, plus les agents ont besoin de moyens de paiements pour effectuer les échanges. La quantité de monnaie en circulation (M) est donc proportionnelle à la valeur du PIB, c'est-à-dire au PIB en volume multiplié par le prix moyen des biens et services que nous désignerons par P. La quantité de monnaie M est donc proportionnelle à (P · PIB). La proportion précise est déterminée par la vitesse de circulation de la monnaie (V). Si un même franc est utilisé en moyenne deux fois par an dans les échanges (V = 2), alors une masse monétaire égale à la moitié de la valeur du PIB suffit à réaliser tous les échanges ; si ce même franc est utilisé trois fois dans l'année (V = 3), une masse monétaire égale à un tiers de la valeur du PIB sera suffisante ; etc. On voit donc que la masse monétaire en circulation est : $M = (1 / V) \cdot (P \cdot PIB)$

Pour les néoclassiques, le volume d'activité (PIB) ne dépend pas de la monnaie en circulation mais uniquement des facteurs de production disponibles : il est égal au PIB qui assure le plein emploi ; dans l'équation ci-dessus, PIB est donc constant quand M varie. La vitesse de circulation de paiement est considérée comme une caractéristique structurelle du système financier et est donc également constante. Puisque PIB et V sont indépendants de la masse monétaire, on voit que seul les prix peuvent varier quand M varie. Tel est le résultat de la théorie quantitative. La quantité de monnaie détermine directement le niveau général des prix et n'a aucune influence sur l'économie réelle (la production, l'emploi, etc.) ; on dit que la monnaie est « neutre ».

Si l'inflation n'est qu'un excédent de masse monétaire, sa maîtrise ne présente pas de grandes difficultés. Il incombe au gouvernement et/ou à la banque centrale de veiller à ce que la masse monétaire ne se développe pas plus vite que la quantité de biens et services offerts dans l'économie (nous étudierons les instruments de ce contrôle au chapitre 6).

En revanche, si le gouvernement et/ou la banque centrale qui contrôlent la création de monnaie veulent utiliser la politique monétaire pour stimuler l'activité, ils ne parviendront qu'à stimuler l'inflation. Ainsi, si les autorités monétaires décident d'accroître la masse monétaire en circulation (en facilitant le crédit, par exemple), les agents vont se retrouver avec des moyens de paiement excédentaires par rapport au volume d'échanges qu'ils effectuaient auparavant. Ils n'ont aucune raison d'accumuler des encaisses monétaires supplémentaires (ce qui réduirait la vitesse de circulation de la monnaie : chaque franc en circulation réaliserait moins d'échanges dans l'année). Ils vont chercher à utiliser ces moyens de paiement en effectuant des dépenses supplémentaires, ce qui implique une augmentation de la demande globale. Pour une offre donnée de biens et services, cette pression de la demande entraîne les prix à la hausse. L'ampleur de l'inflation dépend alors de l'élasticité de l'offre. Si les entreprises disposent de capacités de production inutilisées, elles seront éventuellement amenées à remettre en marche ces capacités pour produire et vendre davantage sans augmenter leurs prix de vente. Mais la théorie libérale considère que l'économie est toujours au plein emploi et qu'en conséquence les entreprises ne peuvent pas développer la production : l'offre est rigide. Les producteurs ne peuvent répondre à une hausse de la demande que par une hausse équivalente des prix. Dans ce cas, le seul effet de la politique monétaire expansionniste sera une élévation des prix proportionnelle à celle de la quantité de monnaie. Les autorités seront amenées ultérieurement à pratiquer une politique monétaire restrictive pour freiner l'inflation. Ces politiques monétaires ne peuvent apporter rien d'autre que les inconvénients associés à l'inflation et à la désinflation (cf. chapitre 4).

Les règles monétaires proposées par les libéraux sont simples. La croissance de la masse monétaire doit être très régulière et non pas livrée aux caprices des politiques économiques ; cette croissance des moyens de paiement doit accompagner (et non précéder) le développement de l'activité ; le contrôle de la création monétaire doit être confié à des banques centrales indépendantes du pouvoir politique pour éviter toute pression en faveur de politiques monétaires expansionnistes ou d'un financement monétaire des déficits publics.

D. L'équilibre extérieur est automatique

Rappelons tout d'abord les conséquences monétaires d'un déséquilibre des paiements extérieurs. Un déficit implique des règlements en devises au reste du monde supérieurs aux versements en devises reçus du reste du monde : les agents nationaux sont donc demandeurs nets de devises étrangères contre de la monnaie nationale. Inversement, un excédent implique une entrée nette de devises dans le pays et les agents nationaux sont offreurs nets de devises contre de la monnaie nationale. Dans les deux cas, on constate des mouvements de l'offre et de la demande de devises. Les mécanismes d'ajustement aux déséquilibres extérieurs dépendent donc en partie de ce qui se passe sur le marché des changes. Aussi commencerons-nous par rappeler le fonctionnement élémentaire de ce dernier, avant d'étudier comment la théorie libérale décrit les mécanismes d'équilibre automatique des paiements extérieurs en régime de changes fixes, puis en régime de changes flexibles.

a) Le marché des changes

Les agents non financiers s'adressent à leurs banques pour effectuer les conversions entre différentes monnaies nationales. Les banques, pour leur part, se procurent ou cèdent les devises sur un *marché des changes* interbancaire qui fonctionne par téléphone, télex, et réseaux de communication spécialisés et informatisés. Les négociations sur ce marché déterminent les taux de change.

Le *taux de change* est la valeur d'une unité monétaire exprimée dans une autre unité monétaire (la valeur du franc en dollars, du deutsche mark en yens, etc.). On peut le mesurer de deux façons selon la monnaie qui est retenue comme unité de compte : on peut dire qu'un dollar vaut 5 francs, ou bien qu'un franc vaut 0,20 dollar (un cinquième de dollar). Dans la plupart des pays européens, et le plus souvent dans la théorie économique, on retient la première méthode de mesure qui fait des taux de change des prix comme les autres : *les taux de change mesurent le prix des monnaies étrangères (ou devises) en monnaie nationale*.

Si les autorités monétaires d'un pays laissent fluctuer librement la valeur internationale de leur monnaie au gré des négociations qui s'effectuent 24 heures sur 24, sur le marché des changes, on est en *régime de changes flottants* ou *flexibles*. Mais la parfaite flexibilité des taux de change est une source d'incertitude sur la rentabilité des exportations et sur le coût des importations ; elle peut donc décourager le développement des échanges intérieurs et extérieurs. Aussi, la plupart des gouvernements cherchent à stabiliser les fluctuations de leur taux de change. A cette fin, la banque centrale d'un pays peut intervenir sur le marché des changes comme une banque ordinaire. Si elle veut soutenir la valeur de sa monnaie, il lui suffit d'en acheter contre devises sur le marché des changes : en stimulant la demande mondiale pour sa monnaie elle en fait monter le prix. Inversement, si elle souhaite éviter une trop forte appréciation de sa monnaie, il lui suffit d'en vendre sur le marché des changes : l'abondance de sa monnaie en fera reculer le prix. Le résultat est un *régime de flottement impur* des taux de change.

Enfin, le gouvernement peut être tenu de maintenir un taux de change stable en vertu de l'adhésion à un *système monétaire international*. On est alors en *régime de changes fixes*. Le gouvernement déclare un *taux de change officiel* (ou *parité*) de sa monnaie par rapport à un étalon de mesure défini par le système : par exemple, l'or ou le dollar dans le système monétaire international mis en place par les accords de *Bretton Woods* en 1944, l'Écu dans le *Système monétaire européen* installé en 1979. Le gouvernement s'engage à intervenir sur le marché des changes (via la banque centrale) à chaque fois que le taux de change de sa monnaie tend à s'écarter de sa parité, au-delà d'une limite supérieure ou en deçà d'une limite inférieure définie par les accords internationaux (par exemple, + 1 % ou – 1 % dans les accords de *Bretton Woods* ; + 2,25 % ou – 2,25 % entre deux monnaies participant au Système monétaire européen).

b) L'équilibre extérieur en régime de changes fixes

Imaginons que les échanges extérieurs de la France deviennent déficitaires. Cela implique une demande supplémentaire de devises sur le marché des changes (et une offre de francs) qui tend à déprécier le franc et à apprécier les devises. Mais, en régime de changes fixes, la banque centrale est tenue d'offrir toutes les devises demandées contre sa monnaie à un taux de change fixe. La Banque de France puise donc dans ses réserves de changes et offre des devises supplémentaires pour compenser la demande supplémentaire. L'équilibre entre l'offre et la demande de devises contre francs est donc assuré sans variation du taux de change. Mais la transformation en devises étrangères de monnaie nationale précédemment détenue par les agents nationaux réduit la masse monétaire en circulation. Selon la théorie classique (théorie quantitative), le recul de la masse monétaire entraîne celui des prix intérieurs. En conséquence, le prix relatif des produits français par rapport aux produits étrangers diminue. Cette meilleure compétitivité-prix des produits français stimule les exportations et freine les importations, ce qui résorbe progressivement le déficit des échanges extérieurs. Tant que le déficit persiste, les devises sortent, la masse monétaire diminue et les prix intérieurs baissent ; les prix français deviennent donc de plus en plus compétitifs, les exportations augmentent et les importations reculent. Le retour vers l'équilibre est d'autant plus rapide que les prix sont flexibles.

On peut faire la démonstration inverse en situation d'excédent. Un excédent entraîne un afflux de devises étrangères en France. La conversion de ces devises en francs à un taux de change fixe par la banque centrale provoque un gonflement de la masse monétaire qui entraîne à son tour la montée des prix français. Les produits français deviennent alors moins compétitifs sur le marché international (leur prix relatif monte) ; les exportations sont pénalisées, les importations stimulées, et l'excédent extérieur diminue ; ces mouvements se poursuivent jusqu'à ce que l'excédent soit totalement résorbé.

c) L'équilibre extérieur en régime de changes flexibles

Certains modèles libéraux, et en particulier monétaristes, doutent de la capacité des changes fixes à restaurer rapidement l'équilibre extérieur. En effet, dans le mécanisme décrit ci-dessus, le retour à l'équilibre dépend de la flexibilité des prix et de leur vitesse de réaction aux entrées et sorties de monnaie. Certains libéraux constatent que, notamment en raison des réglementations et des institutions, les prix ne présentent pas toujours la parfaite flexibilité, en particulier à la baisse, qui est pourtant indispensable pour rétablir l'équilibre extérieur.

Cependant, ce handicap pourrait être surmonté par l'adoption d'un régime de changes flexibles.

Si on laisse le taux de change de la monnaie fluctuer librement sur le marché des changes, les prix exprimés en devises étrangères deviennent flexibles même si les prix intérieurs exprimés en monnaie nationale sont parfaitement rigides.

Reprenons l'exemple précédent où les échanges extérieurs de la France deviennent déficitaires. Désormais, la demande de devises étrangères ne sera plus satisfaite par la Banque de France qui n'est plus tenue de stabiliser le cours de sa monnaie. Par conséquent la pression de cette demande se traduira par une appréciation des devises étrangères et une dépréciation du franc. Si les prix des produits français exprimés en francs ne changent pas, ces mêmes prix exprimés en devises étrangères diminuent au fur et à mesure que la valeur internationale du franc régresse. Cela doit stimuler les exportations françaises. De leur côté, une fois convertis en francs, les prix des produits étrangers augmentent, puisqu'en raison de la dépréciation il faut de plus en plus de francs pour acquérir une valeur constante en monnaie étrangère. Cela devrait pénaliser les importations en France. Ainsi, le gain de compétitivité-prix qui était obtenu par la variation des prix intérieurs en régime de changes fixes, est obtenu aussi bien par la dépréciation du taux de change, et le déficit se résorbe progressivement.

Dans le cas d'un excédent français, la forte demande de francs sur le marché des changes entraîne une appréciation du franc qui élève les prix des exportations françaises (exprimés en monnaies étrangères) et abaisse les prix des importations (exprimés en francs). Les exportations sont freinées et les importations stimulées, et ce, jusqu'à la disparition de l'excédent.

3

Fondements théoriques de l'interventionnisme

La logique *interventionniste*, largement initiée par les travaux de John Maynard Keynes (1883-1946), part d'un postulat inverse de celui des économistes libéraux (classiques et néoclassiques) : la libre négociation des prix ne garantit pas l'équilibre automatique sur tous les marchés. Au contraire, dans le court terme, les prix et les salaires sont le plus souvent rigides et ils s'adaptent ensuite moins vite que les quantités échangées. Cela ne résulte pas des interventions de l'État dans les processus économiques, comme le soutiendrait l'analyse libérale, mais de ce que les agents *préfèrent* adapter les quantités (emploi, stocks, production, investissement) plutôt que les prix et salaires. De plus, on peut montrer que, même si les prix et les salaires étaient parfaitement flexibles à court terme, cela ne suffirait pas à rétablir en permanence l'équilibre sur la plupart des marchés non financiers.

On peut dire de toute les analyses qui s'appuient sur ces nouvelles hypothèses qu'elles sont d'inspiration keynésienne. Le résultat essentiel de cette nouvelle vision de l'économie est que les différents problèmes discutés dans les chapitres précédents ne sont pas des phénomènes temporaires rapidement surmontés par les ajustements des prix, mais des déséquilibres persistants qui justifient des interventions correctrices de l'État.

1. DES MARCHÉS IMPARFAITS

La loi de l'offre et de la demande ne peut fonctionner parfaitement que sur des marchés réunissant un certain nombre de conditions. Or, si la plupart de ces conditions sont remplies sur les Bourses et les marchés financiers, il n'en n'est rien dans le reste de l'économie. Les mécanismes d'équilibre automatique par les ajustements de prix jouent très difficilement sur les marchés de biens et services et sur le marché du travail. Quand les prix ne s'ajustent pas pour maintenir l'équilibre, les agents s'adaptent aux chocs en modifiant les quantités de biens et de facteurs effectivement échangées (production, stocks, emploi) ; ils ne réalisent plus leurs plans de production, de travail, de consommation, etc. : l'économie risque alors de s'installer durablement dans le déséquilibre.

A. Les marchés efficaces

L'absence de réglementations et d'interventions de l'État dans le fonctionnement des marchés ne suffit pas à garantir les résultats de la théorie libérale. En effet, la liberté des agents n'est pas la seule condition nécessaire au fonctionnement concret de la loi de l'offre et de la demande. Il suppose en outre :

– l'absence d'agents dominant le marché et susceptibles d'imposer leurs conditions ;

– la possibilité de déplacer instantanément les facteurs de production d'un produit à un autre, d'une entreprise à une autre ou encore d'un secteur d'activité à un autre, etc., pour répondre immédiatement aux variations de la demande ;

– l'information parfaite des différents agents sur les offres et les demandes disponibles ;

– la confrontation en un même lieu de toutes les offres et de toutes les demandes pour un même produit ou facteur homogène ;

– l'existence d'une procédure concrète de négociation et de fixation des prix d'équilibre.

Dans la réalité, seuls certains marchés peuvent remplir à peu près la plupart des conditions énumérées ci-dessus, sous la seule réserve que les pouvoirs publics ne s'y opposent pas par des réglementations : il s'agit des Bourses et des marchés financiers (les lecteurs intéressés par l'examen détaillé des conditions de fonctionnement de la loi de l'offre et de la demande se référeront au chapitre 3 de *Introduction à l'économie* qui est entièrement consacré à cette question ; nous insisterons ici sur les trois dernières conditions qui sont au cœur de la critique keynésienne de la théorie libérale).

Sur les marchés de capitaux, *l'information circule vite et bien* parce que *toutes* les offres et les demandes pour un même produit homogène peuvent être confrontées pratiquement en permanence en un même endroit (la Bourse) ou sur un même réseau de télécommunications (marché monétaire et marché des changes). De ce fait, tout le monde connaît en même temps les conditions du marché à un moment donné. Il existe des procédures de négociation et de fixation des prix d'équilibre (les cours) : l'agent de change qui crie des cours successifs jusqu'à l'équilibre entre l'offre et la demande ; l'ordinateur qui centralise tous les ordres d'achats et de vente et calcule le prix d'équilibre ; le langage universel qui met en relation les cambistes du monde entier et leur permet de négocier des devises n'importe où dans le monde, sans quitter leur clavier et l'écran où apparaissent à chaque instant les conditions des échanges en cours ; etc. Ainsi, les prix d'équilibre peuvent être fixés et ajustés très rapidement. Toute information nouvelle affectant la façon dont les agents prévoient l'évolution d'un cours boursier, d'un taux d'intérêt ou d'un taux de change, se traduit presque instantanément par une modification de leurs offres et de leurs demandes et donc des prix d'équilibre. Sur ces marchés, 24 heures sur 24, d'heure en heure, et parfois de minute en minute (notamment pour les taux de change), les prix s'ajustent en permanence pour équilibrer l'offre et la demande. Mais ces marchés efficaces, où la loi de l'offre et de la demande fonctionne à peu près comme dans la théorie, font plutôt figure d'exception dans l'économie réelle.

B. Les marchés imparfaits

La loi de l'offre et de la demande ne joue pas parfaitement sur la plupart des marchés non financiers pour deux raisons essentielles : l'imperfection de l'information et les coûts associés aux ajustements de prix.

a) Le problème de l'information

Sur les marchés non financiers, *l'information* n'est jamais parfaite. A court terme, la difficulté à disposer des informations pertinentes peut plonger les agents dans une situation de grande incertitude. Il n'existe aucune bourse, aucun réseau de télécommunications qui permettent aux travailleurs et aux employeurs de savoir en même temps quelles sont toutes les offres et les demandes d'emplois disponibles sur le marché du travail et toutes leurs caractéristiques (salaires, définitions des postes, caractéristiques des travailleurs, etc.). De même, les commerçants et les consommateurs d'une ville ne peuvent pas savoir à tout moment comment évolue le prix d'un produit particulier dans tous les points de vente. Les producteurs (d'automobiles, de conserves alimentaires, de vêtements, de machines-outils, etc.) ne savent pas à chaque instant comment évoluent l'offre de tous leurs concurrents et la demande de tous leurs clients potentiels ; ils ne le découvrent qu'après coup, progressivement.

Quand une entreprise voit gonfler son carnet de commandes, elle ne sait pas si ce mouvement est éphémère ou durable, s'il touche aussi ses concurrents ou non ; à court terme, il est toujours plus sage d'attendre pour découvrir ce qui se passe réellement sur le marché. Ensuite, si l'entreprise décide de relever son prix de vente, elle ignore quelle doit être l'ampleur de cette hausse, qui dépend de la réaction de la demande (de son *élasticité*) et de celle des concurrents. En comparaison, un ajustement de la quantité produite, pour un prix inchangé, donne toujours un résultat certain pour l'entreprise : elle connaît ses recettes, ses coûts et donc son profit.

Il en va de même sur le marché du travail. Ainsi, selon la loi de l'offre et de la demande, quand un ralentissement de l'activité freine la demande de travail, les entreprises devraient baisser les salaires jusqu'à leur nouveau point d'équilibre, en laissant aux travailleurs le soin de réduire le volume de travail offert. Mais les employeurs ne disposent pas d'une bourse du travail qui leur indique chaque matin quel est le nouveau salaire d'équilibre d'un électricien, d'un soudeur, d'un contrôleur de gestion, etc. Ils ignorent l'ampleur souhaitable de la baisse des salaires pour atteindre le nouvel équilibre ; ils mesurent mal les effets précis de cette baisse des salaires sur le volume de travail, et donc de production, dont ils pourront disposer. Ils savent qu'une baisse des salaires doit réduire l'offre de travail de leurs employés : certains travailleront moins longtemps, d'autres démissionneront, d'autres accepteront les baisses de salaires mais limiteront leur effort. Mais personne ne peut prévoir exactement l'ampleur de ces réactions ni quels salariés vont réagir. Si la baisse des salaires est trop faible, l'offre de travail restera trop forte et il faudra procéder à de nouvelles réductions de salaires, et ainsi de suite. Inversement, si la baisse des salaires est trop forte, les employeurs seront confrontés à des démissions plus nombreuses que prévu de la part des salariés les plus compétents (parce que leurs opportunités sur le marché du travail sont plus élevées que la moyenne) ; le volume de travail offert sera alors insuffisant et les employeurs devront relever les salaires pour attirer à nouveau des travailleurs, et ainsi de suite. On imagine mal les employeurs tâtonner ainsi jusqu'au moment où l'on trouve enfin le salaire d'équilibre, exactement comme un agent de change tâtonne pour trouver le nouveau cours d'équilibre d'une action. Nous arrivons là au second aspect du problème posé par l'ajustement des prix : il s'agit d'un processus coûteux. Si les variations successives de prix ou de salaires étaient sans conséquences pour les entreprises, on pourrait imaginer de les poursuivre autant que nécessaire pour trouver les prix d'équilibre. Mais tel n'est précisément pas le cas.

b) Les coûts d'ajustement des prix

Cela ne coûte pas grand-chose à un agent de change de crier un, deux, ou trois prix de plus pour voir comment réagissent les offreurs et les demandeurs rassemblés sur un même marché. En revanche, les modifications du prix des biens ou du travail engendrent des coûts non négligeables.

1º) Il y a tout d'abord le coût des *opérations matérielles* entraînées par une variation de prix de vente : réédition des étiquettes, des bons de commande, des catalogues, des documents promotionnels, des programmes informatiques de gestion, etc.

2º) En matière de salaires, il existe assurément des *coûts de négociation*. Toute modification des salaires est l'occasion de négociations plus ou moins longues et coûteuses avec les salariés et les syndicats qui estimeront en général une baisse des rémunérations trop forte, et une hausse, trop faible. La multiplication des négociations développe les occasions de conflits, de grèves, qui freinent la production. A cela viennent s'ajouter les raisons que l'employeur peut avoir de préserver une bonne relation à long terme avec une partie de sa force de travail en évitant de lier l'évolution des salaires à celle de la conjoncture : il incite ainsi les travailleurs les plus expérimentés, dans la formation desquels il a beaucoup investi, à rester dans l'entreprise, dans les périodes de forte activité ; il peut attirer des travailleurs pour des salaires plus faibles que s'il proposait des rémunérations aléatoires dépendant de la conjoncture [cf. théories exposées ci-dessous **2. B.** ***a)***].

3º) Les producteurs ont le plus souvent intérêt à établir avec leurs clients des relations stables. Une entreprise qui modifie constamment ses prix de vente met ses clients dans une situation d'incertitude permanente sur leurs coûts d'approvisionnement ; elle les incite donc à rechercher en permanence les meilleures conditions du marché. La stabilité des prix, au contraire, incite les clients à revenir chez le même fournisseur, ne serait-ce que parce que cela limite leur incertitude sur les coûts et évite les coûts associés à la recherche de nouveaux fournisseurs.

4º) Enfin, *les décisions sur les prix sont parfois peu réversibles* à court terme, ce qui engendre des pertes en cas d'erreur. Si une entreprise baisse ses prix pour s'adapter à un recul de la demande, alors qu'ensuite la demande repart très rapidement, il est commercialement difficile de relever aussitôt les prix. Si un employeur accorde des hausses de salaires pour stimuler ses travailleurs durant une période de surchauffe de l'activité, il lui sera difficile de baisser ensuite les salaires, si la surchauffe s'avère n'être qu'un feu de paille ; il est moins risqué d'embaucher des travailleurs temporaires ou de recourir aux heures supplémentaires.

C. L'ajustement des marchés par les quantités

En l'absence d'un marché concrètement organisé comme un marché financier, les échanges de biens ou de facteurs de production ne sont pas équilibrés au jour le jour par des fluctuations de prix. Habituellement, les entreprises ne modifient pas leurs prix de vente chaque matin, ni même chaque mois, selon l'état de l'offre et de la demande sur leur marché. Confrontés à une augmentation sensible de leur carnet de commandes, les producteurs commencent le plus souvent par puiser dans leurs stocks pour faire face à la demande ; si le mouvement perdure, ils augmentent leur production. En règle générale, les entreprises fixent leurs prix une ou deux fois par an et ne les ajustent pas dans l'intervalle, alors que les rythmes de production peuvent varier souvent durant l'année.

De même, les employeurs n'ont pas coutume de renégocier les salaires plus d'une fois par an. En revanche, ils ont souvent recours aux heures supplémentaires, aux travailleurs temporaires ou intérimaires, au chômage partiel. Confrontés à un recul de leur activité, les employeurs ajustent d'abord l'emploi (licenciement, départs à la retraite non remplacés, réduction des horaires, etc.) avant de renégocier les salaires ; ainsi ils peuvent choisir les travailleurs qui subiront l'ajustement et ils sont sûrs du résultat : ils savent de quelle quantité et de quelle qualité de travail ils disposeront, et à quel coût. Certes, les employeurs payeront désormais leurs employés trop chers par rapport à la productivité du travail ; ils peuvent se dire qu'en théorie il existe un niveau des salaires plus bas qui équilibrerait l'offre et la demande de travail sur le marché et leur permettrait des profits plus élevés ; mais ils ne savent pas comment trouver rapidement ce nouveau prix d'équilibre du travail sans risquer une succession d'ajustements inadéquats des salaires qui bouleverseront la composition de la force de travail et désorganiseront la production.

On peut donc conclure qu'à court et moyen terme, les producteurs et les employeurs *préfèrent le plus souvent adapter la quantité* de biens et de travail plutôt que de modifier les prix et salaires. Face aux mouvements de l'offre et de la demande, les *nouveaux prix* d'équilibre ne peuvent pas être rapidement déterminés et les agents commencent habituellement par *ajuster les quantités* aux *anciens prix.* L'incapacité des mécanismes de prix à rétablir instantanément l'équilibre entre l'offre et la demande met les agents dans une situation d'incertitude quant à la réalisation de leurs plans. On n'est jamais sûr de pouvoir vendre ou se procurer au prix courant la quantité désirée d'un bien ou d'un facteur, parce que les prix ne sont pas habituellement des prix équilibrant en permanence l'offre et la demande. Les agents peuvent donc rester durablement en situation de déséquilibre.

2. LES DÉSÉQUILIBRES SONT DURABLES

Nous allons montrer à présent comment la priorité donnée aux ajustements des quantités remet en question la théorie libérale à propos des quatre principaux problèmes de l'économie nationale (les débouchés, le plein emploi, la monnaie et l'inflation, l'équilibre extérieur).

A. Le problème des débouchés

Selon la « loi des débouchés » il existe toujours une demande suffisante pour écouler tous les biens et services produits, puisque la dépense globale d'un pays est égale au revenu national qui est lui-même équivalent à la production. Au chapitre 2, nous avons présenté quatre objections à cette loi. Nous allons voir à présent les limites des réponses libérales à chacune de ces objections. Comme nous l'avions fait au chapitre 2, nous renvoyons le problème de l'équilibre extérieur pour un examen plus détaillé à la section D ci-dessous.

a) Le déséquilibre général

• *Rappel :* 1re objection à la loi des débouchés. Même si la valeur totale de l'offre est égale à la valeur totale de la demande, la structure par produits de l'offre et celle de la demande ne sont pas nécessairement identiques ; on peut alors constater une surproduction temporaire dans certains secteurs, et une sous-production (des pénuries) dans d'autres secteurs.

La réponse libérale reposait ici sur la loi de l'offre et de la demande censée rétablir en permanence l'équilibre sur chaque marché particulier. Mais les prix n'ont pas la flexibilité requise pour assurer cet équilibre permanent. Les agents ajustent en priorité les quantités plutôt que les prix. De ce fait, un choc affectant un marché particulier peut se transmettre à tous les autres. Par exemple, une demande insuffisante pour écouler la production de certains produits de consommation entraîne d'abord une baisse de la production, de l'emploi et des investissements, dans les secteurs concernés. Les producteurs touchés par cette crise des débouchés réduisent l'emploi et leurs commandes aux entreprises qui assuraient les fournitures de matières premières et de biens d'équipement ; ces dernières révisent à leur tour les plans de production et d'emploi à la baisse et étendent le recul d'activité à leurs propres fournisseurs. Peu à peu, le déséquilibre initial s'étend à un nombre croissant d'entreprises et de secteurs. A chaque recul de la production, la demande de travail se trouve réduite et le chômage apparaît. Le chômage et la baisse des profits réduisent le revenu disponible et la consommation des ménages : la crise s'étend ainsi à des industries de biens de consommation qui n'étaient pas concernées au départ par le recul de la demande. Un déséquilibre partiel à l'origine peut ainsi se transformer en déséquilibre général

b) Le rôle de la monnaie dans l'économie

• *Rappel :* 2e objection à la loi des débouchés. Une partie des revenus distribués n'est pas dépensée en biens de consommation mais épargnée. Une partie de cette épargne sert à financer des dépenses d'investissement, mais une autre peut être thésaurisée, c'est-à-dire conservée sous forme d'argent liquide et jamais dépensée. La dépense peut alors être inférieure à la production.

Selon la théorie classique de la monnaie, cette objection n'est pas pertinente puisque la monnaie ne sert qu'à effectuer des dépenses. La monnaie n'est jamais désirée ni détenue pour elle-même. Les agents n'épargnent donc pas pour détenir des encaisses monétaires oisives en réserve, mais pour effectuer des placements qui financeront des dépenses d'investissement.

Dans l'optique keynésienne, comme dans le monde réel, la monnaie joue aussi le rôle d'une *réserve de valeur*. Dans un monde incertain où, nous l'avons vu, les agents ne sont jamais tout à fait certains de réaliser leurs plans, la détention de monnaie présente un avantage par rapport à la possession de tout autre bien : elle est le seul bien susceptible de se transformer à tout moment et sans pertes en n'importe quel autre bien. La détention de placements soumis aux amples et imprévisibles fluctuations des marchés financiers est risquée et les agents peuvent avoir une *préférence pour la liquidité*. Dans les périodes de crise où les agents perdent confiance dans la solidité de l'économie et des entreprises, ils peuvent se détourner des placements financiers et préférer la monnaie (liquide). Une part plus importante du revenu national se trouve alors détenue sous la forme de monnaie non dépensée, ce qui peut poser un problème de débouchés. Toutefois, la thésaurisation pure (dans un coffre, un bas de laine ou un placard) est désormais beaucoup plus limitée qu'à l'époque où Keynes développait sa théorie (années 1920 et 1930). L'essentiel de la monnaie est détenu sous forme de dépôts bancaires que les banques peuvent en fin de compte utiliser pour financer des crédits. Là n'est donc plus le problème majeur posé par la loi des débouchés.

c) *Les déterminants de la consommation et de l'épargne*

• *Rappel :* 3e objection à la loi des débouchés. Même si la totalité de l'épargne est utilisée pour des dépenses d'investissement, il faut que la répartition de la production entre biens d'investissement et biens de consommation décidée par les producteurs corresponde à la répartition du revenu des ménages entre consommation et épargne. On peut manquer d'épargne par rapport aux besoins d'investissement des entreprises. Inversement, les ménages peuvent choisir une épargne trop forte par rapport à la demande d'investissement et donc une consommation trop faible pour écouler tous les biens de consommation disponibles.

Dans l'optique libérale, ce problème est résolu par les fluctuations des taux d'intérêt qui sont censées assurer l'équilibre entre l'épargne et l'investissement. Mais cette vision est contestée par les keynésiens parce qu'elle suppose que les taux d'intérêt sont le principal facteur déterminant la répartition du revenu entre consommation et épargne. Dans la réalité, seuls les agents fortunés tiennent réellement compte des taux d'intérêt. La plupart des ménages déterminent d'abord leur consommation en fonction de leurs revenus courants ou anticipés ; ils cherchent en priorité à atteindre un certain niveau de satisfaction de leurs besoins en consacrant une fraction relativement stable de leur revenu à la consommation (fraction que l'on dénomme *propension à consommer*). L'épargne est un résidu : ce qui reste quand on a consacré la fraction de revenu souhaitable à la consommation ; elle dépend donc elle aussi principalement du revenu et non des taux d'intérêt. En conséquence, si la consommation est insuffisante (et l'épargne trop abondante) pour écouler la production offerte, on ne peut compter, comme le prétend la théorie libérale, sur une baisse des taux d'intérêt pour modifier la répartition des revenus au profit de la consommation et au détriment de l'épargne.

Au total, nous venons de montrer que les différentes objections à la loi des débouchés ne peuvent être écartées simplement. Les mécanismes d'ajustement aux déséquilibres par des variations de prix ou de taux d'intérêt ne jouent pas comme prévu par l'analyse libérale. L'économie nationale peut donc parfaitement connaître une situation de surproduction générale et rester momentanément bloquée dans cette situation. Le problème des débouchés est donc réel et sans solution automatique.

B. Le problème du chômage

L'histoire économique et la simple observation suffisent apparemment à contester la vision libérale du marché du travail. Manifestement, et ce au moins depuis les années 1920, les baisses de salaires censées résorber le chômage, soit ne se produisent pas, soit ne sont pas suivies par l'élimination (ni même parfois la réduction) rapide du chômage. Mais les théories classiques et néoclassiques expliquent cette contradiction apparente par les rigidités salariales institutionnelles qui entravent le fonctionnement du marché du travail : le chômage ne serait pas le signe d'une inefficacité fondamentale des mécanismes de l'économie de marché, mais d'un manque de liberté.

a) Le problème conjoncturel

Cette vision libérale est vivement contestée par la vision keynésienne, et ce pour deux raisons essentielles : d'une part, en l'absence de toute réglementation, la rigidité des salaires peut être rationnelle pour les entreprises elles-mêmes, d'autre part, la baisse des salaires ne suffit pas à résorber le chômage.

En premier lieu, la rigidité des salaires ne reflète pas uniquement des réglementations et des institutions qu'il suffirait de supprimer pour rétablir la flexibilité salariale.

L'analyse économique moderne de la demande de travail montre comment les employeurs eux-mêmes ont intérêt à rendre les salaires assez largement indépendants des fluctuations de la conjoncture.

Le fait de pratiquer des conditions d'emploi et de rémunération stables par rapport à la conjoncture permet de recruter des travailleurs de qualité à moindre coût *(théorie des contrats implicites)*. En effet, les travailleurs ayant une certaine aversion pour le risque, ils préfèrent un contrat offrant un salaire moyen plus faible mais stable à un contrat proposant un salaire plus élevé mais soumis aux aléas de la conjoncture. Aussi les employeurs offrent-ils implicitement aux travailleurs un contrat d'assurance contre les fluctuations de la conjoncture : ils les payent plus que leur productivité en période de récession puisqu'ils ne baissent pas les salaires, mais ils les rémunèrent moins que leur productivité dans les périodes d'expansion.

Par ailleurs, les investissements des entreprises dans la formation de leurs travailleurs sont souvent importants. En période de récession, les employeurs évitent autant qu'ils le peuvent de remettre en cause les contrats de travail de leurs salariés expérimentés pour éviter des départs qui entraîneraient la perte des investissements passés de l'entreprise en capital humain *(théorie du capital humain)*. Ces travailleurs ont en effet le plus souvent une productivité supérieure à celle qu'ils auraient ailleurs. Pour les retenir, l'employeur peut leur verser un salaire équivalent ou légèrement supérieur à celui qu'ils auraient ailleurs, c'est-à-dire un salaire proche de leur productivité dans le reste de l'économie. En conséquence la productivité de ces travailleurs dans leur entreprise est bien supérieure au salaire versé par l'employeur qui est donc fortement incité à les retenir durablement. Tant que le producteur s'attend à une reprise durable qui lui permettra de récupérer le rendement de ses investissements en capital humain, il a intérêt à accepter un surcoût temporaire du travail en ne baissant pas les salaires des travailleurs expérimentés qu'il compte retenir dans l'entreprise.

Enfin, *la théorie du salaire d'efficience* montre que, dans bien des cas, la productivité des travailleurs est affectée par les variations du salaire. En offrant sa force de travail, l'individu met à la disposition de l'employeur non seulement une partie de son temps, mais aussi un certain degré d'effort et d'application dans son travail. Il est raisonnable de penser que l'effort dépend pour une part du sentiment que l'individu a d'être justement payé par son employeur. Si ce dernier abaisse les salaires pour s'adapter à un recul de la productivité provoqué par un recul des ventes, les salariés qui acceptent la baisse des salaires pour éviter leur licenciement peuvent néanmoins réagir en diminuant leur effort. Dans ce cas, la productivité du travail baisse encore davantage et l'équilibre salaire-productivité est à nouveau rompu. L'employeur rationnel peut préférer le coût certain associé à un salaire réel momentanément trop élevé aux coûts incertains associés à un processus conflictuel de baisses de salaires successives lancées à la poursuite d'une productivité de plus en plus faible. Le plus souvent, il n'est pas rentable à long terme de remettre en cause l'accord et, éventuellement, la relation de confiance qui prévaut entre l'employeur et ses employés tant que la récession est perçue comme un phénomène temporaire auquel succédera une reprise de l'activité. Les trois théories évoquées ci-dessus ont une conséquence commune. A court terme, le salaire peut souvent évoluer indépendamment des fluctuations de la productivité parce que tel est l'intérêt des employeurs lorsqu'ils souhaitent maintenir une relation de long terme avec leurs employés. En somme, la rigidité des salaires à la baisse peut très bien refléter le choix rationnel des employeurs et non des blocages institutionnels et réglementaires [cf. *Introduction à l'économie*, chapitre 2, **3. B.** *c)*].

Par ailleurs, même si elle se produisait, la baisse des salaires ne permettrait pas de résorber le chômage. En effet, la baisse des salaires n'a pas qu'un effet stimulant sur la demande de travail ; elle exerce aussi un effet négatif sur la demande globale. Si les entreprises réagissaient à un recul de la demande et de la production par une baisse généralisée des salaires, il s'ensuivrait un ralentissement sensible des dépenses de consommation. Cela contraindrait les entreprises du secteur des biens de consommation à réduire plus encore leur production et leur demande de travail, aggravant ainsi la récession et le chômage ; de nouvelles baisses de salaires seraient alors nécessaires pour rétablir l'équilibre sur le marché du travail. Dans les années 1980, où le thème de la modération salariale était particulièrement en vogue, de nombreuses études ont établi que dans la plupart des pays industrialisés une baisse généralisée des salaires entraîne d'abord un recul de l'emploi et une aggravation du chômage. Il faut attendre longtemps, le plus souvent plusieurs années, pour que les effets positifs sur l'emploi commencent à se manifester.

Si le coût du travail n'est pas le principal responsable du chômage et si, de toute façon, on ne peut compter sur la flexibilité des salaires pour rétablir le plein emploi, le problème essentiel vient du niveau de la demande globale (dans l'optique keynésienne). Pour un coût du travail donné, les entreprises accepteraient d'embaucher davantage si leurs débouchés étaient plus importants. La solution au chômage conjoncturel réside dans une demande globale plus forte. Dans la mesure où il n'y a aucune raison pour que la demande se réveille d'elle-même pour sortir rapidement d'une situation de récession [cf. **A.** ci-dessus], il incombe à l'État d'intervenir pour *relancer* la demande.

b) Le problème structurel

On sait par ailleurs qu'il existe aussi un chômage structurel qui n'est pas provoqué par une insuffisance de la demande globale mais par les transformations de la structure de la demande et de la production. Ainsi, les chômeurs issus des secteurs d'activité en déclin disposent souvent de qualifications inadaptées aux besoins des nouveaux secteurs en expansion où se créent des emplois. Si, en outre, ils sont relativement âgés, les employeurs potentiels ne seront pas disposés à assurer leur formation, faute de pouvoir ensuite rentabiliser cet investissement sur une durée d'activité suffisante. A l'autre extrémité de la population active, la formation des jeunes issus du système scolaire peut être inadéquate pour répondre aux besoins d'une économie qui connaît d'importantes mutations technologiques. La structure de la population active peut ainsi être inadaptée à la structure de la production : une partie des chômeurs ne trouvent pas d'emploi faute d'une qualification adaptée aux besoins des entreprises.

Du point de vue de la théorie classique du chômage, le chômage structurel résulte lui aussi de la rigidité des salaires : les chômeurs concernés seraient embauchés s'ils acceptaient une baisse des salaires jusqu'au point où il redevient rentable de les embaucher. Il y sans doute une part de vrai dans cet argument : si les chômeurs acceptaient des salaires nuls ou négatifs (ils payeraient alors leurs employeurs), ils trouveraient peut-être un emploi ! De façon plus réaliste, il faut bien admettre que les salaires minimums imposés par la loi dans de nombreux pays industriels sont déjà proches du minimum vital pour un couple avec deux ou trois enfants (et un seul salaire). Or, même à ce niveau minimum, les entreprises refusent d'embaucher des travailleurs insuffisamment qualifiés parce que leur productivité effective dans l'entreprise serait extrêmement faible. La suppression des contraintes réglementaires pesant sur la fixation des salaires ne changerait donc rien au problème. En effet, il n'y a pas de raisons *a priori* pour que les entreprises guidées par la recherche des profits acceptent de supporter la charge de la réinsertion sociale des minorités défavorisées en leur offrant des rémunérations largement supérieures à leur productivité. Les entreprises ne pourraient bien souvent offrir aux chômeurs structurels que des salaires inférieurs au minimum vital. Le plus probable est alors qu'elles ne proposeraient même pas ces emplois dans la mesure où l'on peut difficilement espérer une contribution positive à l'entreprise de la part de salariés privés de moyens de subsistance suffisants.

Le chômage structurel constitue donc un problème supplémentaire que la flexibilité des salaires est impuissante à résoudre.

C. L'équilibre monétaire et l'inflation

On peut admettre avec les monétaristes que l'inflation est toujours par nature un phénomène monétaire. L'expérience le confirme : pour que les prix augmentent, il faut bien que les agents puissent dépenser un nombre d'unités monétaires plus important. Mais la nature monétaire du mécanisme inflationniste n'implique en rien que la cause profonde de l'inflation soit d'origine monétaire. On risque là de confondre la fièvre et la maladie : le gonflement simultané des moyens de paiement et des prix peut n'être que le symptôme d'autres déséquilibres dans l'économie nationale. Par ailleurs, contrairement à l'hypothèse monétariste, la monnaie n'est pas neutre. Les variations de la masse monétaire n'ont pas que des effets sur les prix, mais affectent également la production, la consommation, l'investissement, l'emploi.

a) Les sources multiples de l'inflation

Les lecteurs se reporteront au chapitre 4 de *Introduction à l'économie* pour un exposé détaillé des causes de l'inflation. Nous rappelons ici simplement l'essentiel pour notre propos.

D'une manière ou d'une autre, les prix montent parce que la demande globale est plus importante que l'offre globale. Ce déséquilibre entre l'offre et la demande peut avoir plusieurs origines :

– une pression inattendue de la demande (boom des exportations, relance des dépenses publiques, chute de l'épargne, développement du crédit et des moyens de paiement, etc.) ;

– un recul de l'offre provoqué par une hausse inattendue des coûts de production qui rend l'offre moins profitable (choc pétrolier, hausses des salaires ou des taxes sur les produits, etc.) ;

– un déséquilibre structurel entre l'offre et la demande lié au développement de l'investissement (les investissements constituent une dépense immédiate et donc une distribution de revenus immédiate qui alimente la demande alors que l'offre de biens supplémentaires liée aux investissements est décalée de plusieurs mois ou années) ;

– un déséquilibre structurel entre l'offre et la demande lié au développement des services publics non marchands (ces dépenses publiques constituent une distribution immédiate et considérable de revenus qui alimentent la demande sans développement parallèle de l'offre de biens et services marchands) ;

– une inflation structurelle par les coûts, liée à un désaccord entre employeurs et travailleurs sur le partage du revenu entre travail et capital (il entraîne la revendication de hausses de salaires rattrapées ensuite par des hausses de prix qui suscitent de nouvelles revendications salariales, et ainsi de suite) ;

– une inflation structurelle par les coûts, due à l'atténuation de la concurrence qui conduit les entreprises à systématiquement reporter les hausses de coût sur les prix avant de trouver d'autres solutions (réduction d'autres coûts, amélioration de la productivité).

Dans cette liste sommaire, le gonflement de la masse monétaire n'est qu'une source parmi d'autres de l'inflation par la demande. A chaque fois que le processus inflationniste n'est pas provoqué (mais seulement accompagné) par une expansion trop rapide de la masse monétaire, le remède monétariste qui consiste à freiner la création de monnaie peut fort bien ne supprimer que le symptôme du déséquilibre et non le déséquilibre. Par exemple, prenons le cas d'une inflation par les coûts salariaux. Il est probable que des entreprises qui ne peuvent plus trouver les liquidités nécessaires pour régler leurs problèmes de trésorerie s'opposeront plus efficacement aux revendications salariales ; en bloquant la création de monnaie on bloque donc éventuellement la hausse des salaires et les hausses de prix consécutives ; mais on ne résout en rien le déséquilibre économique réel que constitue le désaccord entre employeurs et salariés sur les rémunérations ; au moindre relâchement de la politique monétaire l'inflation repartira rapidement et, dans l'intervalle, ce désaccord se manifeste par d'autres symptômes coûteux pour l'économie (moindre effort des travailleurs, baisse de productivité, grèves, etc.).

b) La monnaie n'est pas neutre

Contrairement à l'argument monétariste l'expansion de la masse monétaire n'a pas toujours pour seul effet la hausse des prix. Le développement des moyens de paiement stimule la demande globale. Si les producteurs utilisent pleinement leurs équipements et la main-d'œuvre disponible dans l'économie, ils ne peuvent en effet répondre à cette pression de la demande que par des hausses de prix. Mais, nous l'avons vu, il n'y a hélas aucune raison de considérer, comme le fait la théorie libérale, que l'économie est toujours et spontanément au plein emploi. S'il existe des capacités de production inutilisées et des chômeurs qualifiés disposés à travailler aux salaires habituellement offerts pour leur qualification, les entreprises peuvent embaucher, remettre en marche des équipements oisifs, et développer leur production en réaction aux pressions de la demande. Dans une situation d'activité ralentie, où la concurrence pour trouver des débouchés est particulièrement rude, une relance de la demande a de fortes chances d'inciter les entrepreneurs à répondre par une production plus forte plutôt que par des hausses de prix. Ce n'est qu'à l'approche de la pleine utilisation des capacités de production que les producteurs sont réellement incités à augmenter leurs prix.

Si l'expansion monétaire peut donc stimuler la production et l'emploi, les restrictions à la création de monnaie peuvent avoir des effets inverses. En effet, nous avons montré que les entreprises réagissent souvent au recul de la demande par une réduction de la production et de l'emploi plutôt que par des baisses de prix. Les ajustements de prix n'interviennent qu'après une période plus ou moins longue de récession. En conséquence, si l'on recourt au freinage de la création monétaire pour maîtriser l'inflation, cela amènera en général un recul de l'activité et de l'emploi.

Ainsi, l'inflation n'est pas un problème aussi anodin que le laissait supposer l'approche libérale. Si le contrôle rigoureux de la monnaie permet en général de juguler la hausse des prix, il ne résout pas nécessairement les déséquilibres réels qui sont à l'origine des pressions inflationnistes, et il a un coût certain en termes d'activité et de chômage.

D. Les déséquilibres extérieurs

Selon la théorie classique de la balance des paiements, un déséquilibre des échanges extérieurs est automatiquement résorbé grâce aux variations des prix sur le marché international. En régime de changes fixes, le déséquilibre des paiements extérieurs se traduit par des mouvements de la masse monétaire qui entraînent à leur tour des variations des prix intérieurs. En régime de changes flexibles, les prix intérieurs ne changent pas, mais les déficits et les excédents extérieurs entraînent des variations des taux de change qui modifient les prix internationaux (exprimés en devises étrangères) [sur tous ces points, cf. chapitre 2, **2. C.** ci-dessus]. Cette vision soulève cependant deux types d'objections. D'une part, les prix peuvent ne pas réagir comme prévu par la théorie classique ; d'autre part, les échanges extérieurs peuvent rester relativement insensibles aux variations de prix, quand elles ont lieu.

a) Les prix ne réagissent pas toujours comme prévu

En régime de changes fixes, un déficit provoque un transfert de monnaie vers l'étranger. Selon la théorie classique il s'ensuit normalement une baisse des prix intérieurs qui devrait stimuler les exportations et freiner les importations. Mais nous avons expliqué comment les producteurs ajustent souvent en priorité les stocks, la production et l'emploi avant de modifier leurs prix. Les prix sont relativement rigides à court terme, surtout à la baisse dans la mesure où, d'un point de vue commercial, il est plus difficile de revenir sur une baisse de prix que sur une hausse. Si le prix relatif produits nationaux/produits étrangers n'est pas modifié, on ne peut s'attendre à une correction des importations et des exportations et le déséquilibre des paiements extérieurs persiste.

D'où l'idée monétariste, très en vogue dans les années 1970, selon laquelle des prix rigides en monnaie nationale redeviennent flexibles une fois convertis en devises étrangères si on laisse fluctuer librement les taux de change. Les expériences de flottement libre des taux de change (dans les années 1970, en particulier) ont montré que l'instabilité des taux de change risquait d'atteindre un niveau tel que la plupart des gouvernements acceptant en théorie le principe de taux de change flexibles ont continué à intervenir sur le marché des changes pour stabiliser la valeur internationale de leur monnaie. De plus, dans les périodes de flottement impur des taux de change, on constate que les entreprises peuvent rendre leurs prix internationaux rigides en compensant la variation des taux de change par une variation de leurs prix en monnaie nationale.

Nous illustrerons ce phénomène par deux exemples. Sur le tableau 1, nous imaginons une situation où les échanges extérieurs de la France et des États-Unis sont équilibrés et où le dollar vaut 5 F. Une entreprise française vend une machine aux États-Unis pour un prix de 1000 F, soit 200 $ quand le taux de change est de 1 $ = 5 F. Survient alors un déficit des échanges extérieurs de la France qui entraîne une dépréciation du franc de 10 %. Désormais, 1 $ = 5,50 F et la machine vendue 1000 F (prix intérieur) est désormais vendue 1000/5,50 = 181,81 $. Notons qu'une machine américaine vendue 200 $ valait 1000 F avant la dépréciation et vaut 200 × 5,50 = 1100 F après la dépréciation. Les produits français deviennent moins chers aux États-Unis et les produits américains, plus chers en France ; les exportations de la France devraient progresser et ses importations diminuer.

Mais ces mécanismes ne jouent que si les entreprises françaises adoptent la première solution qui consiste à maintenir leur prix de base inchangé. Elles peuvent adopter une deuxième solution qui consiste à vendre leur

Tableau 1. Variations des changes et variations des prix

	Prix intérieur	*Taux de change*	*Prix international*
Point de départ	1000 F	5,00	200 $
Réaction à une dépréciation du franc (appréciation du dollar)			
1re solution	1000 F	5,50	181,81 $
2e solution	1100 F	5,50	200 $
Réaction à une appréciation du franc (dépréciation du dollar)			
1re solution	1000 F	4,50	220 $
2e solution	900 F	4,50	200 $

machine à un prix inchangé en dollars sur le marché américain ; avec le nouveau taux de change elles empochent alors 1100 F au lieu de 1000 F. Le prix restant inchangé pour les clients américains, le volume des exportations françaises n'a aucune raison d'être modifié. Les exportateurs français tirent avantage de la dévaluation, *non pas en améliorant leur compétitivité* sur le marché américain *mais en améliorant leurs marges en francs*. Le choix entre les deux solutions reflète un arbitrage entre les profits à court terme et les profits à long terme. En améliorant leur compétitivité-prix sur des marchés étrangers les producteurs peuvent espérer accroître leurs parts de marché et leurs profits futurs. En améliorant leurs marges immédiates ils négligent leur compétitivité à long terme mais améliorent leurs profits immédiats. Par ailleurs, les raisons qui poussent les entreprises à stabiliser les prix facturés à leurs clients sur le marché intérieur [cf. **1.** ci-dessus] peuvent également jouer dans les relations stables qu'elles tentent d'établir avec leurs clients étrangers.

Un raisonnement du même type peut être tenu à la suite d'un excédent français des échanges extérieurs qui amène une appréciation du franc de 10 % ; le dollar passe alors de 5 F à 4,50 F. La machine française sera alors vendue 220 $ aux États-Unis si le prix intérieur reste fixé à 1000 F ; une machine américaine vendue 200 $ valait 1000 F avant l'appréciation et vaut 200 × 4,50 = 900 F après l'appréciation (1re solution). Dans ce cas, les exportations françaises risquent d'être freinées et les importations françaises, stimulées. Mais ces mouvements contribuant à résorber l'excédent ne se produisent pas si les entreprises décident de réduire leurs marges en maintenant le prix en dollar inchangé pour leurs clients américains (à 200 $ elles n'empochent que 900 F). Ce comportement traduirait un choix stratégique en faveur de la compétitivité à long terme sur le marché américain et au détriment des profits immédiats.

Les entreprises peuvent donc adopter des politiques de

marge commerciale qui peuvent rendre leurs prix internationaux relativement indépendants des taux de change. Ces comportements existent bel et bien dans la réalité et on ne peut donc compter sur la flexibilité des changes pour garantir la flexibilité des prix sur le marché international. Certes, les prix intérieurs finissent par s'ajuster à moyen et surtout à long terme, conformément à la loi de l'offre et de la demande. Cependant, même quand les prix finissent par s'adapter dans le sens prévu par la théorie classique, leurs variations peuvent n'avoir que peu d'effets immédiats sur les volumes d'échange.

b) *Les échanges extérieurs sont trop peu sensibles aux variations de prix*

Prenons le cas d'un déficit des échanges extérieurs de la France. Admettons que la dépréciation du taux de change engendrée par ce déficit ne soit pas contrariée par la politique de change (le gouvernement laisse varier librement le taux de change). Supposons enfin que les entreprises ne modifient pas leurs marges et qu'en conséquence la dépréciation rende les produits français effectivement moins chers à l'étranger, et, inversement, rende les produits étrangers réellement plus chers en France. La théorie classique s'attend alors à une progression rapide des exportations et à un déclin des importations qui résorbent le déficit français. Mais il faut pour cela que la demande française pour les produits étrangers et la demande étrangère pour les produits français soient très fortement élastiques (sensibles) aux prix (cf. fiche 7 ci-après).

Or, l'expérience indique que l'élasticité de la demande est toujours plus faible à court terme qu'à long terme. Les consommateurs ne remettent pas systématiquement et surtout pas immédiatement en cause leurs habitudes de consommation à la suite de variations des prix relatifs. Les Français habitués aux voitures allemandes ne se mettent pas à acheter des voitures françaises à chaque

Fiche 7. L'élasticité de l'offre ou de la demande

Le concept d'élasticité prix mesure l'intensité de réaction de l'offre ou de la demande d'un bien à la variation de son prix. On la mesure par le rapport entre le pourcentage de variation de la quantité offerte ou demandée et le pourcentage de variation du prix :

Élasticité = (% variation de la quantité) / (% variation du prix)

La demande étant normalement décroissante en fonction du prix, le calcul de son élasticité donne en général un nombre négatif ou nul (dans le cas où la demande est rigide, c'est-à-dire insensible aux variations de prix). Une élasticité de la demande égale à – 2, par exemple, signifie qu'une augmentation de 1 % du prix de vente entraîne une réduction de 2 % de la quantité demandée ou encore qu'une diminution du prix de 1 % provoque une augmentation de 2 % de la demande.

L'offre étant croissante en fonction du prix, son élasticité varie de 0 (si l'offre est rigide) à l'infini (si l'offre est parfaitement élastique).

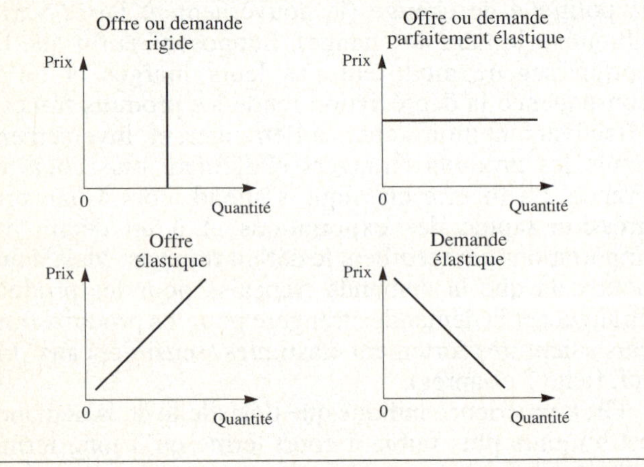

dévaluation du franc par rapport au deutsche mark bien que cela rende les produits allemands plus chers en France. De même, les entreprises ayant établi des relations efficaces et suivies avec des fournisseurs étrangers ne sont pas disposées à remettre en cause ces relations et à rechercher en permanence d'autres fournisseurs au gré des fluctuations du taux de change. Les mêmes arguments valent pour les agents étrangers qui ne modifient pas continuellement leurs habitudes d'achat de biens et services français. Le développement des échanges et la multinationalisation des entreprises ne peuvent par ailleurs que renforcer les liens et la stabilité des relations avec les partenaires étrangers.

En conséquence, dans les économies modernes très interdépendantes, l'élasticité prix des exportations et des importations est souvent insuffisante pour qu'une simple variation des taux de change permette de résorber rapidement un déséquilibre extérieur. Bien au contraire, les variations des taux de change peuvent accentuer le déséquilibre.

Dans le cas d'un déficit extérieur suivi d'une dépréciation du taux de change, les prix des exportations diminuent tandis que les prix des importations augmentent. On constate donc une dégradation des *termes de l'échange* mesurés par le rapport prix des exportations / prix des importations : le pays doit vendre de plus en plus de biens et services à l'étranger pour pouvoir « se payer » une même quantité de biens et services étrangers. Certes, cette dégradation des termes de l'échange correspond aussi à une amélioration de la compétitivité prix des produits nationaux sur le marché international. Mais, si cette compétitivité accrue ne transforme pas rapidement une demande intérieure et une demande étrangère trop peu élastiques et si, en conséquence le volume des importations et des exportations reste à peu près le même, le pays accuse seulement une baisse des recettes à l'exportation et un alourdissement de la facture des importations : le déficit extérieur se trouve aggravé par la dépréciation de la monnaie.

Dans le cas d'un excédent suivi d'une appréciation de la monnaie, les termes de l'échange s'améliorent (hausse du prix des exportations, baisse du prix des importations), mais la compétitivité prix se dégrade. Si le volume des échanges n'est pas affecté par les changements de prix relatif, les recettes à l'exportation se développent et la facture des importations se trouve allégée : l'appréciation de la monnaie accentue l'excédent des échanges extérieurs.

La capacité des variations de change à rétablir l'équilibre est donc limitée par l'élasticité des importations et des exportations. La théorie économique a établi un résultat important à ce propos : *le théorème des élasticités critiques* (connu également sous le nom de théorème de Marshall-Lerner) : si un pays a une balance des échanges équilibrée, une dépréciation (ou une dévaluation) du taux de change sera suivie d'un retour à l'équilibre extérieur à condition que la somme en valeur absolue des élasticités prix des importations et des exportations soit supérieure à un. Si la balance des échanges est déficitaire avant la dépréciation, la condition de retour à l'équilibre est encore plus stricte : la somme des élasticités doit être d'autant plus supérieure à un que le déficit initial est important.

L'expérience indique que ces conditions peuvent souvent être remplies à moyen et long terme, parce que les échanges finissent toujours par s'adapter à une modification durable des prix relatifs. La loi de l'offre et de la demande joue toujours dans le long terme. Mais sur un horizon plus court, de un à trois ans, et sauf le cas de variations considérables des taux de change, l'expérience montre plutôt une réaction assez lente des volumes d'échange aux dépréciations ou appréciations des monnaies : ces dernières ont donc plutôt tendance à accentuer les déséquilibres extérieurs à court terme.

4

Les objectifs économiques

La définition des objectifs de la politique économique a progressivement émergé des débats suscités par la grande dépression des années 1930 et ensuite par la diffusion des thèses keynésiennes. Au lendemain de la Seconde Guerre mondiale, et jusqu'aux années 1960, un quasi-consensus existait pour reconnaître le rôle, voire la responsabilité, de l'État dans la gestion des principaux problèmes macroéconomiques évoqués dans les chapitres précédents.

Dès lors, les économistes ont le plus souvent pensé la politique économique comme un choix économique parmi d'autres : il s'agit d'atteindre au mieux certains objectifs en gérant un certain nombre de contraintes et en utilisant de la façon la plus efficace possible un certain nombre d'instruments (monnaie, taux d'intérêt, taux de change, budget de l'État).

Du débat théorique sur la nécessité des interventions de l'État dans l'économie nationale, il ressort habituellement quatre objectifs : le plein emploi, le soutien de l'activité économique ou la croissance, l'équilibre extérieur, la stabilité des prix. Bien que chacun de ces objectifs paraisse aisément justifiable, nous verrons que tous présentent aussi des ambiguïtés et des limites.

A. Le plein emploi

Rappelons qu'au sens large, le plein emploi est réalisé si l'ensemble des facteurs de production disponibles dans l'économie sont utilisés de la façon la plus efficace possible, c'est-à-dire dans l'usage qui assure leur plus forte productivité. Le problème du plein emploi concerne donc en théorie autant le capital que le travail, même si, dans les préoccupations politiques, la question est le plus souvent ramenée au plein emploi du seul travail.

a) Justification de l'objectif

Le fait de laisser des équipements inutilisés ou des individus qualifiés et désireux de travailler sans emploi constitue à l'évidence un gaspillage des facteurs de production. Une utilisation plus intense et plus efficace de ces derniers permettrait une production et donc un revenu national plus élevés.

Le coût du sous-emploi ne se limite pas à la perte de production et de revenu des agents directement concernés. A ces coûts privés s'ajoute des coûts sociaux ou collectifs. Le chômage, par exemple, entraîne une indemnisation des chômeurs qui est financée, d'une manière ou d'une autre, par des prélèvements sur les revenus des autres agents (travailleurs employés et entreprises).

Quand le chômage représente une fraction importante de la population active, il implique une faible consommation d'une partie encore plus importante de la population totale (qui comprend les enfants et autres inactifs à la charge des chômeurs). Or, une demande plus faible pour les biens de consommation réduit les revenus des entreprises installées dans ce secteur.

La forte concentration du chômage sur certaines catégories déjà défavorisées de la population (jeunes peu qualifiés, minorités ethniques, banlieues des grandes métropoles, etc.) accentue les différences et les tensions entre les groupes sociaux qui peuvent à terme constituer une source d'instabilité politique ou d'insécurité nuisible pour l'ensemble de la population.

b) Ambiguïté et limites de l'objectif

Une première difficulté tient aux indicateurs retenus pour apprécier l'état du marché du travail : nombre de chômeurs ou taux de chômage. Ces indicateurs sont souvent contestés et, de fait, ils soulèvent de réels problèmes de définition et de mesure. Ils sont aussi trop généraux pour donner une indication pertinente des vrais problèmes de l'emploi qui sont mieux reflétés par un examen des durées du chômage et des taux de chômage catégoriels par âge, ou par qualification (cf. fiche 8).

En outre, s'il est difficilement contestable, l'objectif du plein emploi n'est pas simple à définir. En premier lieu, il ne suffit pas que tout le monde puisse trouver un emploi pour assurer le plein emploi. Le fait qu'un individu dispose d'un emploi rémunéré ne garantit en rien qu'il soit toujours utilisé au mieux de ses compétences.

Fiche 8. Le problème de la mesure du chômage

Tout le monde s'accorde pour retenir la définition du Bureau international du travail (BIT). Au sens du BIT, un chômeur est un individu en *âge* de travailler, sans *emploi* rémunéré, à la *recherche effective* d'un emploi rémunéré et *disponible*. Mais cette définition repose sur quatre notions ambiguës : l'âge de travailler, l'emploi, la recherche et la disponibilité. Qu'est-ce que *l'âge de travailler* ? Dans la plupart des pays industrialisés, la fourchette retenue s'établit entre 15-16 ans et 60-65 ans ; mais pourquoi ne pas retenir 14-66 ans ou 18-60 ans ? Même si cela est déplorable, le travail des enfants existe. Par ailleurs, de nombreux retraités souhaitent poursuivre ou poursuivent effectivement une activité professionnelle. L'âge de travailler n'est pas une notion économique objective, mais un concept social et politique arbitraire. Il en va de même du concept d'*emploi*. A partir de quelle durée hebdomadaire d'activité rémunérée →

→
peut-on considérer qu'un individu a un emploi : 39 heures, 10 heures, 20 heures ? Le BIT estime que tout individu ayant travaillé au moins une heure dans la semaine a un emploi et ne peut être compté parmi les chômeurs. Il est pourtant évident que la solution au problème du chômage ne consiste pas à offrir une heure d'activité hebdomadaire à tous les demandeurs d'emploi ! Mais, par ailleurs, certaines personnes souhaitent ne travailler que quelques heures par semaine et considèrent ce type d'activité comme un emploi. On le voit, la définition du concept d'emploi est parfaitement subjective.

De même, il n'existe pas de critère objectif pour définir la *recherche effective* d'un emploi. L'inscription sur une liste de demandeurs d'emploi (à l'ANPE en France) ne garantit en rien que les individus effectuent de réelles démarches de recherche d'emploi. Inversement, des chômeurs recherchant activement un emploi peuvent très bien n'être inscrits nulle part. La *disponibilité*, enfin, est également impossible à définir. En général, un individu n'est pas considéré comme chômeur s'il n'est pas disponible dans les quinze jours. Mais pourquoi pas treize ou vingt jours ?

Ainsi, l'économiste scientifique n'a rien à dire sur la définition du chômage ; elle dépend entièrement de conventions arbitraires. C'est la raison pour laquelle la théorie économique ne participe pratiquement jamais au débat pourtant fréquent sur la mesure du chômage. Ce débat est essentiellement politique et sans intérêt réel pour l'analyse économique. En effet, une définition plus précise du chômage ne serait utile que si une mesure précise du *nombre de chômeurs* importait vraiment pour la politique économique. Or, il n'en est rien : le nombre de chômeurs ne donne pas les informations essentielles sur l'efficacité du marché du travail.

Un nombre de chômeurs et un taux de chômage (en pourcentage de la population active) n'ont en eux-mêmes aucune signification particulière en raison de la diversité des situations qu'ils peuvent recouvrir. Dans les années 1980, en France, un taux de chômage de 10 % pouvait masquer un taux de chômage de 3 % pour les diplômés des grandes écoles et un taux de chômage de près de 50 % pour les femmes de moins de 25 ans et sans qualification.

Un chiffre identique de 3 000 000 de chômeurs sera enregistré dans deux situations dont les significations sont diamétralement opposées :

– 3 000 000 de personnes sont au chômage depuis 5 ans ; ce sont toujours les mêmes et tous les autres membres de la population active ne connaissent jamais le chômage ;

– 3 000 000 de personnes entrent au chômage chaque jour et en sortent le lendemain.

Dans la première situation, on constate une exclusion définitive d'une partie de la population active et une incapacité totale du marché du travail à réinsérer les chômeurs. Dans la seconde, on a une économie où la mobilité du travail est extrême, où chaque individu change d'emploi un très grand nombre de fois dans l'année, mais où le marché du travail n'a aucune difficulté à réintégrer presque immédiatement tous les chômeurs. Dans le premier cas, le marché du travail est totalement inefficace, dans le second, il est parfaitement efficace ; et pourtant, le nombre de chômeurs est le même dans les deux cas.

L'absurdité de ces deux exemples est à la mesure de celle qui consiste à débattre indéfiniment du nombre de chômeurs à 100 000 individus près. On voit bien que ce qui importe ici est manifestement la *durée moyenne* du chômage. Le taux de chômage peut augmenter parce que la mobilité du travail est plus forte ; mais si alors la durée du chômage ne s'élève pas, c'est le signe d'une efficacité plus grande du marché du travail puisqu'il parvient à reclasser dans les mêmes délais un flux de travailleurs plus important. Inversement, le taux de chômage peut grimper simplement parce que le marché du travail réoriente de plus en plus lentement un flux identique d'entrées en chômage. La durée moyenne du chômage est donc un indicateur bien plus pertinent que le nombre de chômeurs.

De toute façon, pour l'économiste, le vrai problème du marché du travail est celui du *sous-emploi*. La question pertinente est de savoir si le facteur travail est pleinement employé ou non, c'est-à-dire s'il est utilisé dans des conditions qui garantissent la productivité maximale. Or, nous l'avons montré, le chômage n'est pas une mesure pertinente du sous-emploi.

Ainsi, les débats sur la définition et la mesure du chômage ne présentent guère d'intérêt pour l'analyse économique et risquent au contraire de détourner l'attention des vraies questions qui concernent le sous-emploi et la durée du chômage.

Une gestion inefficace des ressources humaines, de mauvaises conditions de travail, ou encore des rémunérations et promotions indépendantes des performances individuelles, peuvent maintenir la motivation et l'effort des travailleurs en deçà de leurs capacités réelles.

Par ailleurs, et contrairement à l'usage du langage courant, « chômage » n'est pas synonyme de « sous-emploi ». En effet, même s'il existe à tout moment un poste disponible pour chaque individu à la recherche d'un emploi, il ne serait pas rationnel pour les individus concernés d'accepter le premier emploi venu. L'individu a intérêt à consacrer un certain temps à la recherche d'informations sur les emplois disponibles de façon à trouver le meilleur salaire, les meilleures conditions de travail, etc. Ce temps de recherche implique une période de chômage. Mais il s'agit là d'un chômage volontaire qui améliore la situation finale de l'individu et celle de l'économie nationale : il élève la productivité en orientant les travailleurs vers les emplois pour lesquels ils sont les plus motivés. Ainsi, même en situation de plein emploi, il existe un chômage de mobilité incompressible qui contribue à une utilisation optimale du facteur travail (les économistes l'appellent parfois le *chômage frictionnel*). Ce chômage est alimenté en permanence par la mobilité des travailleurs. A tout moment, des individus quittent un emploi pour changer de patron, de conditions de travail, de région, de salaire, de poste, de secteur d'activité, etc. Des salariés quittent le marché du travail pour se consacrer à des activités domestiques ; d'autres entrent à nouveau sur le marché du travail après des périodes d'inactivité. Plus la mobilité des travailleurs est forte, plus ils passent souvent par le marché du travail à la recherche d'un nouvel emploi, et plus les entrées au chômage sont élevées. Mais il s'agit d'un chômage de mobilité parfaitement compatible avec le plein emploi. Pour donner des ordres de grandeurs, on considère souvent que le plein emploi du travail correspond à des taux de chômage de 2 à 3 % dans les pays européens et de 4 à 5 % aux États-Unis (où la mobilité du travail est plus forte).

De même, le plein emploi du capital ne signifie pas la mise en service complète de tous les équipements en état de marche. Rares sont les équipements qui peuvent fonctionner 24 heures sur 24, 365 jours par an ; rares sont les entreprises capables de fonctionner en permanence à l'extrême limite de leurs capacités de production. Concrètement, dans les pays industrialisés, on considère souvent que le plein emploi des capacités de production est atteint pour un taux d'utilisation situé entre 85 et 90 %. De plus, certains équipements inutilisés sont encore physiquement en état de marche, mais ne le sont plus économiquement : ils sont *obsolètes*, c'est-à-dire dépassés en termes technologiques, et ne pourraient être remis en service qu'à des conditions de coûts trop supérieures à celles des concurrents et n'autoriseraient qu'une production non rentable. L'existence de machines oisives, d'ateliers fermés, etc., peut parfois donner l'illusion d'un sous-emploi du capital alors que l'économie est en situation de *plein emploi du capital dont l'utilisation est rentable* compte tenu des prix de vente de la production imposés par la concurrence sur les marchés.

Ainsi, même si l'objectif de plein emploi des facteurs est rarement contesté, il est particulièrement délicat de préciser à partir de quel taux de chômage ou de quel taux d'utilisation des capacités de production l'objectif est atteint. La difficulté est renforcée par le fait que ces taux critiques varient selon l'époque ou le pays avec, notamment, la mobilité du travail, l'évolution des technologies et l'organisation des entreprises.

B. La croissance

Le taux de croissance économique est mesuré par le pourcentage de variation annuelle du Produit intérieur brut (PIB) en volume.

a) Justification de l'objectif

Les bienfaits de la croissance paraissent évidents. Le revenu vient de la production. La croissance du PIB améliore donc le revenu national. Une croissance du PIB supérieure à celle de la population (croissance du PIB/habitant) améliore le revenu réel moyen de la population et la capacité des individus à satisfaire leurs besoins. La croissance du PIB suppose l'utilisation plus intensive des facteurs de production et contribue donc au plein emploi. La croissance assure l'avenir : le développement rapide des revenus permet de dégager une épargne qui assure à son tour le financement des investissements productifs ; or ces investissements assurent la production et l'emploi futurs. Quand elle développe le pouvoir d'achat de la majorité des individus, la croissance atténue les conflits entres les différents groupes sociaux pour le partage du revenu national. La croissance permet aussi de financer la protection sociale et des services collectifs qui constituent une part essentielle du bien-être de la population : justice, éducation, santé, infrastructures routières et portuaires, etc. En un mot, la croissance est l'instrument principal du *développement*, concept plus large qui implique la satisfaction croissante de l'ensemble des besoins (matériels, intellectuels, culturels et sociaux de la population).

La définition plus précise d'un niveau de croissance souhaitable est directement liée à l'objectif du plein emploi. En effet, une croissance qui nécessite une utilisation trop intensive des facteurs de production provoque une forte élévation des coûts de production et est donc impossible pour les entreprises sans une forte hausse de prix. Inversement, une sous-utilisation des facteurs implique le chômage. L'objectif de croissance consiste donc à maintenir le PIB effectif proche du *PIB potentiel* défini comme le PIB qui assure le plein emploi des facteurs de production sans accélération de l'inflation. Si le PIB se développe au-delà du PIB potentiel, l'inflation s'accélère ; si le PIB reste en deçà du potentiel, le chômage se développe.

b) Ambiguïté et limites de l'objectif

Cet objectif qui lui aussi paraît aller de soi, pose néanmoins des problèmes plus sérieux que celui du plein emploi, et qui tiennent soit à la mesure du taux de croissance, soit aux coûts de la croissance.

• ***La mesure de la croissance est ambiguë***

Nous avons déjà signalé que le PIB constitue une mesure incomplète et imparfaite des différentes productions (cf. fiche 2 du chapitre 1). Même si le PIB mesurait correctement la production, il reste que le taux de croissance est un indicateur trop global pour toujours constituer un objectif en soi pour la collectivité. Le taux de croissance peut par exemple augmenter en raison du développement d'industries lourdes au service du secteur militaire qui satisfait le désir de puissance des dirigeants sans améliorer le bien-être des populations. De façon plus générale, la croissance peut se faire au profit des services collectifs, des investissements privés ou de la consommation privée. Le partage entre ces trois composantes détermine en partie l'intérêt des différentes catégories de la population pour la croissance économique. Il est donc important de se demander ce qui croît effectivement : quels biens ? quels services ? quels secteurs ? Durant des décennies, l'ex-URSS a connu des taux de croissance élevés sans pour autant satisfaire certains besoins élémentaires en alimentation, vêtements ou logements.

Au problème de la répartition de la croissance entre les secteurs, s'ajoute celui de la répartition des revenus tirés de la croissance. Si la répartition des revenus est très inégalitaire, une grande majorité de la population peut ne trouver qu'un intérêt limité à la recherche de la croissance. Et si la croissance accentue les inégalités, elle peut même constituer une source de conflits et d'instabilité politique.

• ***La croissance a un coût***

A court terme, la croissance contredit en partie les deux autres objectifs présentés ci-dessous. Une forte croissance implique une forte demande qui exerce des pressions à la hausse des prix d'autant plus fortes que certains secteurs atteignent le plein emploi des capacités de production. Par ailleurs, la forte croissance d'un pays se traduit par des achats plus importants en matières premières, produits intermédiaires et biens de consommation, dont une partie est importée. Une croissance poussée par la demande intérieure stimule donc les importations et n'a aucun effet sur la demande étrangère et les exportations : elle tend donc à provoquer ou à accentuer un déficit des échanges extérieurs. La recherche de la croissance entre donc en contradiction avec les objectifs de stabilité des prix et d'équilibre extérieur.

Hormis ces problèmes d'arbitrage à court terme entre les différents objectifs de la politique économique, le souhait d'une croissance la plus forte possible à long terme semblait aller de soi jusqu'aux années 1960. Pourtant, à long terme, la croissance économique repose sur une exploitation de plus en plus intensive des ressources naturelles qui sont largement non reproductibles ou plus précisément qui ne se reproduisent qu'au bout de quelques millions d'années. Les pays industriels ont commencé à prendre assez largement conscience des menaces d'épuisement des ressources naturelles vers la fin des années 1960 et au début des années 1970, notamment avec la publication des rapports d'un groupe d'économistes : le Club de Rome. Les prévisions catastrophiques des années 1970 ont laissé la place à des considérations moins pessimistes s'appuyant sur les possibilités nouvelles offertes par la technologie moderne pour économiser l'énergie et développer de nouvelles sources d'énergie.

A cela viennent s'ajouter les atteintes quotidiennes à l'environnement associées au développement de la production industrielle et qui ont des effets clairement et immédiatement perceptibles : accumulation de déchets, nuisances associées aux fumées industrielles et aux rejets dans les rivières ou les océans, déforestation, etc. Mais les menaces les plus graves sont en partie invisibles. Le réchauffement progressif de l'atmosphère dû au gaz carbonique (« effet de serre ») risque d'amener des transformations catastrophiques des climats, à l'échelle planétaire et ce, dès la première moitié du XXIe siècle. La dégradation de la couche d'ozone dans la stratosphère réduit progressivement la protection naturelle de la planète contre les rayons nocifs du soleil. La montée en puissance des mouvements ou partis écologiques et la prise en compte progressive de ces préoccupations par les pouvoirs publics indiquent que la croissance n'est plus recherchée à n'importe quel prix, même si, jusqu'aux années 1990, la tendance à reporter le problème sur les générations futures reste assez marquée.

C. L'équilibre extérieur

Le concept d'équilibre extérieur recouvre l'équilibre de la balance des paiements et celui du marché des changes qui constituent les deux aspects d'un même problème.

Les agents résidents en France achètent des biens et services, versent des revenus (salaires, intérêts, dividendes), envoient des capitaux (investissements directs, prêts, placements financiers) à l'étranger. Les résidents effectuent donc des versements en devises, ou bien en francs qui sont ensuite convertis par les non-résidents dans leur propre monnaie. D'une manière ou d'une autre donc, toutes les opérations décrites ci-dessus se traduisent, sur le marché des changes, par une demande de devises contre francs (ou, ce qui revient au même, une offre de francs contre devises).

En sens inverse, les agents résidents en France exportent des biens et services, reçoivent des revenus et des capitaux (notamment des emprunts) en provenance de l'étranger. Les étrangers doivent donc convertir leurs devises en francs pour effectuer des règlements en francs, ou bien versent des devises aux résidents français qui en demandent ensuite la conversion en francs. D'une manière ou d'une autre, donc, ces opérations se traduisent, sur le marché des changes, par une offre de devises contre francs (ou, ce qui revient au même, une demande de francs contre devises).

Si l'ensemble des paiements extérieurs (la balance globale des paiements) est équilibré, l'offre et la demande de francs sur le marché des changes sont également équilibrées et il n'existe aucune pression à la hausse ou à la baisse du taux de change (le prix international du franc). La stabilité du taux de change et l'équilibre de la balance des paiements constituent donc deux facettes d'un même équilibre.

a) Justification de l'objectif

Au double aspect de l'équilibre extérieur correspond une double contrainte : contrainte de taux de change et contrainte financière. La *contrainte de taux de change* tient à la nécessité de garantir une certaine stabilité du taux de change. La *contrainte financière* tient à la nécessité de dégager à long terme les ressources en devises nécessaires pour assurer les paiements au profit du reste du monde. Ces deux contraintes ne sont pas indépendantes mais simultanées et se renforcent réciproquement.

• ***La contrainte du taux de change***

Jusqu'en 1973, la plupart des pays ont adhéré à un régime de taux de change fixes, dans lequel chaque gouvernement s'engage à maintenir les fluctuations de son taux de change à l'intérieur de marges de fluctuations relativement étroites. A partir de 1973, les taux de change par rapport au dollar ont fluctué librement en théorie. Mais, dans la pratique, tous les gouvernements ont continué à intervenir sur le marché des changes pour stabiliser leur taux de change. En outre, la plupart des pays de la Communauté européenne ont progressivement mis en place un système monétaire européen (institutionnalisé en 1979) rétablissant entre eux un régime de changes stables. Ainsi, quel que soit le pays étudié, on peut considérer que la stabilité du taux de change constitue plus ou moins une contrainte (nous verrons dans le chapitre 9 en quoi la mise en place d'une monnaie unique européenne modifie cette contrainte).

Nous avons montré au chapitre 3 qu'en raison d'une élasticité prix insuffisante des importations et des exportations une dépréciation du taux de change contribue au déficit des échanges extérieurs (en alourdissant la facture des importations et en allégeant les recettes à l'exportation). Or le déficit extérieur contribue à son tour à la dépréciation du taux de change. Il existe donc un risque de cercle vicieux du type :

dépréciation → déficit extérieur → dépréciation…

La stabilité du taux de change est donc un objectif d'autant plus contraignant que ses variations risquent d'amplifier les déséquilibres de la balance des paiements et par là même la contrainte financière.

• ***La contrainte financière***

A long terme, tout pays doit dégager les ressources en devises nécessaires pour assurer ses paiements au profit du reste du monde. Un excédent de la balance des paiements globale de la France, par exemple, implique une entrée nette de devises dans le pays. Les agents résidents détenteurs de ces devises en demandent la conversion en francs. Sur le marché des changes, cela se traduit par une augmentation de la demande de francs contre d'autres devises, ce qui entraîne une appréciation du franc. Le gouvernement, afin de respecter ses engagements internationaux, doit intervenir sur le marché des changes pour éviter une trop forte appréciation du franc. Concrètement, la banque centrale vend des francs contre des devises ; en augmentant l'offre de francs elle contrarie la tendance à l'appréciation du franc ; mais, en convertissant en francs les devises offertes sur le marché elle augmente la masse monétaire en circulation (en France), ce qui, on l'a vu, est une source potentielle d'inflation. Un excédent durable de la balance des paiements peut donc entrer en contradiction avec la stabilité des prix.

La contrainte est encore plus forte dans le cas d'un déficit de la balance des paiements globale. En effet, le déficit implique une sortie nette de devises vers l'étranger : la France effectue plus de paiements à l'étranger qu'elle n'en reçoit. Sur le marché des changes, cela se traduit par une forte demande de devises contre francs ; les devises tendent à s'apprécier et le franc à se déprécier. Pour éviter une trop forte dépréciation du taux de change, la banque centrale intervient pour acheter des francs contre des devises. Mais cela suppose que la banque centrale dispose de réserves de change suffisantes. Or ces dernières ne sont pas inépuisables. Les réserves de change accumulées durant les années d'excédent peuvent servir à intervenir durant les années de déficit, mais la banque centrale ne peut pas supporter un déficit permanent de la balance des paiements.

La balance des paiements globale comprend la balance des transactions courantes et la balance des capitaux (cf. fiche 9). A court et moyen terme, il n'est pas nécessaire que ces deux balances intermédiaires soient équilibrées. En effet, l'équilibre de la balance globale peut être préservé si les soldes des deux balances intermédiaires se compensent. Ainsi, un déficit de la balance des transactions courantes peut être compensé par un excédent de la balance des capitaux. Tel est le cas, par exemple, si un déficit de la balance commerciale est financé par des emprunts de capitaux à l'étranger entraînant un excédent de la balance des capitaux.

A long terme, la contrainte extérieure est encore plus stricte. L'équilibre de la balance globale n'est plus suffisant et il convient en outre d'atteindre l'équilibre des transactions courantes. En effet, le financement d'un déficit des transactions courantes par des emprunts de capitaux ne fait que déplacer le problème dans le temps. Les capitaux empruntés devront être remboursés et avant cela, chaque année, ils entraînent des paiements d'intérêts à l'étranger qui aggravent le déficit des transactions courantes. Toute entrée de capitaux empruntés se traduit ensuite par des sorties de capitaux au moins équivalentes et qui doivent à leur tour être financées. Une situation saine suppose que le pays dégage à terme un excédent de la balance des transactions courantes qui lui procure les devises nécessaires au paiement des intérêts et au remboursement des capitaux empruntés pour financer les années de déficit. Dans le long terme, donc, des excédents doivent compenser les déficits des transactions courantes ; les emprunts de capitaux ne sont qu'un moyen d'étaler dans le temps ce nécessaire ajustement.

• ***Le protectionnisme au service du plein emploi***

Signalons enfin, un argument assez rare parmi les économistes, mais plus fréquent dans le débat politique : la recherche du plein emploi milite contre le maintien d'un déficit des échanges extérieurs. En effet tout détournement de la demande nationale au profit des produits étrangers et au détriment des produits nationaux pourrait supprimer des emplois dans le pays ; un déficit extérieur serait donc source de chômage.

Cet argument sert de fondement aux partisans d'un certain protectionnisme. La limitation des importations leur semble justifiée par le souci de protéger l'emploi national.

b) Ambiguïté et limites de l'objectif

L'argument du chômage associé au déficit n'est guère convaincant. Nous réglerons son sort en premier. La contrainte extérieure n'est en revanche pas illusoire, mais elle n'a pas empêché bien des gouvernements de la négliger, parce que l'équilibre des paiements extérieurs n'est vraiment nécessaire qu'à long terme.

• ***Chômage et déficit extérieur : l'illusion protectionniste***

A de rares exceptions près, l'analyse économique moderne ne considère pas l'argument de l'emploi comme pertinent. En premier lieu, soulignons que cet argument ne milite pas en faveur de l'équilibre extérieur, mais de l'excédent extérieur. Si les importations détruisent des emplois dans le pays et créent des emplois à l'étranger, l'objectif du plein emploi conduit à rechercher un excédent pour maximiser les emplois domestiques créés grâce à l'échange international, et ce, au détriment de l'emploi à l'étranger.

L'idée n'est pas nouvelle. Elle reprend les thèses des mercantilistes (XVIIe et première moitié du XVIIIe) qui conseillaient à leur souverain de stimuler les exportations et de freiner les importations pour accumuler un excédent des paiements extérieurs (en or) qui enrichirait la nation. Une telle idée s'explique par une vision du monde comme un espace aux ressources finies, aux possibilités de progrès global limité, et où la richesse des uns ne peut se développer qu'au détriment de celle des autres. Elle n'avait rien de saugrenu pour une époque de croissance presque nulle et de guerres incessantes entre les nations pour la possession des terres et des ressources.

Mais dans le contexte des économies développées modernes, cette vision a perdu l'essentiel de son intérêt pour toute une série de raisons.

1º) En effet les importations d'un pays ne se développent pas uniquement en raison d'une agression commerciale par des produits étrangers, mais aussi pour satisfaire les besoins internes pour des biens et des services qu'il ne produit pas lui-même. En ce qui concerne les produits nationaux concurrencés par les produits étrangers, il se peut que les importations limitent l'emploi intérieur, mais en contrepartie elles contribuent au bien-être des acheteurs nationaux qui sont libres de choisir les biens et services qu'ils préfèrent.

2º) L'adoption de mesures protectionniste par un pays conduit logiquement ses partenaires à limiter à leur tour l'accès à leur marché intérieur. La contrepartie des emplois sauvés par le protectionnisme ce sont les emplois perdus par la fermeture des marchés étrangers.

3º) L'expérience a montré que le développement du commerce international est une source de croissance mondiale qui crée globalement bien plus d'emplois que ne pourraient en créer des pays repliés sur eux-mêmes et fermés aux importations.

4º) *Le déficit extérieur est parfois le résultat du plein emploi* ou de la recherche du plein emploi. En effet plus l'activité économique d'un pays est soutenue comparée à celle de ses partenaires commerciaux, plus il a besoin des importations pour satisfaire sa forte demande intérieure.

5º) A long terme, *le protectionnisme détruit plus d'emplois qu'il n'en sauve*. La libre circulation des biens et services est source de productivité et d'efficacité. Ce qui est exact et habituellement reconnu sur le marché intérieur d'un pays reste vrai à l'échelle du marché mondial. L'élargissement de l'espace économique permet une meilleure division du travail en spécialisant les différentes régions dans les domaines où elles sont les plus performantes. L'ouverture des frontières élargit l'horizon de développement des entreprises nationales qui sont incitées à investir, à innover et à améliorer leur productivité et la qualité de leurs produits pour conquérir des marchés extérieurs. L'élargissement et l'intensification de la concurrence contraignent les producteurs à rechercher en permanence les méthodes de production les plus efficaces et à adapter au mieux les produits aux besoins de la clientèle. Au contraire, sur des marchés intérieurs où la concentration des entreprises tend déjà à limiter la concurrence, la protection contre les concurrents étrangers favorise le maintien d'activités et de méthodes peu productives et peu rentables. Les entreprises nationales deviennent alors structurellement moins compétitives que les entreprises étrangères et le pays se trouve condamné à un repli de plus en plus marqué sur son seul marché intérieur. A long terme il y a là un frein manifeste à la croissance et donc au développement de l'emploi et du niveau de vie.

6º) Il n'est que deux situations où la plupart des économistes s'entendent pour justifier des mesures protectionnistes. En premier lieu, quand la concurrence est trop inégale en raison de niveaux de développement très différents *(protection des industries naissantes)*. Mais cet argument n'est pas applicable pour les grands pays industriels. En second lieu, quand la libre circulation des biens et services n'est pas réciproque. C'est d'ailleurs là tout le problème. Dans les périodes de forte expansion où les problèmes d'emplois sont modérés et où tout le monde perçoit bien les avantages du commerce international, la tendance est plutôt au libre échange croissant (années 1950 et 1960). Mais dans les périodes de croissance ralentie (années 1980 et 1990), on voit resurgir la tentation du « chacun pour soi ». Il suffit alors qu'un pays renforce la protection de son marché intérieur pour que tous les autres soient parfaitement fondés à en faire autant. Tout le monde justifie son protectionnisme par celui de son voisin.

• ***La contrainte financière***

La contrainte financière d'équilibre des échanges extérieurs ne joue vraiment que dans le long terme. En effet, non seulement un pays peut emprunter des capitaux pour financer un déficit de la balance des transactions courantes, mais ensuite il peut rembourser les capitaux empruntés, non pas grâce à un excédent des transactions courantes, mais en contractant de nouveaux emprunts à l'étranger. Certes, cela ne fait que reporter le problème et l'aggraver puisque la charge annuelle des intérêts à verser à l'étranger s'en trouve accrue. A long terme, le pays risque de tomber dans le piège de la dette qui s'est refermé sur bien des pays en développement durant les années 1980 : la totalité des nouveaux emprunts ne sert plus à acheter des biens et services à l'étranger mais à rembourser des emprunts passés. A ce stade, un pays bute inéluctablement sur une contrainte de solvabilité : dans la mesure où il n'apparaît plus capable de générer par son activité et ses échanges un flux de revenu suffisant pour rembourser ses dettes, il perd la confiance des banques internationales ; et dès que ces dernières se refusent à accorder de nouveaux crédits, le pays se trouve en cessation de paiement, il n'est plus solvable. Aucun grand pays industriel soucieux de préserver sa crédibilité internationale ne peut risquer de tomber dans un tel piège. Cette fuite en avant ne peut donc durer indéfiniment. Mais l'important ici est qu'elle peut durer longtemps. Un grand pays industriel génère en effet un revenu suffisamment élevé pour pouvoir supporter une charge d'endettement relativement élevée, sur des périodes assez longues, avant que sa solvabilité ne soit mise en doute sur les marchés financiers. La charge d'endettement associée au déficit extérieur peut en outre être allégée si le pays attire des capitaux étrangers pour des investissements directs (achats immobiliers, achat ou création d'entreprises, etc.) : ces entrées de capitaux (et donc de devises) contribuent à rééquilibrer les paiements extérieurs sans endettement supplémentaire. L'expérience des pays industrialisés (notamment la France des années 1970-1980 et les États-Unis des années 1980), confirme d'ailleurs leur capacité à supporter des périodes prolongées de déficit des échanges extérieurs.

En fait, la seule contrainte qui se manifeste réellement à court terme est celle du taux de change puisque ce dernier réagit très vite et même par anticipation (en raison de la spéculation) aux résultats des échanges extérieurs. Toutefois, un pays peut là aussi détendre une partie de la contrainte en renonçant à la stabilité du taux de change. En particulier, un pays déficitaire, au lieu d'épuiser ses réserves de change pour défendre son taux de change qui tend à se déprécier, peut renoncer à cette défense. S'il n'est lié par aucun accord international et se trouve en régime de changes flexibles, il laisse son taux de change se déprécier librement sur le marché des changes. S'il se trouve en régime de change fixe, il *dévalue* son taux de change, c'est-à-dire qu'il diminue la valeur officielle de la monnaie nationale mais s'engage à défendre ce nouveau taux de change dévalué. Dépréciation libre ou dévaluation officielle permettent de relâcher la contrainte de stabilisation du taux de change *momentanément*. Là encore l'histoire offre des exemples de cette stratégie. Ainsi, des années 1950 à 1983, la France a régulièrement sacrifié la valeur extérieure de sa monnaie.

En somme, un pays déficitaire est un pays qui dépense plus que son revenu. Mais, durant une période donnée, cette situation n'est pas plus inquiétante pour un pays que pour un individu, tant que cela ne compromet pas sa capacité à générer un revenu suffisant à long terme pour supporter la charge de sa dette. Dans une certaine mesure, cela peut même constituer un signe de richesse et de puissance (on ne prête qu'aux riches !). Tant qu'on ne passe pas le seuil du surendettement, il est donc bien difficile de mettre en évidence une perte de bien-être de la collectivité provoquée par un déficit extérieur.

Par ailleurs, nous avons vu qu'un excédent ne fait peser aucune contrainte d'équilibre financier du pays qui accumule simplement des réserves de change. Les seuls problèmes viennent alors des pressions inflationnistes que l'excédent alimente en développant la masse monétaire intérieure. Mais nous verrons au chapitre 6 que les pouvoirs publics disposent de moyens pour stériliser cet afflux de monnaie. En outre, comme nous allons l'établir maintenant, les coûts d'une éventuelle inflation ne sont à moyen terme ni évidents ni insupportables.

Fiche 9. La balance des paiements

Toutes les opérations avec le reste du monde donnent lieu à des transferts de monnaie entre l'économie nationale et le reste du monde qui sont enregistrés dans un compte : la *balance des paiements.*

La balance des paiements retrace tous les paiements reçus du reste du monde (les entrées de monnaie) et tous les paiements versés au reste du monde (les sorties de monnaie). Le *solde* de la balance des paiements est la différence entre les paiements reçus et les paiements versés (les entrées et les sorties). Du point de vuc de l'analyse économique, on retient deux composantes essentielles dans la balance des paiements : la *balance des transactions courantes* et la *balance des capitaux non monétaires.*

La balance des transactions courantes

On l'appelle encore *balance des paiements courants.* Elle est égale au solde de tous les échanges autres que les mouvements de capitaux. On a donc :

Balance des transactions courantes =
+ Exportations de biens et services
+ Revenus et transferts reçus du reste du monde
– Importations de biens et services
– Revenus et transferts versés au reste du monde

Si la balance des transactions courantes est nulle *(équilibrée)* : les ressources tirées des exportations et des transferts reçus du reste du monde permettent juste de financer les importations et les transferts versés au reste du monde. Si la balance des transactions courantes est *excédentaire*, la nation a une *capacité de financement* : elle dispose en effet de moyens de paiement internationaux supérieurs à ses besoins ; elle peut soit les conserver en réserves de change, soit les placer ou les investir à l'étranger. En revanche, si la balance des transactions courantes est *déficitaire*, la nation a un *besoin de financement* : les ressources qu'elle tire de l'échange international ne suffisent pas à financer ses dépenses extérieures ; elle devra donc puiser dans ses réserves de change, si elle en a, ou bien emprunter des capitaux étrangers. Notons que l'on prête souvent beaucoup d'attention à un sous-ensemble de la balance des paiements cou-

→

→
rants : la *balance commerciale*. La balance commerciale est la différence entre les exportations et les importations de biens uniquement (services exclus). L'intérêt porté à ce solde particulier vient surtout de ce que les échanges de biens constituent un indicateur de la compétitivité des produits nationaux sur le marché mondial.

La balance des capitaux non monétaires

Par commodité, on emploie souvent plus simplement le terme de *balance des capitaux*. Elle représente simplement la différence entre les entrées et les sorties de capitaux non monétaires. On a donc :

Balance des capitaux =
+ Emprunts à l'étranger des résidents français
+ Placements financiers en France des non-résidents
+ Investissements directs en France des non-résidents
– Prêts à l'étranger des résidents français
– Placements financiers à l'étranger des résidents français
– Investissements directs à l'étranger des résidents français

Tout comme la balance des paiements courants, la balance des capitaux peut être équilibrée, excédentaire ou déficitaire. En revanche, le solde de la balance des capitaux ne modifie pas le revenu national. Une vente de marchandises à l'étranger constitue bien un revenu pour l'agent vendeur. Mais une entrée de capitaux n'est pas un revenu. La cession d'une action, d'un terrain, d'une usine, à un agent étranger ne change pas la richesse des agents résidents, elle modifie seulement la structure de leur patrimoine (moins d'actions, de terrains, etc., mais plus de monnaie). De même, un emprunt à l'étranger ne constitue pas un revenu.

La balance des paiements globale et les réserves de change

La *balance des paiements globale* est simplement la somme des deux balances présentées ci-dessus :

Balance des paiements globale =
balance des transactions courantes
+ balance des capitaux

→

→ Notons que les soldes de ces deux composantes peuvent éventuellement se compenser. Un déficit de la balance des paiements courants peut en effet être financé par des entrées nettes de capitaux (nettes des sorties de capitaux), c'est-à-dire par un excédent de la balance des capitaux, et la balance globale est équilibrée. Un excédent de la balance des paiements courants peut servir à des placements à l'étranger, c'est-à-dire des sorties de capitaux entraînant un déficit équivalent de la balance des capitaux, et la balance globale est équilibrée. La compensation entre les deux soldes est possible mais elle n'est ni automatique ni obligatoire.

Si le solde de la balance des paiements globale est excédentaire, cela indique que la différence entre tous les versements reçus du reste du monde et les versements effectués au reste du monde est positive ; les agents résidents ont donc accumulé des devises : les *réserves de change* de la nation augmentent. Inversement, si la balance des paiements globale est déficitaire, tous les versements reçus par la nation (y compris les emprunts à l'étranger) sont inférieurs aux versements effectués au reste du monde : cela n'est possible que si la nation a puisé dans ses réserves de change pour payer la différence ; ces dernières ont donc diminué.

On remarque ainsi que le solde de la balance des paiements globale entraîne forcément une variation équivalente des réserves de change :

Balance des transactions courantes + balance des capitaux
= variation des réserves de change

Un excédent de la balance des paiements globale augmente les réserves de change, un déficit est financé par une ponction sur les réserves de change.

D. La stabilité des prix

Précisons tout d'abord l'objectif. De même que le plein emploi n'est pas synonyme de chômage nul, l'objectif de stabilité des prix est rarement assimilé à celui d'une inflation nulle. Nous avons rappelé plus haut que, d'une manière ou d'une autre, l'inflation est le signe d'un écart entre la demande et l'offre globales. Or, dans une économie en croissance, la demande se développe en permanence et exerce des pressions sur les prix. Même si l'offre de biens et services se développe en parallèle, elle ne peut pas toujours le faire de façon continue, instantanée, et dans chaque secteur d'activité. La croissance se manifeste donc normalement à la fois par un développement des quantités produites et par une certaine hausse des prix. Une inflation modérée (disons de 1 à 3 %) est donc le plus souvent considérée comme un objectif raisonnable par la plupart des pays soucieux désireux d'une relative stabilité des prix.

Autant les coûts du chômage et ceux d'une récession de l'activité sont évidents, autant l'analyse économique a bien du mal à montrer l'existence de coûts significatifs de l'inflation tant qu'elle ne dégénère pas en hyperinflation. Aussi, la justification de cet objectif s'appuie-t-elle moins sur les coûts de l'inflation que sur les vertus économiques ou politiques de la rigueur monétaire.

a) Les coûts de l'inflation

L'inflation a tout d'abord un coût direct lié aux opérations matérielles de changement des prix : mise à jour des étiquettes, catalogues, documents commerciaux, programmes informatiques de comptabilité et de gestion, etc.

L'inflation constitue une dépréciation de toutes les valeurs monétaires : elle dégrade le pouvoir d'achat des agents dotés de revenus fixes non indexés sur la hausse des prix ; elle diminue la valeur réelle des créances détenues par les agents qui prêtent leurs capitaux à d'autres agents. L'inflation opère donc une redistribution des revenus au détriment de ceux dont le patrimoine ou les rémunérations sont plus mal protégés contre la dépréciation de la monnaie.

L'inflation trouble le message donné aux agents par les variations de prix. En effet, en période d'inflation, la hausse des prix dans un secteur peut refléter aussi bien un mouvement général de dépréciation de la monnaie qu'un déplacement de la demande en faveur de ce secteur. L'inflation peut gonfler les profits nominaux de certaines entreprises et donner l'illusion d'une meilleure rentabilité alors même que leur part de marché est en régression. Si les mouvements de prix ne donnent plus des indications fiables sur la performance comparée des secteurs d'activité, ils induisent des décisions moins pertinentes dans l'affectation des facteurs de production entre les différents produits. L'inflation dégrade ainsi l'efficacité globale d'une économie de marché.

La contrainte extérieure se trouve renforcée par l'inflation. En effet, la hausse des prix intérieurs rend les produits nationaux moins compétitifs sur le marché international. Cette dégradation de la compétitivité prix peut, à terme, provoquer ou amplifier un déficit des échanges extérieurs. De plus, une inflation plus rapide dans un pays que chez ses principaux partenaires commerciaux conduit les agents intervenants sur le marché des changes à anticiper les difficultés de paiements extérieurs de ce pays. Or, si l'on s'attend à une dégradation de la balance des paiements du pays, on prévoit une dépréciation de sa monnaie sur le marché des changes. Les spéculateurs vont donc vendre la monnaie de ce pays avant qu'elle ne se déprécie et, ce faisant, ils provoquent une dépréciation effective de la monnaie. La contrainte de défense du taux de change va donc se manifester immédiatement, bien avant que l'inflation ait commencé à influencer les échanges extérieurs. La rapidité de réaction des marchés de capitaux est telle que la seule annonce d'une politique susceptible de relancer l'inflation peut entraîner un mouvement de spéculation contre la monnaie du pays concerné, avant même que le moindre signe de reprise de l'inflation ne se soit manifesté.

Enfin, *le risque le plus grave est lié à la tendance naturelle de l'inflation à s'auto-développer et à s'accélérer*. Quand les agents anticipent l'inflation, ils s'efforcent d'obtenir des hausses nominales de revenus qui compensent leur perte prévisible de pouvoir d'achat. L'idéal étant d'obtenir ces hausses compensatrices à l'avance plutôt qu'en retard sur l'inflation effective, il s'ensuit une course poursuite entre les différents groupes d'agents qui accélère l'inflation. En particulier, les salariés revendiquent des hausses de salaires pour se protéger contre l'érosion de leur pouvoir d'achat, les employeurs concèdent des augmentations de salaires et les reportent ensuite sur leurs prix de vente, ce qui amène de nouvelles revendications salariales, et ainsi de suite. La crainte de l'inflation accélère l'inflation, et, si rien ne vient stopper ce processus, il risque à terme de dégénérer en hyperinflation (100 %, 500 %, 1000 %, ...). Quand la valeur réelle de la monnaie change de façon considérable d'un mois à l'autre, voire d'un jour à l'autre, les agents finissent par renoncer à l'usage de la monnaie comme instrument d'échange et la société régresse vers des formes d'échange archaïques (troc, dons contre dons). Les effets dramatiques de ces périodes d'hyperinflation sont suffisamment illustrés par l'histoire pour alimenter la crainte d'une accélération de l'inflation, du moins dans les pays riches qui ont tout à perdre à une désorganisation de leur système d'échanges.

b) Limites d'une justification par les coûts

Cependant, beaucoup d'économistes s'interrogent sur l'existence de coûts réels et significatifs de l'inflation tant qu'elle ne dépasse pas certaines limites.

Les coûts matériels de mise à jour des prix sont sans doute peu significatifs et on peut même douter qu'ils constituent un coût net (sans contrepartie) pour l'économie nationale. En effet, ces opérations contribuent aussi au PIB réel en donnant du travail aux imprimeurs, aux informaticiens, aux comptables, etc. La mise à jour des manuels scolaires a également un coût (comme n'importe quelle activité), mais personne ne s'en plaint !

Il est difficile d'identifier le coût réel pour la nation

des effets de redistribution des revenus : ce que perdent les uns, d'autres le gagnent. Si la valeur réelle des créances détenues par les prêteurs diminue, la valeur réelle des dettes diminue également pour les débiteurs. De toute façon, dans les économies développées, la plupart des revenus (salaires, loyers, intérêts sur les comptes d'épargne, etc.) peuvent de fait être à peu près indexés sur la hausse des prix, si bien que plus personne ne perd grand-chose en raison de l'inflation. Et c'est d'ailleurs cette indexation généralisée qui a permis aux pays industrialisés de supporter des périodes prolongées de forte inflation sans protestation de l'opinion publique.

La perte d'efficacité dans l'affectation des facteurs de production associée à l'inflation représente un coût théorique impossible à identifier et à mesurer concrètement. L'expérience indique que, hormis les cas d'inflation extrêmement rapide ou ceux d'hyperinflation, des pays industriels ont supporté des taux d'inflation de 5 à 20 %, sans dégradation manifeste de leur efficacité productive. Un coût invisible dont on ignore s'il est significatif ou pas n'impressionne déjà pas la plupart des économistes ; mais il laisse totalement indifférent l'opinion publique et les décideurs politiques.

Certes, les effets de l'hyperinflation sont manifestement nuisibles. Mais ce n'est pas à cause d'un taux d'inflation de 10 % ou même de 20 % que les agents vont cesser d'utiliser la monnaie et retourner au troc ! Et l'expérience des pays industrialisés a montré la possibilité de maintenir des taux d'inflation relativement élevés sans dérapage vers l'hyperinflation.

Ainsi, l'analyse économique éprouve quelques difficultés à trouver dans les coûts de l'inflation de vraies raisons de rechercher la stabilité des prix. Et dans la réalité, les pays qui font de ce dernier objectif l'une de leurs priorités cherchent davantage à bénéficier des avantages de la stabilité monétaire et à éviter les coûts de la désinflation.

c) Les vertus de la rigueur monétaire

La maîtrise de l'inflation est possible, notamment grâce à une politique monétaire rigoureuse qui empêche toute création de monnaie excessive par rapport aux besoins de liquidités normalement associés au développement du volume des échanges. Nous avons souligné que cette maîtrise de l'inflation par la monnaie ne résout pas nécessairement les déséquilibres qui sont à la source de l'inflation. Certes ! Mais elle contraint les agents à s'adapter à ces déséquilibres autrement que par la hausse des prix et c'est en cela que la rigueur monétaire peut avoir des effets vertueux à moyen et long terme tant sur le plan interne que sur le plan externe.

• ***Rigueur monétaire et équilibre interne***

Ainsi, à chaque choc exogène sur les coûts de production les producteurs peuvent difficilement reporter les charges supplémentaires sur les prix. Ils savent en effet que leurs clients auront du mal à trouver des liquidités supplémentaires pour supporter l'alourdissement des factures. Ils prévoient également que leurs salariés finiront par réclamer des hausses de salaires pour compenser les hausses de prix ; or il leur sera impossible de satisfaire ces demandes sans de sérieuses difficultés de trésorerie puisqu'ils ne pourront disposer de facilités de crédit supplémentaires auprès des banques. Si les entreprises sont convaincues que les autorités monétaires ne laisseront pas filer la création de monnaie, elles doivent tenter de compenser la hausse des coûts par des moyens plus efficaces pour l'économie : réduction d'autres coûts de production, réorganisation de la production ou innovations technologiques pour améliorer la productivité. Un choc pétrolier, par exemple, incite à partager le coût avec les salariés en procédant à une réduction des salaires et des marges de l'entreprise. Si les syndicats sont convaincus de la détermination du gouvernement pour maîtriser la monnaie et de la relative stabilité des prix, ils peuvent accepter ce partage des coûts. Ils savent en effet que, d'une façon ou d'une autre, la facture pétrolière doit être payée par quelqu'un et que la seule alternative pour l'entreprise se trouve dans les licenciements ; ils peuvent en outre négocier en compensation un partage des bénéfices dans les périodes de profits élevés. D'une manière générale, les syndicats savent qu'en raison de la rigueur monétaire, les entreprises ne peuvent améliorer les rémunérations à long terme que dans la mesure où la productivité du travail augmente (ce qui réduit les coûts unitaires de production) ; ils sont donc incités à rechercher avec les employeurs les voies d'une meilleure efficacité du travail.

• ***Rigueur monétaire et équilibre externe***

A ces effets positifs sur l'équilibre intérieur, viennent s'ajouter les effets de la stabilité des prix sur les échanges extérieurs. La stabilité des prix est une source de meilleure compétitivité prix pour les produits nationaux dans un monde où d'autres pays optent pour une inflation plus élevée. La balance des transactions courantes s'en trouve améliorée à long terme. De plus, sur le marché des changes, les intervenants ont une préférence pour les monnaies dont le pouvoir d'achat est plus stable à long terme ; cette préférence se trouve renforcée par la tendance de long terme à l'excédent des échanges commerciaux avec les pays à plus forte inflation. La demande pour la monnaie nationale est donc structurellement forte sur le marché des changes ; en conséquence le taux de change a plutôt tendance à s'apprécier. La rigueur monétaire renforce donc la force internationale de la monnaie. Mais une monnaie forte sur le marché des changes contribue à son tour à une faible inflation. En effet plus le taux de change est élevé, plus les prix des produits importés sont faibles : les prix des biens de consommation importés et les coûts d'approvisionnement extérieur des entreprises sont donc réduits. Le pays s'engage ainsi dans un cercle vertueux :

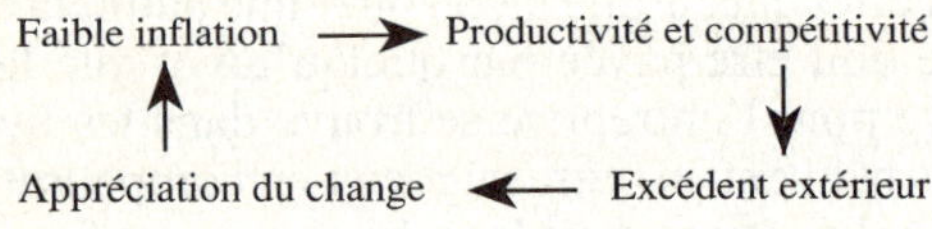

Une monnaie forte renforce également les incitations à la productivité. En effet, en abaissant le prix des produits étrangers l'appréciation de la monnaie impose une forte concurrence aux producteurs nationaux. En raison de la détermination des autorités monétaires dans la défense de la valeur de la monnaie, les entreprises exposées à la concurrence internationale savent qu'elles ne peuvent en aucun cas compter sur une éventuelle dévaluation de la monnaie pour rétablir leur compétitivité prix. Elles n'ont que deux voies d'adaptation : chercher en permanence le moyen d'abaisser leurs coûts de production pour pouvoir aligner (à la baisse) leurs prix sur les prix des produits étrangers ; investir dans la qualité et la fiabilité de leurs produits et de leurs services à la clientèle pour fidéliser les acheteurs et pouvoir ainsi maintenir des prix éventuellement supérieurs à ceux des concurrents internationaux. Une monnaie forte peut ainsi inciter à réorienter les investissements vers les activités à *forte valeur ajoutée*, à *forte demande mondiale*, et *peu élastiques par rapport aux prix* ; en un mot, elle améliore la spécialisation de l'économie nationale en renforçant en priorité les secteurs les plus générateurs de profits.

En résumé, la rigueur monétaire est potentiellement une source de productivité, de compétitivité, et donc de croissance à long terme sans déficit extérieur et sans inflation. Mais elle suppose en général que soient remplies certaines conditions :

– la crédibilité des pouvoirs publics dans leur capacité à résister aux pressions politiques en faveur de facilités monétaires ;

– une forte préférence de l'opinion publique en faveur de la stabilité de la monnaie ;

– une bonne coopération entre les patrons et les syndicats de travailleurs pour définir le mode de partage des chocs sur les coûts de production et des gains de productivité ;

– des partenaires commerciaux qui optent pour des taux d'inflation plus élevés.

• ***Les inconvénients du laxisme monétaire***

A l'opposé, un pays qui tolère une inflation plus élevée que celle de ses partenaires peut s'enfermer dans un cercle vicieux. La possibilité de surmonter momentanément un choc sur les coûts par un enchaînement de hausses des prix suivies de hausses des salaires, retarde les ajustements durables et efficaces (recherche de nouvelles économies et de nouveaux gains de productivité). L'inflation détériore la compétitivité des produits nationaux et tend à déprécier la monnaie sur le marché des changes. Les autorités monétaires doivent défendre leur monnaie en l'achetant contre des devises. Quand les réserves de change s'épuisent, la spéculation contre la monnaie s'accentue : les spéculateurs n'ont aucune difficulté à prévoir que le gouvernement sera obligé de dévaluer sa monnaie faute de pouvoir en défendre plus longtemps la parité ; ils peuvent parier à coup sûr sur l'inévitable dévaluation. Finalement la monnaie est dévaluée. Momentanément, la dévaluation éponge l'écart de compétitivité provoqué par l'inflation. Mais, à court terme, la dévaluation relance l'inflation et le déficit extérieur : en effet, elle renchérit les prix des produits importés et abaisse le prix des produits exportés. Les spéculateurs ont vite fait de s'attendre à une nouvelle dévaluation de la monnaie. Les autorités monétaires se retrouvent ainsi confrontées à nouveau à des ventes massives de leur monnaie sur le marché des changes ; elles doivent à nouveau la défendre en la rachetant contre des devises, jusqu'au moment où les réserves de change, déjà mises à mal par les précédentes crises de spéculation, ne permettent plus d'intervenir ; une nouvelle dévaluation est nécessaire, et ainsi de suite. Lorsque les dévaluations deviennent de moins en moins efficaces pour rétablir l'équilibre extérieur et stopper la spéculation, il peut devenir politiquement insupportable de sacrifier en permanence la valeur de la monnaie selon le bon vouloir des spéculateurs. Le seul moyen de briser ce cercle vicieux est de s'engager dans un processus de maîtrise efficace de l'inflation.

Quand le taux d'inflation sera suffisamment proche des taux d'inflation les plus faibles parmi les partenaires commerciaux, et quand la rigueur monétaire aura duré assez longtemps pour convaincre les marchés financiers de la détermination des autorités monétaires, la spéculation à la dévaluation de la monnaie cessera progressivement. Mais la reconquête d'une telle crédibilité peut être longue et coûteuse. Ainsi, la France, qui s'est progressivement convertie à la rigueur monétaire en 1983/1985, subissait encore des attaques régulières contre le franc en 1993.

Plus la désinflation est rapide, plus elle sera rapidement crédible. Mais la désinflation rapide a un coût élevé. L'expérience des États-Unis et du Royaume-Uni au début des années 1980 a montré qu'il était possible de maîtriser assez rapidement l'inflation. Mais il ne s'agit pas d'un simple ajustement monétaire. Le recul rapide de l'inflation s'est trouvé associé à une récession très marquée de l'activité et à une aggravation très nette du chômage largement provoquées par la politique économique. Le prix à payer pour la désinflation peut donc être élevé, et cette expérience contribue à dissuader les gouvernements de se mettre à nouveau dans une situation où une désinflation rapide paraît inévitable.

5

Les objectifs politiques

L'approche traditionnelle de la politique économique, présentée au chapitre précédent, repose sur une série d'hypothèses implicites :

– une combinaison particulière des objectifs définis plus haut suffit à assurer le bien-être de la population ;

– les décideurs politiques ont les moyens de connaître des préférences collectives concernant ces objectifs ;

– les décideurs politiques sont guidés par la seule recherche de l'intérêt général ;

– les décideurs politiques tentent d'appliquer au mieux les résultats de l'analyse économique.

Si tel est le cas, le problème de la politique économique se ramène à un simple débat technique : quels sont les instruments les plus efficaces pour atteindre au mieux les quatre cibles idéales en matière de croissance, d'emploi, de stabilité des prix, et d'équilibre extérieur ? Et, de fait, les débats de la théorie macroéconomique durant l'essentiel du XXe siècle sont restés largement concentrés sur cette question technique.

Cette vision traditionnelle a été sérieusement remise en question par l'école des « choix publics » qui s'est développée à partir des travaux pionniers de Duncan Black (1948), Kenneth J. Arrow (1951), Anthony Downs (1957), James Buchanan et Gordon Tullock (1962), et

Mancur Olson (1965). L'école des choix publics se propose d'appliquer les méthodes du raisonnement économique à l'étude des choix politiques. Or, le point de départ de toute analyse économique des comportements consiste à faire l'hypothèse que les décideurs cherchent la satisfaction de leurs besoins propres, ce qui est d'emblée incompatible avec la vision habituelle des objectifs de la politique économique. Dans ce chapitre, nous tirons les conclusions essentielles de ce renversement de perspective. Nous montrons tout d'abord que l'approche traditionnelle des objectifs de la politique économique se heurte à de sérieuses limites pratiques et théoriques et qu'elle doit être complétée par l'introduction explicite des comportements propres à la logique du combat politique [1]. Nous analysons ensuite les principales conséquences de cette approche nouvelle pour l'analyse des politiques économiques [2].

1. LIMITES DE L'APPROCHE TRADITIONNELLE

Même si les hommes politiques sont seulement préoccupés par les quatre problèmes macroéconomiques de base, ils ne peuvent les traiter sans entrer dans un débat de nature purement politique. Autrement dit, on ne peut pratiquement jamais évacuer la dimension politique des problèmes économiques [**A**]. En outre, on peut contester la vision naïve d'hommes politiques guidés par le seul souci de l'intérêt général et proposer une vision plus objective qui intègre l'ensemble probable de leurs motivations [**B**]. Cette approche nouvelle est l'héritière directe de Joseph Schumpeter qui, dès 1942, définissait la démocratie comme un simple mode de sélection d'un gouvernement, fondé sur un processus de libre compétition pour le pouvoir.

A. La dimension politique des problèmes économiques

A la lumière de notre discussion sur les objectifs économiques, on peut conclure qu'aucun d'entre eux ne constitue en soi un bien absolu pour la nation. La poursuite de chaque objectif soulève des difficultés particulières et entraîne des coûts pour un certain nombre d'agents. L'analyse économique ne peut donc conclure qu'il est souhaitable de poursuivre l'un quelconque de ces objectifs jusqu'à n'importe quel point et à n'importe quel coût. Elle n'est pas davantage capable de définir quel est le « bon » niveau d'un objectif, ni comment répartir entre les individus les bénéfices et les coûts qui lui sont associés. La difficulté est singulièrement renforcée par les contradictions manifestes entre les objectifs. Une croissance accélérée s'accompagne généralement de pressions sur les prix ; elle contribue souvent au déficit extérieur ; la lutte contre l'inflation peut avoir un coût élevé en chômage et en ralentissement de l'activité, etc. Là encore, l'économiste est incapable de dire s'il est préférable d'avoir moins d'inflation et plus de chômage, ou l'inverse, ni s'il est souhaitable d'accorder la priorité à la croissance et l'emploi, ou bien à l'équilibre extérieur.

En outre, les objectifs macroéconomiques traditionnels ne sont certainement pas les seuls dont les individus tiennent compte pour apprécier leur bien-être et les qualités de la société dans laquelle ils vivent. Ils sont certainement influencés par d'autres facteurs tels que leur liberté, le temps disponible pour les loisirs, la qualité de leur environnement, la justice, la solidarité, la sécurité (physique et économique), etc.

L'intérêt propre de chaque objectif économique et la hiérarchie des objectifs dépendent au bout du compte des fins souhaitables pour la collectivité, et donc du jugement de valeur que chaque individu forge à ce propos. On le voit, la définition des objectifs n'est pas une question de technique économique mais relève d'un débat politique. D'autant que les individus ont des préférences différentes selon leur statut (salarié, patron, retraité, etc.), selon leur localisation (campagne, ville, etc.), selon leur secteur d'activité (agriculture, industrie, exposé ou abrité face à la concurrence internationale, etc.). Les différents choix possibles de politique économique n'ont en effet pas les mêmes résultats positifs ou négatifs sur chaque individu ou groupe d'individu. Toute décision publique transforme donc la répartition des avantages et des inconvénients que chaque groupe d'individus retire ou subit du fait de sa participation à l'activité de la nation. On est là au cœur même du débat politique. La façon dont ce débat est tranché dépend notamment du régime politique en place, du rapport de force entre les groupes sociaux, du climat de consensus ou d'affrontement qui règne entre les patrons et les salariés, etc. Quand le débat sur les objectifs est terminé, il cède la place à un débat sur les instruments d'intervention qui a lui aussi une dimension politique : on peut par exemple relancer la croissance par des moyens qui stimulent en priorité soit l'investissement, soit la consommation ; selon l'option retenue, les effets ne sont pas les mêmes pour les individus selon qu'ils sont entrepreneur, travailleur indépendant ou salarié.

En somme, on ne peut comprendre les politiques économiques et les débats qu'elles suscitent sans tenir compte des questions politiques qu'elles soulèvent :

– qu'est-ce qui est « bon » pour la collectivité ?

– à qui doivent profiter en priorité les interventions de l'État ?

– qui doit supporter les coûts des interventions de l'État ?

– comment faire la part entre la liberté d'action des individus et les interventions de l'État ?

Sur le plan méthodologique, une conclusion s'impose ici. D'un point de vue strictement scientifique, il n'existe pas de bonne ou de mauvaise politique. Il n'existe que des instruments efficaces ou inefficaces pour atteindre un objectif donné ; mais la définition des bons objectifs est une question politique, voire morale ou philosophique. On ne peut donc placer un économiste à la tête de l'État et lui demander de pratiquer les bonnes politiques économiques. Leur définition résulte d'un débat politique et débouche sur des décisions d'hommes politiques dont le problème fondamental n'est pas d'appliquer au mieux les résultats de la science économique.

B. Les motivations des hommes politiques

L'idée selon laquelle les hommes politiques sont principalement guidés par la recherche de l'intérêt général se heurte à une impossibilité technique et à une objection méthodologique.

a) L'impossible identification des préférences collectives

En admettant même que les décideurs politiques recherchent l'intérêt général, encore faut-il connaître les préférences des individus et que ces préférences individuelles indiquent des choix collectifs cohérents. Dans les démocraties, on tente de régler ce problème en consultant les individus qui expriment régulièrement leur opinion par un vote. Implicitement, on suppose ensuite que l'intérêt général se confond avec celui de la majorité, ce qui est déjà contesté. Si l'on accepte la règle majoritaire, on n'est même pas assuré de pouvoir déterminer des préférences collectives cohérentes. Cette difficulté est simplement exposée dans le paradoxe de Condorcet (1785) qui expose le dilemme suivant : trois individus sont consultés sur leur préférence entre trois situations possibles (A, B ou C) ; chaque individu exprime un classement cohérent indiqué dans le tableau 2 ; mais la règle majoritaire débouche sur des choix collectifs incohérents.

Tableau 2. Le paradoxe de Condorcet

Choix par ordre de préférence					
1er individu	A	>	B	>	C
2e individu	B	>	C	>	A
3e individu	C	>	A	>	B

On constate en effet que la majorité préfère A à B et B à C (par deux voix contre une). Si les décideurs politiques ne tiennent compte ou n'ont connaissance que de ces deux résultats, ils seront conduits à estimer que du point de vue de l'intérêt général A est supérieur à C. Or, il n'en n'est rien et on constate qu'une majorité préfère C à A. Le prix Nobel J.K. Arrow a généralisé ce résultat aux situations plus réalistes caractérisées par un grand nombre de questions à poser et un grand nombre de citoyens, en démontrant qu'il n'existe aucune procédure non dictatoriale de révélation des préférences individuelles susceptible de garantir la cohérence des choix collectifs (démonstration connue sous le nom de « théorème d'impossibilité » d'Arrow, 1951).

Ainsi, consulter l'ensemble des individus sur chaque question ne permettrait pas de définir clairement l'intérêt général. Cela alourdirait donc inutilement les coûts de la démocratie en multipliant les négociations et les votes. Aussi la démocratie directe est-elle relativement limitée au profit d'une démocratie représentative où les individus ne se prononcent plus sur chaque question mais sur un programme général et sur des hommes chargés de les représenter ou de diriger le pays durant quelques années. Cette forme d'organisation amène le développement d'une profession spécialisée dans la définition et l'application de programmes politiques : les hommes politiques. Et l'impossibilité de définir de façon incontestable l'intérêt général laisse une certaine marge de manœuvre aux décideurs, d'autant qu'ils ne sont soumis à la sanction des électeurs qu'à intervalles plus ou moins longs. Les objectifs personnels des décideurs peuvent alors jouer un rôle déterminant.

b) Les objectifs des décideurs politiques

L'hypothèse selon laquelle les hommes politiques recherchent l'intérêt général est contraire à la méthodologie habituelle de l'analyse économique. Celle-ci repose, dans tous les autres domaines, sur l'hypothèse de rationalité des individus : les individus cherchent à satisfaire au mieux leurs besoins en tirant le meilleur parti possible des ressources et des informations dont ils disposent à chaque instant. Il ne viendrait pas à l'idée d'un économiste de supposer que les ménages déterminent leurs choix de consommation, ou que les entreprises décident leurs investissements, en cherchant principalement l'intérêt général ou le bonheur de l'humanité. Certes, les préoccupations altruistes existent. Mais elles constituent une source de satisfaction individuelle parmi bien d'autres, et l'expérience indique clairement qu'elles ne sont pas la motivation principale de la plupart des individus et dans la plupart des choix. Il n'y a aucune raison *a priori* de penser que les hommes politiques sont des hommes à part et constitueraient la seule catégorie principalement, voire uniquement, motivée par la recherche de l'intérêt général. Cette motivation existe certainement chez bon nombre d'hommes politiques, mais il n'y a pas de raison d'estimer qu'elle est unique ni qu'elle est plus importante que dans les autres catégories de la population. Le bon sens conduirait plutôt à penser que les individus les plus habités par des préoccupations altruistes se spécialisent dans des activités d'action sociale ou humanitaire, tout comme les amoureux du risque sont attirés par les professions à risques, et les poètes, par la poésie. Si les hommes politiques ne sont pas plus altruistes que les autres, il est raisonnable de supposer que la politique devrait logiquement attirer les individus particulièrement motivés par la lutte pour le pouvoir, l'exercice du pouvoir, la popularité, ou la reconnaissance de leur rôle dans l'Histoire.

En un mot, il est raisonnable d'adopter comme hypothèse de travail que les hommes politiques cherchent en priorité leur propre succès politique. Cette hypothèse n'exclut pas l'existence d'hommes politiques parfaitement désintéressés qui ne sont pas motivés par le pouvoir. Mais les politiques économiques sont mises en œuvre par les hommes qui accèdent au pouvoir, et ce dernier est exercé par ceux qui sont les plus efficaces dans la conquête et dans le maintien au pouvoir. Ce que nous appellerons tout à l'heure le marché politique assure donc une sélection naturelle parmi les hommes politiques et conduit le plus souvent au pouvoir ceux qui sont les plus motivés par le pouvoir.

On adoptera donc ici une vision économique de la vie politique en ce sens qu'elle part du postulat fondamental de l'analyse économique : tous les comportements sont déterminés par la recherche du maximum de satisfaction personnelle des décideurs. C'est une vision parmi d'autres. Certains adoptent une vision plus idéaliste en supposant que les hommes politiques cherchent à appliquer des idées, d'autres une vision plus marxiste en considérant les hommes politiques comme les représentants de classes sociales ou de groupes d'intérêts particuliers. La vision économique n'exclut pas la possibilité pour les hommes politiques de défendre des idées ou des intérêts particuliers, mais elle y voit des objectifs intermédiaires ou des instruments au moyen desquels ils cherchent à satisfaire leurs intérêts personnels. Il ne s'agit pas d'une prise de position philosophique ou morale sur la question, mais d'une prise de position *méthodologique*. Le problème de l'économiste n'est pas de découvrir en vérité *ce qui se passe dans la tête des hommes politiques*, mais de développer des outils qui permettent de *comprendre ce qu'ils font*. La vision économique de la politique ne saurait prétendre qu'elle constitue la « bonne vision ». Elle prétend seulement être un instrument de travail utile pour comprendre les décisions politiques.

2. LA LOGIQUE DE L'ACTION POLITIQUE

Si les politiques sont guidés en priorité par la popularité et/ou par le pouvoir, leurs décisions dépendent directement ou indirectement de la façon dont ils sont jugés par les individus soumis à leur pouvoir, et ce, à des degrés divers selon la nature des institutions politiques (dictature, monarchie, démocratie). Les choix politiques ne sont jamais parfaitement arbitraires et discrétionnaires. D'une manière ou d'une autre, il existe une interaction entre ceux qui exercent le pouvoir ou souhaitent l'exercer et ceux qui subissent le pouvoir. Pour l'économiste, il est commode de penser cette interaction comme un échange entre une classe politique qui offre un certain nombre d'interventions de l'État et les autres agents qui ont des demandes à formuler concernant ces mêmes interventions. Les politiques effectivement menées sont alors le résultat d'un équilibre sur le marché politique.

A. Le marché politique

Précisons tout d'abord que ce qui suit ne constitue en rien un résumé de ce qu'il est convenu d'appeler les théories du marché politique (sur ce point, nous renvoyons le lecteur à notre bibliographie). Ces théories se sont souvent concentrées sur les processus de marchandage des bulletins de vote. Nous empruntons ici le concept de marché politique dans un sens beaucoup plus général : les décisions politiques sont, d'une manière ou d'une autre, le résultat d'une interaction entre des demandes des individus et des groupes de pression et les offres des leaders et des partis politiques, mais les formes de cette interaction dépassent largement le simple marchandage des bulletins de vote. Par ailleurs, la littérature sur le marché politique est souvent dominée par une approche normative libérale : il s'agit de montrer que des hommes politiques sous l'emprise permanente de l'opinion et des groupes de pression ne peuvent mener des politiques efficaces ; cela donne une raison supplémentaire pour contester les interventions de l'État dans l'économie. Une telle démarche nous est totalement étrangère. Nous utilisons ici le concept de marché politique uniquement comme un outil utile pour comprendre comment se font les choix politiques dans la réalité.

a) L'offre politique

L'offre politique est le fait des hommes politiques. Ces derniers sont le plus souvent associés dans des *entreprises ou firmes politiques* que l'on appelle communément des partis ou des mouvements politiques. Les firmes politiques offrent des mesures publiques quand elles participent au pouvoir ou seulement des programmes lorsqu'elles sont à l'écart du pouvoir. On peut supposer qu'elles ont deux types d'objectifs principaux :

1º) la maximisation de leur part de marché (pourcentage de l'opinion qui leur est favorable ; pourcentage de sièges obtenus aux élections) ;

2º) la conquête du pouvoir ou le maintien au pouvoir.

Ces deux objectifs ne sont pas toujours compatibles et leur hiérarchie peut varier selon les circonstances. Un président trop âgé pour se représenter à nouveau devant les électeurs, ou bien dont le mandat n'est pas renouvelable, ne travaille plus pour la conquête du pouvoir et privilégie sa popularité, l'image qu'il laissera dans l'Histoire, etc. Un parti peut craindre le pouvoir s'il risque de le conquérir ou d'y participer à un moment où le pays est confronté à des difficultés insurmontables auxquelles il ne tient pas à être associé.

Les grands leaders politiques peuvent être assimilés à des patrons ou des managers qui tentent de maximiser les profits de leurs entreprises. Il ne s'agit pas, normalement, de profits monétaires, mais de profits politiques (pourcentage d'opinions favorables, sièges, etc.). A l'instar du problème qui apparaît dans les grandes entreprises, des divergences d'intérêts peuvent exister entre les firmes politiques et leurs patrons : les leaders utilisent les partis comme un instrument au service de leurs ambitions personnelles alors que les militants voient dans les leaders un instrument au service du parti. Plus les partis sont organisés selon des principes démocratiques, moins ce type de divergences est important : les responsables politiques sont étroitement dépendants de l'opinion et du soutien de leurs militants. Mais plus les leaders sont dépendants de leur « base » à l'intérieur du parti, plus leur offre politique est contrainte en ce qu'elle doit d'abord satisfaire les militants du parti avant de satisfaire les citoyens. Il existe donc un *marché politique interne* où les hommes politiques tentent de conquérir et d'exercer le pouvoir dans les partis et un *marché politique externe* où ils luttent pour le pouvoir et/ou la notoriété dans la nation.

Tout comme les autres entreprises, les firmes politiques utilisent différents moyens de communication pour convaincre leur clientèle habituelle et séduire de nouveaux clients : publicité dans les médias, conférences, éditions d'ouvrages et de journaux, etc. Avec le développement des moyens modernes de communication et en particulier de la télévision, une part essentielle du travail politique consiste à communiquer pour convaincre. C'est que, dans une démocratie, comme sur tout marché libre, la demande est reine.

b) La demande politique

Les individus et les organisations ont tous des souhaits quant aux décisions publiques. Ils sont demandeurs, soit de mesures répondant à leurs intérêts particuliers, soit de mesures conformes à leur vision de l'intérêt général. Les individus peuvent exprimer leurs demandes à l'occasion des élections en jugeant par leurs votes les différents programmes offerts. Ils peuvent aussi participer à des manifestations collectives en faveur de telle ou telle proposition, signer des pétitions, s'associer à des mouvements de grève ou de protestation, rencontrer leurs élus, etc.

• ***Les groupes de pression***

Lorsqu'il existe des intérêts communs entre un nombre suffisamment important d'individus, la demande politique est exprimée au travers de groupes de pression qui tentent de centraliser et d'homogénéiser les demandes individuelles pour en augmenter l'influence auprès des décideurs : syndicats de travailleurs, syndicats de patrons, syndicats professionnels spécialisés, associations de défense des consommateurs, associations de protection de la nature, etc.

Dans une certaine mesure, les groupes de pression créent un marché politique secondaire. A partir d'une certaine taille, en effet, ils offrent l'opportunité d'une carrière politique interne. Ainsi, des individus se spécialisent dans la conquête et l'exercice du pouvoir au sein des organisations syndicales ou professionnelles. Du point de vue de l'analyse économique, il n'y a pas lieu de considérer le comportement des leaders de groupes de pression d'une façon tellement différente de celui des responsables politiques : ils sont tous engagés dans un processus de recherche du pouvoir et/ou de la popularité.

• ***L'ignorance rationnelle***

On peut supposer que les individus expriment des demandes politiques conformes à leurs intérêts et/ou à leur conception de l'intérêt général. Mais, en revanche, on peut douter qu'ils connaissent toujours avec précision quelles politiques sont les plus à même de répondre à leurs demandes. En effet, cela supposerait que les citoyens aient une connaissance très précise d'une multitude de dossiers et de problèmes le plus souvent complexes. Or le coût d'accès à cette connaissance est très élevé. Dans le seul domaine de l'économie, il faut plusieurs années d'études pour comprendre à peu près bien les différents mécanismes. Ensuite, sur une question particulière (commerce extérieur, retraites, chômage, etc.), même un économiste professionnel doit consacrer des mois de travail pour maîtriser le dossier. Une information précise sur les différentes questions qui font l'objet du débat politique suppose donc des investissements de formation et d'étude particulièrement coûteux (en temps et en énergie). Rien ne permet ni ne justifie de tels investissements pour la plupart des citoyens, et ce pour essentiellement deux types de raisons.

1º) Les individus n'ont pas le temps matériel de procéder à la recherche des informations. Ils doivent se contenter des informations diffusées par la presse écrite ou audiovisuelle, du discours des leaders politiques, ou encore des analyses des différents groupes de pression.

2º) Quand bien même un individu connaîtrait bien un dossier, cela ne lui permettrait pas davantage de faire pencher la balance des mesures politiques dans un sens ou dans l'autre. Il ne dispose que d'une voix noyée dans la masse et rien ne lui permet de penser que cette voix sera déterminante. En outre, on lui demande habituellement de voter pour un homme, un parti, un programme, et non pour une mesure précise. Il se prononce donc en faveur ou contre un « paquet de mesures ». Une connaissance précise des différentes questions conduirait le plus souvent l'électeur à estimer certaines mesures bonnes et d'autres mauvaises, à l'intérieur du même paquet. Plus d'information ne débouche donc pas sur davantage d'influence et tend plutôt à compliquer les choix.

Aussi, en matière de choix politique, *une certaine ignorance est rationnelle*. La faible rentabilité des connaissances politiques et le coût élevé de l'information conduisent en général les individus à fonder leurs choix sur des informations simples et peu coûteuses : débats télévisés, tradition politique de la famille ou du milieu professionnel, personnalité des candidats (honnêteté, moralité), allure et éloquence des candidats, etc.

c) L'équilibre du marché politique

Le concept de marché politique remet en cause deux visions courantes des choix politiques : *la vision cynique* selon laquelle les hommes politiques prennent les décisions conformes à leurs intérêts privés ou à ceux de leur groupe social ; *la vision idéaliste* selon laquelle les gouvernements défendent et appliquent des idées. Ces deux visions ont le tort commun d'imaginer les décisions publiques comme des choix discrétionnaires reflétant le libre arbitre des décideurs. Dans l'approche que nous proposons ici, *les hommes politiques ne font pas ce qu'ils veulent ; ils font ce qu'ils peuvent,* compte tenu des moyens disponibles et des contraintes économiques et politiques, pour maximiser leurs profits politiques. Or, cette quête des profits politiques, tout comme celle des profits monétaires sur un marché ordinaire, conduit les leaders et les firmes politiques à s'adapter au mieux à l'évolution de la demande. Les décisions publiques reflètent donc un équilibre entre l'offre et la demande politique et non des choix individuels et arbitraires.

Concrètement, le fonctionnement du marché politique est constitué par un processus permanent de circulation de l'information sur les interventions de l'État. Le débat politique (dans la presse, dans les assemblées parlementaires, etc.) fait circuler l'information sur les mesures nouvelles envisageables et la perception par l'opinion des mesures anciennes. Les décisions politiques (lois et décrets) font circuler l'information sur les effets réels des actions publiques. Au fur et à mesure que les citoyens accèdent à l'information sur les problèmes à gérer, les mesures possibles, leurs effets réels, la demande politique de la majorité se transforme. Au fur et à mesure que les hommes politiques acquièrent des informations sur l'état de l'opinion et des demandes politiques, ils adaptent leurs programmes et leurs actions. Plus la concurrence entre les programmes politiques, les connaissances des citoyens sur le fonctionnement de la société, et la libre circulation de l'information politique sont développées, plus les gouvernements sont contraints d'adapter rapidement leurs actions dans un sens conforme aux intérêts du plus grand nombre.

Mais le marché politique est un marché de concurrence imparfaite. Il n'existe pas *une bourse aux idées et aux actions politiques* qui permettrait chaque jour de confronter toutes les demandes et toutes les offres politiques. La circulation de l'information est en outre plus ou moins rapide selon les institutions politiques en place (dictature ou démocratie) et selon l'état des libertés politiques (liberté de la presse, liberté de réunion, liberté d'association). Même dans une démocratie libérale, la concurrence peut être limitée par le poids des grands partis ou un mode de scrutin majoritaire qui limitent l'accès des petits partis au débat et aux responsabilités politiques. Enfin, un obstacle de taille à la rapide circulation de l'information tient à l'ignorance rationnelle des citoyens. Confrontés à un public peu incité à s'informer vraiment et donc peu au fait des vrais problèmes et des effets exacts des politiques publiques, les leaders politiques disposent d'une marge de manœuvre plus grande ; ils sont donc peu incités à améliorer l'information de l'opinion publique puisque cela les contraindrait à une plus grande efficacité et réduirait leur marge de manœuvre. Mais avec le temps, avec le développement des moyens de communication (et notamment la diffusion généralisée de la télévision), avec l'intervention publique des journalistes et des intellectuels, avec l'expérience concrète des mesures politiques et de leurs résultats, l'information finit toujours par circuler et se développer dans la population. A long terme, donc, comme sur n'importe quel marché, la demande politique est plus élastique qu'à court terme : elle se transforme en intégrant progressivement les informations nouvelles accumulées et contraint l'offre politique à s'adapter.

Cette approche des choix publics a une conséquence majeure pour le sujet central de cet ouvrage : les politiques économiques n'ont pas pour objet d'appliquer la théorie économique. Bien souvent, les profanes accusent à tort les économistes pour les horreurs sociales dont la persistance ne reflète pas l'ignorance de la science économique, mais les choix des décideurs politiques. L'horreur n'est pas économique, mais politique ; nous l'avons montré dans *Une raison d'espérer* (Plon, 1997 ; 2e éd., Pocket, 2000). Des politiques efficaces, au sens économique du terme, peuvent être politiquement inefficaces parce que l'opinion ne partage pas encore la même information que les économistes et les décideurs ; si une majorité des individus est vraiment hostile à ces politiques, elles ne seront pas mises en œuvre, sauf si leurs effets sont assez sûrs et rapides pour justifier le gouvernement aux yeux de l'opinion publique. Au contraire, les gouvernements peuvent être contraints par le marché politique d'adopter des politiques dont ils connaissent parfaitement les effets médiocres ou pervers ; seul le constat pratique de ces effets conduira finalement l'opinion à modifier sa vision des problèmes et à demander des politiques économiquement plus efficaces.

B. Une nouvelle analyse de la politique économique

Nous ne pourrons évoquer ici tous les résultats des analyses économiques de la vie politique (nous avons développé ailleurs les conséquences de cette approche pour la compréhension des problèmes économiques contemporains, et notamment dans *Une raison d'espérer*). Notre propos n'est pas l'étude de la vie politique mais, toutefois, il importe de souligner ici quelques-unes des conséquences majeures de la vision économique de la vie politique pour l'analyse des politiques économiques.

a) Qu'est-ce qu'une politique efficace ?

Les objectifs économiques discutés jusqu'ici restent pertinents pour notre analyse. Mais ils ne constituent plus que des *objectifs intermédiaires* au service des finalités politiques des décideurs : popularité, postérité, part du marché politique, pouvoir. Dès lors, qu'est-ce qu'une politique efficace ? Dans l'approche traditionnelle, une politique particulièrement efficace serait par exemple celle qui maximise la croissance et l'emploi tout en assurant la stabilité des prix et l'équilibre extérieur, parce que l'on apprécie normalement l'efficacité d'une action par sa capacité à atteindre ses objectifs. Mais si les vrais objectifs des politiques économiques sont les finalités politiques, les choix efficaces sont ceux qui permettent aux décideurs de satisfaire leurs ambitions en matière de popularité et/ou de pouvoir. D'un point de vue méthodologique, cette vision transforme le travail de l'économiste. L'économie normative tente de définir les « bonnes » politiques économiques. Et telle est en fait l'approche explicite ou implicite de la plupart des manuels consacrés à la politique économique. Mais du point de vue de l'analyse scientifique (positive), une conclusion du type « les pouvoirs publics n'auraient pas (ou auraient) dû prendre telle mesure » n'a guère de sens. Pour le scientifique, la réalité n'a jamais tort ! Le fait est que les pouvoirs publics prennent des décisions, et l'économiste scientifique ne se demande pas davantage s'ils ont raison que le physicien ne se demande s'il est bon que la Terre tourne autour du Soleil. Le travail scientifique consiste à expliquer le monde (social ou physique) tel qu'il est. Pourquoi telle ou telle mesure a-t-elle été prise ? A qui profite-t-elle ? Qui en supporte les coûts ? Pour atteindre tel objectif quels sont les instruments les plus efficaces (d'un point de vue économique) ? Tel est le genre de questions que l'économie scientifique peut se poser. Certes, cela n'interdit pas à l'économiste (comme au physicien) de porter des jugements de valeur et d'émettre des propositions normatives sur ce que les responsables politiques devraient faire. Mais il importe de bien prendre ces propositions normatives pour ce qu'elles sont : elles expriment toujours des préférences subjectives fondées sur une vision personnelle des fins souhaitables pour l'individu et pour la société, et jamais le résultat d'une analyse scientifique.

b) La globalisation des problèmes

La logique du marché politique conduit le plus souvent à formuler les problèmes de politique économique en des termes bien plus généraux qu'il n'est souhaitable du point de vue de l'analyse économique. Par exemple, les économistes savent bien qu'il n'y a pas un problème du chômage en général. Une partie du chômage est parfaitement efficace (chômage frictionnel). Le problème du chômage n'est pas bien grave pour une fraction de chômeurs bien formés qui finissent par retrouver des emplois conformes à leurs souhaits ; il est en revanche dramatique pour d'autres catégories de travailleurs. On sait également que le nombre de chômeurs et le taux de chômage global ne sont en rien des indicateurs pertinents du problème du sous-emploi [cf. chapitre 4, **1. A.**, et fiche 8]. Pourtant, durant plus de vingt années de montée d'un chômage massif en Europe (1975-1996), l'essentiel du débat politique est resté limité au phénomène global et l'appréciation des performances politiques s'est cantonnée à l'examen du taux de chômage. Pourquoi ? Pour une série de raisons liées au fonctionnement du marché politique. Citons les principales :

– un problème n'est politiquement rentable que s'il concerne une fraction suffisamment importante de la population ;

– il est plus facile de faire baisser le taux de chômage global que de réduire le taux de chômage des catégories pour qui il est le plus dramatique (parce qu'elles sont les moins formées, les plus longtemps exclues de l'emploi et donc les plus difficiles à réinsérer dans la vie active) ;

– l'ignorance rationnelle des électeurs sur le dossier du chômage rendrait peu accessible un discours entrant trop dans le détail des vrais problèmes ;

– l'opposition a naturellement intérêt à exagérer l'ampleur des problèmes pour mieux démontrer les faiblesses du pouvoir en place ;

– le pouvoir en place a parfois aussi intérêt à exagérer les problèmes pour magnifier les contraintes susceptibles d'excuser son impuissance (cf. l'utilisation systématique du thème de « la crise mondiale » pour montrer comment les difficultés sont imposées de l'extérieur).

c) La préférence pour les politiques conjoncturelles

Nous verrons que l'une des difficultés majeures des économies développées à la fin du XXe siècle tient à la nature en partie structurelle des problèmes macroéconomiques. Le chômage, l'inflation, l'équilibre extérieur qui, jusqu'aux années 1970, étaient très liés aux fluctuations conjoncturelles du niveau de production, sont devenus en partie indépendants de la conjoncture. Cela appelle certaines adaptations qui ne relèvent pas des politiques conjoncturelles mais d'actions structurelles : par exemple une nouvelle formation professionnelle pour les chômeurs de longue durée, une transformation du système scolaire et universitaire pour mieux adapter les qualifications des jeunes aux débouchés sur le marché du travail, le développement d'une meilleure coopération entre les partenaires sociaux pour limiter les mécanismes d'inflation par les coûts, etc.

Mais, à court terme, les politiques structurelles sont souvent politiquement peu rentables. Quand on a traité un problème de façon conjoncturelle pendant dix ans sans succès, il est toujours délicat de reconnaître une telle erreur et de l'expliquer à l'opinion publique. L'approche étant nouvelle et les électeurs peu informés, il sera de toute façon plus difficile de faire comprendre les actions structurelles. En outre, les actions structurelles n'ont habituellement aucun effet à court terme et peu ou pas d'effet à moyen terme. Elles ne portent leurs fruits qu'au bout de cinq à quinze ans. En conséquence, elles font assumer par les décideurs la responsabilité de charges immédiates pour la collectivité en contrepartie de promesses sur des bienfaits futurs dont les électeurs n'auront toujours pas « vu la couleur » aux prochaines élections. Tant que les électeurs ne sont pas largement convaincus de l'impuissance des actions conjoncturelles, il reste politiquement rationnel de les employer alors même qu'elles sont inefficaces. Le retard qui est systématiquement pris dans le traitement des problèmes structurels les rend de plus en plus sérieux, si bien que l'impuissance des pouvoirs publics devient de plus en plus manifeste aux yeux de l'opinion publique. La demande sur le marché politique finit alors par se détourner des actions conjoncturelles au profit des actions structurelles. Celles-ci seront donc finalement entreprises, mais en général avec des délais considérables. Ainsi, dans la théorie économique, l'idée (à l'origine monétariste) que le chômage est en partie structurel et que les politiques de relance conjoncturelles sont impuissantes face à ce type de chômage date des années 1960 ; il faut attendre le début des années 1980 pour que les discours politiques commencent à s'en inspirer et la fin des années 1980 pour que de réelles actions structurelles soient envisagées.

d) Le poids des groupes de pression les plus efficaces

Nous avons déjà souligné que les politiques macroéconomiques, en dépit de leur apparence globale, ont des effets différents sur les agents économiques selon les groupes auxquels ils appartiennent. Au stade final, elles sont donc un moyen de distribution des coûts et des avantages entre les agents économiques. Si certains groupes d'agents sont plus performants que les autres pour faire valoir leurs intérêts et exercer des pressions sur les décideurs politiques, ils peuvent orienter ces dernières en leur faveur. Tel peut être le cas lorsqu'un groupe remplit certaines des conditions suivantes :

– un ensemble d'individus ou d'entreprises suffisamment homogènes quant à leur activité et leurs préoccupations pour avoir de forts intérêts en commun ;

– un groupe facilement organisable en syndicats ou associations avec des moyens pour financer l'organisation ;

– un groupe qui est susceptible de faire pencher la balance d'un côté ou de l'autre dans des consultations électorales ;

– un groupe qui, en raison de son activité stratégique pour le fonctionnement de la société, peut imposer des coûts considérables à la collectivité s'il n'obtient pas les mesures politiques conformes à ses intérêts (cf. grèves des transports en commun, coupures d'électricité, grèves des postes, etc.).

On pourrait à partir de ces critères opposer le groupe des agriculteurs qui les remplit tous et celui des chômeurs qui n'en satisfait aucun (soulignons en particulier que lorsque les élections législatives sont organisées en circonscriptions territoriales, les habitants de régions rurales se trouvent surreprésentés par rapport à leur poids dans la population. La différence flagrante entre le traitement des problèmes des agriculteurs et de ceux des chômeurs n'est dès lors guère surprenante.

Ainsi, la plupart des pays industrialisés ont depuis les années 1950 déployé beaucoup d'efforts pour protéger le revenu des agriculteurs, en dépit des réserves souvent émises par la plupart des économistes sur les méthodes employées à ce propos. A l'opposé, en dépit de la multitude des analyses théoriques et statistiques indiquant clairement pour quelles catégories d'individus le chômage est dramatique, la plupart des gouvernements ont tardé à s'en préoccuper vraiment. Alors que l'apparition d'un chômage massif et sans cesse croissant date du milieu des années 1970, il faut attendre 1988 pour que le gouvernement français songe à instaurer un revenu minimum pour les personnes privées de tout revenu et en particulier les chômeurs de longue durée n'ayant plus de droits à l'indemnisation du chômage !

SECONDE PARTIE

Instruments et stratégies de la politique économique

6

La politique monétaire et la politique de change

Les pouvoirs publics disposent de divers moyens pour contrôler la création de monnaie et les taux d'intérêt (la politique monétaire au sens strict) et la valeur internationale de la monnaie (la politique de change). La masse monétaire, les taux d'intérêt et les taux de change constituent des objectifs intermédiaires de la politique économique qui sont censés agir sur les objectifs économiques ultimes que sont la croissance, le plein emploi, la stabilité des prix et l'équilibre extérieur. Nous présenterons les mécanismes d'intervention des pouvoirs publics [**1.**], avant de nous interroger sur l'efficacité des politiques monétaires et de change [**2.**].

1. LES INSTRUMENTS D'INTERVENTION

Dans la réalité, la politique monétaire et la politique de change sont intimement liées et c'est pourquoi nous les traitons dans un même chapitre. Néanmoins, même si parfois cela semble un peu artificiel pour l'économiste averti, nous les traitons ci-dessous l'une après l'autre, par pur souci de simplicité.

A. La politique monétaire

Selon les pays, la détermination de la politique monétaire relève soit du gouvernement, soit de la banque centrale, soit des deux à la fois. Jusqu'aux années 1980 subsistait une opposition assez marquée entre les nations où la banque centrale n'est qu'une administration qui exécute une politique arrêtée par le gouvernement (comme la France), et celles où la banque centrale conduit la politique monétaire de façon très indépendante du pouvoir politique (États-Unis et Allemagne). Mais, dans les années 1990, en Europe, la perspective d'une future Union monétaire conduit à une convergence des pratiques nationales vers le modèle allemand, en attendant la constitution d'une Banque centrale européenne totalement indépendante des pouvoirs politiques nationaux.

En l'absence de tout contrôle, l'activité de création monétaire par les banques resterait néanmoins soumise à deux contraintes principales : l'existence d'une demande de monnaie par les agents non financiers et la nécessité de faire face aux retraits de leurs clients en billets. Les autorités monétaires tirent parti de ces contraintes naturelles en les renforçant ou en les atténuant pour influencer le comportement des banques.

a) Les contraintes naturelles de la création monétaire

• ***La demande de monnaie***

Les banques ne créent pas de la monnaie pour le plaisir, mais en réponse à une demande de monnaie. La création monétaire est donc bornée par les besoins de liquidités des agents non financiers. Rappelons que les banques créent de la monnaie scripturale (par écriture dans des comptes) en contrepartie de trois grands types de créances [cf. chapitre 1, fiche 3] : crédits à l'économie (aux ménages et aux entreprises), créances sur le Trésor public, créances sur l'étranger (avoirs libellés en devises).

La demande de monnaie des ménages et des entreprises dépend du volume d'activité à financer (consommation, production et investissement) et des taux d'intérêt. Plus le volume d'échanges est important, plus les agents ont besoin de moyens de paiement. En revanche, la demande de monnaie sera plus limitée dans les périodes de ralentissement de l'activité. Enfin, la contrepartie créances sur l'étranger n'est une source de création monétaire que si l'économie connaît un excédent de ses paiements extérieurs ; aux années d'excédent peuvent succéder des années de déficit qui réduisent la masse monétaire. La contrepartie créances sur le Trésor public peut aussi être une source de destruction de monnaie quand le budget de l'État est excédentaire et que le Trésor public rembourse les avances consenties par les banques. En outre, il existe souvent des contraintes légales limitant les concours directs de la banque centrale au Trésor public. Au total, donc, la demande de monnaie n'est pas illimitée.

• ***Le problème de la liquidité bancaire***

Par ailleurs, les clients des banques font circuler une partie de la monnaie non sous sa forme initiale de monnaie scripturale, mais « en liquide », c'est-à-dire sous la forme de billets. Or, les banques ordinaires ne peuvent pas émettre de billets ; elles doivent se les procurer en effectuant des retraits sur leurs comptes à la banque centrale. Chaque banque dispose en effet d'un compte à la banque centrale qui joue le rôle de banque des banques. Ces comptes servent notamment aux virements entre banques pour apurer les dettes liées à l'émission de chèques par leurs clients.

Si le pourcentage moyen de retrait en billets représente 10 % des dépôts, à chaque fois qu'une banque crée 1000 F de monnaie scripturale, elle sait qu'elle sera confrontée à un retrait en billets pour une somme de 100 F ; elle doit donc disposer d'un avoir équivalent en *monnaie banque centrale*, c'est-à-dire soit des billets détenus dans ses caisses, soit un compte créditeur à la banque centrale où elle pourra retirer les billets correspondants. L'ensemble des avoirs des banques en monnaie banque centrale constitue la base nécessaire de la création monétaire *(base monétaire)* : si une banque n'est pas assurée de disposer de billets en cas de besoin, elle ne peut créer davantage de monnaie.

Quand une banque ne dispose pas d'un crédit suffisant à la banque centrale pour satisfaire ses besoins en monnaie banque centrale, elle peut emprunter sur le marché monétaire auprès des banques qui disposent d'un compte créditeur à la banque centrale. On dit qu'elle va se *refinancer* sur le marché monétaire. Le marché monétaire est constitué par un réseau de télécommunications animé quotidiennement par des intermédiaires spécialisés (courtiers) qui confrontent les offres et les demandes de liquidités à court terme. La libre négociation (s'il n'y a ni réglementation, ni interventions des autorités) détermine le taux d'intérêt (le prix ou encore le loyer de l'argent, au jour le jour, pour huit jours, un mois, trois mois, etc.). Une banque particulière peut donc créer de la monnaie sans disposer momentanément de la monnaie banque centrale nécessaire pour faire face aux retraits en billets mais en l'empruntant à une autre banque ; mais cette autre banque diminue alors de façon équivalente sa propre capacité à créer de la monnaie scripturale. Le système bancaire, pris dans son ensemble, ne peut donc pas créer de monnaie s'il ne dispose pas des avoirs en comptes à la banque centrale lui permettant de retirer les billets qui lui seront demandés ensuite par la clientèle. Or, cela ne dépend pas simplement du bon vouloir des banques, mais aussi de la volonté qu'a la banque centrale de refinancer le système bancaire sur le marché monétaire en lui procurant la monnaie banque centrale dont il a besoin pour fonctionner.

b) Les interventions de la banque centrale

La banque centrale peut influencer la création monétaire des banques en contrôlant la *liquidité bancaire*, c'est-à-dire les conditions dans lesquelles les banques peuvent se procurer les avoirs liquides en monnaie banque centrale nécessaires pour satisfaire les demandes de billets. Elle peut le faire essentiellement par ses *interventions sur le marché monétaire* et par les *réserves obligatoires*. Quand ces instruments s'avèrent insuffisants, elle peut procéder à un contrôle plus direct de la création de monnaie en mettant en place un *encadrement du crédit*.

• ***Les interventions sur le marché monétaire***

La banque centrale intervient sur le marché monétaire pour prêter de la monnaie banque centrale aux banques moyennant paiement d'un intérêt et presque toujours en contrepartie d'une créance détenue par les banques (bons du Trésor, effets de commerce, etc.). Elle peut déjà moduler ses concours en définissant la liste des créances qu'elle accepte de refinancer sur le marché monétaire ; elle étend la liste si elle veut faciliter la création monétaire, ou restreint cette liste, dans le cas contraire. Elle détermine ensuite le taux d'intérêt auquel elle prête la monnaie banque centrale et, ce faisant, elle joue un rôle directeur pour les taux d'intérêt pratiqués entre banques. Par exemple, en théorie, rien n'empêche la banque centrale de prêter sa monnaie à un taux d'intérêt nul ; alors le taux d'intérêt du marché monétaire est également nul, aucune banque ne trouvant d'emprunteur pour un taux positif quand la banque centrale distribue l'argent gratuitement. A l'opposé, rien (en théorie) n'empêche la banque centrale d'emprunter la monnaie offerte par les banques qui disposent d'excédents en monnaie banque centrale à un taux d'intérêt toujours supérieur à celui offert par les banques emprunteuses.

Dans ce cas, tout le monde préfère toujours prêter à la banque centrale et c'est encore elle qui fixe le taux d'intérêt du marché. Entre ces deux extrêmes, la banque centrale peut faciliter le refinancement des banques, et donc la création monétaire, en offrant beaucoup de liquidités et en faisant baisser ses taux d'intérêt, ou, au contraire, freiner la création monétaire en réduisant son offre de monnaie et en relevant ses taux d'intérêt.

• ***Les réserves obligatoires***

Les interventions de la banque centrale sur le marché monétaire n'ont de prise que si le système bancaire en a besoin. Si les banques, prises dans leur ensemble, disposent de suffisamment de réserves libres en compte créditeur à la banque centrale, elles peuvent se « débrouiller » entre elles par des prêts interbancaires et sans refinancement par la banque centrale. Pour restaurer ou renforcer la dépendance des banques à l'égard de leur refinancement par la banque centrale, les autorités monétaires agissent sur les *réserves obligatoires*. A chaque fois qu'une banque accorde un crédit ou reçoit un dépôt, elle peut être contrainte de constituer une réserve obligatoire : il s'agit d'une fraction du dépôt ou du crédit nouveau qui reste bloquée sur un compte non rémunéré à la banque centrale. Cela crée un besoin en monnaie banque centrale qui vient s'ajouter à celui associé aux retraits de billets.

Les réserves obligatoires constituent un prélèvement direct sur la base monétaire. Leur extension freine la capacité des banques à créer de la monnaie, tandis que leur réduction renforce cette possibilité. Ces effets apparaissent clairement quand on analyse le mécanisme du « multiplicateur de crédit ».

Imaginons que la base monétaire (ensemble des réserves libres en monnaie banque centrale) soit égale à 100 et que le coefficient de retrait en billets soit de 10 %. Le tableau ci-contre illustre la création de monnaie possible dans ce contexte, en l'absence de réserves

Tableau 3. Le multiplicateur de crédit					
	Crédit		***Retraits billets***		***Réserve libre (100)***
1re vague	100	→	10	→	90
2e vague	90	→	9	→	81
3e vague	81	→	8,1	→	72,9
4e vague	72,9	→	7,29	→	65,6
5e vague	65,6 etc.				

obligatoires (les flèches indiquent l'enchaînement des opérations dans le temps).

Si le système bancaire dispose d'une base monétaire de 100, il peut accorder une première vague de crédits en créditant les comptes des agents non financiers pour un montant de 100. Sur le montant des nouveaux dépôts à vue créés par ces crédits, 10 % seront retirés en billets, si bien que 90 restent disponibles en réserves libres. Les banques peuvent donc accorder une deuxième vague de crédits pour un montant de 90 ; il s'ensuit des retraits en billets (9) et les réserves libres disponibles pour une nouvelle vague de crédits sont égales à 81. Et ainsi de suite. On constate une véritable multiplication de la monnaie par le crédit : une base monétaire initiale de 100 autorise une création monétaire qui lui est plusieurs fois supérieure. On démontre que si le coefficient de retrait en billets est r_b, la création de monnaie totale est :

$$\text{Création de monnaie} = (1 / r_b) \cdot \text{base monétaire}$$

Dans notre exemple le multiplicateur de crédit est donc 1/ 0,1 = 10. La création monétaire totale possible, si le processus est poursuivi à son terme, est donc 10 fois la base monétaire initiale, soit, dans notre exemple, 1000. Intuitivement, il paraît évident que 100 F en billets permettent de créer 1000 F de monnaie si 10 % de la monnaie circule sous la forme de billets.

Introduisons à présent une réserve obligatoire de 10 % sur les dépôts à vue. A chaque vague de crédit, désormais, les banques doivent non seulement faire face au retrait en billets, mais aussi constituer une réserve obligatoire sur les sommes qui restent en dépôt après ces retraits ; le montant de la réserve libre disponible après chaque vague de crédits se trouve amputé, ce qui limite le montant possible de chaque nouvelle vague de crédits.

Tableau 4. Multiplicateur de crédit et réserves obligatoires

	Crédit		*Retraits billets*		*Réserve obligatoire*		*Réserve libre (100)*
1re vague	100	⟶	10	⟶	9	⟶	81
2e vague	81	⟶	8,1	⟶	7,29	⟶	65,6
3e vague	65,6	⟶	6,56	⟶	5,9	⟶	53,14
4e vague	53,14 etc.						

On démontre qu'avec un taux de retrait en billets r_b et un taux de réserve obligatoire sur les dépôts r_o, le multiplicateur de crédit est : $[1 / (r_o + r_b - r_o \cdot r_b)]$. Dans notre exemple où r_o et r_b sont égaux à 0,1, le multiplicateur est donc égal à = [1 / (0,2 – 0,01)] = 1 / 0,19 = 5,26. Si le processus de création de monnaie est poussé jusqu'à son terme, les banques peuvent créer au maximum 5,26 · 100 = 526, au lieu de 1000 en l'absence de réserves obligatoires.

Notons que les réserves obligatoires, tout comme une restriction de l'offre de monnaie sur le marché monétaire, ont à la fois un effet quantité et un effet prix. L'effet quantité est la réduction de la base monétaire globale disponible pour assurer la création monétaire. L'effet prix est l'augmentation du coût du crédit pour les banques, soit par une hausse des taux sur le marché monétaire, soit par une augmentation de la fraction des dépôts bancaires bloqués à la banque centrale dans des comptes non rémunérés.

• ***L'encadrement du crédit***

Si la politique des taux d'intérêt sur le marché monétaire et la politique des réserves obligatoires ne suffisent pas à maîtriser la création monétaire des banques, les autorités monétaires peuvent recourir à un contrôle beaucoup plus direct : *l'encadrement du crédit.* Cela consiste à définir *une norme de progression autorisée sur une période donnée* pour chaque type de crédit (consommation, équipement, etc.) et pour les différentes échéances (court terme, moyen terme, etc.), selon les priorités de la politique monétaire. Les banques sont alors tenues de respecter ces normes. Il ne s'agit plus d'une incitation mais d'une obligation légale de se comporter conformément aux objectifs de la politique monétaire. La sanction des infractions reste normalement financière : on met en place un système de *réserves obligatoires supplémentaires*, et le plus souvent progressives, pour chaque dépassement des normes autorisées. L'encadrement a donc un effet de restriction beaucoup plus direct sur la quantité de crédit disponible.

B. La politique de change

Nous nous situerons tout d'abord dans un contexte de liberté totale des marchés de capitaux. Les mouvements de capitaux sont libres, le marché des changes est libre et les taux de change sont flexibles. Dans ce cadre, un certain nombre de facteurs déterminent l'évolution des taux de change [***a)***]. Nous examinerons ensuite comment les pouvoirs publics ou les autorités monétaires peuvent corriger cette évolution spontanée [***b)***].

a) Les facteurs déterminant le taux de change

Rappelons que tous les facteurs qui entraînent un excédent de la balance des paiements se traduisent par une forte demande pour la monnaie nationale sur le marché des changes : ils tendent donc à apprécier le taux de change. Inversement, tous les facteurs qui provoquent un déficit de la balance des paiements impliquent une forte offre de monnaie nationale (et une forte demande de devises étrangères) qui tend à déprécier le taux de change. Il existe donc un certain nombre de facteurs objectifs qui doivent entraîner une dépréciation ou une appréciation de la monnaie : compétitivité et échanges commerciaux, taux d'intérêt, taux d'inflation. A ces *facteurs fondamentaux* viennent s'ajouter les *effets de la spéculation* qui ne reflète pas directement des facteurs objectifs mais l'opinion ou les paris des spéculateurs sur l'évolution probable du marché.

• ***La compétitivité et les échanges commerciaux***

La balance des transactions courantes constitue l'une des deux composantes essentielles de la balance des paiements ; elle est elle-même largement déterminée à court terme par les échanges de biens et services. Une forte compétitivité internationale tend à améliorer le solde des échanges et donc à apprécier la monnaie nationale sur le marché des changes. Un recul de la compétitivité des biens et services nationaux tend à détériorer le solde des échanges et donc à déprécier le taux de change. Notons que le solde des échanges extérieurs (et donc l'évolution du taux de change) peut aussi être influencé par l'existence d'un différentiel de croissance marqué entre un pays et ses partenaires commerciaux. Un pays qui a systématiquement une croissance plus forte et donc une demande intérieure qui progresse toujours plus vite que la demande étrangère peut avoir tendance au déficit des échanges (et donc à la dépréciation). Inversement, un pays à croissance toujours plus faible que celle de ses partenaires peut avoir tendance à l'excédent (et donc à l'appréciation).

• ***Les taux d'intérêt***

Si un pays offre des taux d'intérêt plus rémunérateurs que ceux offerts sur les places financières étrangères, il attire à lui les capitaux étrangers. Les entrées de capitaux contribuent à un excédent de la balance des capitaux et se traduisent par une forte demande internationale pour la monnaie nationale et donc par une appréciation du taux de change. Inversement, des taux d'intérêt moins élevés qu'à l'étranger encouragent des sorties de capitaux, un déficit de la balance des capitaux et une dépréciation de la monnaie nationale. C'est donc le *différentiel des taux d'intérêt* (l'écart avec les taux étrangers) qui est ici déterminant. Plus la mobilité internationale des capitaux est forte, plus les écarts de taux d'intérêt agissent sur les taux de change.

Normalement, si les marchés de capitaux sont parfaitement libres et concurrentiels, on devrait constater une tendance à l'égalisation des taux d'intérêt pour des placements de même nature et de même échéance. En effet, l'afflux de capitaux étrangers vers les pays à taux élevés, en gonflant l'offre de fonds, contribue à abaisser les taux d'équilibre. Inversement, la réduction de l'offre de fonds dans les pays à taux faibles tend à faire remonter les taux d'intérêt.

Néanmoins, des écarts de taux peuvent subsister sans déclencher des mouvements massifs de capitaux, parce qu'il existe des coûts de transaction associés aux mouvements de capitaux, des différences internationales en matière de fiscalité sur les rendements des placements financiers et des risques politiques liés aux placements à l'étranger (la fiscalité ou bien la possibilité de rapatrier les profits et les capitaux peuvent changer). Seuls les rendements nets d'impôts et de coûts de transaction et éventuellement corrigés par des primes de risque ont tendance à s'égaliser. Une autre source d'écart vient des anticipations des investisseurs et spéculateurs qui n'ont pas forcément le même degré de confiance dans la stabilité des différentes monnaies. Par exemple, si les agents ont plus confiance dans la stabilité du mark que dans celle du franc, ils craignent en permanence une dévaluation du franc par rapport au mark. Dans ces conditions, ils n'accepteront de placer des capitaux en francs que si les taux d'intérêt offerts sont supérieurs aux taux offerts sur les placements en marks ; la différence de taux est une prime de risque équivalente à la dépréciation du franc anticipée par les agents.

• ***Les taux d'inflation***

Lorsqu'un pays a un taux d'inflation plus faible que celui de ses partenaires commerciaux, le pouvoir d'achat relatif de sa monnaie s'améliore. Les étrangers ont intérêt à convertir leurs capitaux dans cette monnaie pour effectuer leurs achats dans le pays à faible inflation. En effet, les prix des produits étrangers sont de moins en moins compétitifs par rapport aux produits de ce pays : ses importations sont donc freinées et ses exportations stimulées ; la balance commerciale devient excédentaire. Sur le marché des changes, il s'ensuit une forte demande pour la monnaie à faible inflation qui tend donc à s'apprécier, tandis que les monnaies à plus forte inflation tendent à se déprécier. Au fur et à mesure que le taux de change s'apprécie, le coût d'achat plus élevé de la monnaie compense progressivement son taux d'inflation plus faible. Le mouvement devrait se poursuivre jusqu'au rétablissement de la *parité des pouvoirs d'achat* des différentes monnaies.

Empiriquement, on constate le plus souvent que les taux d'inflation déterminent les taux de change seulement dans le long terme. Le solde des échanges commerciaux contribue à l'évolution des taux de change à long et moyen terme. Mais, dans le court terme, ce sont les variations de taux d'intérêt qui influencent le plus rapidement l'évolution des taux de change. Cela tient à l'ampleur des capitaux à court terme à l'affût des meilleurs placements dans le monde, et à la rapidité avec laquelle ils se déplacent effectivement. Il est en effet bien plus facile de déplacer des capitaux (par simple jeu d'écriture électronique) que de modifier des flux d'échanges de biens et services.

• ***La spéculation***

La spéculation consiste à faire des prévisions sur l'évolution future des marchés et à prendre des décisions de placement qui maximisent les profits dans le cas où ces prévisions se réalisent. Par exemple, les agents qui s'attendent à une dépréciation du franc par rapport au dollar vont vendre des francs contre des dollars. Ils espèrent ainsi acheter des dollars à bas prix pour les revendre plus tard au prix fort et réaliser une plus-value. Inversement les spéculateurs qui s'attendent à une appréciation du franc par rapport au dollar vendent des dollars contre des francs. En conséquence la spéculation constitue l'un des facteurs déterminants des mouvements de capitaux à court terme qui sont à la recherche permanente des placements les plus rentables. En agissant sur les mouvements de capitaux, la spéculation détermine donc en partie l'équilibre de la balance des paiements et le niveau des taux de change.

La spéculation repose avant tout sur la façon dont les agents anticipent l'évolution des taux de change. Il suffit que les agents s'attendent à une dépréciation de la monnaie pour que leurs ventes massives de cette monnaie provoquent la dépréciation. Ces phénomènes d'*anticipations autoréalisatrices* se trouvent amplifiés par les comportements de mimétisme qui caractérisent un marché où chaque intervenant sait à chaque instant, en consultant ses écrans, dans quel sens les autres agents orientent leurs opérations. Il s'ensuit que les taux de change peuvent varier différemment et plus fortement qu'il ne serait justifié au vu des facteurs fondamentaux (inflation, croissance, taux d'intérêt) déterminant l'équilibre des paiements extérieurs (cet écart entre le taux effectif et un taux d'équilibre théorique est baptisé « bulle spéculative »). Il suffit par exemple de l'annonce d'une politique susceptible de développer l'inflation et les importations pour que les agents anticipent une prochaine dépréciation de la monnaie, vendent massivement cette dernière, et entraînent sa dépréciation effective, bien avant que le taux d'inflation ou les importations n'aient varié, et même avant que la nouvelle politique n'ait été mise en œuvre.

Dés lors, le libre jeu de l'offre et de la demande peut déboucher sur des fluctuations constantes et très amples des taux de change, à moins que la banque centrale n'intervienne pour stabiliser le marché des changes.

b) Les interventions de l'État

Les pouvoirs publics disposent essentiellement de trois types d'instrument pour maîtriser l'évolution des taux de change : les interventions des banques centrales sur le marché des changes, les taux d'intérêt et le contrôle des changes. Si ces instruments s'avèrent impuissants à maintenir un certain taux de change, il faut en général se résigner à modifier la parité officielle de la monnaie (dévaluation ou réévaluation) ou à laisser le taux de change fluctuer librement.

• ***Les interventions sur le marché des changes***

La banque centrale peut stabiliser le cours international de sa monnaie en l'achetant ou en la vendant sur le marché des changes. Si la monnaie nationale tend à se déprécier par rapport à des devises étrangères, cela indique un recul de la demande pour cette monnaie et un gonflement de la demande pour ces devises. Pour soutenir le cours de sa monnaie la banque centrale doit inverser les mouvements sur le marché des changes : elle soutient la demande de sa monnaie en l'achetant contre les devises étrangères. Inversement, si la monnaie nationale est fortement demandée et tend à s'apprécier, et si la banque centrale souhaite maintenir un taux de change stable, elle vend sa monnaie et achète en échange des devises.

Ces interventions seront obligatoires dans un système monétaire international de changes fixes où le gouvernement déclare un taux de change fixe de sa monnaie par rapport à un étalon reconnu par l'ensemble des pays adhérant au système. On ne peut assurer une fixité absolue du taux de change : si l'on préserve la liberté de mouvement des capitaux, et si l'on veut savoir dans quel sens va le marché des changes il faut bien le laisser fonctionner un tant soi peu. Aussi, un régime de changes fixes est en fait un système où les autorités monétaires s'engagent non pas à maintenir leur taux de change absolument fixe, mais à contenir ses fluctuations à l'intérieur de marges relativement étroites. Par exemple, dans le système monétaire international qui a prévalu de 1945 à 1973, la plupart des gouvernements adhérant au FMI définissaient une parité fixe (un taux de change officiel) par rapport au dollar et s'engageaient à maintenir les variations de leurs taux de change par rapport au dollar dans une bande comprise entre + 1 % et – 1 % (+ 2,25 % et – 2,25 % à partir de 1971). Après l'effondrement du système monétaire international et le flottement des changes par rapport au dollar (1973), la plupart des pays de la CEE ont rétabli entre eux un système monétaire européen (1979) qui instaure une marge de fluctuation de + ou – 2,25 % entre deux monnaies du système (élargie à + ou – 15 % en août 1993). De plus, pour que les interventions des banques centrales ne se fassent pas systématiquement au dernier moment, on fixe un seuil de divergence à partir duquel les banques centrales peuvent commencer à intervenir : dès que la variation du taux de change entre deux monnaies a atteint 75 % de la marge de fluctuation autorisée, les banques centrales peuvent intervenir pour soutenir la demande de la monnaie qui se déprécie et augmenter l'offre de celle qui s'apprécie. Nous illustrons ce mécanisme sur la figure 4 qui représente l'évolution du taux de change franc/mark autour d'une parité officielle fixée par exemple à 1 mark = 3 francs. Le taux de change doit rester entre 3,0675 F et 2,9325 F pour 1 mark. Le seuil de divergence délimite une zone d'intervention des banques centrales. Dans la zone d'intervention supérieure, le mark s'apprécie et risque de dépasser la marge supérieure autorisée : les banques centrales devront donc acheter des francs contre des marks pour soutenir le cours du franc par rapport au mark (abaisser le cours du mark par rapport au franc). Dans la zone d'intervention inférieure la situation est inversée ; le mark risque de se déprécier trop fortement par rapport au franc et les banques centrales doivent acheter des marks contre des francs.

Figure 4. Système monétaire européen

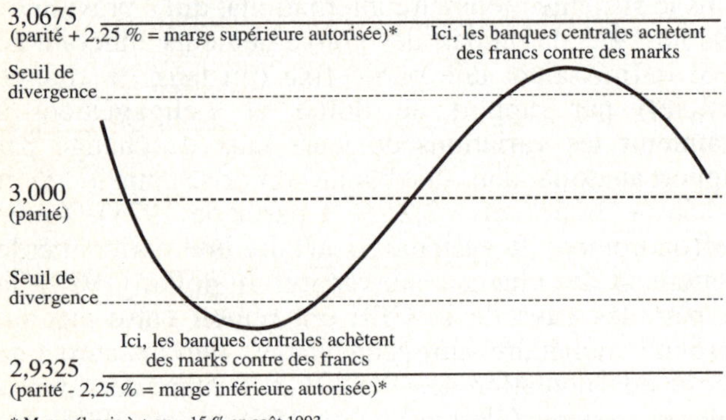

* Marge élargie à + ou – 15 % en août 1993.

Il est plus contraignant de soutenir le cours de sa monnaie que de freiner son appréciation. En effet, pour soutenir le cours de sa monnaie, une banque centrale doit disposer de réserves de change qui s'épuisent au fur et à mesure qu'elle cède les devises demandées contre sa monnaie nationale. En revanche, pour éviter une trop forte appréciation il suffit de fournir en monnaie nationale (contre devises) et à un prix inchangé toutes les demandes qui se présentent sur le marché des changes : la banque centrale se contente d'accumuler des réserves de change. Le seul inconvénient vient de ce qu'elle met ainsi en circulation une masse monétaire plus importante dans sa propre monnaie, ce qui risque d'alimenter l'inflation. Mais *la banque centrale peut en partie stériliser cet afflux extérieur de monnaie* par des mesures compensatrices de politique monétaire interne : réserves obligatoires plus élevées, restriction du crédit intérieur, réserves obligatoires supplémentaires sur les nouveaux dépôts en monnaie nationale issus de la conversion de devises étrangères.

• ***La politique des taux d'intérêt***

La contrainte de réserves de change qui pèse sur les monnaies faibles conduit les banques centrales à compléter les interventions sur le marché des changes par la manipulation des taux d'intérêt. Nous avons vu en effet que ceux-ci constituent l'un des déterminants essentiels des taux de change à court terme. Une banque centrale peut donc lutter contre une trop forte dépréciation de sa monnaie par rapport à une monnaie étrangère en relevant ses taux d'intérêt : la hausse des taux d'intérêt nationaux par rapport aux taux étrangers attire les capitaux étrangers, ce qui stimule la demande pour la monnaie nationale. Cela permet de stabiliser le taux de change tout en économisant des réserves de change. Le même résultat peut être obtenu par des dispositions fiscales plus avantageuses pour les capitaux étrangers qui en améliorent le taux de rendement net d'impôts pour un taux d'intérêt nominal donné. Mais ces mesures destinées à attirer les capitaux n'ont d'effets que si la banque centrale étrangère ne relève pas à son tour ses taux d'intérêt pour retenir les capitaux dans son pays. On le voit, cette stratégie n'est vraiment tenable que dans le cadre d'une coopération entre banques centrales.

• ***Le contrôle des changes***

Si les interventions sur le marché des changes et les taux d'intérêt ne suffisent pas à maîtriser suffisamment les mouvements du taux de change, notamment face à des mouvements de spéculation contre ou pour une monnaie, les autorités peuvent aussi recourir au *contrôle des changes*. Il s'agit de réglementer les mouvements de capitaux avec l'étranger. Si l'on est confronté à une spéculation contre la monnaie nationale, on réglemente les sorties de capitaux : quotas de devises que les nationaux peuvent emporter pour leurs voyages à l'étranger, limitation des possibilités d'investissements ou de placements financiers à l'étranger, etc. En revanche, si l'on souhaite éviter une trop forte appréciation de la monnaie, on peut contrôler les entrées de capitaux étrangers en limitant l'accès des non-résidents au marché financier national, en réglementant les investissements des sociétés étrangères, etc.

2. L'EFFICACITÉ DES INSTRUMENTS

L'évaluation de toute politique économique soulève deux types de questions :

1º) Les pouvoirs publics ont-ils une maîtrise parfaite des objectifs intermédiaires sur lesquels porte en fait leur action (ici, masse monétaire, taux d'intérêt et taux de change) ?

2º) La manipulation des objectifs intermédiaires produit-elle les effets attendus sur l'économie nationale (objectifs économiques ultimes) ?

Nous verrons que la maîtrise des variables monétaires est loin d'être totale, surtout dans une économie fortement ouverte sur l'extérieur, et que les résultats effectifs de ces politiques peuvent nettement s'écarter des effets attendus.

A. La maîtrise des objectifs intermédiaires

a) Le contrôle de la masse monétaire et des taux d'intérêt

La création monétaire n'est pas directement contrôlée par les pouvoirs publics puisqu'elle émane des banques. La politique monétaire agit donc indirectement en tentant d'influencer le comportement des banques et connaît de ce fait certaines limites.

• ***Un contrôle a posteriori***

Quand les banques s'adressent au marché monétaire pour trouver la monnaie banque centrale dont elles ont besoin pour les retraits en billets ou pour les réserves obligatoires, c'est le plus souvent au moment où elles créent de la monnaie, ou même après, et rarement avant. Le mécanisme du multiplicateur de crédit présenté plus haut supposait un comportement de ce type : les banques ont des réserves disponibles en monnaie banque centrale (base monétaire) ; cela permet de déterminer la quantité de monnaie qu'elles peuvent créer sans difficultés, compte tenu des coefficients de retraits de billets et de réserves obligatoires. Mais le processus peut aussi être inversé. Dans un système bancaire structurellement endetté auprès de la banque centrale (cas de la France notamment), les banques, prises dans leur ensemble, n'ont jamais de réserves libres à partir desquelles elles pourraient créer de la monnaie. Leur comportement est alors le suivant : elles créent la monnaie demandée par les ménages, les entreprises et les administrations, dans la mesure où les opérations de crédit correspondantes leur semble profitables, et les clients, solvables ; ensuite, elles vont emprunter sur le marché monétaire pour combler les besoins de monnaie banque centrale engendrés par ces opérations de crédit. *Au lieu d'un mécanisme multiplicateur* de crédit on peut alors parler davantage d'un *diviseur de crédit*. En effet, reprenons l'exemple numérique du tableau 3. On a vu qu'avec 100 F de réserve disponible à la banque centrale, et si le coefficient de retrait de billets est de 10 %, la banque peut créer *10 fois plus* de monnaie, soit 1000 F. Le multiplicateur de crédit est donc égal à 10. Mais on peut raisonner en sens inverse : une banque qui veut créer 1000 F de monnaie doit trouver *10 fois moins* de monnaie banque centrale sur le marché monétaire, soit 100 F. Au lieu de *multiplier* les réserves disponibles par (1 / r_b) pour calculer la création monétaire possible, on *divise* la création monétaire souhaitée par (1 / r_b) pour mesurer le montant des réserves qu'il faut emprunter.

Dans cette optique, la banque centrale intervient après coup, après la création monétaire. Son rôle de prêteur de dernier ressort sur le marché monétaire lui donne apparemment un grand pouvoir. Mais cela lui confère aussi la lourde responsabilité de l'équilibre financier du système bancaire : elle ne peut cesser de refinancer les banques sur le marché monétaire sans remettre en cause cet équilibre financier. L'action de la politique monétaire est donc très indirect : il s'agit essentiellement de moduler le coût du refinancement des banques sur le marché monétaire (par les taux d'intérêt et les réserves obligatoires) pour influencer le coût des crédits offerts par les banques, et par là agir enfin sur la demande de monnaie des agents non financiers. Mais, comme nous le verrons plus loin, dans certaines circonstances, la demande de monnaie devient relativement insensible au prix de l'argent (aux taux d'intérêt); dans ces conditions, le contrôle trop indirect de la banque centrale manque de prises sur la création monétaire.

• ***La création de monnaie externe***

Une partie de la monnaie en circulation est créée par conversion des devises étrangères en monnaie nationale. Cette conversion n'est pas une faculté ouverte aux banques mais une obligation. Si les monnaies sont officiellement convertibles, les banques ne peuvent refuser les opérations de change à leurs clients. L'afflux de devises étrangères se traduit donc par une forte demande de monnaie nationale. Si les taux de change sont fixes, les banques convertiront toutes les devises offertes en monnaie nationale à un prix inchangé et la masse monétaire augmentera dans les mêmes proportions que l'entrée de devises. Les banques peuvent ensuite vendre leurs devises sur le marché des changes. Pour maintenir le taux de change stable (éviter l'appréciation) la banque centrale est tenue de racheter toutes les devises présentées par les banques à un taux fixe. En contrepartie des devises cédées, la banque centrale crédite le compte des banques qui reconstituent ainsi leurs avoirs en monnaie banque centrale, et donc la base monétaire à partir de laquelle elles peuvent consentir de nouveaux crédits. Une partie du processus de création monétaire dépend donc du solde de la balance des paiements qui, à court terme, échappe largement à la volonté des pouvoirs publics. Cette difficulté est particulièrement vive dans un monde où règne une forte mobilité internationale des capitaux.

• ***La mobilité des capitaux***

Les marchés de capitaux nationaux sont interdépendants et liés entre eux par des réseaux de télécommunications qui permettent de passer des ordres d'achat de devises ou de titres partout dans le monde et 24 heures sur 24 (dans la mesure où, à tout moment, il existe un marché ouvert quelque part sur la planète). Les opérateurs qui interviennent sur ces marchés tiennent donc compte des opportunités de placement et de spéculation qui se présentent sur le marché international et pas seulement sur leur marché national des capitaux. Jusqu'au milieu des années 1960, le marché international des capitaux est resté relativement peu actif par rapport aux marchés nationaux. Mais, depuis, les relations financières internationales se sont considérablement développées, reflétant en cela l'interdépendance croissante des économies nationales. En conséquence, il existe des masses considérables de capitaux placés à court terme (qui peuvent donc changer d'affectation rapidement) et susceptibles de se déplacer d'un pays à un autre selon l'évolution des taux de rendements comparés des différents placements disponibles dans le monde. Cette situation limite considérablement l'autonomie des autorités monétaires nationales dans le contrôle de la masse monétaire et des taux d'intérêt.

En effet, si un pays souhaite pratiquer une politique monétaire restrictive, il restreint l'offre de monnaie de la banque centrale et fait monter les taux d'intérêt pour freiner la création monétaire. Mais si la politique monétaire des autres pays n'est pas aussi restrictive et que les taux d'intérêt nationaux deviennent plus attractifs que les taux étrangers, il s'ensuit une entrée massive de capitaux qui, en situation de changes fixes, se traduit par une augmentation proportionnelle de la masse monétaire. Autrement dit, la restriction du crédit interne provoquée par la politique monétaire est compensée par un développement des crédits externes attirés par la hausse des taux d'intérêt.

Inversement, si un pays veut faciliter la création monétaire et fait baisser ses taux d'intérêt, il s'expose à une sortie massive de capitaux vers l'étranger où les placements deviennent relativement plus rémunérateurs : l'extension du crédit interne est compensée par la fuite des capitaux à l'étranger. Dans un sens ou dans l'autre, il n'y a plus de politique monétaire autonome. Pour maintenir une certaine efficacité à la politique monétaire, il n'existe alors que trois possibilités théoriques : le flottement du taux de change, le contrôle des changes, la coordination internationale des politiques monétaires.

1º) *Le flottement du taux de change.*

Si la flexibilité du taux de change est parfaite, les entrées de capitaux se traduisent par une appréciation du taux de change jusqu'à un nouvel équilibre entre l'offre et la demande de monnaie nationale contre devises, et non par une conversion en monnaie nationale à taux fixe de toutes les nouvelles devises offertes sur le marché ; inversement une sortie de capitaux se traduit par une dépréciation du taux de change et non par une réduction de la masse monétaire. Mais cette attitude entre en contradiction avec les engagements internationaux éventuellement pris par le pays dans le cadre d'un système monétaire international (SME par exemple) et, en tout état de cause, avec la volonté qu'ont la plupart des pays d'une certaine stabilité de leur taux de change. De plus, nous verrons ci-dessous que les variations du taux de change peuvent exercer à court terme un effet déséquilibrant et non rééquilibrant sur la balance des paiements.

2º) *Le contrôle des changes.*

Il s'agit d'éviter les inconvénients liés à la mobilité des capitaux en limitant la liberté de circulation des capitaux. Mais, là encore, cela peut être incompatible avec les engagements internationaux du pays. De toute façon, il ne peut s'agir que d'une mesure temporaire pour une économie depuis longtemps ouverte aux échanges extérieurs et aux capitaux étrangers. L'interdépendance des entreprises nationales et étrangères et le développement des échanges rendent le fonctionnement de l'économie impossible sans liberté des mouvements de capitaux, à moins de souhaiter une régression catastrophique vers une économie fermée vis-à-vis de l'extérieur. Imaginons un instant l'état de l'économie française si l'on décrétait que les capitaux ne peuvent plus se déplacer librement d'un département à un autre ! L'interdépendance des départements français est telle que le fonctionnement de l'économie française serait alors tout simplement impossible. Dans une moindre mesure, mais dans une mesure croissante avec le développement d'une économie mondialisée, c'est le même type d'inconvénients qui guette un pays qui tenterait de limiter durablement la liberté de mouvement des capitaux avec l'étranger. C'est la raison fondamentale pour laquelle, depuis le milieu des années 1980, les pays de la CEE ont progressivement mis en place la libre circulation des capitaux dans la Communauté ; elle est totale depuis le 1er janvier 1990. L'ouverture, en 1993, d'un marché unique européen où les biens, les personnes et les facteurs de production peuvent circuler librement n'aurait eu en effet aucun sens si, dans le même temps, les capitaux ne pouvaient se déplacer aussi librement d'un pays à l'autre. Le recours au contrôle des mouvements de capitaux paraît donc exclu.

3º) *La coordination internationale des politiques.*

Si l'on ne peut ni laisser flotter le taux de change, ni contrôler les mouvements de capitaux, la seule façon de mener une quelconque politique monétaire consiste à mener une politique concertée avec ses principaux partenaires. En effet, nous l'avons vu, la mobilité des capitaux et le taux de change fixe enlèvent toute autonomie à une politique strictement nationale : les divergences de politique en matière de taux d'intérêt entraînent des mouvements massifs de capitaux qui annulent les effets recherchés par la politique nationale. Le seul moyen de faire baisser ou d'élever durablement les taux d'intérêt pour un pays, sans déclencher ces mouvements de capitaux, consiste à convaincre ses partenaires d'en faire autant : en effet, si tous les taux d'intérêt montent ou baissent en même temps, les politiques monétaires ne créent pas de divergence (différentiel) entre les taux de rendement offerts sur les différentes places financières. Mais, on le voit, cette « solution » signifie la fin d'une politique strictement nationale au profit d'une politique supranationale, ou, pour le moins, coordonnée au plan international.

• ***Les limites de l'encadrement du crédit***

Quand les autorités monétaires perdent le contrôle de la création de monnaie, elles peuvent toujours, le cas échéant, recourir à l'encadrement du crédit, c'est-à-dire à une réglementation directe du montant des crédits autorisés. Certains pays, comme la France, ont souvent adopté cette solution, à chaque fois que les instruments indirects (taux d'intérêt et réserves obligatoires) ne suffisaient plus à atteindre les objectifs de la politique monétaire. Mais cela constitue finalement un aveu d'échec de la politique monétaire. En outre, l'encadrement n'est jamais totalement efficace et engendre des effets pervers pour l'économie nationale. Il incite en premier lieu les établissements financiers à trouver des moyens de contourner les réglementations. Il suppose donc une activité considérable et coûteuse de contrôle administratif des activités bancaires. Il provoque habituellement le développement de crédits interentreprises qui compensent en partie les restrictions du crédit bancaire. Il bloque brusquement la concurrence entre les banques, et de façon particulièrement nocive pour l'économie nationale, puisque que ce sont les banques les plus performantes et les plus appréciées par la clientèle qui auraient normalement le plus développé leurs crédits et se trouvent donc les plus pénalisées par la réglementation. Enfin, il n'est pas souhaitable que l'allocation de crédits entre les différentes activités et les différentes entreprises soit déterminée en fonction de considérations réglementaires et non en fonction de la rentabilité comparée des projets à financer.

De toute façon, la libre circulation internationale des capitaux est incompatible avec l'encadrement du crédit. La Banque de France peut éventuellement imposer des réserves supplémentaires pour pénaliser les banques qui dépassent les normes de création monétaire autorisées, mais elle ne peut le faire pour des banques étrangères qui viendraient se substituer aux banques françaises pour satisfaire la demande de monnaie en France.

b) Le contrôle du taux de change

Il existe deux façons de concevoir la politique de change : la dévaluation ou la dépréciation délibérées pour améliorer la compétitivité internationale des produits nationaux ; l'intervention sur le marché des changes pour limiter les fluctuations du taux de change. La première se heurte à une contrainte politique internationale ; la seconde ne peut s'opposer durablement aux autres facteurs déterminant les taux de change.

• ***La contrainte politique internationale***

Avant la Seconde Guerre mondiale, la pratique des dévaluations compétitives était relativement fréquente. Mais, lorsqu'un pays cherche à limiter ses importations et à stimuler ses exportations par ce moyen, il incite ses partenaires commerciaux à en faire autant. Et si toutes les monnaies sont dévaluées, finalement aucune ne se trouve réellement dévaluée par rapport aux autres. La dévaluation est alors insuffisante pour obtenir un avantage compétitif durable, et les pays engagés dans cette logique de guerre commerciale ont recours au protectionnisme : augmentation des tarifs douaniers, quotas ou interdictions à l'importation, etc. Quand tout le monde cherche en même temps à acheter moins à l'étranger, il s'ensuit un recul mondial de la demande globale dont les effets peuvent être dramatiques pour l'activité et l'emploi dans tous les pays. La grande dépression des années 1930, qui a précisément été accompagnée par des dévaluations compétitives, a suffisamment illustré ces effets pervers.

Aussi, depuis 1944 (accords de Bretton Woods), les pays adhérant au système monétaire international (jusqu'en 1973), puis les pays adhérant au serpent monétaire européen (1973-1979) et enfin au système monétaire européen (depuis 1979) ont renoncé à l'usage des dévaluations compétitives. Quant aux pays qui laissent flotter leur taux de change, ils perdent par définition le contrôle de cet instrument qui fluctue librement sur le marché des changes. Dans un régime de changes fixes, la dévaluation n'est en théorie autorisée que *pour corriger un déficit structurel de la balance des paiements* et quand il apparaît que la banque centrale n'est plus en mesure de défendre la valeur de sa monnaie sur le marché des changes. Certes, un pays peut laisser l'inflation s'accélérer et le solde de la balance des paiements se dégrader régulièrement et, de temps en temps, quand le déséquilibre est trop important, dévaluer sa monnaie en arguant de l'ampleur et de la durabilité de son déficit (la France a en partie adopté cette stratégie jusqu'en 1983). Mais il n'y a pas de raison pour que ses partenaires acceptent indéfiniment cette attitude. La dévaluation donne un avantage compétitif au pays qui dévalue ; ses partenaires peuvent donc y voir un acte d'agression commerciale qui remet en cause le contrat sur lequel repose le système de changes fixes ; ils n'accepteront la dévaluation que si elle est accompagnée d'un changement de politique économique susceptible de corriger durablement le déséquilibre de la balance des paiements ; en clair, le pays qui dévalue doit s'engager à mener une politique de freinage de sa demande intérieure et de son inflation. Dans le cadre du SME, cette contrainte internationale est institutionnalisée dans la mesure où les décisions de dévaluation ou de réévaluation ne sont pas unilatérales mais concertées au niveau de la Communauté. Pour bien distinguer cette pratique des pratiques anciennes, on n'emploie plus officiellement les termes de dévaluation ou réévaluation ; on parle de *réalignement des parités*. Les réalignements sont négociés et conditionnels. Quand un pays a longtemps laissé sa balance des paiements se dégrader sans mettre en œuvre une politique de rigueur efficace pour corriger ce déséquilibre permanent, ses partenaires peuvent ne plus tolérer ses dévaluations et ne plus lui apporter leur soutien face aux vagues de spéculation contre sa monnaie. Un tel pays a alors le choix entre accepter les conditions auxquelles ses partenaires admettent le changement de sa parité et sortir du SME. Cela explique que certains pays (comme le Royaume-Uni) soient longtemps restés en dehors du système pour éviter un droit de regard de leurs partenaires sur leur politique économique interne.

• ***On ne contrôle pas le taux de change à long terme***

Nous avons déjà exposé les différents facteurs fondamentaux qui déterminent le taux de change [cf. **1. B.** ***a)*** ci-dessus]. On peut affirmer que, dans le long terme, deux pays qui ont le même rythme de croissance, les mêmes taux d'intérêt, les mêmes taux d'inflation et des échanges commerciaux équilibrés, ont un taux de change spontanément stable (même en l'absence d'intervention des banques centrales). Cela implique évidemment une très forte convergence des politiques économiques des deux pays.

En revanche, si deux pays pratiquent des politiques durablement différentes, il s'ensuit des écarts d'inflation, des écarts de taux d'intérêt, des écarts de croissance et donc une tendance structurelle au déséquilibre de la balance des paiements entre les deux pays. Leur taux de change bilatéral aura donc systématiquement tendance à évoluer dans le même sens sur le marché des changes : la monnaie du pays déficitaire se déprécie et celle du pays excédentaire s'apprécie en permanence. A court terme, les banques centrales peuvent empêcher les mouvements de change en achetant la monnaie faible et en vendant la monnaie forte. Mais elles ne peuvent l'empêcher *en permanence*. Tant que les facteurs fondamentaux et les politiques économiques ne sont pas modifiés, le déséquilibre de la balance des paiements entre les deux pays persiste : la monnaie du pays déficitaire est de moins en moins demandée tandis que celle du pays excédentaire est de plus en plus demandée sur le marché des changes. A un moment ou à un autre, le pays à monnaie faible n'est plus en mesure de soutenir le cours de sa monnaie en l'achetant à taux fixe contre des devises ; la dévaluation est inévitable. On peut donc *momentanément* s'opposer à un ajustement des taux de change vers le nouvel équilibre déterminé par les facteurs fondamentaux, mais pas *durablement*. Dans un monde où la mobilité des capitaux est forte, la spéculation rend la marge de manœuvre encore plus étroite, même à court terme.

• ***La surveillance des spéculateurs***

Si l'évolution des facteurs fondamentaux indique qu'à un moment ou à un autre une monnaie devra être dévaluée ou réévaluée, les spéculateurs ne vont pas attendre les changements de parités sans rien faire. Ils vendent massivement les monnaies dont ils prévoient la dévaluation et, ce faisant, ils alimentent immédiatement une tendance à la dépréciation de ces monnaies qui peut contraindre les gouvernements à dévaluer plus tôt que prévu. En revanche, ils achètent les monnaies dont ils espèrent la réévaluation et entraînent ainsi une tendance immédiate à l'appréciation de ces monnaies. Une évolution effective des facteurs fondamentaux n'est même pas toujours nécessaire pour déclencher la spéculation. Il suffit par exemple qu'un certain nombre de spéculateurs craignent qu'un gouvernement n'adopte une politique plus inflationniste pour qu'ils anticipent les effets de cette inflation probable sur le taux de change de la monnaie concernée et se mettent à spéculer sur sa future dévaluation. Et la spéculation des uns peut entraîner la spéculation des autres. En effet, même des agents peu convaincus des risques d'inflation peuvent simplement craindre que le mouvement de spéculation contre une monnaie n'entraîne effectivement sa dévaluation ; ils emboîtent alors le pas au mouvement de spéculation et contribuent à leur tour au mouvement de dépréciation. De simples rumeurs, de simples craintes ou paris spéculatifs peuvent donc entraîner des mouvements importants des taux de change. *A fortiori*, des facteurs objectifs de changement des parités (écarts d'inflation, de croissance, faible compétitivité sur le marché mondial, etc.) entraîneront des mouvements massifs de capitaux spéculatifs qui peuvent contraindre rapidement les gouvernements à effectuer ces changements de parités. Ainsi, plus la mobilité des capitaux est forte, moins il est possible de soutenir un taux de change différent du taux de change d'équilibre déterminé par les facteurs fondamentaux, même à court terme.

c) La contrainte de crédibilité

La grande mobilité internationale des capitaux et la transparence internationale des politiques économiques soumettent les pouvoirs publics à une contrainte de crédibilité vis-à-vis des investisseurs et des spéculateurs intervenant sur les marchés de capitaux. Pour être efficace, il ne suffit plus qu'une politique soit efficace ! Il faut aussi, et au préalable, *que les marchés de capitaux pensent qu'elle est efficace !*

Imaginons un pays dont la monnaie est affaiblie par l'inflation et le déficit extérieur et qui s'engage dans une politique de rigueur pour restaurer la stabilité monétaire et l'équilibre extérieur (ce pourrait être la France de 1983, jusqu'au début des années 1990). Si ce pays a un passé de laxisme monétaire et de forte inflation, les marchés financiers peuvent douter de sa capacité à réussir rapidement ce renversement de stratégie. Une fois la politique de rigueur mise en place, dès que l'activité commence à ralentir et le chômage à augmenter, les spéculateurs peuvent craindre que le gouvernement ne retombe dans « ses erreurs passées » et abandonne une rigueur politiquement trop coûteuse ; ils anticipent alors une reprise de l'inflation et une prochaine dévaluation de la monnaie et spéculent contre cette dernière ; éventuellement le gouvernement devra céder devant la spéculation et dévaluer effectivement alors que les facteurs fondamentaux évoluent dans un sens qui devrait renforcer sa monnaie : l'écart de croissance avec ses partenaires, l'inflation et le déficit commercial reculent. Les dévaluations forcées par la spéculation accentuent l'inflation importée en rendant les importations plus chères ; elles rendent donc le retour à la stabilité monétaire et à l'équilibre extérieur plus délicat. Pour éviter la spéculation et convaincre les marchés financiers de sa détermination, le gouvernement peut donc être conduit à mener une politique beaucoup plus restrictive qu'il ne serait objectivement nécessaire pour atteindre les objectifs fixés. Quand, éventuellement, le gouvernement a atteint ses objectifs de faible inflation et d'équilibre extérieur, il reste néanmoins soumis à la contrainte de crédibilité. Il devra tenir coûte que coûte une politique monétaire rigoureuse sur une longue période pour *reconstituer son capital de crédibilité* et démontrer ainsi que la conversion du pays à la stabilité monétaire n'est pas purement temporaire. Cette persistance de la suspicion des spéculateurs est indiquée par l'écart positif de taux d'intérêt que le pays est obligé de maintenir par rapport aux pays dont la monnaie bénéficie d'une confiance ancienne sur les marchés financiers : cet écart constitue une prime de risque exigée pour compenser la crainte d'une dévaluation qui n'a pas encore disparu dans l'esprit des spéculateurs.

Ainsi, au début des années 1990 (1990-1992), la plupart des observateurs considéraient que la France disposait d'une certaine marge de manœuvre pour abaisser ses taux d'intérêt : une inflation des plus faibles dans le monde industrialisé et plus faible qu'en Allemagne, des comptes extérieurs équilibrés, et même un excédent commercial important en 1992. Pourtant, le franc subissait encore de temps à autre des vagues de spéculation cherchant à provoquer une dévaluation. C'est dire qu'après dix ans de politique de rigueur, les marchés financiers n'étaient pas encore tout à fait convaincus de la solidité du franc et de la détermination du gouvernement à garder coûte que coûte le cap de la stabilité monétaire. Dans ce contexte, en dépit des marges de manœuvre objectives, de la montée inquiétante du chômage et de la proximité des élections (mars 1993), le gouvernement ne pouvait provoquer aucune baisse des taux sans que la Bundesbank ait au préalable abaissé ses taux d'intérêt. Toute tentative de baisse unilatérale des taux d'intérêt aurait montré aux marchés financiers que le gouvernement français pouvait lâcher l'objectif de stabilité monétaire au profit de celui de l'emploi et justifié de nouvelles attaques spéculatives contre le franc.

d) Conclusion : une marge de manœuvre étroite

Si des pays veulent maintenir leurs taux de change stables ils sont donc condamnés à faire converger leurs politiques économiques : cette stabilité n'est en effet possible que s'ils ont des taux d'intérêt, des taux d'inflation et des taux de croissance très proches et un commerce extérieur équilibré. Comme il est plus contraignant de financer un déficit de la balance des paiements et de soutenir son taux de change que d'accumuler des excédents et des réserves de change et de freiner l'appréciation de sa monnaie, la charge de la convergence tend naturellement à porter sur les pays à monnaie faible qui ont des taux d'inflation plus élevés et des déficits chroniques de leur balance des paiements. Cette contrainte de convergence des politiques économiques s'exerce même dans le court terme, dès lors qu'existent des capitaux spéculatifs importants dont les mouvements anticipent les variations futures des taux de change. Nous avons montré que la stabilité du taux de change retire toute autonomie réelle à la politique monétaire nationale puisque tout écart par rapport aux politiques monétaires à l'étranger entraîne des mouvements de capitaux qui tendent à annuler les effets initiaux de la politique nationale. Seul un contrôle des mouvements de capitaux très étroit, ou l'abandon du taux de change fixe pour un taux de change flottant, pourrait restaurer une certaine autonomie de la politique monétaire. L'arbitrage politique est donc clair : on ne peut pas à la fois conserver un marché libre des capitaux, maîtriser le taux de change et contrôler les taux d'intérêt. L'interdiction des mouvements de capitaux est impossible pour un pays ouvert sur l'extérieur, accueillant des entreprises étrangères et dont les entreprises nationales sont également implantées à l'étranger. En l'absence d'un contrôle des changes étroit, l'arbitrage politique se ramène à une alternative simple : un système de change fixe où l'on ne peut plus choisir ses taux d'intérêt et pratiquer une politique monétaire autonome ou bien un système de changes flexibles où l'on préserve une certaine autonomie de la politique monétaire. Le choix dépend en partie des effets attendus d'une politique monétaire indépendante et des variations du taux de change. C'est précisément à l'étude critique de ces effets que nous allons maintenant procéder.

B. Les effets sur l'économie nationale

Les instruments monétaires peuvent être employés pour des objectifs économiques internes (croissance, emploi, inflation) ou externes (équilibre de la balance des paiements). Nous présenterons d'abord les effets escomptés des politiques avant de discuter leur efficacité réelle.

a) Les effets attendus

Du point de vue de l'équilibre interne on peut employer la politique monétaire soit pour stimuler l'activité et l'emploi en période de récession et de chômage, soit pour freiner l'inflation.

Une politique expansionniste consiste à abaisser les coefficients de réserves obligatoires et les taux d'intérêt sur le marché monétaire. On s'attend alors à ce que les banques accordent plus facilement et à des taux d'intérêt plus faibles des crédits aux agents non financiers. La disponibilité plus grande et le coût moindre du crédit devraient stimuler la demande intérieure (la consommation et l'investissement). La pression de la demande devrait à son tour stimuler la production intérieure. Un produit intérieur plus élevé entraîne une demande de facteurs de production plus importante : l'emploi augmente et, en conséquence, le chômage doit diminuer.

Une politique monétaire restrictive (ou de « rigueur ») agit en sens inverse. Elle restreint la disponibilité du crédit et fait monter les taux d'intérêt pour freiner la demande intérieure et contraindre les entreprises à des hausses de salaires plus modérées. Le ralentissement de la demande et de la progression des salaires est censé freiner la hausse des prix.

En ce qui concerne l'équilibre extérieur, on peut agir sur le taux de change pour affecter la balance commerciale et sur les taux d'intérêt pour influencer la balance des capitaux. En réponse au déficit de la balance des paiements, une dévaluation (ou une dépréciation) de la monnaie nationale élève le prix des produits étrangers et abaisse le prix des produits nationaux. La compétitivité prix des produits nationaux est donc améliorée et on espère ainsi stimuler les exportations et freiner les importations, ce qui contribue à limiter le déficit des paiements extérieurs. On peut également relever les taux d'intérêt nationaux au-dessus des taux étrangers pour attirer des capitaux étrangers. Les entrées de capitaux contribuent à résorber le déficit des paiements extérieurs. Pour limiter un excédent on peut procéder en sens inverse : réévaluation et baisse des taux d'intérêt.

b) Les effets sur l'équilibre interne

Nous nous situerons dans le cas d'un pays confronté à la récession et au chômage et qui tente de stimuler la croissance et l'emploi. Même si les effets positifs d'une relance monétaire existent, ils ne sont pas les seuls. Sur la figure 5, nous présentons l'ensemble des effets d'une politique monétaire expansionniste. Le lecteur pourra aussi bien employer ce schéma pour étudier les effets d'une politique monétaire restrictive. Il suffit pour cela de permuter les couples de termes suivants : augmentation -

diminution ; entrée - sortie ; dépréciation - appréciation ; inflation - désinflation. Ce schéma nous permet d'identifier les enchaînements stratégiques pour l'efficacité de la politique monétaire.

Figure 5.
Effets d'une politique monétaire expansionniste

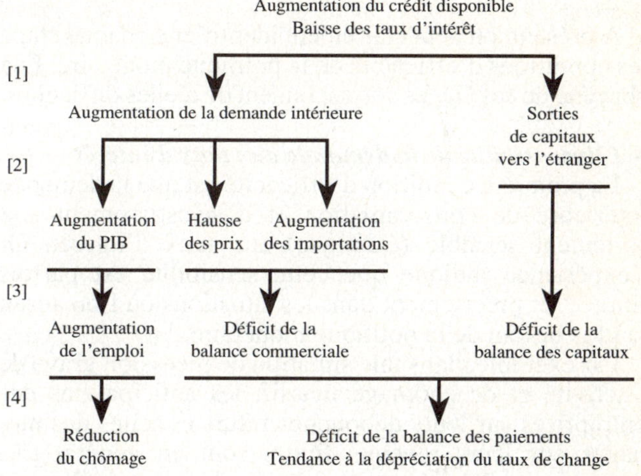

Dans un premier temps, l'augmentation des crédits disponibles et la baisse des taux d'intérêt doivent stimuler la demande intérieure (enchaînement nº 1). En parallèle, la baisse des taux induit des sorties de capitaux et tend donc à détériorer le solde de la balance des capitaux.

Dans un deuxième temps, le développement de la demande intérieure doit stimuler le produit intérieur (enchaînement nº 2). Mais une partie de la demande s'adresse à des produits étrangers et les importations augmentent. Les pressions de la demande peuvent également favoriser la hausse des prix (inflation). L'inflation peut renforcer la tendance à importer et pénaliser les exportations davantage en détériorant la compétitivité prix des produits nationaux. Le solde de la balance commerciale a tendance à se détériorer. Éventuellement la balance commerciale devient déficitaire et cela vient s'ajouter au déficit de la balance des capitaux pour déprécier le taux de change.

Dans un troisième et un quatrième temps, le développement du produit intérieur est censé stimuler l'emploi, ce qui devrait réduire le chômage (enchaînements n° 3 et n° 4).

A présent, on peut clairement identifier à chaque étape les conditions d'efficacité de la politique monétaire. Et à chacune de ces étapes correspondent de réelles difficultés.

• ***L'insensibilité de la demande aux taux d'intérêt***

La première condition d'efficacité est que la demande intérieure de consommation et d'investissement soit fortement sensible (élastique) aux taux d'intérêt. Or l'expérience indique que cette sensibilité est parfois limitée, et précisément dans les situations où l'on aurait le plus besoin de la politique monétaire.

Par exemple, dans une situation de récession grave de l'activité et de chômage massif, les anticipations des entreprises sur leurs débouchés futurs et celles des ménages sur leurs revenus futurs sont en général très pessimistes. Dès lors, une baisse des taux d'intérêt risque d'être insuffisante pour convaincre les entreprises d'investir et les ménages de consommer. Les producteurs n'investissent pas d'abord parce que les capitaux sont chers ou bon marché ; ils investissent parce qu'il existe des marchés à saisir ou à développer. Une absence trop prolongée de débouchés et des prévisions trop pessimistes peuvent rendre les investisseurs insensibles à la baisse du coût du crédit. On a déjà souligné par ailleurs que la consommation des ménages est nettement plus sensible à l'évolution du revenu courant et anticipé qu'à celle des taux d'intérêt. En outre, si la baisse des taux d'intérêt intervient après une période de taux d'intérêt élevés, il se peut que les agents supportent déjà de très lourdes charges pour rembourser leur dette passée. La baisse des taux ne leur permet alors pas vraiment un endettement supplémentaire parce que leur capacité de remboursement est limitée.

Enfin, rappelons que seul compte pour les agents le taux d'intérêt réel (après élimination de l'inflation du taux d'intérêt nominal, cf. fiche 10). Si la récession a entraîné un ralentissement important de l'inflation, elle a, par là même, relevé le coût réel du crédit (les taux d'intérêt réels) ; pour une part donc, la baisse des taux d'intérêt nominaux n'a fait que compenser la hausse préalable des taux réels.

Fiche 10. Du taux d'intérêt nominal au taux d'intérêt réel

Un placement de 100 F avec un taux d'intérêt nominal de 10 % rapporte 10 F au bout d'un an. Si, durant l'année, l'inflation est nulle, le pouvoir d'achat supplémentaire acquis grâce au placement est également de 10 F. Le taux d'intérêt réel est bien 10 %. Mais si au cours de l'année les prix ont augmenté de 10 %, les 10 F d'intérêt ne font que compenser la perte de valeur réelle des 100 F placés au début de l'année ; ils ne représentent aucun gain en pouvoir d'achat : le taux d'intérêt réel est nul.

Pour calculer le taux d'intérêt réel on procède ainsi :

Soit un placement de 100 F avec un taux d'intérêt nominal de 10 % alors que le taux d'inflation durant la même période est de 6 %.

Au bout d'un an, la valeur nominale du placement a donc été multipliée par 1,1 ; les prix ont été multipliés par 1,06. On applique alors l'identité suivante :

Valeur réelle = valeur nominale / prix.

Si la valeur nominale a été multipliée par 1,1 et les prix par 1,06, la valeur réelle a été multipliée par : 1,1 / 1,06, soit 1,0377. Le taux d'intérêt réel est donc de 3,77 %. Très souvent, en première approximation, on dit que le taux d'intérêt réel est la différence entre le taux nominal et le taux d'inflation. Ici, cela donnerait taux réel = 10 – 6 = 4 %. Cela donne un ordre de grandeur et indique le sens de variation des taux réels, mais ne saurait être accepté comme une mesure de leur niveau.

Inversement, dans une situation de très forte inflation, la hausse des taux d'intérêt peut s'avérer impuissante à freiner la consommation et l'investissement. En effet, la hausse des prix allège le coût réel des intérêts. Cet effet d'abaissement des taux d'intérêt réels est amplifié si les agents s'attendent en outre à une accélération de l'inflation à venir : mieux vaut toujours s'endetter tout de suite pour rembourser ensuite dans une monnaie de plus en plus dépréciée. Si l'accélération de l'inflation se produit dans une période de forte croissance, les entreprises et les ménages sont optimistes quant à leurs débouchés ou leurs revenus futurs. Ils peuvent même voir dans l'inflation le signe d'une très forte demande qui garantit les débouchés futurs pour une production plus importante. Dans ce contexte, les agents sont incités à anticiper sur leurs revenus ou leurs profits futurs et à s'endetter pour consommer et investir davantage, même si les taux d'intérêt sont élevés. Une politique monétaire restrictive de hausse des taux d'intérêt peut donc être insuffisante pour stopper réellement les pressions inflationnistes de la demande.

• ***L'inflation et l'élasticité de la production***

Dans le deuxième enchaînement de la figure 5, la pression de la demande intérieure doit provoquer une reprise de la production intérieure. Mais cela dépend notamment de l'élasticité de l'offre globale dans l'économie nationale. La production intérieure ne peut progresser que si les entreprises disposent de capacités de production inemployées et peuvent embaucher des travailleurs supplémentaires. Autrement dit, l'économie doit être réellement en situation de sous-emploi. Sinon, si l'offre est relativement rigide et ne peut pas se développer rapidement, les pressions de la demande permettront aux entreprises de relever leurs prix, et l'expansion monétaire débouchera sur l'inflation. L'expérience indique que toute reprise importante de la demande agit à la fois sur les prix et sur la production. Le partage entre l'effet réel sur le PIB et l'effet inflationniste dépend de l'élasticité de l'offre à court terme.

• ***La contrainte extérieure***

La reprise de la demande intérieure entraîne aussi une reprise des importations d'autant plus forte que le pays est ouvert sur l'extérieur. Certaines matières premières ou produits nécessaires à la production intérieure ne sont pas produits localement et doivent impérativement être importés. D'autres produits étrangers font partie des habitudes de consommation des ménages ou d'approvisionnement des entreprises. Toute relance de la demande intérieure stimule donc les importations, et, comme elle n'a aucune raison de relancer la demande étrangère et les exportations, elle entraîne l'économie vers un déficit des échanges extérieurs. Nous avons vu que cette tendance était renforcée par le déficit de la balance des capitaux provoqué lui par la baisse des taux d'intérêt. Sur le marché des changes, la monnaie tend donc à se déprécier. En régime de changes fixes, le pays bute rapidement sur une forte contrainte d'équilibre extérieur : il doit acheter sa propre monnaie contre des devises pour soutenir le cours de sa monnaie. Mais les réserves de change et la capacité d'emprunt des devises ne sont pas inépuisables. A un moment ou à un autre, il faudra dévaluer la monnaie jusqu'à un taux de change que la banque centrale est à nouveau en mesure de défendre. Si la dévaluation suffit à rétablir l'équilibre de la balance des paiements, on se trouve momentanément libéré de la contrainte extérieure. Mais, comme nous le rappellerons ci-dessous, l'expérience et l'analyse indiquent au contraire que cela ne suffit pas. Le rééquilibrage de la balance des paiements exigera une hausse des taux d'intérêt pour attirer les capitaux et un freinage de la dépense intérieure pour limiter les importations. Autrement dit, la contrainte extérieure peut impliquer au bout du compte une inversion complète du sens de la politique monétaire.

• ***L'effet sur l'emploi et le chômage structurel***

Les deux derniers enchaînements positifs de la politique monétaire expansionniste supposent l'existence de relations macroéconomiques simples et stables entre croissance, emploi et chômage :

La croissance ⇒ augmentation de l'emploi ⇒ réduction du chômage

Le lien entre croissance et emploi dépend de l'évolution de la productivité des facteurs de production et de leurs coûts relatifs. En effet, les entreprises peuvent produire plus en embauchant davantage ou bien en procédant à des investissements dans des processus de production et des équipements qui augmentent la productivité du travail. Dans ce dernier cas, la production peut progresser sans extension ou même avec une réduction du nombre de travailleurs (on parle alors de *substitution du capital au travail*). Les entreprises peuvent être incitées à s'engager dans des processus de substitution du capital au travail soit parce que le coût du travail devient de plus en plus élevé par rapport au coût du capital, soit parce qu'elles ont du mal à trouver sur le marché du travail des individus disposant des qualifications réellement adaptées à leurs besoins.

Ainsi, la croissance du PIB n'implique pas forcément une progression proportionnelle du volume de l'emploi. En outre, les emplois créés peuvent être occupés par d'anciens inactifs (jeunes, femmes au foyer décidant de prendre ou de reprendre une activité professionnelle) et pas seulement par des chômeurs. Les progrès de l'emploi ne se traduisent donc pas toujours par une réduction proportionnelle du chômage.

Au total, donc, une partie du chômage peut être structurel et non conjoncturel. C'est-à-dire qu'il provient d'un coût du travail trop élevé, d'une formation insuffisante des travailleurs, d'un afflux de main-d'œuvre nouvelle attirée par les créations d'emplois, etc. [cf. chapitre 8, **2. B.** *c)*]. Contre ce chômage, la relance monétaire ne peut rien car il ne dépend pas du volume d'activité. La politique monétaire ne peut agir que sur le chômage conjoncturel, si toutefois les autres limites et contraintes présentées ci-dessus lui laissent le temps de parvenir jusqu'à cet effet terminal.

• ***Les délais et les effets déstabilisants***

En admettant même que la politique monétaire puisse avoir des effets importants sur l'activité et l'emploi, son efficacité se heurte à une autre difficulté : les délais longs et variables avec lesquels elle produit les effets attendus. Les délais s'expliquent par la succession de décisions intermédiaires par lesquelles finalement la politique monétaire est susceptible d'agir sur la production et l'emploi. Les instruments de la politique monétaire influencent le comportement des banques et non celui des producteurs ou des consommateurs. Or, il existe des délais entre le moment où les mesures de politique monétaire sont prises et celui où les banques modifient leur politique de crédit vis-à-vis de leur clientèle. Un nouveau délai s'installe entre les nouvelles conditions du crédit bancaire et la révision des plans d'investissement ou de consommation. L'essentiel des effets du taux d'intérêt porte plutôt sur l'investissement. Or, la définition et la mise en place de nouveaux investissements prend également du temps. Un certain temps peut encore s'écouler entre une augmentation de la demande intérieure et une reprise de la production, selon que les vendeurs ont des stocks superflus à écouler ou non. Des délais supplémentaires interviendront avant que les entreprises décident éventuellement d'embaucher de nouveaux travailleurs au lieu de recourir aux heures supplémentaires. De nombreuses études empiriques ont montré qu'au total une politique monétaire expansionniste pouvait exercer ses effets stimulants maximum sur le PIB avec des délais longs et variables de 1 à 3 ans ! La variabilité du délai constitue le handicap le plus lourd de la politique monétaire. En effet, même si cette politique agit bien dans le sens voulu, on ne sait pas vraiment à quel moment elle exercera pleinement ses effets. Dès lors, on n'est pas à l'abri d'un effet déstabilisant. Une politique expansionniste décidée aujourd'hui en raison du faible niveau d'activité peut très bien faire sentir ses effets les plus forts dans un ou deux ans, à un moment où l'économie connaît déjà une forte reprise de la production et des tensions inflationnistes : la politique est donc expansionniste dans une période d'expansion et d'inflation ; elle ne peut qu'aggraver les tensions inflationnistes. Inversement, une politique monétaire restrictive décidée aujourd'hui, en situation de forte croissance économique, et pour lutter contre l'inflation, peut exercer l'essentiel de ses effets à une époque où l'économie subit une récession et une forte montée du chômage : la politique monétaire va alors renforcer la récession et aggraver le chômage. Dans les deux cas, les responsables politiques constatant l'amplification des déséquilibres seront tentés de renverser brutalement le sens de la politique monétaire sans grands succès immédiats et prendront le risque de nouveaux effets décalés dans le temps et intervenant au mauvais moment.

c) Les effets sur l'équilibre externe

Nous examinerons le cas d'un pays confronté à un déficit durable de sa balance des paiements (parce que c'est la seule situation où existe un vrai dilemme). En théorie, nous l'avons montré, on peut tenter une action par le taux de change (dépréciation ou dévaluation) et une action par les taux d'intérêt.

• ***L'action par le taux de change***

Le gouvernement peut laisser son taux de change flotter à la baisse ou bien décider une dévaluation du taux de change officiel. Dans les deux cas, la compétitivité prix des produits nationaux se trouve améliorée (progressivement en cas de dépréciation libre, soudainement en cas de dévaluation).

Ici, nous revenons en partie sur la discussion déjà développée au chapitre 3. En effet, nous avons exposé dans ce chapitre [cf. chapitre 3, **2. D.**] les conditions dans lesquelles une dépréciation ou une dévaluation peuvent contribuer à résorber un déficit. Il faut d'une part que la politique de prix et de marge des entreprises ne soit pas modifiée pour que les variations du taux de change se traduisent complètement par une variation des prix sur le marché international. Il faut ensuite que les importations et les exportations soient suffisamment élastiques aux prix (théorème des élasticités critiques). Dans la réalité, l'élasticité de la demande par rapport au prix est rarement parfaite et toujours beaucoup plus faible à court terme qu'à long terme. De plus, les entreprises sont effectivement incitées à relever leurs prix en monnaie nationale pour maintenir constants leurs prix en devises après la dévaluation : cela n'affecte pas la clientèle étrangère pour qui le prix ne varie pas et cela améliore leur profit en monnaie nationale.

D'un point de vue purement empirique, il est clair que les volumes d'exportations et d'importations ne s'adaptent pas instantanément aux dévaluations. A très court terme, les volumes d'échange changent peu. Comme les prix des importations augmentent et les prix des exportations diminuent (dégradation des termes de l'échange), les recettes à l'exportation régressent et la facture des importations enfle : le déficit de la balance des paiements est donc accentué et non atténué par la dévaluation (ou la dépréciation). Il faut du temps pour que la modification du prix relatif des produits nationaux et étrangers affecte sensiblement les volumes d'échanges et contribue ainsi à limiter le déficit. Ce phénomène est connu sous le nom de « courbe en J ». En effet, l'examen de l'évolution du solde de la balance des paiements courants à la suite des dévaluations pratiquées dans le cadre du SMI de Bretton Woods (1945-1973) a souvent mis en évidence des courbes similaires à celle de la figure 6.

Figure 6. La courbe en J

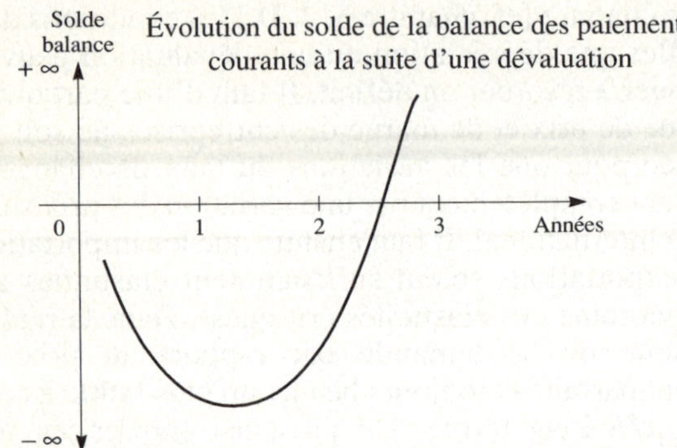

Durant la première année qui suit la dévaluation, le solde de la balance des paiements se détériore ; il s'améliore ensuite progressivement, mais on peut attendre deux ans à trois ans pour retourner à l'équilibre. Ainsi, même quand la dévaluation contribue à résorber le déficit extérieur, le processus peut être long.

Or, l'aggravation initiale du déficit et sa persistance maintiennent une pression à la dépréciation du taux de change. En dépit de la dévaluation, si les comptes extérieurs ne se rétablissent pas rapidement, les spéculateurs peuvent penser, parfois à juste titre, que la banque centrale ne sera pas en mesure de soutenir la valeur de sa monnaie jusqu'au retour à l'équilibre de la balance des paiements. Ils reprennent alors leur spéculation contre la monnaie concernée en pariant sur sa prochaine dévaluation. Face à un mouvement durable de spéculation, une nouvelle dévaluation peut s'avérer nécessaire. On ne pourra finalement enrayer cette spéculation chronique contre la monnaie nationale qu'en adoptant une politique de rigueur susceptible de résorber durablement l'inflation et le déficit extérieur : réduction des dépenses publiques, hausse des taux d'intérêt, freinage de la création monétaire, etc. Mais il ne suffit pas toujours de mettre en œuvre une telle politique pour stopper la spéculation : encore faut-il que cette politique soit *crédible*, c'est-à-dire que *les spéculateurs pensent que le gouvernement est vraiment déterminé et politiquement capable de supporter la rigueur assez longtemps pour restaurer l'équilibre extérieur.*

Par ailleurs, les dévaluations provoquent instantanément une *inflation importée :* la hausse du prix des matières premières et des produits intermédiaires étrangers indispensables à la production nationale augmente les coûts de production ; les entreprises les plus touchées, pour maintenir leurs marges, tentent de reporter en partie la hausse des coûts sur les prix de vente et, ce faisant, elles augmentent les coûts de production d'autres entreprises ; peu à peu l'inflation s'étend à l'ensemble de l'économie. Or, l'inflation élimine en partie les gains de compétitivité prix associés à la dévaluation, ce qui réduit encore plus les chances de voir le déficit extérieur rapidement résorbé. Les entreprises sont d'autant plus incitées à reporter les coûts sur leurs prix qu'elles peuvent s'attendre à une prochaine dévaluation qui rétablira momentanément la compétitivité internationale de leurs prix de vente. On peut ainsi s'installer dans un cercle vicieux : dévaluation, inflation, déficit, dévaluation, etc.

• ***L'action par les taux d'intérêt***

On peut également tenter de résorber un déficit de la balance des paiements par la hausse des taux d'intérêt. En effet, une entrée soutenue de capitaux étrangers attirés par des taux de rendement relativement plus élevés, peut rééquilibrer une balance des capitaux déficitaire ou même amener un excédent de la balance des capitaux pour compenser un déficit de la balance des transactions courantes. Comme nous l'avons indiqué au chapitre 3, cette stratégie n'est pas tenable à très long terme. En effet, les entrées de capitaux attirés par les taux d'intérêt élevés sont en fait des emprunts à l'étranger. Ils entraînent donc, au cours des années suivantes, des paiements à l'étranger : règlement des intérêts et remboursement du capital emprunté. Les entrées de devises sont donc un jour ou l'autre compensées par des sorties de devises. Dans l'immédiat, le solde de la balance des transactions courantes se trouve plutôt détérioré par le *service de la dette* (le remboursement annuel des intérêts). Donc, comme nous l'avons déjà montré, il faut bien à long terme dégager des ressources en devises autres que les capitaux empruntés : soit un excédent de la balance des transactions courantes, soit des entrées de capitaux à long terme non empruntés (des investissements directs des étrangers : installation et développement d'activités productives, participation au capital des sociétés nationales). A long terme, donc, l'équilibre des paiements courants constitue donc une contrainte réelle qui ne peut être indéfiniment surmontée par des emprunts à l'étranger. Indéfiniment, sûrement pas ! Mais longtemps ! Nous avons également montré qu'un grand pays industriel peut assez longtemps reporter la contrainte, dans la mesure où le remboursement des emprunts passés (sorties de capitaux) peut être compensé par de nouveaux emprunts à l'étranger. De longues périodes d'endettement peuvent s'écouler avant que la capacité de remboursement du pays ne soit mise en doute sur les marchés financiers internationaux. L'horizon de la politique économique étant bien souvent le court terme ou le moyen terme (pour les raisons politiques invoquées au chapitre 5), le recours à la hausse des taux d'intérêt pour favoriser les emprunts de capitaux étrangers et réduire momentanément le déficit peut constituer un instrument pertinent de la politique économique. Un gouvernement peut bien être tenté de reporter sur les gouvernements futurs la charge de rééquilibrer les comptes, tant que l'échéance de cet inévitable ajustement reste assez lointaine.

SYNTHÈSE ET CONCLUSION

• ***La maîtrise des taux de change***

Le taux de change constitue moins un instrument indépendant qu'une contrainte de la politique économique. A long terme, il est complètement déterminé par des facteurs fondamentaux (écarts de croissance, d'inflation et de taux d'intérêt) qui dépendent non seulement de données nationales mais tout autant de données étrangères. A court terme, il est largement influencé par les anticipations des spéculateurs. Dans ce contexte, les changements de parité constituent moins des décisions souveraines de politique économique que des ajustements contraints et forcés par la volonté du marché des changes.

• ***La maîtrise de la politique monétaire***

En régime de changes fixes, nous avons vu que la masse monétaire échappe largement au contrôle des autorités nationales. Pour retrouver une certaine autonomie nationale, il faudrait contrôler les mouvements de capitaux ou laisser flotter le taux de change. Mais le contrôle des mouvements de capitaux n'est pas concevable, sauf de façon très temporaire et limitée, pour un pays largement intégré à l'économie mondiale. Reste la flexibilité des changes. Hélas, la flexibilité des changes, en raison de la spéculation, tend à dégénérer en volatilité extrême des taux de change. Elle introduit ainsi dans les échanges internationaux un facteur de risque considérable et peu tolérable pour un pays largement ouvert au commerce international. En outre, les mouvements de taux de change peuvent à court ou moyen terme provoquer ou accentuer des déséquilibres des paiements extérieurs. Aussi, la stabilité des taux de change a-t-elle fondamentalement la préférence de la plupart des pays industriels. La flexibilité des changes, quand elle existe, reflète moins souvent une volonté délibérée qu'une impuissance momentanée à assurer la stabilité d'un taux de change fixe ou à supporter les contraintes que cela impose à la politique nationale.

• ***L'impossible autonomie nationale des instruments monétaires***

On débouche ainsi sur une conclusion assez pessimiste quant à la possibilité de mener une politique monétaire indépendante. Un taux de change stable est souhaitable et, de fait, un certain nombre de pays, notamment européens, s'imposent la contrainte d'un régime de changes fixes. Mais la contrainte de stabilité des changes réduit considérablement l'autonomie des politiques monétaires nationales. La seule voie ouverte à la politique monétaire est donc celle de la coordination internationale qui implique en soi la disparition des politiques purement nationales. C'est fondamentalement cette logique qui, en Europe, explique le passage d'une coopération monétaire entre des pays indépendants (SME) à une monnaie unique et une politique monétaire unique menée par une Banque centrale européenne indépendante des pouvoirs nationaux [cf. chapitre 9, **3.**].

• ***Les effets de la politique monétaire sur l'économie***

On peut souligner un relatif consensus chez les économistes pour douter des performances de la politique monétaire dans la recherche de la croissance et du plein emploi. Les monétaristes ont condamné son usage en insistant sur les effets inflationnistes et sur les effets déstabilisants associés au problème des délais. Les keynésiens ont été plus préoccupés par la relative insensibilité de la demande aux taux d'intérêt dans certaines situations critiques et ont souvent préféré la politique budgétaire dont les effets sur la demande et la production sont beaucoup plus directs. Le seul phénomène à peu près incontesté, en théorie comme en pratique, est le lien entre l'expansion monétaire et l'inflation et, en sens inverse, la corrélation entre une certaine rigueur monétaire et la désinflation. Depuis la fin des années 1970, l'opinion qui a largement dominé les politiques économiques était la nécessité d'assurer une croissance non inflationniste de la masse monétaire sans chercher à utiliser systématiquement la monnaie comme un instrument de relance de l'économie, ce rôle étant plutôt dévolu, le cas échéant, à la politique budgétaire. Par ailleurs, la politique monétaire (plus précisément la politique des taux d'intérêt) reste un outil pertinent à court et moyen terme dans la recherche de l'équilibre extérieur et de la stabilité du taux de change. Tout ceci conduit à une relative répartition des tâches entre les instruments monétaires et les instruments budgétaires : la maîtrise des prix et l'équilibre extérieur à la politique monétaire, l'équilibre intérieur à la politique budgétaire.

• ***Une politique monétaire restrictive n'est pas toujours adaptée***

Il ne faudrait pas trop vite conclure de ce qui précède que la rigueur monétaire est un bien en soi. Certes, la relance monétaire ne semble pas constituer l'outil le plus efficace pour soutenir l'activité, mais, à l'opposé, une politique monétaire trop rigoureuse, appliquée au mauvais moment, est le plus sûr moyen d'étouffer la croissance.

Les cures d'austérité monétaires des années 1980 étaient assurément fondées, dans le contexte d'inflation accélérée qui prévalait depuis la fin des années 1960. Mais le même degré de rigueur monétaire ne doit pas s'appliquer une fois gagnée la bataille de l'inflation, et quand le rythme moyen de croissance économique se trouve simultanément réduit. Dans la première moitié des années 1990, la France a ainsi choisi une politique monétaire inadaptée : trop de rigueur appliquée à une économie en faible croissance, avec un taux d'inflation parmi les plus bas, et un taux de chômage parmi les plus hauts, du monde industrialisé [cf. *d) La réunification de l'Allemagne et ses conséquences*, à la fin du chapitre 8].

• ***La tyrannie des marchés financiers***

Ce type de choix s'explique par l'ambiguïté de la rigueur monétaire : cet instrument peut servir autant, voire davantage, à soutenir le taux de change qu'à garantir la stabilité des prix. Or, l'ampleur des jeux spéculatifs sur les marchés des changes a déconnecté les taux de change à court terme de leur cours théorique justifié par les facteurs « fondamentaux ». Un pays qui connaît un excédent des échanges extérieurs, un taux d'inflation plus bas que l'ensemble de ses partenaires commerciaux, des taux d'intérêt déjà élevés, un pays dont le taux de change n'a donc aucune raison de se déprécier, peut néanmoins être l'objet d'attaques spéculatives contre sa monnaie. Il est alors tenté de réagir par une hausse des taux d'intérêt inadaptée à la situation de son économie. Cette réaction risque en outre ne pas désarmer durablement la spéculation. Car un pays en faible croissance, à taux de chômage élevé, et qui étrangle un peu plus l'activité et l'emploi par la rigueur monétaire, emprunte une voie qui n'est pas a priori crédible aux yeux des spéculateurs. On peut en effet s'attendre à ce que le coût social, et donc politique, de la défense du taux de change finisse par être insoutenable et entraîne un retournement de stratégie : on anticipe donc une future dévaluation alors même que tous les facteurs fondamentaux impliquent la stabilité du taux de change ; tous les facteurs, sauf un : la crédibilité d'une stratégie politiquement suicidaire. Si, néanmoins, le gouvernement et/ou les autorités monétaires s'acharnent à défendre le taux de change, à n'importe quel prix en termes de chômage, ils peuvent éventuellement convaincre les spéculateurs, et sauver le taux de change, en tuant l'économie.

7

La politique budgétaire

Jusqu'au début des années 1930, régnait un quasi-consensus pour considérer tout déficit budgétaire comme le signe d'une mauvaise gestion des fonds publics. Pourtant, comme l'expliquera John Maynard Keynes, le déficit peut aussi refléter le ralentissement de l'activité économique qui réduit les recettes fiscales. Dès lors, durant la grande dépression des années trente, les gouvernements qui tentent de résorber le déficit budgétaire engendré par la récession ne font qu'aggraver la récession : en freinant leurs dépenses et en relevant les impôts ils réduisent le revenu disponible des agents privés et la demande globale, alors que la demande est déjà largement insuffisante pour écouler la production privée et assurer le plein emploi.

Le succès des idées keynésiennes et la gravité de la récession des années trente ont finalement conduit la plupart des États à utiliser systématiquement les dépenses ou les recettes publiques pour influencer le niveau d'activité. Le déficit budgétaire n'est plus considéré comme un mal en soi, mais comme un outil de politique économique. Les instruments budgétaires semblent constituer des leviers puissants pour stabiliser les fluctuations conjoncturelles spontanées de l'économie nationale. Cette puissance tient notamment aux *effets multiplicateurs* des dépenses et des recettes publiques sur le niveau du PIB qui, en théorie, autorisent une forte accélération du produit intérieur en période de récession ou un freinage rapide de la production en période d'inflation.

Mais, comme pour la politique monétaire, on peut s'interroger sur la capacité des gouvernements à maîtriser parfaitement les instruments d'intervention. Le budget de l'État est soumis à de fortes contraintes politiques et financières. Par ailleurs, les effets multiplicateurs de la politique budgétaire se heurtent à différents obstacles et notamment à la contrainte extérieure. Enfin, les charges que les interventions de l'État font peser, d'une manière ou d'une autre, sur le reste de l'économie, limitent également les vertus macroéconomiques de la politique budgétaire.

1. LES INSTRUMENTS D'INTERVENTION

Les mécanismes d'intervention budgétaires posent moins de questions techniques d'analyse économique que les interventions monétaires de l'État ; il s'agit de simples décisions sur les recettes et les dépenses publiques donnant lieu à un débat parlementaire et au vote de lois de finances. On peut donc les passer en revue assez rapidement. En revanche, les développements de l'analyse économique portent surtout sur les mécanismes par lesquels les dépenses ou les recettes publiques agissent sur l'économie ; c'est donc sur eux que portera ici notre attention principale.

A. L'action sur les dépenses et les recettes publiques

On peut regrouper les instruments budgétaires selon le canal par lequel ils agissent sur les objectifs de la politique économique. L'État, en tant qu'agent économique au poids considérable dans l'économie nationale, a des *effets directs* sur la plupart des variables macroéconomiques [*a)*]. Mais les dépenses publiques et les prélèvements obligatoires offrent également de nombreux moyens d'action indirecte sur l'économie nationale [*b)*].

a) Les effets directs sur la production et l'emploi

L'État (au sens large : ensemble des administrations centrales) constitue habituellement le premier producteur et le premier employeur du pays. Ses choix de production en matière de services publics (police, justice, santé, éducation, défense, sécurité sociale, etc.) ou d'infrastructures (routes, ports, etc.) affectent donc directement le PIB (qui inclut la valeur ajoutée des services publics non marchands dont on peut mesurer les coûts monétaires de production). L'État agit également directement sur l'emploi à travers le recrutement et la formation des fonctionnaires. Dans bien des pays industriels, ces effets directs de l'État se trouvent prolongés par l'existence d'entreprises publiques importantes, notamment dans l'énergie, les transports et les télécommunications. Mais la politique budgétaire au sens strict ne concerne bien entendu que les dépenses des administrations publiques centrales.

En période de récession et de chômage, l'État peut donc stimuler directement la production et/ou l'emploi : création de postes de fonctionnaires, commandes de matériel militaire, travaux publics, etc. La plupart des investissements publics sont susceptibles d'effets d'entraînement pour l'ensemble de l'économie dans la mesure où ils impliquent des commandes d'équipement et de travaux aux entreprises privées.

En revanche, confronté à une accélération de l'inflation, l'État peut freiner directement l'activité en réduisant ses commandes à l'économie.

b) Les instruments indirects

Les pouvoirs publics peuvent également agir indirectement sur l'activité économique en influençant la demande de consommation et d'investissement des agents privés. Une augmentation du revenu disponible des agents peut stimuler la demande de biens de consommation, ou d'équipements ; la relance de la production peut favoriser l'emploi et finalement réduire le chômage. Des mesures en sens inverse réduisent le revenu, freinent la consommation des ménages et peuvent contribuer à la lutte contre l'inflation.

On peut augmenter le revenu disponible des ménages en réduisant les impôts ou en développant les prestations sociales (allocations familiales, pensions de retraite, revenu minimum, etc.). Le pouvoir d'achat et l'incitation à la demande de certains produits peuvent aussi être affectés par la variation des taxes et impôts indirects qui font partie des prix de marché (TVA, taxes sur les alcools, tabac, droits de douane, etc.), ou par la fixation des tarifs publics (télécommunications, énergie, transports collectifs).

Les pouvoirs publics affectent également les revenus d'exploitation ou l'épargne disponible des entreprises en modulant diverses interventions :

– subventions d'exploitation : aides financières à court terme pour soutenir la production courante ;

– subventions d'équipement : aides financières pour la réalisation d'investissements ;

– bonification de taux d'intérêt : prise en charge par l'État d'une partie des intérêts dus par les entreprises qui empruntent pour le financement de leurs investissements ;

– impôts sur les bénéfices et sur le capital ; règles d'amortissement comptable des investissements ; etc.

Enfin, la fiscalité des différentes sources de revenus (travail, intérêts, dividendes, plus-values, etc.) agit sur l'incitation des agents à travailler et à épargner et sur la façon d'utiliser leur épargne.

Toutes ces interventions peuvent être globales. Dans ce cas, elles concernent l'ensemble des entreprises ou des ménages. Le plus souvent toutefois, elles sont sélectives : elles favorisent telle ou telle catégorie de ménages, telle ou telle catégorie de produits. Au-delà des effets macroéconomiques sur le PIB, l'emploi et les prix, les instruments budgétaires exercent ainsi une orientation plus microéconomique des revenus et des productions conforme aux priorités du pouvoir politique.

B. La théorie keynésienne du multiplicateur

La théorie keynésienne de la politique budgétaire s'appuie sur des hypothèses fondamentales concernant la consommation des ménages [cf. *Introduction à l'économie*, chapitre 2, **2. A.**]. En premier lieu, la consommation des ménages dépend principalement de leur revenu disponible courant. Ensuite, à chaque fois que le revenu s'élève, on suppose qu'une fraction stable du revenu supplémentaire est consacrée à la consommation. On appelle cette fraction la *propension marginale à consommer*. Si cette propension à consommer est égale à 0,8 par exemple, cela implique que 80 % de toute augmentation du revenu sont consommés et que les 20 % restants sont épargnés. Si une relation stable de ce type existe effectivement entre le revenu des ménages et leur consommation, on peut montrer que l'action sur les dépenses et les recettes publiques a des effets d'entraînement importants sur l'ensemble de l'économie.

a) Les effets d'entraînement du budget de l'État

Imaginons que le gouvernement décide de stimuler l'activité du pays et augmente les investissements publics de 100 milliards (construction de routes, d'hôpitaux, d'écoles, etc.). L'effet immédiat est évident : 100 milliards de production intérieure supplémentaire.

Mais, selon l'approche keynésienne, il existe des effets ultérieurs susceptibles de stimuler le PIB bien au-delà de l'effet initial. En effet, les 100 milliards représentent 100 milliards de production supplémentaire répartis entre les différents producteurs qui vont satisfaire les commandes de l'État. Mais, on l'a rappelé au chapitre 1, toute production entraîne la distribution d'un revenu équivalent. Les 100 milliards de travaux publics impliquent aussi 100 milliards de revenus supplémentaires distribués dans l'économie. Si la propension marginale à consommer est égale à 0,8, 80 % de ces 100 milliards seront consommés, et 20 milliards seront épargnés. La production de biens de consommation va donc augmenter de 80 milliards ; ces 80 milliards de production impliquent à leur tour 80 milliards de revenus supplémentaires dont 80 % seront consommés ; la consommation va donc encore progresser de 64 milliards supplémentaires, et ainsi de suite. Ainsi, les dépenses publiques exercent un *effet multiplicateur* sur le PIB. La progression du PIB n'est pas équivalente à celle des dépenses publiques ; elle est un multiple de l'impulsion initiale.

Le tableau ci dessous schématise ce processus multiplicateur. A chaque vague de production supplémentaire, un revenu équivalent est distribué dans l'économie ; l'augmentation du revenu entraîne une demande supplémentaire de consommation qui enclenche une nouvelle vague de production. La production augmente de moins en moins à chaque vague parce qu'il existe une fuite

Tableau 5. Le mécanisme multiplicateur keynésien

	PIB		*Revenu*		*Épargne*		*Consommation*
1re vague	100	→	100	→	20	→	80
2e vague	80	→	80	→	16	→	64
3e vague	64	→	64	→	12,8	→	51,2
4e vague	51,2	→	51,2	→	10,2	→	41
	et ainsi de suite…						

dans le système : une fraction de chaque augmentation du revenu ne se transforme pas en demande supplémentaire mais est épargnée.

Au total, on démontre que dans ce cas le multiplicateur keynésien est égal à 5 : les 100 milliards de dépenses publiques initiales entraînent une augmentation du PIB 5 fois supérieure. Plus la propension à consommer est forte, plus la fuite en épargne est faible et plus le multiplicateur est élevé (cf. fiche 11 pour la démonstration).

Notre analyse extrêmement simplifiée du processus n'a pas tenu compte des impôts que l'État prélève à chaque stade sur les revenus supplémentaires. Les impôts réduisent le revenu disponible et donc l'effet multiplicateur mais ne le suppriment pas tant que l'augmentation du revenu n'est pas absorbée à 100 % par des impôts supplémentaires. En outre, même si les 100 milliards de dépenses publiques supplémentaires sont financés par 100 milliards d'impôts supplémentaires, ils ont néanmoins un effet stimulant sur le PIB. Un budget même équilibré n'est donc pas neutre. Ce résultat (connu sous le nom de « théorème de Haavelmo ») s'explique simplement : 100 milliards de travaux publics représentent directement un PIB supplémentaire ; le fait de lever ensuite 100 milliards d'impôts ne va pas détruire les routes et les hôpitaux construits ; cela absorbe simplement la distribution des 100 milliards de revenu provoquée par la croissance du PIB ; le processus multiplicateur est donc bloqué dès la première vague, mais l'effet stimulant initial demeure.

On peut également exercer un effet multiplicateur sur le produit intérieur par des réductions d'impôts ou une augmentation des transferts publics (amélioration des prestations sociales par exemple). Ces mesures auront toutefois un effet stimulant plus faible que des investissements publics parce qu'elles n'ont pas un impact immédiat sur le PIB mais seulement un effet sur le revenu disponible dont une partie sera épargné. Par exemple, 100 milliards de réductions d'impôts augmentent le revenu disponible et non le PIB de 100 milliards ; 80 %

seulement du revenu supplémentaire sont consacrés à la consommation et le premier effet sur le PIB est donc seulement de 80 milliards. Dans le tableau 5, le processus multiplicateur ne commence qu'à la deuxième vague.

Le mécanisme multiplicateur peut bien entendu être exploité dans les deux sens : politique expansionniste ou politique de rigueur. Une réduction des dépenses d'in-

Fiche 11. Calcul du

Pour simplifier l'écriture, on définit les variables suivantes :

C = consommation privée
c = propension marginale à consommer (en % du PIB)
I = investissement privé
G = dépenses du gouvernement (services collectifs et investissements publics)
X = exportations
M = importations
m = propension marginale à importer (en % du PIB)

Le multiplicateur en économie fermée

Dans une économie fermée, le PIB est égal à la demande intérieure totale (voir chapitre 1) :

$$PIB = C + I + G \qquad (1)$$

On suppose par ailleurs que la consommation varie directement en fonction du PIB (qui ne l'oublions pas est identique au revenu) :

$$C = c \cdot PIB \qquad (2)$$

Dans l'équation (1), on peut donc remplacer C par c · PIB et on obtient :

$$PIB = c \cdot PIB + I + G.$$

On soustrait ensuite c · PIB des deux côtés de l'égalité, ce qui donne :

$$PIB - c \cdot PIB = I + G$$

ou encore :

$$PIB\ (1 - c) = I + G,$$

et en divisant les deux côtés par (1 – c), on a :

$$PIB = [1 / (1 - c)] \cdot (I + G).$$

En conséquence, si les dépenses publiques varient d'un montant quelconque Δ G (le symbole Δ signifie simplement vestissement public, une augmentation des impôts, une réduction des transferts publics auront un effet multiplicateur *négatif* sur le produit intérieur. Ainsi, les pouvoirs publics disposent en apparence d'un outil puissant pour stimuler l'activité en période de récession et de chômage ou, au contraire, pour freiner la demande et la production en période d'inflation.

multiplicateur keynésien

« variation »), la variation du PIB est égale à :

$$\Delta\, PIB = [1 / (1 - c)]\, \Delta\, G.$$

Le terme entre crochets est le multiplicateur keynésien. Dans le cas où c = 0,8, (1 – c) = 0,2 et 1 / 0,2 est égal à 5 : la variation des dépenses publiques entraîne une variation 5 fois supérieure du PIB. Si c = 0,66, le multiplicateur est égal à 3 ; si c = 0,9, le multiplicateur est égal à 10, etc.

Le multiplicateur en économie ouverte

Dans une économie ouverte, le PIB est égal à la demande intérieure plus la demande étrangère nette (voir chapitre 1) :

$$PIB = C + I + G + X - M \qquad (3)$$

On suppose qu'il existe une relation stable entre les importations et le PIB :

$$M = m \cdot PIB \qquad (4)$$

En combinant les relations (2), (3) et (4) on a :

$$PIB = c \cdot PIB + I + G + X - m \cdot PIB,$$

ce qui donne :

$$PIB - c \cdot PIB + m \cdot PIB = I + G + X$$

ou encore :

$$PIB\ (1 - c + m) \cdot PIB = I + G + X$$

et finalement, en divisant par (1 – c + m) des deux côtés, on a :

$$PIB = [1 / (1 - c + m)] \cdot (I + G + X).$$

Le multiplicateur en économie ouverte est donc [1 / (1 – c + m)]. Il est toujours plus faible que le multiplicateur en économie fermée : la propension à importer vient augmenter le dénominateur. Par exemple, avec une propension à consommer de 0,8 et une propension à importer de 0,25, le multiplicateur est égal à :

$$[1 / (1 - 0{,}8 + 0{,}25)] = 1 / 0{,}45 = 2{,}22.$$

b) Stabilisation automatique et politique discrétionnaire

Certains effets multiplicateurs stimulant ou freinant l'activité se développent en partie spontanément, par la seule présence de l'État et de son budget, et en l'absence de toute volonté politique.

En période de forte croissance et d'inflation, la hausse rapide de l'ensemble des revenus (profits, salaires, loyers, etc.) et des productions développe les recettes fiscales. Ces recettes augmentent d'autant plus vite que les taux d'imposition sur les revenus sont progressifs. Dans le même temps, certaines dépenses publiques diminuent spontanément : aides aux entreprises en difficulté, indemnisation du chômage, etc. Ainsi, sans la moindre décision délibérée des pouvoirs publics, en période d'expansion rapide de l'économie, la simple application des règles en vigueur exerce spontanément un effet restrictif sur l'activité en limitant la progression du revenu disponible (plus de prélèvements et moins de dépenses) ; le budget de l'État contribue donc à freiner les pressions de la demande et l'inflation.

En sens inverse, en période de récession et de chômage important, les recettes publiques diminuent avec le recul des revenus et des productions, tandis que les dépenses d'aides aux entreprises ou aux chômeurs se développent automatiquement. Le budget exerce donc spontanément un effet stimulant en limitant la chute du revenu disponible (moins d'impôts, plus de transferts).

Ainsi, la simple application des règles fiscales et sociales en vigueur, sans aucune mesure nouvelle, contribue automatiquement à relancer l'économie en période de récession et à freiner l'activité en période d'accélération de l'inflation : le budget exerce donc un effet de stabilisation automatique de l'économie nationale.

L'existence de stabilisateurs automatiques rend l'interprétation du solde budgétaire de l'État trompeuse. En effet l'apparition d'un déficit budgétaire n'implique pas forcément une mauvaise gestion publique ni l'adoption d'une politique de relance de l'économie : une partie ou la totalité de ce déficit peut refléter la reprise automatique des dépenses et le recul automatique des recettes fiscales provoqués par une récession. De même, un excédent budgétaire ne signifie pas toujours que le gouvernement opte pour une politique restrictive visant à freiner l'activité et l'inflation : il peut résulter, pour tout ou partie, d'une accélération de la croissance qui améliore les recettes fiscales et limite les transferts publics.

En règle générale donc, l'évolution du solde budgétaire effectif reflète à la fois les stabilisateurs automatiques liés à la conjoncture et les politiques discrétionnaires du gouvernement. Aussi, pour apprécier plus précisément le sens et l'ampleur de la politique budgétaire discrétionnaire on tente parfois de calculer un *solde budgétaire structurel* (c'est-à-dire indépendant de la conjoncture). Sans entrer dans trop de détails techniques, on peut esquisser l'idée qui préside au calcul d'un solde structurel :

– On estime en premier lieu le taux de croissance potentiel de l'économie qui assure le plein emploi des facteurs disponibles mais sans exercer de pressions assez fortes sur la demande pour accélérer l'inflation.

– On calcule ensuite ce que serait le solde du budget de l'État, en appliquant les règles fiscales et sociales en vigueur actuellement, si le taux de croissance effectif de l'économie était équivalent au taux de croissance potentiel.

Quand l'économie est à son taux de croissance potentiel, le solde budgétaire de l'État ne reflète que la politique discrétionnaire du gouvernement : il n'y a ni récession ni inflation et donc aucun effet stabilisateur automatique. Dans ces circonstances, on mesure donc bien un solde structurel indépendant de la conjoncture. Si le solde structurel est nul, la politique budgétaire est neutre ; s'il est négatif, la politique budgétaire est expansionniste ; s'il est positif, la politique budgétaire est restrictive. L'OCDE calcule et publie régulièrement les soldes budgétaires structurels des principaux pays industriels et ces statistiques confirment l'écart souvent significatif entre le solde effectif, en partie indépendant de la volonté des pouvoirs publics, et le solde structurel indiquant le sens et l'intensité réels de la politique budgétaire. Certes, la difficulté majeure de ce type de calcul réside dans l'estimation du taux de croissance potentiel de l'économie. Bien des économistes considèrent que ces estimations ne sont absolument pas fiables, notamment parce que le potentiel productif d'un pays varie en permanence. La mesure du solde structurel n'est donc pas une pratique parfaitement établie et fait l'objet d'un débat (qui dépasse le champ d'étude de cet ouvrage). Mais ce type de mesures, quelles que soient ses imperfections, a le mérite d'attirer l'attention sur un problème majeur : on ne peut se contenter d'observer le solde effectif du budget de l'État pour porter un jugement précis sur le sens et l'ampleur de la politique économique ; il convient de toujours se demander dans quelle mesure la seule évolution de la conjoncture est responsable du solde observé.

2. L'EFFICACITÉ DES INSTRUMENTS

Comme nous l'avons fait pour la politique monétaire et la politique de change, nous aborderons la question de l'efficacité sous deux angles :

– le gouvernement a-t-il la pleine maîtrise des instruments budgétaires ?

– la manipulation des dépenses et des recettes publiques produit-elle les effets attendus sur l'économie nationale ?

A. La maîtrise des dépenses et des recettes publiques

Dans les pays industrialisés, les budgets publics ne sont habituellement pas livrés au pouvoir discrétionnaire du gouvernement. Les premières contraintes qui pèsent sur l'utilisation des dépenses ou des recettes publiques sont donc d'ordre politique. De plus, d'un point de vue strictement économique, la marge de manœuvre réelle de la politique budgétaire dépend du poids des contraintes financières.

a) Les contraintes politiques

• ***Un processus législatif***

Alors que les instruments monétaires relèvent en général de simples décisions administratives ou gouvernementales, le budget de l'État est soumis au vote d'une loi par les assemblées parlementaires. Il s'ensuit un processus d'élaboration et de ratification des décisions beaucoup plus long. Par exemple, en France, la seule procédure de soumission du budget annuel à l'Assemblée nationale et au Sénat s'étale sur près de quatre mois, de septembre à décembre. Bien entendu, pour être présentées aux parlementaires, les lois de finances sont préparées de longs mois à l'avance par le gouvernement et son administration. Cette préparation est souvent le lieu d'un premier « marchandage » entre les différents ministères, chacun tentant de faire prévaloir ses priorités spécifiques. Vient ensuite un marchandage entre le gouvernement et les parlementaires. Selon la nature des institutions (forte séparation des pouvoirs exécutif et législatif, comme aux États-Unis, ou domination du pouvoir exécutif, comme en France) et selon l'orientation politique de la majorité parlementaire, le débat budgétaire sera plus ou moins long et plus ou moins contraignant pour le gouvernement. En tout état de cause, les instruments budgétaires sont d'un maniement relativement lourd et lent. Quand on sait qu'une demi-heure peut suffire pour épuiser les réserves de change d'un pays face à un mouvement de spéculation contre sa monnaie, on comprend que les interventions monétaires ne relèvent pas d'une procédure législative.

• ***La pression du marché politique***

L'opinion publique est souvent plus sensible aux décisions budgétaires qu'aux décisions monétaires. D'une part, elle comprend mieux la responsabilité directe du gouvernement dans le niveau des dépenses publiques et des impôts que dans celui des taux d'intérêt. D'autre part, la majorité des individus perçoit mieux en quoi sa situation est affectée par une modification des impôts ou des prestations sociales que par une variation des réserves obligatoires ou des taux d'intérêt de la banque centrale. Aussi, sur le marché politique, la pression de l'opinion est particulièrement vive sur les questions budgétaires. De plus, cette pression s'exerce par nature sous la forme d'un dilemme : la plupart des agents souhaitent plus de dépenses dans certains secteurs, ce qui implique aussi une augmentation des recettes publiques, mais personne ne désire augmenter sa contribution au budget de l'État. Cette situation limite la marge de manœuvre du gouvernement. En particulier, elle implique une faible réversibilité des mesures budgétaires : il est politiquement difficile de revenir sur des avantages acquis et de réduire des dépenses une fois qu'on les a développées, ou encore de rétablir des impôts après les avoir supprimés ou allégés. Or, l'utilisation du budget dans la politique conjoncturelle rend précisément nécessaire le recours à des mesures temporaires *et non définitives* pour s'adapter à l'état présent de l'économie nationale.

Aux contraintes politiques nationales viennent éventuellement s'ajouter les contraintes politiques internationales instaurées par les accords de coordination ou de convergence des politiques économiques passés avec d'autres pays. Nous verrons au chapitre 9 que, dans les années 1990, c'est précisément le cas pour les pays européens engagés dans un processus d'unification économique et monétaire.

b) Les contraintes économiques et financières

Une part importante des dépenses publiques de l'année reflète non pas des mesures nouvelles, mais l'ensemble des charges liées au fonctionnement courant des administrations et aux mesures anciennes de politique budgétaire. Chaque embauche nouvelle d'un fonctionnaire n'affecte pas seulement les dépenses publiques de l'année en cours : elle continue de grever le budget de l'État pendant une, deux ou trois décennies, selon les cas. Chaque décision d'emprunt public induit un flux annuel de remboursement sur cinq ans, sept ans, douze ans, etc. Ainsi, chaque année, au moment de l'élaboration du budget, les administrations doivent inclure d'office dans leurs charges une grande part de dépenses obligatoirement reconduites d'une année sur l'autre (les « services votés »). En conséquence, dans les grands pays industriels, la marge de manœuvre réelle du gouvernement ne dépasse guère 10 % du budget total.

Du côté des recettes, l'État est soumis à certaines contraintes de financement. Si les dépenses ne sont pas financées par des recettes définitives (prélèvements obligatoires ou vente d'actifs publics), l'État a un besoin de financement. Le tableau 6 illustre la persistance du besoin de financement des administrations publiques, depuis les années 1970.

Pour combler un besoin de financement, il existe en théorie trois possibilités principales : *l'augmentation des impôts, la création de monnaie et l'emprunt auprès des épargnants.* En matière d'impôts, la marge de manœuvre est désormais étroite. La plupart des pays industriels ont progressivement atteint des taux moyens d'imposition que les gouvernements, les économistes et l'opinion

Tableau 6. Capacité (+) ou besoin (–) de financement des administrations publiques en % du PIB

	1961/70	*1971/80*	*1981/90*	*1991/95*	*2000*[p]
États-Unis	0,7	– 1,0	– 2,7	– 3,1	1,8
Japon	...	– 2,3	– 0,7	– 0,5	– 9,0
Allemagne	0,4	– 2,0	– 2,0	– 3,1	– 1,9
Belgique	– 1,5	– 5,8	– 9,1	– 6,0	– 0,8
Espagne	...	– 0,6	– 4,6	– 5,9	– 1,4
France	**0,4**	**0,5**	**– 2,2**	**– 4,5**	**– 2,0**
Italie	– 2,3	– 7,6	– 11,2	– 9,1	– 2,1
Roy.-Uni	– 0,6	– 3,0	– 1,8	– 5,9	– 0,4
Canada	– 0,8[a]	– 1,7[a]	– 4,6	– 6,1	1,7

a. Canada : 1960/67 dans la première colonne et 1974/79 dans la seconde.
p. Prévisions.
Sources : Économie européenne et *Perspectives économiques de l'OCDE.*

publique considèrent proches du seuil maximum. Depuis les années 1980, la demande politique s'est nettement réorientée dans le sens d'un allégement des prélèvements obligatoires. Si les gouvernements hésitent parfois à réduire les impôts en raison de la faible réversibilité d'une telle mesure, ils ne peuvent en tout cas guère compter sur des hausses d'impôts pour financer les dépenses publiques. Or, dans les périodes de ralentissement de la croissance, il se produit spontanément un tassement des recettes fiscales et une poussée des dépenses qui provoquent ou accentuent le déficit budgétaire. Pour combler leur besoin de financement les gouvernements ne disposent alors que de deux moyens : la création de monnaie ou l'emprunt.

Contrairement à une idée répandue, il ne suffit pas au gouvernement de « faire marcher la planche à billets » pour financer ses dépenses. La seule possibilité de création monétaire directe du gouvernement consiste à demander à la banque centrale de créer directement de la monnaie en créditant le compte du Trésor public. Mais, dans la plupart des pays industrialisés, cette possibilité est étroitement limitée par la loi ou bien par le statut autonome de la banque centrale.

Aussi le gouvernement a-t-il plutôt recours à une création monétaire indirecte. Il émet des bons du Trésor à court terme (des titres d'emprunts de deux à sept ans) et les propose aux banques : autrement dit l'État emprunte de l'argent à court terme auprès des banques comme le ferait n'importe quel autre agent. Les banques ayant le pouvoir de créer de la monnaie scripturale, une partie de ces bons du Trésor peut être financée par création monétaire. Mais cette création monétaire est hautement inflationniste. En effet, l'essentiel de l'activité de l'État consiste à produire des services collectifs non marchands qui, par définition, ne viennent pas augmenter l'offre globale de biens et services sur le marché intérieur. Si une part importante de cette production étatique est financée par création de monnaie, cela alimente un déséquilibre entre la masse monétaire en circulation et la quantité de biens et services disponibles sur les marchés. Comme nous l'avons déjà rappelé [cf. chapitre 1, **2. C.**], ce déséquilibre alimente l'inflation.

Si le gouvernement souhaite un financement non inflationniste de son besoin de financement, il lui reste les emprunts publics. Les emprunts publics se distinguent des bons du Trésor parce qu'il s'agit *d'emprunts à long terme faisant appel à l'épargne publique sur le marché financier* et non d'un crédit bancaire à court terme. Ce type d'emprunt n'est pas inflationniste puisqu'en puisant dans l'épargne disponible il absorbe de la monnaie déjà en circulation et n'induit pas la création de monnaie nouvelle. L'emprunt public est un moyen de financement particulièrement simple. Il est indolore pour l'opinion publique : l'État ne fait pas « marcher la planche à billets », et ne développe pas les prélèvements obligatoires. Les emprunts de l'État sont toujours bien accueillis par les épargnants parce que l'État ne risque pas de faire faillite.

Mais l'endettement n'est pas sans limite. L'endettement constitue une ressource financière mais non une recette publique ; il donne lieu au remboursement annuel des intérêts et finalement au remboursement du capital. Le service de la dette publique vient chaque année augmenter les dépenses publiques et nécessite de nouvelles recettes. L'endettement ne pose aucun problème lorsqu'il constitue une simple anticipation sur des recettes futures qui sont bien là au rendez-vous : certaines années l'État est en déficit et s'endette ; d'autres années le budget est en excédent et l'État rembourse ses dettes.

L'endettement ne fait donc que décaler vers le futur le besoin de financement de l'État. Les difficultés apparaissent donc quand le besoin de financement de l'État n'est plus momentané mais permanent. Si l'État ne dégage pas d'excédent pour rembourser sa dette passée, il ne peut le faire qu'en émettant de nouveaux emprunts. La demande publique de fonds ne cesse de se développer et exerce alors une forte pression à la hausse des taux d'intérêt, ce qui ne fait qu'aggraver le coût de l'endettement. De plus, cette fuite en avant bute sur l'épargne disponible dans la nation : les possibilités d'emprunt sur le marché financier ne sont pas illimitées, d'autant que l'épargne nationale sert aussi à financer les besoins de financement des autres agents et en particulier des entreprises (nous revenons longuement [cf. ci-dessous, **B.** ***d)***] sur la concurrence entre besoins de financement publics et privés).

B. Les effets sur l'économie nationale

La logique de la politique budgétaire repose sur les enchaînements suivants :

> Relance budgétaire (hausse des dépenses et/ou réduction des recettes publiques) → augmentation initiale du revenu disponible et/ou du PIB → effet multiplicateur sur le PIB → augmentation de l'emploi → diminution du chômage.

La politique budgétaire, comme la politique monétaire, agit par une relance de la demande intérieure (consommation et investissement) ; elle ne diffère de la politique monétaire que par le canal de transmission de la politique à la demande intérieure : via un effet direct sur le revenu disponible ou la demande publique pour la première, via les taux d'intérêt pour la seconde. Une fois que l'impulsion est transmise à la demande intérieure, l'enchaînement des effets est en partie identique à celui que nous avons décrit dans la figure 5 (chapitre 6). En partie seulement, parce que la politique budgétaire a sur les taux d'intérêt un effet inverse de celui de la politique monétaire. Un mouvement de relance de la demande et de l'activité entraîne une demande de monnaie supplémentaire parce qu'un volume d'échanges plus important nécessite des moyens de paiement plus importants. Pour une politique monétaire inchangée, et donc une offre de monnaie inchangée sur le marché monétaire, la demande de monnaie supplémentaire fait monter les taux d'intérêt. Cette tendance naturelle à la hausse des taux d'intérêt sera éventuellement renforcée par la demande de fonds des administrations publiques pour financer la relance budgétaire.

Nous récapitulons l'ensemble des effets envisageables sur la figure 7. Nous raisonnons en régime de changes fixes. Ce schéma permet de mettre en évidence les conditions d'efficacité et les limites de la politique budgétaire. On peut d'abord s'interroger sur l'existence et l'ampleur réelle des effets sur l'équilibre interne. La justification théorique essentielle de la politique budgétaire s'appuie sur le mécanisme multiplicateur. Or, ce dernier n'existe pas si la consommation reste insensible aux variations du revenu courant [***a)***], et même s'il existe, il peut rencontrer des obstacles [***b)***]. On examinera ensuite les effets sur l'équilibre extérieur (balance des paiements et taux de change), pour savoir notamment si la contrainte extérieure contrarie ou non les effets stimulants sur l'activité intérieure [***c)***]. Enfin, il importe de savoir comment est comblé le besoin de financement de l'État. S'il faut d'une manière ou d'une autre effectuer une ponction sur les revenus ou l'épargne privés, on court le risque d'une *éviction des productions privées* au profit des dépenses publiques [***d)***].

Figure 7. Effets d'une politique budgétaire expansionniste

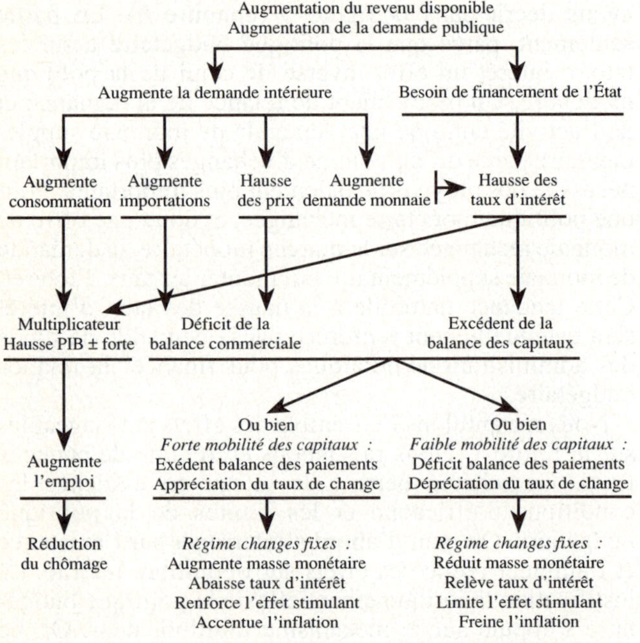

a) Le lien entre consommation et revenu courant

Milton Friedman, l'un des chefs de file de l'école monétariste, a remis en cause le point de départ du mécanisme multiplicateur : l'effet supposé du revenu courant sur la consommation, à chaque vague du processus. Il propose une autre vision du comportement des consommateurs (en 1957 : *la théorie du revenu permanent*), qui rend la politique budgétaire inefficace sauf à très court terme. Dans les années 1970, la thèse monétariste est reprise par l'école dite des « nouveaux classiques » qui la complète par la *théorie des anticipations rationnelles* et conclut à l'inefficacité totale de la politique budgétaire, même à court terme.

• ***La théorie du revenu permanent***

La théorie du revenu permanent estime que les individus déterminent leur consommation non en fonction de leur revenu courant, mais en fonction de leur *revenu permanent*, c'est-à-dire du revenu moyen anticipé sur toute leur vie. Le revenu courant comprend donc une composante permanente et une composante transitoire liée à la conjoncture. Les individus rationnels ne modifient sensiblement leur consommation qu'en réponse à une variation permanente de leur revenu. Il est ainsi des années fastes où les ménages ont un revenu supérieur à leur revenu permanent : les affaires ont été bonnes, le gouvernement a distribué des prestations, etc. Mais les ménages n'augmentent pas sensiblement leurs dépenses car cet état des choses est provisoire et peut précéder une année sombre où la conjoncture économique est mauvaise et le gouvernement moins généreux. Dans ce cas, le revenu supplémentaire sera plutôt épargné. Inversement, durant les années sombres où le revenu courant plonge en deçà du revenu permanent, les ménages puisent dans leur épargne pour maintenir leur niveau de consommation. Ainsi, selon cette approche, la consommation est relativement indépendante du revenu courant. Du même coup, les politiques de relance de la production fondées sur l'effet multiplicateur des dépenses de consommation sont souvent illusoires. Par exemple, lors d'une augmentation des prestations sociales, les ménages peuvent s'attendre à une augmentation future des cotisations sociales et considérer que leur revenu permanent n'est pas modifié et qu'il n'y a pas lieu de dépenser plus ; il faut épargner les prestations supplémentaires pour pouvoir ultérieurement payer les cotisations sans réduire son niveau de vie. De même, quand l'État augmente ses dépenses, les agents peuvent anticiper un relèvement futur des impôts : le revenu permanent et donc la consommation restent inchangés. La politique budgétaire ne peut avoir d'effet que dans la mesure où les agents n'anticipent pas totalement et instantanément les charges futures impliquées par les décisions présentes des pouvoirs publics. A court terme, donc, les agents peuvent interpréter les variations de leur revenu courant comme des modifications de leur revenu permanent et, dans ce cas, les dépenses privées réagissent comme prévu aux impulsions de la politique budgétaire. Mais cela n'est plus vrai à long terme parce que les agents finissent par anticiper correctement les charges supplémentaires associées à la politique budgétaire.

• ***La théorie des anticipations rationnelles***

Toutefois, l'école des anticipations rationnelles présente une critique bien plus radicale de la politique économique en général et de la politique budgétaire en particulier. Cette théorie suppose que les agents connaissent le fonctionnement exact de l'économie et les effets exacts des politiques économiques. En outre, des individus rationnels tiennent compte, pour chaque décision, de l'ensemble des informations disponibles au moment de la décision, y compris des connaissances qu'ils ont sur les mécanismes économiques.

Dans ces conditions, lorsque le gouvernement décide de pratiquer une politique de déficit budgétaire pour relancer l'activité, les consommateurs connaissent parfaitement les conséquences de cette politique. Ils savent que d'une manière ou d'une autre les dépenses supplémentaires d'aujourd'hui se traduiront par des prélèvements supplémentaires futurs, sous la forme d'impôts, d'inflation, de cotisations sociales, etc. Autrement dit, le revenu accru dont ils peuvent éventuellement bénéficier grâce à la politique de relance laissera la place à des charges supplémentaires à l'avenir. Ils savent donc que leur revenu permanent n'est pas modifié. Ils vont dès lors consacrer l'augmentation temporaire de leur revenu à une épargne supplémentaire qui servira ultérieurement à assumer les charges nouvelles induites par la politique budgétaire. Ils y sont d'autant plus incités que la politique budgétaire fait monter les taux d'intérêt et améliore ainsi la rémunération de l'épargne. A la limite, la totalité des revenus supplémentaires distribués dans l'économie est épargnée et la demande de biens de consommation n'est absolument pas stimulée. La politique économique est donc inefficace même à très court terme.

La thèse monétariste et celle des anticipations rationnelles ne sont toutefois pas vraiment confortées par la réalité. La plupart des études statistiques confirment en effet que la consommation courante est directement influencée par les variations du revenu courant. Certes, cette relation n'a pas toujours la stabilité supposée par les keynésiens. Les effets des politiques de relance par la consommation sont certes variables et difficilement prévisibles, mais ils existent.

Cela peut s'expliquer en partie par *l'ignorance rationnelle des agents* soulignée au chapitre 5. Des agents rationnels forment leurs anticipations en tenant compte de toutes les informations *disponibles*. Mais justement, toutes les informations ne sont pas disponibles immédiatement et sans coûts. Dès l'instant où l'accès à l'information est coûteux, il n'est en général pas rationnel de collecter toute l'information. En particulier, les effets précis des politiques économiques restent mal connus de la grande majorité des individus parce qu'il ne serait pas rationnel pour eux d'effectuer de lourds investissements intellectuels sur cette question. Et, conséquence naturelle de l'ignorance rationnelle, l'Histoire est riche en programmes économiques approuvés par la majorité des électeurs et dont l'application s'est avérée impossible ou inefficace.

De plus, même si les agents peuvent anticiper la hausse des charges futures associée aux déficits publics présents, cette situation peut leur sembler rationnelle. Après tout, c'est précisément ce qu'ils font en demandant un crédit : ils acceptent une hausse des charges futures en échange d'une satisfaction immédiate. Or, dans une période de récession et de difficultés financières, les agents peuvent manquer de solvabilité et de crédibilité pour obtenir tous les crédits qu'ils souhaitent. Dans ce contexte, une politique budgétaire expansionniste *offre un service collectif de crédit* qui compense les crédits que les agents privés ne sont pas en mesure d'obtenir par eux-mêmes : l'État, qui n'a aucune difficulté à obtenir du crédit, permet ainsi aux agents de développer leurs dépenses courantes en reportant la charge supplémentaire à plus tard. Et parfois vraiment plus tard ! En effet, nous avons vu que, sur des périodes relativement longues, le gouvernement peut continuellement reporter le rééquilibrage des finances publiques en contractant de nouveaux emprunts. Pour une partie des agents cela peut signifier que la charge réelle des politiques budgétaires présentes sera supportée par la génération future. Si l'altruisme et la solidarité inter-générations constituaient des motivations prioritaires dans les choix individuels, les ménages pourraient éventuellement réagir comme l'indique la théorie des anticipations rationnelles : épargner davantage pour que leurs enfants ou petits-enfants puissent supporter les charges à venir associées au besoin de financement de l'État. Mais l'expérience ne confirme pas cette hypothèse. Les politiques de relance par la demande sont toujours suivies d'une augmentation effective des dépenses et non par un gonflement de l'épargne. Et la plupart des études statistiques confirment que les dépenses des ménages sont vraiment sensibles aux variations de leurs revenus courants.

b) Les obstacles au multiplicateur keynésien

Certaines questions sont ici strictement identiques à celles posées par la politique monétaire : rigidités de l'offre et inflation, déficit de la balance commerciale, chômage structurel. Le mécanisme multiplicateur pose aussi un problème spécifique : la hausse des taux d'intérêt ne contrarie-t-elle pas le processus en freinant l'investissement ?

• ***Rigidités de l'offre et inflation***

Le multiplicateur ne relance la production que si l'offre globale est suffisamment élastique à court terme. Pour cela, il doit exister des capacités de production performantes et des travailleurs qualifiés disponibles immédiatement et sans augmentation marquée des coûts moyens de production. Dans ces conditions, les entreprises peuvent développer leur production et accepter de le faire sans hausse sensible de leurs prix de vente. Mais si les capacités de production sont déjà assez largement utilisées, et/ou si les chômeurs disponibles sur le marché du travail n'ont pas les qualifications requises, l'offre est relativement rigide. Ou bien les entreprises ne peuvent pas développer leur production (c'est techniquement impossible), ou bien elles peuvent le faire, mais seulement en remettant en activité des équipements et/ou des travailleurs peu productifs ou encore en relevant nettement les salaires pour débaucher des travailleurs qualifiés. Dans le premier cas, la pression de la demande se traduit uniquement par une hausse des prix (sans reprise de la production) ; dans le second cas, la production augmente éventuellement mais seulement si les entreprises peuvent relever leurs prix pour compenser la hausse des coûts de production. Ainsi, quand l'offre n'est pas parfaitement élastique, la pression de la demande ne se traduit pas intégralement en reprise de la production mais en partie en inflation ; la part de l'inflation est d'autant plus importante que l'offre est rigide.

- ***Importations et déficit de la balance commerciale***

Le processus multiplicateur présenté plus haut développait un raisonnement en économie fermée. A chaque vague d'augmentation de la consommation, celle-ci ne pouvait être satisfaite que par la production intérieure. Mais, dans une économie ouverte, une part importante de la demande supplémentaire n'exerce aucun effet sur le PIB parce qu'elle s'adresse à des produits étrangers et non à des produits nationaux. A chaque vague du processus multiplicateur, la fuite constituée par l'épargne est augmentée d'une fuite constituée par les importations. Dans notre exemple, nous avions un multiplicateur égal à 5 avec une propension à consommer de 0,8. Dans une économie ouverte il faut en outre tenir compte de la propension des agents nationaux à importer des produits étrangers. On mesure en général cette propension à importer en pourcentage du PIB. Si la propension à importer représente 25 % du PIB (chiffre qui pourrait s'appliquer aux grands pays européens dans les années 1980) le multiplicateur keynésien n'est plus égal à 5, mais seulement à 2,22 (cf. fiche 11 pour la démonstration). Non seulement l'effet stimulant de la politique budgétaire est considérablement réduit par l'ouverture extérieure, mais en outre, toute relance budgétaire dégrade la balance commerciale. Cet effet pervers est beaucoup plus rapide que dans le cas d'une politique monétaire. Cette dernière, en effet, ne stimule pas la demande globale directement, mais indirectement (par la baisse des taux d'intérêt), et avec des délais importants. En revanche, la politique budgétaire agit directement et très rapidement sur la demande et la production. C'est sans doute un atout du point de vue de la relance de l'activité ; mais le revers de la médaille consiste en une dégradation tout aussi rapide des échanges extérieurs.

- ***Le chômage structurel***

L'argument est ici strictement identique à celui du chapitre précédent. Même si l'effet multiplicateur agit effectivement sur le PIB, on ne peut totalement assimiler hausse du PIB, hausse de l'emploi et réduction du chômage. Seul le chômage conjoncturel provoqué par le ralentissement de l'activité peut être traité par une relance de la production. Le chômage structurel dû à un coût du travail trop élevé, à la substitution du capital au travail ou au manque de qualification des travailleurs, restera insensible à ce type de relance [pour plus de détails, cf. chapitre 8, **2. B.** ***c)***].

• ***Les taux d'intérêt et l'investissement***

En stimulant l'activité, la politique budgétaire stimule aussi la demande de monnaie des ménages et des entreprises. Éventuellement, l'État lui-même accroît sa demande de monnaie ou sa demande d'épargne sur les marchés financiers pour financer sa politique. Toutes ces pressions sur la demande de fonds, sans augmentation parallèle de l'épargne des ménages et de l'offre de monnaie de la banque centrale, ne peuvent qu'entraîner les taux d'intérêt à la hausse.

Or, la hausse des taux d'intérêt a normalement un effet négatif sur l'investissement privé. Le coût des crédits nécessaires au financement des investissements s'élève et conduit des entreprises à abandonner ou à reporter certains projets d'équipement. Par ailleurs, les entreprises qui disposent de capacités d'auto-financement seront attirées par des placements sur les marchés financiers, si les taux d'intérêt s'élèvent suffisamment par rapport au taux de rendement qu'elles peuvent escompter en investissant dans des activités productives. L'effet multiplicateur sur le PIB est donc atténué par l'effet de freinage de l'investissement exercé par les taux d'intérêt.

c) Les effets sur l'équilibre extérieur

En stimulant la demande intérieure et donc les importations, la politique budgétaire conduit la balance des transactions courantes vers le déficit. Mais, en revanche, la politique budgétaire, en provoquant une hausse des taux d'intérêt, attire des capitaux étrangers et conduit la balance des capitaux vers l'excédent. Au total donc, l'effet sur la balance des paiements globale est ambigu ; il dépend de l'ampleur des entrées de capitaux étrangers, comparée à celle du déficit des paiements courants. On doit donc distinguer deux cas selon que la balance globale tend plutôt vers l'excédent ou plutôt vers le déficit.

• ***Tendance à l'excédent de la balance globale***

Si les capitaux sont très mobiles, et si les spéculateurs ne craignent pas une dévaluation ou une dépréciation de la monnaie, il peut se produire des entrées de capitaux suffisamment importantes pour que la balance globale soit équilibrée, voire excédentaire. La contrainte extérieure ne contrarie donc pas la politique budgétaire. Au contraire même, dans le cas où la balance globale est excédentaire, et en régime de changes fixes, cela renforce les effets stimulants de la politique budgétaire. En effet, l'excédent implique des entrées nettes de devises dans le pays. Pour éviter l'appréciation de sa monnaie la banque centrale doit convertir en monnaie nationale et à un taux fixe toutes les devises qui se présentent : la masse monétaire augmente. Le développement de l'offre de monnaie disponible sur le marché monétaire tend à faire baisser les taux d'intérêt. L'effet pervers de la politique budgétaire sur les taux d'intérêt et sur l'investissement se trouve ainsi en partie atténué. Reste donc un seul problème : l'expansion monétaire ne peut que renforcer l'inflation déjà favorisée par la relance initiale de la demande.

• ***Tendance au déficit de la balance globale***

Si la mobilité des capitaux est faible et/ou si les spéculateurs manquent de confiance dans la stabilité de la monnaie, les entrées de capitaux attirés par la hausse des taux d'intérêt sont insuffisantes pour compenser le déficit de la balance des paiements courants. Dans ce cas, la balance globale est déficitaire. Le déficit tend à déprécier le taux de change. En régime de changes fixes, la banque centrale doit alors intervenir pour éviter la dépréciation : elle achète sa monnaie à un taux de change fixe contre des devises et, ce faisant, elle réduit la masse monétaire en circulation. La restriction de l'offre de monnaie tend alors à faire monter les taux d'intérêt. L'effet pervers de la relance budgétaire sur les taux d'intérêt se trouve donc accentué par le déficit, et l'efficacité finale de cette politique est réduite. En outre, le déséquilibre extérieur persiste. Il peut contraindre à dévaluer la monnaie quand la banque centrale ne sera plus en mesure de soutenir sa monnaie sur le marché des changes. Mais, nous l'avons vu, la dévaluation ne permet qu'un rétablissement temporaire de l'équilibre sur le marché des changes. Si en outre elle ne permet pas de rétablir rapidement l'équilibre des échanges extérieurs, la spéculation sur la prochaine dévaluation reprendra rapidement. A un moment ou à un autre, la dévaluation, pour rétablir l'équilibre extérieur, devra être accompagnée par une politique économique restrictive (hausse des taux d'intérêt, freinage de la demande intérieure et de l'inflation). Dans ce cas, il existe donc à plus ou moins court terme une réelle contrainte extérieure qui oblige à inverser le sens de la politique économique.

d) Les risques d'éviction du secteur privé

L'effet d'« éviction » est certainement l'argument favori des adversaires des politiques budgétaires. Il a d'abord été développé par les monétaristes dans les années 1960 et repris ensuite de façon plus générale par les écoles libérales hostiles aux politiques conjoncturelles.

On considère qu'il y a « éviction » du secteur privé par le secteur public *quand le développement des dépenses publiques se traduit par un recul des productions privées.* Si l'éviction est totale, les dépenses publiques n'ont en fait aucun effet stimulant sur l'économie nationale ; elles modifient seulement *la structure* du PIB au profit du public et au détriment du privé, et laissent *le niveau* du PIB inchangé.

On peut relever quatre mécanismes par lesquels l'extension des dépenses publiques risque de s'opérer au détriment du secteur privé : éviction financière, éviction par le taux de change, éviction par l'inflation, éviction par l'impôt.

• ***L'éviction financière nationale***

Nous avons souligné plus haut la contrainte de financement associée à tout déficit public. Si le gouvernement évite le financement monétaire parce qu'il est inflationniste, et s'il n'a plus la liberté de relever des taux d'impôts déjà élevés, il ne lui reste que l'emprunt sur les marchés financiers. Mais, à chaque fois que l'État emprunte sur le marché financier, il prélève une partie de l'épargne nationale disponible ; cette épargne qui finance les dépenses publiques constitue autant de ressources en moins pour le financement des investissements des entreprises privées. A cette restriction quantitative des capacités de financement disponibles sur le marché des capitaux, s'ajoute une hausse des coûts de financement : la pression qu'exercent les déficits publics sur la demande de fonds prêtables fait monter les taux d'intérêt. En outre, les épargnants ayant une certaine aversion pour le risque peuvent préférer les titres d'emprunts émis par l'État aux obligations émises par les entreprises, parce qu'il existe toujours un risque non nul de faillite pour les entreprises privées, surtout en période de récession. Dès lors, certaines entreprises auront du mal à attirer l'épargne si elles n'offrent pas des taux d'intérêt supérieurs aux taux offerts sur les emprunts publics.

La restriction de l'épargne disponible et la hausse des taux pour le secteur privé peuvent se traduire par un recul des investissements qui exerce un effet multiplicateur négatif sur l'ensemble de la production privée. Telle est le mécanisme de l'éviction financière.

Dans un premier temps, les keynésiens ont répondu à

la thèse monétariste que l'investissement dépend surtout des anticipations des entreprises sur les débouchés futurs et assez peu des taux d'intérêt, surtout dans une période de faible activité économique. L'effet pervers du taux d'intérêt ne constituerait donc pas un handicap majeur dans de telles circonstances.

Toutefois, cet argument néglige la possibilité d'un effet asymétrique des taux d'intérêt selon qu'ils baissent ou qu'ils montent. Pour employer une métaphore, on pourrait observer que si une bonne nouvelle est souvent impuissante pour redonner courage à un désespéré, une mauvaise nouvelle supplémentaire le conduit parfois au suicide. En l'occurrence, la bonne nouvelle qu'est la baisse des taux suffit rarement à relancer l'investissement dans une période où les entreprises n'anticipent aucun débouché pour une production supplémentaire. Mais l'insensibilité de l'investissement à la baisse des taux n'implique en rien l'indifférence des entreprises à la hausse des taux. La hausse des taux d'intérêt vient aggraver une situation déjà difficile :

– elle accroît les charges financières des producteurs qui n'utilisent pas les crédits bancaires seulement pour l'investissement, mais aussi pour la trésorerie et l'exploitation courante ;

– elle ne peut que freiner la consommation des ménages aisés qui seront attirés par l'épargne et les placements financiers, et ne risque pas de relancer la consommation des ménages au pouvoir d'achat stagnant et déjà en partie grevé par l'endettement passé.

L'aggravation des charges financières et un pessimisme accru quant aux débouchés se conjuguent alors pour freiner davantage encore l'activité des entreprises et leurs investissements. L'expérience des années 1980 et du début des années 1990, où les taux d'intérêt réels se sont maintenus à des niveaux historiquement élevés (cf. chapitre 8, tableau 15), a d'ailleurs clairement illustré la responsabilité des taux d'intérêt dans les difficultés, voire les faillites, des petites et moyennes entreprises.

L'éviction financière n'est certainement jamais totale, et a sans doute eu peu d'effets dans les périodes de croissance durable et soutenue (avant 1974) ; mais, dans un contexte de faible croissance, le maintien de taux d'intérêt réels à un niveau particulièrement élevé constitue un frein certain au développement de la production privée.

• ***L'éviction financière internationale***

Dans une économie ouverte, la mobilité internationale des capitaux peut éventuellement atténuer l'éviction financière. En effet, la hausse des taux d'intérêt nationaux a au moins le mérite d'attirer les capitaux étrangers. Dès lors, la pénurie d'épargne nationale provoquée par la ponction de l'État pour combler son besoin de financement peut être compensée par un afflux d'épargne étrangère. A cet effet quantitatif s'ajoute un effet prix. Plus la mobilité des capitaux est forte, moins la hausse des taux nécessaire pour attirer les investisseurs étrangers est importante. En effet, après une hausse initiale des taux suffisante pour attirer massivement des capitaux étrangers, l'abondance des fonds disponibles dans le pays détend les taux d'intérêt. Ainsi, cette stratégie semble éviter ou limiter considérablement à la fois la hausse des taux d'intérêt et la pénurie d'épargne qui risquaient de pénaliser les investisseurs privés.

Mais il faut souligner que cette politique exerce tout de même un effet d'éviction sur les pays étrangers : en absorbant massivement des capitaux étrangers, elle réduit l'épargne disponible et fait monter les taux d'intérêt dans les autres pays.

• ***En régime de changes flexibles : éviction par le taux de change***

L'entrée des capitaux étrangers permet donc apparemment d'éviter ou d'atténuer l'éviction financière. Mais cela pose un autre problème si le pays est en régime de changes flexibles. En effet, les entrées de capitaux entraînent une forte demande pour la monnaie nationale sur le marché des changes. En régime de changes flexibles, le taux de change s'apprécie donc continuellement tant que perdure l'afflux des capitaux étrangers. Les phénomènes de spéculation peuvent alors accentuer le mouvement d'appréciation au-delà de ce qui serait justifié par le seul écart des taux d'intérêt. Au total, la politique budgétaire peut ainsi provoquer une forte et durable appréciation du taux de change. Or, cela implique une détérioration importante de la compétitivité prix des produits nationaux par rapport aux produits étrangers. Nous avons vu qu'à court terme cette dégradation de la compétitivité prix n'avait pas toujours des effets dramatiques sur le commerce extérieur. Certes, mais il n'en va pas de même à moyen et long terme, ni même à court terme si l'appréciation du taux de change est considérable. Quand l'appréciation du taux de change exerce réellement des effets négatifs sur les exportations et accélère les importations, elle contribue à aggraver le déficit de la balance commerciale déjà favorisé par la relance de la demande intérieure. On peut alors parler d'*éviction par le taux de change :* le développement des dépenses publiques se traduit, *in fine*, par une réduction de l'activité des entreprises exportatrices et des entreprises concurrencées par les produits importés. Telle a été, par exemple, la situation des États-Unis durant la première moitié des années 1980 : un déficit record des finances publiques et une politique monétaire restrictive amènent les taux d'intérêt à un niveau très élevé ; il s'ensuit un mouvement massif des capitaux européens et japonais vers les États-Unis, et le dollar atteint des niveaux records : le taux de change moyen par rapport au franc passe de 4,22 F en 1979 à 8,98 F en 1982, ce qui représente à peu près un doublement du prix des produits américains, par rapport aux prix des produits français (à taux de marge constant). Une dégradation aussi spectaculaire de la compétitivité prix s'est d'ailleurs traduite rapidement par un déficit commercial également record. On peut alors sérieusement parler d'éviction par le taux de change. Les pressions croissantes des lobbies industriels américains en faveur d'un recul du dollar constituent d'ailleurs la preuve indirecte des effets pervers du taux de change pour une partie de l'économie américaine.

• ***La contrainte de l'épargne mondiale***

De toute façon, le recours à l'épargne étrangère pour financer les déficits publics ne permet pas d'échapper à l'éviction financière indéfiniment. Si les gouvernements étrangers sont eux-mêmes confrontés à un besoin de financement important, ils sont contraints de relever les taux d'intérêt nationaux pour retenir les capitaux. Quand tous les pays ont tendance à s'aligner sur les hausses de taux pratiquées par leurs voisins, il ne sert plus à grand-chose de relever ses taux pour attirer les capitaux : cela oblige seulement les autres à en faire autant ; en l'absence d'écart de taux suffisant, personne ne peut plus attirer massivement des capitaux étrangers et tout le monde se retrouve simplement avec un prix de l'argent plus élevé. L'ensemble des pays se trouve alors confronté à une *pénurie mondiale d'épargne* et à l'impossibilité de financer davantage de dépenses publiques autrement qu'en limitant l'épargne disponible pour le secteur privé.

• ***L'éviction par l'inflation***

Pour un pays en régime de changes fixes, l'afflux de capitaux étrangers n'implique pas dans l'immédiat une appréciation du taux de change : la banque centrale convertit toutes les devises qui se présentent en monnaie nationale à un taux fixe. Il n'y a donc pas d'éviction par le taux de change. Mais, dans ce cas, les entrées de capitaux se traduisent par une augmentation rapide de la masse monétaire qui accélère l'inflation. Au bout du compte, si le mouvement est important, la dégradation de la compétitivité internationale est provoquée par l'inflation aussi bien que par une appréciation du taux de change. Les secteurs soumis à la concurrence internationale seront finalement défavorisés par cette politique économique. Par ailleurs, si finalement la politique budgétaire ne peut éviter l'éviction financière qu'en attirant massivement des capitaux étrangers qui accélèrent l'inflation, pourquoi ne pas recourir directement à un financement monétaire du déficit budgétaire ? On atteindrait ainsi le même résultat et plus vite. Ces deux méthodes de financement débouchent finalement sur une création monétaire et l'inflation. Or, l'inflation réduit le pouvoir d'achat des ménages. Une partie de l'effet stimulant de la politique budgétaire peut donc à terme être compensée par un ralentissement de la consommation réelle. L'inflation agit en quelque sorte comme un impôt à retardement : elle apparaît comme un moyen relativement indolore de financer le déficit à court terme (sans relever les impôts) mais conduit finalement à un prélèvement généralisé sur le pouvoir d'achat des agents.

• ***L'éviction par l'impôt***

A long terme, le seul moyen non inflationniste d'éviter l'éviction financière consiste à financer les dépenses nouvelles par des impôts. Le tableau 7 montre l'évolution des dépenses publiques en pourcentage du PIB dans les grands pays industriels. Le tableau 8 retrace l'évolution des prélèvements obligatoires en pourcentage du PIB. Ces données confirment qu'à long terme, effectivement, le développement de l'État s'accompagne d'une nette progression des prélèvements obligatoires.

Nous avons montré que des dépenses publiques entièrement financées par des prélèvements sur le revenu national ont néanmoins un effet stimulant sur le PIB (théorème de Haavelmo). Mais des économistes libéraux, et notamment les tenants des « politiques de l'offre » [cf. chapitre 8, **2. B.** *e)*], soulignent les effets pervers que peuvent exercer à moyen et long terme la progression des prélèvements obligatoires.

L'imposition croissante des bénéfices des entreprises réduit l'incitation à entreprendre les différentes opérations génératrices de profits : la création d'entreprises,

Tableau 7. Dépenses des administrations publiques en % du PIB

	1960	*1970*	*1980*	*1990*	*2000*p
États-Unis	27,0	31,7	31,4	35,2	32,2
Japon	17,5	19,4	32,0	31,3	39,8
Allemagne	32,4	38,6	47,9	45,1	46,8
Belgique	30,7	37,0	58,3	53,5	49,9
Espagne	…	21,5	32,2	42,5	40,5
France	**34,6**	**38,5**	**46,1**	**49,8**	**53,6**
Italie	30,1	34,2	42,1	54,0	48,5
Roy.-Uni	32,2	38,8	43,0	41,8	41,1
Canada	28,6	34,8	38,8	46,7	41,5
Total OCDE	**28,0**	**32,3**	**37,0**	**39,4**	**39,5**

p. Prévisions.
Source : Perspectives économiques de l'OCDE.

Tableau 8. Ressources des administrations publiques en % du PIB

	1960	*1970*	*1980*	*1990*	*2000*p
États-Unis	26,3	28,9	30,0	32,5	34,1
Japon	18,8	20,7	27,6	34,2	30,8
Allemagne	35,0	38,3	45,0	43,0	44,8
Belgique	35,5	38,9	49,5	46,2	46,9
Espagne	…	22,2	29,9	38,2	39,0
France	**34,9**	**39,0**	**46,1**	**48,3**	**51,2**
Italie	28,8	30,4	33,6	42,8	46,4
Roy.-Uni	29,9	40,4	39,6	40,3	40,7
Canada	25,7	34,2	36,1	42,1	43,2
Total OCDE	**27,7**	**31,2**	**34,3**	**37,3**	**38,3**

p. Prévisions.
Source : Perspectives économiques de l'OCDE.

la recherche de nouveaux produits, de nouvelles techniques ou de nouveaux marchés, etc. Plus l'imposition des bénéfices industriels ou commerciaux est forte, plus les détenteurs de capitaux sont incités à rechercher les profits les plus faciles à obtenir mais qui ne sont pas forcément les plus productifs pour l'économie nationale : par exemple les profits d'opérations purement spéculatives. L'imposition des plus-values et des revenus tirés des placements financiers exerce un effet dissuasif sur l'épargne et donc, indirectement, pénalise l'investissement et la croissance. L'imposition des revenus du travail limite l'incitation au travail et à l'effort ; le poids croissant des charges sociales agit dans le même sens.

D'une manière ou d'une autre, les prélèvements obligatoires ont ainsi des effets négatifs sur l'épargne, l'investissement, la production, l'emploi, et la productivité. Pour une part, ces effets négatifs constituent le prix inévitable à payer en contrepartie des avantages associés à l'existence et au développement de l'État. Toute la question est de savoir jusqu'à quel taux de prélèvements un pays peut aller sans que les inconvénients ne commencent à l'emporter sur les avantages. On peut supposer qu'il existe des seuils à partir desquels les effets désincitatifs des prélèvements sont tels que tout développement supplémentaire des dépenses publiques financé par l'impôt ne peut se faire qu'en contrepartie d'un recul équivalent des productions privées. Les pays industrialisés se sont, semble-t-il, approchés de ces seuils de tolérance dans les années 1980. A partir de cette époque, la quasi-totalité des gouvernements, quelle que soit leur orientation politique, se sont prononcés en faveur d'une stabilisation ou d'un recul des prélèvements obligatoires (en pourcentage du PIB).

SYNTHÈSE ET CONCLUSION

1º) *La maîtrise des instruments.*

Contrairement à la politique monétaire qui perd toute autonomie en économie ouverte, les instruments budgétaires restent contrôlés au plan national. Cependant, la maîtrise des budgets publics se trouve limitée par les délais de décision, le poids des politiques passées, les pressions politiques, le niveau déjà élevé des prélèvements obligatoires, etc.

2º) *Les effets sur l'économie.*

La politique budgétaire a des effets plus immédiats que la politique monétaire sur l'activité et l'emploi parce qu'elle agit directement sur la production ou les revenus. L'expérience indique que la demande des ménages en particulier est sensible aux variations de leurs revenus courants. La politique budgétaire peut exercer des effets d'entraînement plus importants que son impact initial (multiplicateur).

3º) *Le risque d'éviction du secteur privé.*

A la fin du XXe siècle, les gouvernements n'ont plus souvent la possibilité ou la volonté de financer les déficits publics par l'inflation monétaire ou par une hausse des prélèvements obligatoires. Le seul mode de financement réellement disponible est alors l'emprunt auprès des épargnants. La ponction ainsi opérée sur l'épargne disponible et la montée des taux d'intérêt favorisée par la demande publique croissante de fonds prêtables peuvent pénaliser le financement des investissements privés. Dans une économie où les revenus et l'activité se développent rapidement, le risque d'éviction est moindre parce que l'épargne est abondante et que l'investissement est moins sensible à la hausse des taux d'intérêt. Mais dans un contexte de croissance lente et de pénurie mondiale d'épargne, le risque d'éviction existe vraiment. Certains pays peuvent tenter momentanément d'exporter l'effet d'éviction en attirant les capitaux étrangers chez eux. Mais la concurrence entre les États pour attirer et retenir les capitaux risque à terme d'aggraver le problème en mondialisant la hausse des taux d'intérêt.

4º) *Les effets d'une relance budgétaire.*

Les effets de la politique budgétaire sur l'économie dépendent du contexte dans lequel ils sont employés. Rappelons les conditions dans lesquelles une relance budgétaire peut contribuer à réduire le chômage sans accélérer l'inflation :

– les entreprises disposent d'importantes capacités de production rentables et inutilisées ;

– il y a des chômeurs qualifiés privés d'emploi en raison de l'insuffisance de la demande ;

– la propension à importer est faible (cela limite le déficit commercial) ;

– la propension des ménages à consommer le revenu courant est forte (cela augmente le multiplicateur) ;

– le financement monétaire des dépenses publiques est limité et il existe suffisamment d'épargne dans le monde pour satisfaire le besoin de financement de l'État sans rationner les besoins des investisseurs privés ;

– les investissements privés sont peu sensibles aux taux d'intérêt (cela limite l'effet d'éviction) ;

– il est possible de mener une politique monétaire accommodante qui empêche la hausse des taux d'intérêt et limite ainsi l'effet d'éviction (cela dépend de l'orientation de la politique monétaire dans le reste du monde) ;

– il est possible de compenser le déficit commercial par des dévaluations qui restaurent la compétitivité extérieure.

Au total, la relance budgétaire peut avoir quelque efficacité face au ralentissement d'activité et au chômage, sous réserve que ces problèmes soient de nature conjoncturelle et liés à une insuffisance des débouchés. Cette efficacité dépend de l'ampleur de la contrainte extérieure et de la capacité du gouvernement à la maîtriser à l'aide des instruments monétaires.

8

La mutation des stratégies politiques des années 1950 aux années 1990

Nous résumons dans ce chapitre les principales leçons que la théorie des politiques économiques peut tirer de l'évolution des économies industrielles durant la seconde moitié du XXe siècle. Notre propos n'est cependant pas l'histoire économique et le lecteur qui souhaite un exposé précis des phénomènes et des politiques économiques de cette période devra se référer à des ouvrages d'histoire (cf. nos conseils de lecture en fin de volume). Il convient de souligner que, nos réflexions restant d'ordre général, elles concernent la plupart des pays industriels à économie de marché mais ne s'appliquent pas toujours une à une pour chaque pays particulier.

Notre but reste ici principalement analytique. Nous montrerons pourquoi les politiques de régulation de la demande d'inspiration keynésienne ont largement dominé le modèle de politique économique jusqu'à la fin des années 1960 [**1.**]. Le relatif succès de ces politiques tient pour une part importante à la conjonction de conditions particulièrement favorables jusqu'au milieu des années 1960. La disparition progressive de ces conditions et les mutations structurelles de l'économie mondiale vont confronter les politiques à de nouveaux dilemmes : la stagflation, et l'autonomie restreinte des politiques nationales dans une économie mondialisée [**2.**]. L'impuissance des stratégies traditionnelles, constatée dans les années 1970, brise le consensus keynésien de l'après-guerre au profit d'un quasi-consensus monétariste et libéral. Les deux décennies qui suivent le premier choc pétrolier (1973) sont ainsi l'occasion de tester pratiquement toutes les idées et toutes les politiques libérales ou interventionnistes qui servent d'ingrédients aux différentes stratégies envisageables à la fin du siècle. Dans ce chapitre, nous mettrons l'accent sur la mutation des contraintes et des modèles dominants de la politique économique. Dans le chapitre 9, nous reviendrons sur les stratégies qui ont survécu à, ou ont émergé de, 20 années de débats et qui permettent de dessiner la nouvelle politique économique des années 1990.

1. L'ÂGE D'OR DES POLITIQUES KEYNÉSIENNES (1950-1968)

Les pays industrialisés capitalistes, doublement traumatisés par la Seconde Guerre mondiale et par la Grande Dépression des années trente, abordent l'après-guerre dans un état d'esprit relativement consensuel quant au rôle de l'État dans l'économie. L'économie doit rester principalement guidée par des marchés libres dans un cadre institutionnel protégeant la libre recherche de l'intérêt privé. Mais l'État doit néanmoins corriger les défaillances du marché et en particulier ses défaillances macroéconomiques. Ainsi, aux fonctions traditionnelles de l'État vient s'ajouter un rôle de *stabilisation* de l'économie nationale. C'est durant les années 1950 que la théorie comme les pratiques politiques vont systématiser l'approche keynésienne développée dans les années trente en assignant à la politique économique quatre objectifs clés : croissance, plein emploi, stabilité des prix et équilibre extérieur. Dans la poursuite de ces objectifs, les pouvoirs publics vont souvent être servis par des conditions historiques particulièrement favorables à la croissance et à l'emploi [**A.**]. Dans ce contexte privilégié, un modèle de politique économique cohérent peut connaître une certaine efficacité [**B.**].

A. Un environnement favorable à la croissance et à l'emploi

Le développement de la production et de l'emploi exige une demande globale forte et une offre capable de répondre rapidement et efficacement à cette demande. Or, de l'après-guerre au milieu des années 1960, les grands pays industriels vont connaître des conditions exceptionnellement favorables tant du côté de la demande que du côté de l'offre.

a) Du côté de la demande

La demande de consommation est structurellement soutenue par :

– l'existence d'un *vaste marché européen* de ménages frustrés par la guerre et avides d'accéder aux nouveaux biens de consommation déjà diffusés aux États-Unis ;

– une *demande plus quantitative que qualitative* ; obtenir une voiture, un poste de radio, un lave-linge, constitue en soi un progrès quelles que soient les qualités effectives de ces produits ; les entreprises peuvent donc *produire massivement des biens standards* et investir en priorité dans le volume de la production plus que dans sa qualité ;

– la *stabilisation des revenus* favorisée par l'extension des régimes de protection sociale qui distribuent des revenus de substitution en cas d'interruption de l'activité (maladie, retraite, chômage) ;

– une *progression rapide et régulière de la productivité* qui permet une augmentation sans précédent des salaires réels et donc du pouvoir d'achat des ménages.

La demande de biens d'équipements est structurellement soutenue par :

– les besoins d'équipement des industries européennes qui, au-delà de la simple reconstruction, doivent surtout assurer la modernisation de l'appareil productif ;

– le soutien financier des États-Unis dans l'immédiat après-guerre (plan Marshall, 1947), et, bien au-delà, pour assurer le développement des pays vaincus (Japon et RFA) ;

– les besoins d'équipement des anciennes colonies qui accèdent progressivement à l'indépendance et mettent en œuvre des politiques activistes de développement industriel.

En outre, un essor sans précédent du commerce international joue également un rôle stimulant pour la croissance mondiale. Cet essor est en particulier favorisé par les nouvelles règles et institutions qui régissent les relations économiques internationales :

– le GATT (1947), *General Agreement on Tariffs and Trade*, qui permettra une limitation progressive des droits de douane et des obstacles aux échanges ;

– la mise en place du FMI et du Système monétaire international issu des accords de Bretton Woods (1944) assure la stabilité des taux de change nécessaire au développement des échanges ;

– le développement du marché commun européen (traité de Rome, 1957).

b) Du côté de l'offre

Les facteurs de production et les matières premières nécessaires à la croissance sont disponibles et parfois bon marché :

– les gains de productivité dans l'agriculture libèrent une main-d'œuvre importante pour le développement industriel ; le relais sera pris au milieu des années 1960 par la participation croissante des femmes au marché du travail ;

– une part importante des matières premières industrielles et des ressources pétrolières est contrôlée par les Occidentaux et produite à moindre coût dans des pays dominés ;

– la technologie américaine, qui a permis le démarrage d'une société de consommation de masse dès les années 1920, est disponible pour les autres pays industriels sans investissements coûteux en recherche.

Les gains de productivité seront en outre favorisés par l'extension à l'Europe du modèle fordiste de croissance déjà développé aux États-Unis depuis les années 1920. Le « fordisme » (du nom du constructeur automobile américain) consiste à associer des méthodes scientifiques d'organisation du travail et le partage des gains de productivité avec les travailleurs. La *division et la spécialisation poussée des tâches* dans le travail industriel (le *taylorisme*) et le développement du *travail à la chaîne* permettent en effet une amélioration considérable de la productivité du travail. Plus la taille des entreprises et de leur marché est importante, plus elles peuvent mettre en œuvre une division du travail poussée et réaliser ainsi des *économies d'échelle* (réduction du coût moyen associée à une extension de la capacité de production). L'augmentation nécessaire de la taille des entreprises sera en partie réalisée par la *concentration*. Quant à la taille des marchés, elle se trouve fortement élargie par la *standardisation des produits* qui permet de mettre en place des capacités de production considérables pour un seul produit homogène. Mais ce modèle de la production de masse n'est pas viable sans une croissance stable des débouchés et sans un compromis avec les travailleurs et leurs syndicats. Elle suppose en effet de lourds investissements dans des installations industrielles conçues spécialement pour la production de quelques produits et peu ou pas réutilisables dans d'autres secteurs en cas d'effondrement du marché. Par ailleurs, l'organisation scientifique du travail se traduit aussi par une perte croissante d'intérêt du travail industriel pour les individus et même une déqualification pour les ouvriers spécialisés ; elle implique aussi une forte séparation entre la direction (conception, gestion) et l'exécution des tâches et ne supporte aucune forme de partage du pouvoir interne entre patronat et salariés. Aussi, en contrepartie de ce que certains appelleront la déshumanisation du travail, les employeurs doivent partager les gains de productivité qu'elle autorise. Un nouveau contrat social (ou rapport salarial) s'établit implicitement. Les travailleurs perdent de plus en plus le contrôle de leur travail et de leur produit ; mais, en contrepartie, les gains de productivité sont distribués entre employeurs et employés. Et de fait, les trente années qui suivent la guerre seront le lieu d'une progression sans précédent des salaires réels. Les entreprises y trouvent doublement leur compte : 1º) la progression rapide du pouvoir d'achat développe leurs débouchés et donc, à terme, leurs profits ; 2º) en cédant sur les revendications salariales, elles résistent mieux sur les exigences syndicales relatives au partage du pouvoir dans l'entreprise.

La logique d'affrontement violent entre des patrons « exploiteurs » et des syndicats « révolutionnaires », qui avait dominé au XIXe siècle, s'estompe plus ou moins rapidement selon les pays, au profit d'une logique de simple compétition pour le partage de la valeur ajoutée.

Cette logique fordiste a en partie contribué au développement d'un cercle vertueux de ce type :

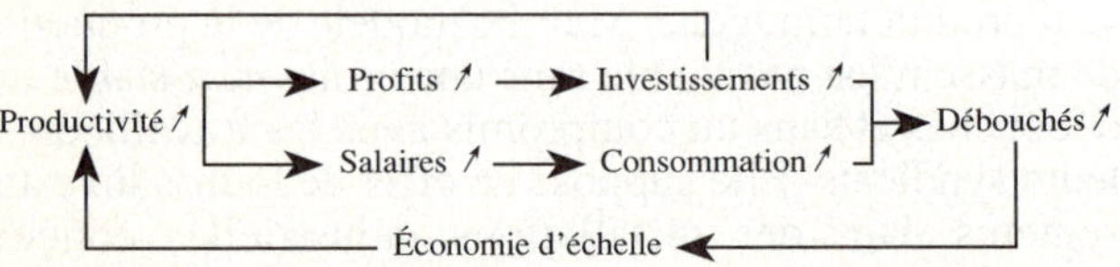

Une telle logique est renforcée par les facteurs de progression stable de la demande évoqués plus haut. Des entreprises convaincues que la demande pour des produits standardisés va continuer à se développer peuvent poursuivre leurs investissements sans crainte et cèdent aux revendications salariales pour acheter une forme de « paix sociale » d'autant plus volontiers qu'elles anticipent une forte progression de leurs profits.

Au total, et jusqu'au milieu des années 1960, coexistent un ensemble assez incroyable de conditions idéales pour la croissance mondiale : des débouchés importants existent pour chaque pays industriel, tant sur le marché intérieur que sur les marchés étrangers ; les travailleurs et les techniques sont disponibles ; l'énergie et les matières premières sont accessibles à faible coût ; la concentration et la rationalisation des méthodes de production entraînent des gains de productivité élevés ; etc., et le tout dans un climat de stabilité monétaire internationale.

B. Un modèle de politique économique relativement efficace

a) Des relations stables entre objectifs économiques

Le modèle keynésien dominant s'appuie sur une série de relations macroéconomiques stables que l'on peut résumer dans l'enchaînement suivant :

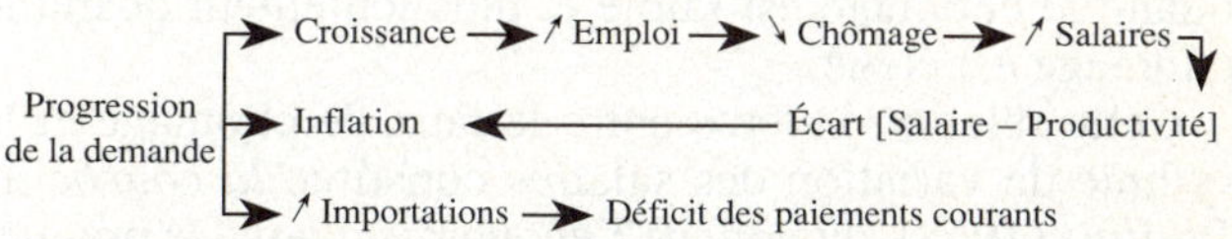

La stimulation de la demande soutient la croissance et l'emploi et réduit le chômage mais rencontre éventuellement deux limites : l'inflation et le déficit extérieur. Inversement, le freinage de la demande permet de limiter l'inflation et le déficit extérieur mais au prix d'un recul de l'emploi et de la croissance. Les problèmes macroéconomiques tels que l'inflation ou le chômage ont une origine essentiellement conjoncturelle : une forte activité proche du plein emploi entraîne l'inflation, une faible activité explique au contraire le chômage. Il suffit donc de réguler l'activité économique nationale en contrôlant le niveau de la demande globale. Les seules contraintes véritables tiennent aux arbitrages politiques qui s'avèrent parfois nécessaires face aux deux dilemmes de l'époque : le dilemme inflation-chômage et le dilemme équilibre interne – équilibre externe. Mais ces arbitrages sont le plus souvent réalisables et tenables à moyen ou long terme.

• ***L'arbitrage inflation-chômage***

Toute réduction du chômage limite l'offre de travail disponible sur le marché du travail : les travailleurs en place sont moins soumis à la concurrence des chômeurs et peuvent plus aisément revendiquer des hausses de salaires ; les employeurs ont plus de difficultés pour trouver la main-d'œuvre nécessaire pour répondre aux pressions de la demande ; ils sont concurrents entre eux pour attirer les travailleurs qualifiés et doivent offrir des salaires plus incitatifs. Inversement, si la politique économique ou la conjoncture réduisent l'activité et aggravent le chômage, les salaires progressent moins vite. Les salaires ont donc tendance à augmenter plus rapidement quand le chômage est faible et plus lentement quand le chômage est élevé.

Cette relation inverse entre le taux de chômage et le rythme de variation des salaires constitue *la courbe de Phillips* (1958), du nom de l'économiste qui a le premier établi l'existence et la stabilité de cette relation sur la longue période au Royaume-Uni. De nombreux travaux ont ensuite confirmé l'existence de cette relation pour la plupart des pays industriels. Très vite, la courbe de Phillips s'est présentée plutôt sous la forme d'une relation inflation-chômage. En effet, toute variation des salaires supérieure à l'augmentation de la productivité du travail augmente les coûts unitaires de production. Les entreprises ont tendance à reporter cette hausse sur les prix, d'autant qu'elle intervient dans un contexte de pression de la demande. Inversement, une progression plus faible des salaires détend la pression sur les coûts et les prix. Dès lors, on peut en théorie transformer la courbe de Phillips en une relation inverse entre l'inflation et le chômage comme celle représentée sur la figure 8.

Figure 8. La courbe de Phillips

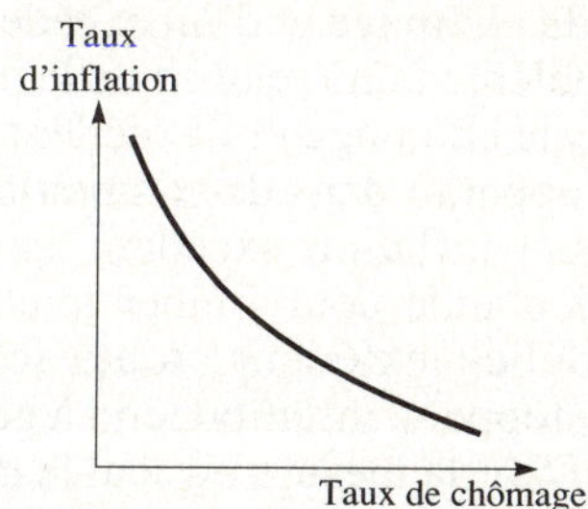

La courbe de Phillips indique *un dilemme* : *on ne peut réduire le chômage sans augmenter l'inflation*. Mais on peut aussi y voir *une possibilité d'arbitrage* politique dont on percevra mieux l'importance dans les années 1970, quand elle aura disparu : *on peut réduire le chômage en acceptant une inflation plus élevée*. L'arbitrage est éventuellement coûteux, mais il a le mérite d'exister. Au moins, à cette époque, les deux problèmes sont contradictoires et ne peuvent coexister.

L'inflation ne peut apparaître en période de chômage important ; elle se développe seulement quand l'économie approche du plein emploi et que l'offre n'est plus assez élastique pour répondre aux pressions de la demande.

• ***L'arbitrage équilibre interne équilibre externe***

Toute reprise de la demande stimule les importations. Selon les cas, cela peut rendre la recherche de l'équilibre interne (plein emploi) contradictoire avec la recherche de l'équilibre externe.

Si le pays est en situation d'inflation (et donc de plein emploi) et de déficit de la balance des paiements courants, il n'y a pas de dilemme : une politique de freinage de la demande intérieure contribue à rétablir à la fois l'équilibre interne (moins d'inflation) et l'équilibre externe (moins d'importations et de déficit). De même, la coexistence du chômage et d'un excédent extérieur ne pose pas de problème : une relance de la demande réduit en même temps le chômage et l'excédent extérieur.

Le dilemme apparaît dans deux situations : chômage-déficit extérieur, inflation-excédent extérieur. Toute relance de la demande pour freiner le chômage tend à accentuer un déficit extérieur; toute restriction de la demande pour stopper l'inflation tend à gonfler un excédent extérieur. Dans la mesure où seul le *déficit* extérieur est vraiment contraignant, on peut considérer la première situation comme le seul vrai cas de dilemme.

Il peut donc exister des contradictions entre les quatre objectifs macroéconomiques. Mais la stabilité de leurs relations permet d'effectuer des arbitrages clairs en fonction des priorités politiques des différents pays. En outre, la combinaison optimale de plusieurs instruments de politique économique permet éventuellement de gérer ces contradictions.

b) Les règles de combinaison optimale des instruments

Le fait que les objectifs soient parfois contradictoires ne paralyse pas la politique économique. Il implique simplement qu'un seul instrument ne peut pas être utilisé pour atteindre deux objectifs contradictoires, parce qu'un instrument ne peut pas être utilisé à la fois dans un sens expansionniste et dans un sens restrictif. Mais on peut appliquer la règle de Tinbergen (1952) : *on utilisera au moins autant d'instruments de politique économique que l'on a d'objectifs*. Face au dilemme équilibre interne - équilibre externe, on affectera un ou plusieurs instruments différents à chaque objectif. On applique alors la règle de Mundell (1960) : *chaque instrument sera affecté à l'objectif pour lequel il a l'efficacité relative la plus forte*.

En régime de changes fixes (système monétaire international en vigueur de 1945 à 1973), on sait que la politique monétaire est moins performante que la politique budgétaire dans la recherche des objectifs internes de croissance et de plein emploi (cf. chapitres 6 et 7). En revanche, elle a quelque efficacité dans la recherche de l'équilibre extérieur. Partant de ce constat, Mundell propose une répartition optimale des tâches pour une économie en régime de changes fixes et où les capitaux sont mobiles : *la politique monétaire est affectée à l'équilibre extérieur et la politique budgétaire à l'équilibre intérieur*. La relance budgétaire ou la rigueur budgétaire seront employées selon que l'économie connaît le chômage ou l'inflation. De leur côté, la hausse ou la baisse des taux d'intérêt produiront les mouvements de capitaux nécessaires pour résorber un déficit ou un excédent de la balance des paiements.

Selon la situation de l'économie, cela débouche sur les stratégies suivantes :

1º) Inflation et excédent extérieur : politique budgétaire restrictive pour lutter contre l'inflation et politique monétaire expansionniste (baisse des taux d'intérêt) pour faire sortir les capitaux et éliminer l'excédent.

2º) Inflation et déficit extérieur : politique budgétaire restrictive pour lutter contre l'inflation et politique monétaire également restrictive (hausse des taux d'intérêt) pour attirer les capitaux et résorber le déficit.

3º) Chômage et excédent extérieur : politique budgétaire expansionniste pour lutter contre le chômage, et politique monétaire expansionniste (baisse des taux d'intérêt) pour faire sortir les capitaux et éliminer l'excédent.

4º) Chômage et déficit extérieur : politique budgétaire expansionniste pour lutter contre le chômage, et politique monétaire restrictive (hausse des taux d'intérêt) pour attirer les capitaux et résorber le déficit.

Soulignons ici les deux conditions qui autorisent des stratégies efficaces : l'inflation et le chômage sont des problèmes alternatifs et jamais simultanés ; il existe un moyen de surmonter la contrainte extérieure.

c) La faisabilité de politiques purement nationales

Jusqu'à la fin des années 1960, les politiques économiques sont donc mises en œuvre dans un contexte de forte croissance mondiale soutenue par des facteurs structurels. Les fluctuations cycliques de la production que connaissaient les économies industrielles avant la guerre vont être considérablement atténuées, voire disparaître, durant près de trente ans. Pour un certain nombre de pays, dont la France, les objectifs de croissance et de plein emploi se trouvent ainsi presque spontanément atteints en permanence : il n'y a plus de fluctuations

Tableau 9. Importations (IMP) et exportations (EXP) en % du PIB

	1960		*1970*		*1980*		*1996*	
	IMP	*EXP*	*IMP*	*EXP*	*IMP*	*EXP*	*IMP*	*EXP*
États-Unis	4,4	5,2	5,5	5,9	10,7	10,1	13,1	11,9
Japon	10,2	10,7	9,5	10,8	14,6	13,7	9,5	10,6
Allemagne	16,5	19,0	19,1	21,2	26,9	26,4	22,3	23,5
Belgique	39,3	38,4	49,4	51,9	65,4	62,9	69,7	75,2
Espagne	7,4	8,9	14,2	13,2	18,1	15,7	24,1	24,4
France	**12,4**	**14,5**	**14,9**	**15,7**	**22,7**	**21,5**	**21,4**	**23,8**
Italie	13,5	13,0	15,1	15,4	24,6	21,9	23,1	27,6
Roy.-Uni	22,3	20,9	22,4	23,2	25,0	27,3	29,9	28,9

Source : Perspectives économiques de l'OCDE.

cycliques de la production (expansion, récession) mais seulement du taux de croissance ; la croissance est plus ou moins forte, mais elle est toujours là !

De plus, pour la plupart des pays, la contrainte extérieure joue encore faiblement jusqu'au milieu des années 1960. On peut mesurer le degré d'ouverture aux échanges extérieurs par la part que représentent les importations et les exportations dans le PIB. Comme le montre le tableau 9, l'ouverture extérieure des grands pays industriels est souvent très progressive et, pour certains, se développe surtout à partir des années 1970. De plus, on a vu que la contrainte d'équilibre des échanges extérieurs ne joue que dans le long terme. A court terme, la contrainte vient plutôt de la stabilisation des taux de change face à des mouvements de capitaux capricieux. Mais, à cette époque, les politiques ne sont pas encore paralysées par les mouvements de spéculation sur le marché des changes. En effet, la mobilité des capitaux reste modérée jusqu'au milieu des années 1960 et elle concerne surtout des capitaux à long terme. Les anticipations de change et les fluctuations de taux d'intérêt ne déclenchent donc pas encore des mouvements massifs de capitaux à court terme comparables aux mouvements contemporains. En cas de besoin, pour contrecarrer la spéculation, les contrôles des changes permettent de maîtriser aisément des mouvements d'ampleur limitée. Dans ce contexte, les dévaluations ont encore quelque efficacité. L'élasticité des importations et des exportations est encore suffisante pour qu'une dévaluation contribue au rééquilibrage des échanges à moyen terme. On peut supporter les délais d'ajustement de la balance des paiements courants parce que les mouvements spéculatifs à court terme restent maîtrisables.

Dans un environnement de croissance forte et de contrainte extérieure supportable, le problème macroéconomique central se ramène souvent au simple arbitrage inflation-chômage. Selon leurs priorités politiques internes, les pays peuvent adopter des stratégies différentes et même franchement divergentes. Le cas de la France et celui de la RFA sont de ce point de vue exemplaires. Les priorités des deux pays sont inverses et les stratégies opposées. L'Allemagne, traumatisée par l'hyperinflation et par deux réformes monétaires drastiques en 1923 et en 1948, va donner la priorité absolue à la stabilité monétaire. Elle sera confortée dans ce choix par un déclin démographique qui limite l'offre de travail et atténue spontanément le problème du chômage (des jeunes en particulier). La politique monétaire est confiée à une banque centrale assez indépendante du pouvoir politique pour imposer une gestion rigoureuse de la monnaie (la Bundesbank).

En France, l'obstination des gouvernements à maintenir la valeur du Franc durant les années 1920 et au début des années 1930 s'est faite en partie au détriment de l'emploi et de la croissance. Après la Grande Dépression et au lendemain de la guerre, la demande politique est donc inversée : priorité est donnée à l'emploi, d'autant que la France connaît alors une expansion démographique relativement forte parmi les pays industrialisés. La politique monétaire est exécutée par une Banque de France aux ordres du ministère des Finances.

L'Allemagne s'engage donc sur la voix de la rigueur monétaire et va connaître le cercle vertueux que nous avons décrit au chapitre 4 :

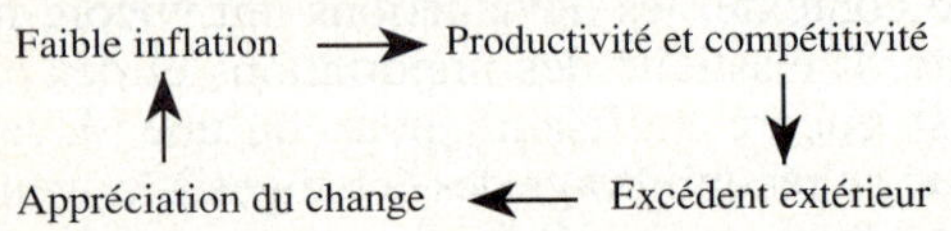

Le seul problème de l'Allemagne est de stériliser l'afflux de monnaie associé à l'excédent extérieur.

La France, bien que l'Allemagne constitue son premier partenaire commercial, va adopter une stratégie opposée de façon quasi ininterrompue des années 1950 à 1983. La priorité fondamentale est donnée à la croissance et au plein emploi, au détriment éventuel de la stabilité des prix et de l'équilibre extérieur. Quand l'inflation s'accentue et que le déficit extérieur devient inquiétant, la tendance à la dépréciation du franc finit par être insupportable : la Banque de France n'est plus en mesure de soutenir le franc. On décide alors de dévaluer le franc et de mettre en œuvre un plan de stabilisation pour freiner l'inflation. Mais, avant 1983, jamais les politiques de rigueur ne seront menées jusqu'au point où elles iraient vraiment à l'encontre de l'emploi et de la croissance. La France tolère à chaque fois une certaine reprise de l'inflation et attend que la contrainte extérieure rende nécessaire une nouvelle dévaluation pour mettre en place un nouveau plan de stabilisation. Globalement, cette stratégie est relativement « payante ». Elle permet de satisfaire les priorités politiques françaises. Durant cette période, la France a connu l'un des taux de croissance les plus élevés du monde industrialisé, en restant toujours proche du plein emploi, sans jamais connaître de baisse du PIB, et sans jamais risquer l'hyperinflation.

Ainsi, durant près de trente ans, deux pays de plus en plus liés par les échanges industriels et financiers ont pu mener des politiques macroéconomiques souvent divergentes. Cette divergence s'est traduite par une appréciation continue du mark par rapport au franc, mais elle a permis aux deux pays de satisfaire leurs priorités politiques nationales.

Certes, l'âge d'or des politiques keynésiennes n'est pas universel. Cette époque est aussi marquée par des échecs. En particulier, l'histoire du Royaume-Uni des années 1950 aux années 1960 est souvent présentée comme un exemple de relative impuissance des politiques conjoncturelles. L'alternance de politiques de rigueur et de relance *(stop and go)* produit beaucoup d'instabilité sans grands bénéfices pour la croissance et l'emploi. Mais cela tient pour une grande part au fait que le Royaume-Uni ne bénéficie pas pleinement des mêmes conditions favorables que d'autres pays européens alors qu'en revanche il connaît des contraintes supplémentaires qui préfigurent celles qui vont se généraliser dans les années 1970 : ouverture et dépendance extérieure nettement plus marquées, contrainte de taux de change plus forte en raison du rôle international de la Livre, déclin structurel de pans entiers de l'industrie, faible progression de la productivité, et le taux de croissance le plus faible des grands pays industriels.

2. LA MONTÉE DES DILEMMES

A partir des années 1970, le contexte dans lequel vont s'appliquer les politiques économiques diffère presque en tous points de celui des années précédentes. L'économie mondiale change de modèle et de rythme de croissance (A). L'arbitrage inflation-chômage semble disparaître et cède la place au *dilemme de la stagflation :* inflation, activité ralentie et chômage simultanés (B). Enfin, la contrainte extérieure se trouve radicalement exacerbée par *la mondialisation de l'économie*, et l'autonomie des politiques nationales semble disparaître (C).

A. Les mutations du modèle de croissance

Les conditions favorables à la croissance et l'emploi décrites dans la première partie s'estompent progressivement dès le milieu des années 1960 et auront totalement disparu dans les années 1970, tant du côté de la demande que du côté de l'offre. Parfois même, elles se renversent complètement pour constituer des freins à la croissance des vieux pays industriels.

a) Du côté de la demande

Dans les pays industriels, la demande de consommation des ménages évolue. On constate une saturation progressive des débouchés pour les biens d'équipement des ménages ; la grande majorité des ménages étant équipée en appareils ménagers, téléviseurs, automobiles, etc., ces marchés, qui constituaient précédemment la principale source d'accélération de la croissance, freinent leur progression ; ils deviennent des marchés de renouvellement qui exigent des innovations coûteuses pour améliorer la qualité ou la présentation des produits et d'importantes dépenses de communication pour convaincre les consommateurs.

De plus, avec l'élévation du niveau de vie, la demande des ménages se réoriente en faveur des services (santé, éducation, loisirs, culture). La croissance ralentie des industries de biens de consommation freine aussi la demande de biens d'équipement industriels. Les débouchés extérieurs des vieux pays industriels pour les biens d'équipement voient également leur progression ralentie : des pays en développement d'Amérique latine (Brésil, Mexique) et d'Asie (Inde, Corée du Sud, notamment) produisent désormais leurs propres biens de consommation et d'équipement. Les grands pays industrialisés ne conservent momentanément leur avantage que dans les équipements incorporant les technologies les plus avancées : machines à commandes numériques, matériel militaire, informatique, électronique.

Ces mutations de la demande condamnent le modèle fordiste de croissance. Les entreprises ne peuvent plus compter sur un développement régulier de la demande pour des produits standards. Elles sont de plus en plus confrontées à une demande pour des produits différenciés et adaptés aux besoins spécifiques de chaque clientèle, irrégulière et fluctuante (éventuellement au gré des modes). Les installations et les méthodes industrielles développées jusqu'aux années 1960 pour la production de masse de produits standardisés sont donc inadaptées à cette nouvelle demande. Les entreprises ont désormais besoin d'équipements et de travailleurs flexibles susceptibles d'être réaffectés rapidement à des produits différents selon les fluctuations de la demande. Cela suppose aussi des travailleurs nettement plus qualifiés et plus impliqués dans la conception des produits que les ouvriers spécialisés de l'époque tayloriste.

b) Du côté de l'offre

Non seulement les débouchés intérieurs et extérieurs sont rétrécis, mais en outre, les vieux pays industrialisés subissent la concurrence accrue des nouveaux pays industriels d'Asie et d'Amérique latine. L'offre augmente ainsi sur des marchés en progression moins rapide que par le passé.

Cette concurrence accrue vient s'ajouter aux mutations technologiques pour conduire au déclin un certain nombre de secteurs. Dès les années 1950, les textiles naturels ont subi la concurrence des textiles synthétiques. Dans les années 1960, le développement rapide des plastiques entraîne le déclin des métaux traditionnels. Les transports aériens remplacent en partie les transports maritimes et limitent ainsi les débouchés de la construction navale. La métallurgie et la sidérurgie des vieux pays voient ainsi leurs débouchés s'effondrer. Les développements de l'électronique et de l'informatique vont rendre obsolète une bonne part des machines-outils traditionnelles, etc.

Les pays producteurs de pétrole reprennent peu à peu le contrôle de leurs ressources et se coalisent pour relever leurs prix. L'OPEP est créée en 1960 ; les nationalisations des installations pétrolières contrôlées par les grandes firmes pétrolières se multiplient. Le contrôle des pays producteurs sur leurs ressources pétrolières, leur entente au sein du cartel de l'OPEP, et la forte demande mondiale mettent les exportateurs de pétrole en position de force pour relever leurs prix à plusieurs reprises au cours des années 1970. D'où une succession de « chocs pétroliers » : une première vague de hausses après l'arrivée au pouvoir du colonel Kadhafi en Libye (1969) ; le « premier choc pétrolier » après la guerre israélo-arabe d'octobre 1973 (guerre du Kippour), les prix du pétrole sont multipliés par 4 en un an ; le « deuxième choc pétrolier », après la révolution islamique et l'interruption des exportations en Iran (1979/1980, prix multipliés par 2,5 en un an et demi).

Les chocs sur les coûts de production sont d'autant plus délicats à absorber que les producteurs ne peuvent plus compter sur des gains de productivité faciles pour rétablir leurs profits. En effet, l'épuisement du modèle fordiste de croissance élimine les gains de productivité autrefois associés à la taille croissante des entreprises et à la division du travail. Les économies d'échelle autorisées par la concentration des firmes sont largement épuisées. En revanche, pour seulement maintenir leurs marchés et leur activité, les entreprises doivent moderniser leurs outils de production, investir dans la recherche de nouveaux produits, développer leurs dépenses de communication et de publicité. Aussi, comme l'illustre le tableau 10, dès le milieu des années 1960, les gains de productivité plafonnent-ils pour décliner ensuite plus ou moins rapidement selon les pays.

Tableau 10. Gains de productivité dans l'industrie en %[a]

	1960/68	*1968/73*	*1973/79*	*1979/90*
États-Unis	2,5	1,4	– 0,1	2,2[b]
Japon	9,3	8,3	3,3	3,9
Allemagne	4,2	4,3	3,0	1,3
Belgique	4,4	7,6	5,0	4,1
Espagne	8,3	6,8	2,6	2,9
France	**5,7**	**5,3**	**3,5**	**2,5**
Italie	6,2	4,8	3,2	3,0
Roy.-Uni	3,0	3,0	1,1	2,2
Canada	3,4	3,4	– 0,4	1,4
Total OCDE	**4,0**	**3,7**	**1,7**	**2,5**

a. Taux de croissance annuel moyen de la valeur ajoutée.
b. 1979/87.
Source : Perspectives économiques de l'OCDE.

c) La croissance ralentie : crise ou retour à la normale ?

Marchés rétrécis, concurrence accrue, secteurs en déclin, coûts de production en hausse, chocs pétroliers, gains de productivité ralentis... Tous les facteurs concourent pour freiner durablement la croissance économique du monde développé à partir des années 1970. Le choc pétrolier de 1973/1974 donne le premier coup d'arrêt décisif au processus de grande croissance amorcé dans les années 1950.

Mais, au vu du tableau 11, le taux de croissance moyen des années 1973/79 n'est vraiment réduit que par rapport à celui des années 1950/73. Le terme de « crise mondiale » dont le discours politique a depuis lors largement usé, et peut-être abusé, ne correspond pas tout à fait aux données réelles. On constate en effet que les années 1970 et 1980 restent en moyenne des années de croissance avec de rares moments d'arrêt de la croissance ou de réduction du PIB (1975, 1982, 1993), et encore, qui ne concernent pas tous les pays et dont l'ampleur est particulièrement faible par rapport à ce qu'il était

Tableau 11. Taux de croissance annuel moyen du PIB réel, en % (1820-1996)

	1870/ 1913	*1913/ 1950*	*1950/ 1973*	*1973/ 1979*	*1979/ 1990*	*1990/ 1996*	*1997/ 1999*[e]
États-Unis	4,1	2,8	3,7	2,7	2,6	1,9	3,8
Japon	2,5	1,8	9,7	4,1	4,1	2,2	– 0,8
Allemagne	2,8	1,3	6,0	2,4	2,0	2,5	2,2
France	**1,7**	**1,0**	**5,1**	**3,0**	**2,1**	**1,3**	**2,6**
Roy.-Uni	1,9	1,3	3,0	1,3	2,1	1,2	2,1
Italie	1,5	1,4	5,5	2,6	2,4	1,2	1,4
Canada	3,8	2,9	5,2	3,2	2,8	1,3	3,2

e. Estimation en juin 1999.
Sources. 1700-1979 : Angus Maddison. *Les Phases du développement capitaliste*. Économica. – 1980-1996 : *Perspectives économiques de l'OCDE*.

convenu d'appeler des « crises » avant la Seconde Guerre mondiale. Les taux de croissance moyens des années 1970 et des années 1980 sont souvent comparables, et parfois supérieurs, à ceux connus dans le passé, sauf durant la période 1950/1973. Mais cette dernière période ne peut servir d'étalon de référence pour une croissance « normale » ; on a vu qu'elle résultait en partie d'une conjonction exceptionnelle de facteurs favorables forcément limitée dans le temps. L'épuisement naturel de ces facteurs exceptionnels devait inéluctablement ramener les taux de croissance sur une tendance de long terme plus modérée. Dans une certaine mesure, c'est bien ce retour à la normale qu'illustre le tableau 11, du moins jusqu'aux années 1980.

Néanmoins, cette normalisation des taux de croissance va être associée à une vraie crise des politiques économiques. Dans un contexte où une forte croissance et le plein emploi ne vont plus de soi, les politiques restent dans un premier temps largement fondées sur des mécanismes qui fonctionnaient durant la période de grande croissance mais s'enrayent ou disparaissent progressivement à partir des années 1970.

B. Le dilemme de la stagflation

Traditionnellement les politiques économiques s'appuyaient sur l'existence de deux relations stables : la relation inflation-chômage, d'une part, et la relation croissance-emploi-chômage, d'autre part.

La transformation, voire la disparition parfois, de ces deux relations stables débouche sur le dilemme de la stagflation [***a)***, ***b)*** et ***c)***]. L'impuissance des politiques conjoncturelles face à ce nouveau dilemme explique à la fois le développement de nouvelles politiques de l'emploi [***d)***] et l'adhésion croissante des pouvoirs publics à un nouveau credo monétariste et libéral [***e)***].

a) L'arbitrage inflation-chômage disparaît

Dès la fin des années 1960, au Royaume-Uni, et durant les années 1970, pour la plupart des pays industrialisés, la courbe de Phillips disparaît. Au lieu d'être confrontés à deux phénomènes s'excluant l'un l'autre (le chômage *ou* l'inflation), les pouvoirs publics se retrouvent face à deux problèmes qui s'aggravent en même temps : le chômage *et* l'inflation. On entre dans la *stagflation*, c'est-à-dire l'association, autrefois impossible, entre des caractéristiques de la stagnation économique (ralentissement de l'activité et chômage) et de l'inflation. Le tableau 12 montre que les sept plus grands pays industriels (G7) connaissent tous une augmentation simultanée du chômage et de l'inflation de la période 1968/1973 à la période 1974/1979.

Du point de vue de la politique économique, cela implique qu'il n'existe plus d'arbitrage stable entre l'inflation et le chômage : on ne peut plus « acheter »

Tableau 12. Taux d'inflation[a] (INF) et de chômage[b] (CHO) en %

	1960/67		***1968/73***		***1974/79***		***1980/90***	
	INF	*CHO*	*INF*	*CHO*	*INF*	*CHO*	*INF*	*CHO*
États-Unis	2,0	5,0	5,0	4,6	8,5	6,7	5,5	7,0
Japon	5,5	1,3	7,1	1,2	9,9	1,9	2,6	2,5
Allemagne	2,7	0,8	4,6	0,8	4,7	3,4	2,9	6,7
France	**3,6**	**1,5**	**6,1**	**2,6**	**10,7**	**4,5**	**6,9**	**9,0**
Roy.-Uni	3,6	1,5	7,5	2,4	15,6	4,2	7,5	9,2
Italie	4,0	4,9	5,8	5,7	16,1	7,2	10,6	9,2
Canada	2,4	4,8	4,6	5,4	9,2	7,2	6,3	9,2
OCDE	3,1	3,1	5,7	3,4	10,1	5,1	5,8	7,3

a. % de croissance annuel moyen de l'indice des prix à la consommation.
b. % des chômeurs dans la population active. Moyenne annuelle.
Source : Perspectives économiques de l'OCDE.

moins de chômage en tolérant plus d'inflation. Dans un premier temps, à la suite du choc pétrolier de 1973/1974, la plupart des pays industrialisés ont tenté des politiques de relance de l'activité. Ils sont éventuellement parvenus à stimuler la croissance et avec elle l'inflation, mais la baisse escomptée du chômage a été, selon les cas, modérée, inexistante, ou remplacée par une hausse du chômage. En moyenne, on l'a vu, la reprise de l'inflation n'a pu enrayer la montée du chômage.

Le désarroi des politiques est d'autant plus grand que si l'arbitrage semble disparaître pour les stratégies de relance favorables au plein emploi, il paraît en revanche toujours d'actualité pour les stratégies de lutte contre l'inflation. En effet, durant la période 80/90, la priorité des politiques s'est progressivement retournée en faveur de la lutte contre l'inflation. On constate alors que la désinflation s'accompagne bien d'une aggravation du chômage comme le prévoyait autrefois la courbe de Phillips. Cette transformation particulièrement perverse de la relation inflation-chômage tient pour une bonne part à la nature des problèmes rencontrés depuis la fin des années 1960 : chocs d'offre et chômage structurel.

b) Le dilemme des chocs pétroliers

Les stratégies keynésiennes sont fondées sur une régulation de la demande : rigueur en cas d'excès de demande qui accélère l'inflation ; relance en cas d'insuffisance de la demande qui freine l'activité et accentue le chômage. Ces politiques sont par définition inadaptées, quand les problèmes viennent de l'offre et qu'une part essentielle du chômage n'est pas causée par l'insuffisance de la demande. Or, à partir de la fin des années 1960, les économies industrielles sont précisément confrontées à une série de chocs d'offre et à la montée du chômage structurel.

On entend par choc d'offre un événement qui réduit brusquement l'incitation à offrir des biens et des servi-

ces, en général à la suite d'une augmentation inattendue et importante des coûts de production. La fin des années 1960 est marquée par un vaste mouvement de protestation ouvrière et étudiante dans la plupart des grands pays industriels qui débouche notamment sur une brusque et forte augmentation des bas salaires. Ce choc sur le coût du travail est accompagné d'un mini-choc pétrolier (qu'on ne qualifiera pas ainsi à l'époque) consécutif à la nationalisation des installations pétrolières de la Libye par le général Kadhafi. Viennent ensuite ce qu'il est convenu d'appeler les deux chocs pétroliers (en 1973/1974 et en 1979/1980).

Or, les chocs sur les coûts produisent mécaniquement de la stagflation. En effet, une hausse brusque des coûts de production réduit la rentabilité de la production. Aux prix de vente anciens, les entreprises sont donc moins disposées à offrir des biens et services et sont incitées à réduire leur production. Au niveau de l'économie nationale, la réduction de l'offre globale face à une demande inchangée provoque un excès de demande qui pousse les prix à la hausse : on a bien, à la fois, ralentissement de la production et de l'emploi et reprise de l'inflation. Face à ce mouvement stagflationniste, il existe une stratégie keynésienne inflationniste et une stratégie libérale déflationniste. Mais aucune ne règle vraiment le problème.

La stratégie keynésienne s'accommode de l'inflation et, pour éviter la récession et le chômage, réagit à un choc pétrolier en stimulant la demande. Résultat : l'inflation est encore plus forte, mais si le chômage est largement conjoncturel (dû à l'insuffisance de la demande) il sera sensiblement réduit. Admettons que tel soit le cas. Le problème n'est pas pour autant réglé. L'accélération de l'inflation réduit le pouvoir d'achat des salariés. Quand ces derniers anticipent correctement les mouvements de prix et réalisent la baisse de leur niveau de vie réel, ils comprennent qu'ils sont les seuls à payer le choc pétrolier : les entreprises, en reportant les hausses de coûts sur les prix maintiennent leurs profits au détriment du pouvoir d'achat des travailleurs. Ces derniers vont alors exiger des hausses de salaires compensatrices et le problème se repose entièrement : éventuellement les entreprises acceptent de relever les salaires dont elles reporteront ultérieurement la charge sur les prix de vente jusqu'à la nouvelle vague de revendications salariales. Le pays peut alors s'enfermer dans une spirale inflationniste infinie :

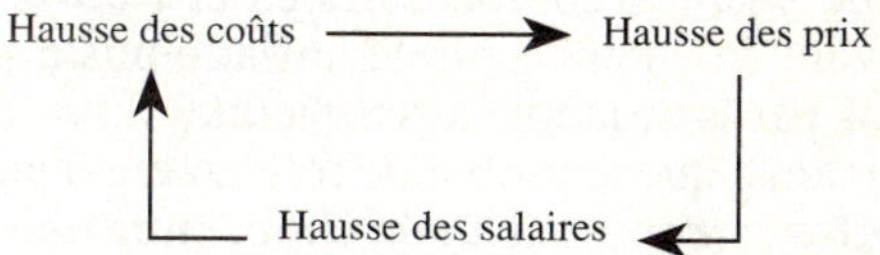

La stratégie libérale classique fait confiance aux mécanismes d'ajustement par les prix. La réduction d'activité qui suit le choc pétrolier provoque du chômage. Sur le marché du travail, la montée du chômage provoque une baisse des salaires parce que les chômeurs sont concurrents entre eux pour obtenir des emplois et font concurrence à ceux qui ont préservé leur emploi. La baisse des salaires constitue une baisse des coûts de production qui compense la hausse des coûts due au choc pétrolier. Au fur et à mesure que les coûts de production se réduisent, la production repart, l'offre augmente, l'excès de demande se résorbe et avec lui l'inflation. Selon la théorie libérale classique, cet ajustement doit se poursuivre jusqu'au bout : tant que l'offre globale n'est pas revenue à son niveau initial (avant le choc pétrolier) il y a du chômage ; tant qu'il y a du chômage, les salaires baissent, les coûts sont réduits et l'offre augmente. Finalement l'offre et le niveau des prix reviennent à leur point de départ : le chômage et l'inflation provoqués par le choc pétrolier sont résorbés. Nous verrons au chapitre 9 que les stratégies de désinflation de ce type se heurtent à bien des difficultés. Mais admettons pour l'instant qu'un tel mécanisme fonctionne en réalité. Tout comme avec la stratégie keynésienne, le problème n'est pas réglé. En effet, le chômage et l'inflation ont peut-être disparu, mais au prix d'une baisse des salaires des travailleurs : les entreprises peuvent bien accepter de produire et d'utiliser autant de travail qu'avant puisqu'en fait la baisse des salaires a totalement compensé les coûts du choc pétrolier. Mais pourquoi les salariés accepteraient-ils de régler seuls la facture du choc pétrolier ? Une fois passée la crise, ils peuvent revendiquer des hausses de salaires compensatrices et l'on se retrouve alors devant la même spirale inflationniste que celle engendrée par la stratégie keynésienne.

On voit ainsi que le problème fondamental posé par un choc d'offre est moins celui du choix entre une politique libérale et une politique keynésienne, que celui du *partage du revenu entre producteurs et salariés*. L'ajustement au choc pétrolier n'est définitif que lorsque les partenaires sociaux sont d'accord sur le partage de la facture.

Dans les pays où les partenaires sociaux jouent un jeu coopératif marqué par le sentiment d'un intérêt commun à long terme, il existe normalement des accords implicites ou explicites sur le partage de la valeur ajoutée. Dans ce cas, un choc sur les coûts peut être partagé entre employeurs (qui réduisent leur profit) et employés (qui réduisent leur pouvoir d'achat) en fonction de la part qui revient à chacun dans le revenu de l'entreprise. Autrement dit, les syndicats et les travailleurs accepteront de supporter une part essentielle de l'ajustement parce qu'ils s'attendent, dans les périodes de prospérité, à profiter largement des gains de productivité. Tel semble être plutôt la voie suivie par des pays comme l'Allemagne de l'Ouest et le Japon, par exemple.

Dans les pays caractérisés au contraire par des relations sociales très conflictuelles (France, Royaume-Uni, Belgique, par exemple) il ne peut y avoir d'accord pacifique durable sur le partage de la valeur ajoutée et donc sur le partage des coûts associés aux chocs pétroliers. Chaque partenaire tente alors de tirer systématiquement l'avantage de son côté dès que les conditions du marché du travail lui sont favorables. Ainsi, à la suite du premier choc pétrolier, tant que le chômage n'a pas encore atteint des niveaux et des durées dramatiques, les travailleurs en place vont dans certains pays maintenir une forte progression de leur pouvoir d'achat en dépit du chômage et des chocs pétroliers : ce sont les entreprises qui payent et voient leur part diminuer dans la valeur ajoutée. En revanche, à partir de la fin des années 1970, et de façon très nette après le deuxième choc pétrolier, le chômage massif met les travailleurs en position de faiblesse dans les négociations. On aborde une époque où même des syndicats d'inspiration révolutionnaire acceptent la baisse des salaires réels pour sauver des emplois. Le pouvoir d'achat des salaires recule alors et les entreprises relèvent leur part dans la valeur ajoutée.

L'ajustement aux chocs d'offre pose ainsi un problème politique qui dépasse largement les instruments d'intervention des politiques keynésiennes. Un coût est un coût, et il faut bien que quelqu'un paye la facture. Si l'état des relations sociales permet un accord spontané entre les partenaires sociaux pour partager les coûts de la crise et les bénéfices de la croissance, alors, l'ajustement se fera spontanément. Sinon, l'État joue délibérément ou implicitement un rôle d'arbitre dans les relations sociales. Si le gouvernement adopte une politique monétaire très rigoureuse, il contraint les entreprises à trouver d'autres méthodes d'ajustement que la hausse des prix : baisse des profits et/ou baisse des coûts du travail [cf. chapitre 4, **D.** *c)*] (telle était par exemple la stratégie de Margaret Thatcher au Royaume-Uni, après le deuxième choc pétrolier). Ce faisant, les pouvoirs publics prennent le risque de déclencher une guerre entre les partenaires sociaux. Si le gouvernement redoute l'affrontement social entre des partenaires peu conciliants, il peut momentanément laisser filer la création monétaire. L'inflation joue alors un rôle de *lubrifiant social* : elle permet des hausses de prix qui seront compensées ensuite par des hausses de salaires elles-mêmes reportées sur les prix, etc. Cette stratégie ne peut durer indéfiniment sans dégénérer en hyperinflation. Le gouvernement finira par imposer une cure d'austérité et de désinflation, mais éventuellement étalée dans le temps, et après que les partenaires sociaux auront pu mesurer les inconvénients de l'inflation et que le pouvoir des syndicats aura été affaibli par la montée du chômage.

c) Le dilemme du chômage structurel

Les politiques de soutien de la demande globale n'ont d'effet que sur la partie du chômage qui s'explique par une insuffisance des débouchés. Mais les années 1970, et plus encore les années 1980, sont marquées par la montée des sources structurelles du chômage.

1º) *Le déclin des industries traditionnelles* met sur le marché du travail des travailleurs dont les qualifications ne sont plus adaptées aux besoins des secteurs en expansion.

2º) *La mutation structurelle de la demande et son instabilité* [cf. **A.** ***a)*** ci-dessus] créent des besoins en main-d'œuvre hautement qualifiée et flexible ; le système d'éducation scolaire et de formation professionnelle s'adapte lentement à ces nouveaux besoins ; les entreprises confrontées à une *pénurie de main-d'œuvre adaptée* à leur demande développent des méthodes de production plus capitalistiques (qui économisent la main-d'œuvre) ; cette tendance vient renforcer un mouvement plus ancien lié au coût du travail.

3º) *La forte montée des salaires et des charges sociales* depuis les années 1950 a incité les producteurs à mettre en place une forte *substitution du capital au travail ;* en Europe, ce mouvement se poursuit même durant les années 1970, en dépit de la forte montée du chômage qui rend le facteur travail abondant, parce que les salaires réels continuent à progresser plus vite que la productivité.

4º) Le marché du travail des années 1975-1985 doit absorber *l'offre croissante de main-d'œuvre jeune* issue du baby-boom des années 1950.

5º) *La segmentation de la population active* entre les catégories qualifiées et adaptables et les autres tend à s'auto-entretenir ; les travailleurs qui gardent leur emploi parviennent longtemps à maintenir la progression de leur niveau de vie alors même qu'un chômage massif et durable s'installe pour les autres ; le maintien des coûts du travail à un niveau élevé exclut encore davantage du marché du travail des individus à faible productivité ; cela reflète à la fois l'absence de solidarité réelle entre les travailleurs privilégiés et les autres et la nécessité pour les entreprises de préserver la « meilleure partie » de leur capital humain.

6º) *La capacité à retrouver un emploi, « l'employabilité », diminue avec la durée du chômage* ; les chômeurs de longue durée perdent peu à peu le rythme de vie, les réflexes, l'assurance, etc., propres aux individus qui ont un emploi régulier. Ils perdent aussi en partie les aptitudes professionnelles autrefois associées à l'entraînement et à l'exercice régulier de leur profession. Les employeurs peuvent, à juste titre ou non, considérer que les chômeurs de longue durée constituent des recrues moins productives que d'autres ou tout simplement plus difficiles à intégrer aux équipes de travail déjà en place. On constate en tout cas que la probabilité de trouver un emploi diminue au fur et à mesure que la durée du chômage augmente.

7º) Le ralentissement prolongé de l'investissement, durant les périodes de croissance ralentie, crée à terme une situation d'*insuffisance du capital*. Ultérieurement, quand le coût du travail baisse et/ou quand la demande redémarre, certaines entreprises n'embauchent pas parce qu'elles manquent des capacités de production nécessaires pour tirer rapidement profit de la baisse des coûts et/ou de l'extension des débouchés.

8º) Les trois derniers facteurs de chômage évoqués ci-dessus [5º, 6º et 7º] induisent un phénomène que les spécialistes appellent *l'hystérésis du taux de chômage* : statistiquement, le chômage est d'autant plus élevé dans le présent qu'il a été important dans le passé ; en quelque sorte, le chômage d'aujourd'hui provoque en partie le chômage de demain (essentiellement parce qu'il entraîne une inadaptation croissante d'une partie de la population active aux besoins des entreprises).

9º) Enfin, les taux d'activité varient avec le rythme des créations d'emplois (phénomène de « flexion des taux d'activité ou des taux de chômage »). Quand les créations d'emplois sont peu nombreuses, un certain nombre de chômeurs découragés se retirent du marché du travail et retournent à leurs études (les jeunes) ou à des activités domestiques (les femmes). Inversement, quand les créations d'emplois sont importantes, d'anciens chômeurs découragés et de nouveaux inactifs sont attirés par le marché du travail et viennent gonfler l'offre de travail. En conséquence, la reprise de l'emploi ne se traduit jamais par une réduction équivalente du chômage, car une partie des emplois créés seront occupés par d'anciens inactifs et non par des chômeurs.

La montée d'un chômage structurel indépendant du niveau d'activité remet partiellement en cause l'un des fondements des politiques keynésiennes : la relation forte et stable entre croissance, emploi et chômage. Comme le montre clairement le tableau 13, les évolutions du chômage et du taux de croissance du PIB sont de plus en plus indépendantes après le premier choc pétrolier.

Dans les pays de la CEE, les reprises de la croissance qui suivent les deux chocs pétroliers (1976-1979 et 1984-1987) ne produisent en général pas une baisse mais une augmentation du chômage ! A la fin des années 1980, aux États-Unis et au Royaume-Uni, une stabilisation ou une baisse du taux de chômage accompagnent un ralentissement de la croissance. Enfin, l'expérience du Japon montre qu'un changement radical du régime de croissance (8,6 % en 1968/1973 contre 3,6 % en 1973/ 1979) n'entraîne pas forcément l'apparition d'un chômage massif.

Tableau 13. Taux de croissance du PIB réel (TCR) et taux de chômage (CHO), en % (1973-1999)

	Union europ.		*États-Unis*		*Japon*		*France*		*Allemagne*	
	TCR	*CHO*	*TCR*	*CHO*	*TCR*	*CHO*	*TCR*	*CHO*	*TCR*	*CHO*
1973	6,0	2,9	5,2	4,8	7,6	1,3	5,4	2,7	4,8	0,8
1974	2,1	3,0	-0,5	5,5	-0,8	1,4	3,1	2,8	0,1	1,6
1975	-1,0	4,3	-1,3	8,3	2,9	1,9	-0,3	4,0	-1,3	3,6
1976	4,8	5,0	4,9	7,6	4,2	2,0	4,2	4,4	5,5	3,6
1977	2,8	5,4	4,7	6,9	4,8	2,0	3,2	4,9	2,6	3,6
1978	3,3	5,6	5,3	6,0	5,0	2,2	3,4	5,2	3,4	3,5
1979	3,6	5,7	2,5	5,8	5,6	2,1	3,2	5,9	4,0	3,2
1980	1,4	6,4	-0,2	7,0	3,5	2,0	1,6	6,3	1,0	2,9
1981	0,2	8,1	1,9	7,5	3,4	2,2	1,2	7,4	0,1	4,2
1982	0,7	9,4	-2,5	9,5	3,4	2,4	2,5	8,1	-1,1	5,9
1983	1,6	10,0	3,6	9,5	2,8	2,6	0,7	8,3	1,9	7,7
1984	2,4	10,4	6,8	7,4	4,3	2,7	1,3	9,7	3,1	7,1
1985	2,4	10,5	3,4	7,1	5,2	2,6	1,9	10,2	1,8	7,1
1986	2,7	10,5	2,7	6,9	2,6	2,8	2,5	10,4	2,2	6,4
1987	2,7	10,2	3,4	6,1	4,3	2,8	2,3	10,5	1,5	6,2
1988	4,0	9,6	4,5	5,4	6,2	2,5	4,2	10,0	3,7	6,2
1989	3,5	8,7	2,5	5,2	4,7	2,3	3,9	9,4	3,8	5,6
1990	3,0	8,1	1,3	5,6	5,1	2,1	2,5	8,9	5,7	4,8
1991	1,5	8,5	-1,0	6,8	4,0	2,1	0,8	9,4	5,0	4,2
1992	0,9	9,4	2,7	7,5	1,1	2,2	1,2	10,3	2,2	4,6
1993	-0,5	10,9	2,3	6,9	0,1	2,5	-1,3	11,7	-1,1	7,9
1994	2,9	11,4	3,5	6,1	0,5	2,9	2,8	12,3	2,9	8,4
1995	2,5	11,0	2,0	5,6	0,9	3,2	2,2	11,7	1,9	8,2
1996	1,6	11,4	2,4	5,4	3,6	3,3	1,3	12,4	1,1	…
1997	2,7	11,2	3,9	4,9	1,4	3,4	2,3	12,4	2,2	11,4
1998	2,8	10,5	3,9	4,5	-2,8	4,1	3,2	11,8	2,8	11,2
1999p	1,9	10,1	3,6	4,2	-0,9	4,9	2,3	11,3	1,7	10,7

p. Prévisions.
Source : Perspectives économiques de l'OCDE.

L'idée keynésienne selon laquelle la régulation du niveau global d'activité est la clef du plein emploi semble mise en question par ces observations. Les sources structurelles de la montée du chômage appellent donc d'autres politiques : transformation du système scolaire, formation et conversion des travailleurs inadaptés, partage du travail et du revenu entre catégories favorisées et catégories défavorisées, etc. Mais toutes ces politiques sont impuissantes à court terme. Elles sont longues et délicates à mettre en œuvre et n'influencent sensiblement le niveau du chômage qu'à long terme, voire à très long terme. Elles ont donc rarement la préférence des responsables politiques. La logique fondamentale de la politique économique suppose que l'on poursuive des politiques conjoncturelles, même inadaptées, tant qu'une demande politique claire et massive ne s'exprime pas sur le marché politique ; cette dernière ne se manifestera pas avant que les problèmes structurels se soient assez aggravés pour concerner directement ou indirectement une partie suffisante de l'opinion publique.

d) Les nouvelles politiques de l'emploi

La transformation de la relation croissance-chômage amène, dans les années 1980, une première mutation des politiques économiques. Confronté à un chômage qui paraît moins directement lié au taux de croissance, on cherche à agir directement sur le chômage, soit en réduisant l'offre de travail, soit en stimulant la demande de travail. L'ensemble des mesures adoptées en ce sens relèvent le plus souvent d'une logique de *partage du travail* ou bien de *traitement social du chômage*.

• *L'action sur l'offre et la demande de travail*

La réduction de l'offre de travail passe par plusieurs mesures :

– *allongement de la période de scolarisation et d'études* pour retarder l'entrée des jeunes dans la vie active ;

– *avancement de l'âge de la retraite et départs en préretraite* pour réduire la durée de vie active et libérer des emplois pour les jeunes ;

– *réduction de la durée du travail* pour limiter la quantité de travail que chaque individu peut offrir à son employeur et créer ainsi le besoin de travailleurs supplémentaires ;

– *développement de stages de formation* pour les jeunes qui sortent du système scolaire sans qualification et ou pour les travailleurs peu qualifiés ou qui ont besoin d'opérer une reconversion professionnelle ;

– *création de « petits boulots » publics* occupant momentanément et à temps partiel les chômeurs (en particulier les jeunes) à des tâches de services collectifs (nettoyage et surveillance des jardins publics, assistance aux usagers du métro, etc.) ;

– développement de revenus sociaux pour les mères de famille restant au foyer.

L'État cherche par ailleurs à stimuler la demande de travail par la réduction ou la suppression temporaire des charges sociales des employeurs qui embauchent des chômeurs, ou en prenant partiellement en charge les coûts d'apprentissage et de formation des travailleurs embauchés (stages-emplois alternant formation payée par l'État et travail rémunéré dans l'entreprise).

• ***Du partage du travail au traitement social du chômage***

Dans un premier temps, les nouvelles politiques de l'emploi ont largement été inspirées par une logique de partage du travail qui peut se résumer ainsi : la croissance n'est plus le remède au problème de l'emploi ; on doit donc prendre le nombre d'emplois disponibles comme une donnée et faire en sorte que ce stock fixe d'emplois soit réparti entre un plus grand nombre de personnes.

Le partage se fait à deux niveaux. Un premier partage entre les générations conduit à faire sortir plus tôt de la vie active les travailleurs âgés pour « faire de la place » aux jeunes. Un second partage, entre les travailleurs et les chômeurs, consiste à réduire le temps de travail de ceux qui ont un emploi pour « faire de la place » à ceux qui en sont privés.

Nous reviendrons au chapitre 9 sur l'analyse théorique du partage du travail. On peut déjà souligner que cette stratégie n'a d'effets sensibles sur l'emploi et le chômage que lorsqu'elle n'implique pas une augmentation du coût du travail pour les entreprises. Or bien des pays ont rencontré de sérieuses difficultés pour mettre en place des politiques de partage du travail, et en particulier de réduction de la durée du travail, qui remplissent cette condition. En conséquence, les résultats en matière d'emploi et plus encore de chômage ont souvent été décevants.

En Europe, au milieu des années 1980 et jusqu'au début des années 1990, la résistance du chômage aussi bien aux politiques conjoncturelles qu'aux politiques spécifiques de l'emploi a parfois conduit les gouvernements à adopter ouvertement ou non une logique de *traitement social du chômage*. On considère alors le chômage comme une fatalité incontournable à moyen terme. Il faut « faire avec » en quelque sorte. Le rôle de l'État consiste alors simplement à atténuer les phénomènes d'exclusion sociale associés au chômage : on occupe coûte que coûte les jeunes sans qualification (à l'armée ou dans des stages à répétition), on finance des départs en retraite pour des chômeurs âgés, on apporte une assistance financière et matérielle dans les cas les plus dramatiques (Revenu minimum d'insertion en France). Pour les gouvernements, ces politiques ont le mérite de réduire assez artificiellement les chiffres officiels du chômage. Pour le reste, en revanche, un quasi-consensus s'établira au début des années 1990 [cf. chapitre 9] pour reconnaître que le traitement social du chômage risque de renforcer l'exclusion en l'institutionnalisant, retarde la mise en œuvre de véritables politiques de l'emploi, et gaspille parfois des fonds qui pourraient plutôt financer la création de vrais emplois.

e) Le consensus monétariste et libéral des années 1980

L'impuissance de politiques keynésiennes face au dilemme de la stagflation va progressivement renverser les stratégies politiques. Les années 1980 seront ainsi le lieu d'un quasi-consensus monétariste et libéral.

• ***Le consensus monétariste***

La montée du chômage structurel conforte en partie la théorie monétariste du chômage développée dans les années 1960 par Milton Friedman. Selon lui, il existe un *taux de chômage naturel* qui résulte de toutes les imperfections qui empêchent le marché du travail de fonctionner comme une bourse toujours en équilibre : imperfections de l'information, réglementations, syndicats, etc. *Le taux de chômage naturel inclut le « chômage volontaire » de mobilité, le « chômage classique » dû au coût du travail trop élevé et le chômage habituellement qualifié de structurel.* Il exclut le chômage conjoncturel lié à l'insuffisance de la demande et de l'activité qui, selon Friedman, n'existe pas. Si le taux de chômage est ainsi une donnée stable de l'économie et indépendante du niveau d'activité, les politiques de relance ne peuvent pas durablement le réduire en deçà de son niveau naturel ; elles ne peuvent que relancer l'inflation sans réellement abaisser le chômage ; autrement dit elles provoquent la stagflation.

Nous allons suivre de plus près la démonstration de Friedman à partir de la figure 9. On représente une courbe de Phillips traditionnelle (en trait plein) et on suppose que l'économie se situe au point A, où le taux de chômage se situe à son niveau naturel (TCN). Le gouvernement estime que TCN est un niveau trop élevé et, suivant l'arbitrage qu'offre en apparence la courbe de Phillips, décide une relance de la demande pour se déplacer en B. La thèse monétariste est qu'éventuellement le gouvernement parvient à atteindre le point B, mais seulement de façon temporaire.

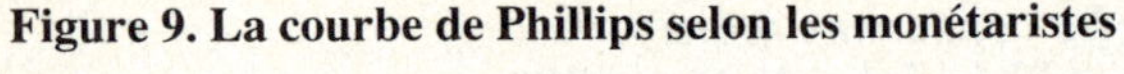

Figure 9. La courbe de Phillips selon les monétaristes

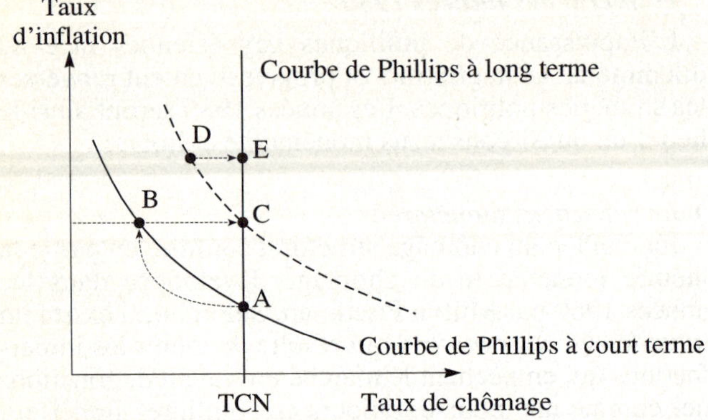

En effet au point A, dans la logique libérale classique, l'économie est au plein emploi des facteurs et l'offre est donc quasiment rigide. Dans ces conditions, la stimulation de la demande entraîne la hausse des prix ; la hausse des prix réduit les salaires réels et les entreprises sont alors disposées à utiliser plus de travail ; la demande de travail augmente et sur le marché du travail cela fait monter les salaires nominaux ; comme les individus ne perçoivent pas immédiatement la hausse des prix en cours, ils interprètent la hausse des salaires nominaux comme une hausse des salaires réels et acceptent d'offrir plus de travail pour une progression des salaires qui ne compense pas totalement la hausse des prix. Tant que la hausse des prix n'est pas entièrement compensée par celle des salaires, les entreprises acceptent d'utiliser plus de travail. C'est ainsi qu'à court terme on peut développer la production et réduire le chômage. Mais cela ne tient que parce que les salariés n'anticipent pas correctement l'inflation. Dès qu'ils perçoivent exactement la hausse des prix, ils exigent des hausses de salaires plus importantes et le coût réel du travail se remet à augmenter ; les entreprises réduisent alors leur production et leur demande de travail ; quand les salariés anticipent parfaitement l'inflation, ils demandent des hausses de salaires compensant exactement la hausse des prix. Finalement, les salaires réels reviennent à leur niveau de départ et l'offre et la demande de travail font de même : le taux de chômage retourne donc à son niveau initial, mais l'économie se retrouve avec un taux d'inflation plus fort, par exemple au point C. Éventuellement, le gouvernement sera tenté de recommencer et provoquera une nouvelle réduction temporaire du chômage et une nouvelle accélération de l'inflation : la politique économique engendre ainsi une nouvelle courbe de Phillips plus haute que la précédente (courbe en pointillés) et parvient à se déplacer par exemple vers le point D. Pour les mêmes raisons que précédemment, l'économie sera inéluctablement ramenée vers le taux de chômage naturel avec une inflation plus élevée (au point E). De programme de relance en programme de relance, l'économie se déplace en fait le long d'une courbe de Phillips à long terme qui est verticale au niveau TCN. *On ne peut donc pas acheter durablement moins de chômage avec plus d'inflation.* On peut abaisser *temporairement* le taux de chômage en provoquant une inflation qui surprend les travailleurs et fausse leurs anticipations sur l'évolution des salaires réels. Pour rester plus longtemps en deçà du taux de chômage naturel *il faudrait provoquer une accélération permanente de l'inflation* qui aurait tôt fait d'engendrer l'hyperinflation.

Dans les années 1970, la théorie des anticipations rationnelles complète la thèse monétariste en montrant que, si les anticipations des salariés sont parfaites, l'arbitrage inflation chômage disparaît même à court terme : dès l'annonce d'une politique de relance, les travailleurs savent que cela implique plus d'inflation et non pas plus d'emploi et de production ; ils refusent en conséquence de travailler davantage et négocient des hausses de salaires proportionnelles à l'inflation anticipée ; le salaire réel reste ainsi inchangé ; l'offre et la demande de travail ne bougent donc pas et le chômage reste à son niveau naturel.

Ces thèses s'appuient sur une vision souvent critiquable du fonctionnement réel du marché du travail, nous l'avons montré au chapitre 3. Mais elles ont le mérite de souligner un point incontestable en théorie et vérifié par l'expérience des années 1970 : si une partie essentielle du chômage n'est pas conjoncturelle (ou keynésienne) mais structurelle, une relance de la demande développe l'inflation sans abaisser sensiblement le taux de chômage. Ce constat étant à peu près généralisé vers la fin des années 1970, la plupart des pays industriels vont progressivement se convertir à un aspect essentiel de la stratégie monétariste. Le chômage est considéré plus ou moins comme une fatalité incontournable dans l'immédiat et la priorité des politiques économiques devient l'élimination de l'inflation qui s'est fortement développée. Pour stopper l'inflation, il convient d'adopter des politiques monétaires rigoureuses et de limiter les déficits publics qui exercent des pressions sur la création monétaire. Telles sont les priorités affichées dès le début des années 1980 par Margaret Thatcher au Royaume-Uni, Ronald Reagan aux États-Unis, Helmut Kohl en Allemagne et Yasuhiro Nakasone au Japon. Ils seront progressivement rejoints par la plupart des pays européens dans la seconde moitié des années 1980. Les pays de la CEE inscriront même le dogme de la stabilité monétaire dans le traité de Maastricht (février 1992) : au moment de l'unification monétaire européenne, la politique monétaire sera confiée à une banque centrale indépendante dont la priorité statutaire sera la stabilité des prix.

• ***Désengagement de l'État et politiques de l'offre***

La remise en cause du consensus keynésien dépasse la simple politique conjoncturelle et conduit vers un mouvement plus général de désengagement de l'État. Si le chômage et la croissance ralentie ont des causes essentiellement structurelles, la seule chose que l'État puisse vraiment faire consiste en effet à réduire les charges qu'il fait peser sur l'économie et les obstacles que ses interventions opposent à un fonctionnement plus efficace des marchés. En matière de croissance, on entre donc dans l'ère des *politiques de l'offre* : il ne s'agit plus de stimuler la demande, mais d'encourager l'offre de biens et facteurs en allégeant les charges et les contraintes que l'État fait peser sur les agents privés. En matière de chômage, le nouveau credo libéral est celui de *la flexibilité* : seul un fonctionnement plus libre du marché du travail, avec des salaires et des travailleurs flexibles, peut réduire le taux de chômage naturel.

Les formes du désengagement de l'État sont multiples :

– privatisation des entreprises publiques, à la fois pour donner plus de place à l'initiative privée et pour dégager des recettes publiques susceptibles d'alléger les dettes et les déficits publics ;

– limitation du pouvoir syndical pour favoriser une fixation plus libre et plus concurrentielle des salaires ;

– remise en cause des réglementations et législations limitant la liberté de gestion de la main-d'œuvre et des salaires (autorisation de licenciement, SMIC, durée du travail, etc.), pour permettre une meilleure flexibilité de l'emploi et des salaires ;

– allégement des impôts sur les revenus pour créer des incitations au travail et à l'épargne ;

– allégement des impôts sur les bénéfices pour stimuler l'offre de biens et l'investissement ;

– allégement des cotisations sociales à la charge des entreprises ;

– déréglementation des marchés traditionnellement soumis à la tutelle des administrations ou du gouvernement : transports, télécommunications, marchés financiers.

Soulignons que cette remise en cause généralisée du rôle de l'État n'est pas limitée aux seuls vieux pays industriels. Elle touche la plupart des pays en développement qui avaient sans grand succès fondé leur développement sur la planification et le contrôle étatique de l'économie. Elle concerne aussi progressivement les pays d'Europe de l'Est et débouche à la fin des années 1980 sur l'effondrement du système communiste.

C. Le dilemme de la mondialisation

Le dernier quart du XXe siècle voit se développer une interdépendance économique croissante entre les nations. La mondialisation de l'économie accentue très fortement la contrainte extérieure et limite l'autonomie des politiques nationales [***a)***]. En fait, il s'avère presque impossible de mener une politique indépendante sans exercer par ailleurs une domination monétaire internationale. Deux pays seront précisément en mesure d'exercer une telle domination et d'imposer au reste du monde leurs choix de politiques économiques dans les années 1980 : les États-Unis et l'Allemagne [***b)***]. Si les stratégies dominantes de ces deux pays ont le mérite d'entraîner le monde à la désinflation, elles alimentent aussi l'un des problèmes majeurs de la fin du siècle : le niveau élevé des taux d'intérêt [***c)***].

a) La mondialisation limite l'autonomie des politiques nationales

On constate une triple mondialisation, par les échanges commerciaux, par la production et par les mouvements de capitaux.

• ***La mondialisation commerciale***

Sur le plan commercial, l'ouverture extérieure de la plupart des pays industriels s'est accélérée dans les années 1980. Cela apparaît clairement dans le tableau 9 : le degré d'ouverture des États-Unis a presque doublé de 1970 à 1980 ; celui de la France a progressé de 36 % pour les importations et de 52 % pour les exportations ; celui des pays qui étaient déjà parmi les plus ouverts sur l'extérieur (Allemagne et Royaume-Uni) s'élargit encore sensiblement. En outre, le pourcentage des importations ou des exportations dans le PIB sous-estime le degré d'interdépendance effective des pays parce qu'il inclut tous les biens et services dont certains peuvent difficilement faire l'objet d'un échange international (notamment les services aux particuliers) ; les degrés d'ouverture pour les seuls biens sont donc habituellement encore plus élevés. L'interdépendance commerciale accentue la contrainte extérieure de la politique économique dans la mesure où elle rend *la balance commerciale beaucoup plus sensible aux écarts de croissance et de progression de la demande entre pays partenaires*. Toute relance isolée dans un pays provoque rapidement un déficit commercial important qui peut le contraindre à inverser le sens de sa politique. Tout freinage de la demande dans un pays réduit aussi sensiblement la demande chez ses partenaires commerciaux. Des politiques de rigueur simultanées dans plusieurs pays, et non coordonnées, se renforcent alors les unes les autres pour provoquer un freinage de l'activité supérieur à celui que chaque pays escomptait en déterminant seul sa propre politique.

Par ailleurs, avec le temps, le développement des échanges engendre des habitudes de consommation des produits étrangers et des relations stables entre entreprises nationales et étrangères. Les flux d'échanges deviennent alors moins sensibles (élastiques) aux variations des prix relatifs. *Les variations du taux de change sont donc de moins en moins efficaces pour rééquilibrer une balance commerciale* déficitaire ou excédentaire.

• ***La mondialisation de la production***

La mondialisation est aussi productive en raison de *la multinationalisation croissante des entreprises*. Les grandes entreprises développent leurs outils de production partout dans le monde en choisissant la localisation optimale de chaque établissement selon le coût et l'abondance des facteurs de production (travail, matières premières), selon la proximité des marchés destinataires des produits, ou encore pour contourner des mesures protectionnistes limitant les importations. Les entreprises se mondialisent aussi par des alliances stratégiques avec des partenaires étrangers, des prises de participation dans le capital de sociétés étrangères, etc. Dès lors, l'emploi et l'investissement dans un pays dépendent ainsi en partie des choix stratégiques de sociétés étrangères. Inversement, la situation d'entreprises nationales dépend de l'évolution des économies étrangères où elles se trouvent également implantées. La mondialisation de la production tend à renforcer celle des échanges et celle des mouvements de capitaux. Plus les entreprises sont imbriquées les unes dans les autres à l'échelle mondiale, plus leur fonctionnement efficace dépend de la libre circulation des marchandises et des capitaux. Les marges de manœuvre des États indépendants en matière de contrôle des échanges ou des mouvements de capitaux se trouvent ainsi de plus en plus limitées.

• ***La mondialisation financière et monétaire***

Les années 1970 et 1980 ont vu exploser les mouvements de capitaux à court terme. La vague de libéralisme qui a gagné le monde dans les années 1980 a accentué le phénomène en accélérant la libération des mouvements de capitaux tant au plan intérieur qu'au plan international. Le développement des moyens de gestion informatique et de télécommunication a en outre favorisé l'apparition d'un vaste marché mondial des capitaux où il suffit de quelques secondes pour déplacer des sommes considérables d'une place financière à une autre.

Or, au chapitre 6, nous avons montré que la mobilité des capitaux retire peu à peu toute autonomie à la politique monétaire nationale d'un pays en régime de changes fixes : toute expansion monétaire intérieure est compensée par une fuite des capitaux à l'étranger ; toute restriction de l'offre de monnaie interne est compensée par une entrée de capitaux étrangers. On ne peut restaurer une certaine autonomie de la politique nationale qu'en renonçant à la fixité du taux de change, ou en contrôlant les mouvements de capitaux. Mais le contrôle des mouvements de capitaux n'est plus envisageable dans une économie mondialisée ; en Europe, il est progressivement éliminé à partir des années du milieu des années 1980, et la libre circulation des capitaux est totale à partir du 1er janvier 1990. Par ailleurs, renoncer à la stabilité du taux de change conduit à des déséquilibres extérieurs croissants. En particulier, en raison de l'interdépendance commerciale et productive accrue, la dévaluation (ou la dépréciation) gonfle un déficit extérieur et accentue la contrainte financière qu'exerce la balance des paiements. La contrainte est accentuée par l'ampleur des capitaux spéculatifs à court terme qui se déplacent en fonction des anticipations de change. Une dévaluation devient totalement inefficace si elle n'est pas accompagnée d'un changement radical de politique économique, car alors les spéculateurs s'attendent à coup sûr à une prochaine dévaluation et exercent une pression permanente en ce sens (en vendant la monnaie attaquée) jusqu'à une nouvelle dévaluation effective, et ainsi de suite. Compte tenu de l'ampleur comparée des capitaux spéculatifs d'une part et des réserves de change des banques centrales d'autre part, une banque centrale isolée peut difficilement résister plus de quelques heures à un mouvement de spéculation massif contre sa monnaie ; elle ne pourra résister que grâce à l'aide des banques centrales des pays partenaires ; mais cela suppose une coordination internationale des politiques monétaires. Ainsi, d'une manière ou d'une autre, l'autonomie nationale de la politique économique est pratiquement éliminée par la mobilité internationale des capitaux.

• ***La démonstration française (mai 1981-mars 1983)***

En 1981-1983, la France fera la démonstration de cette autonomie perdue des politiques nationales. En juin

1981, le gouvernement français, qui donne la priorité à la lutte contre le chômage, lance un vaste plan de relance de la demande par la consommation. Mais dans le même temps, le Royaume-Uni, l'Allemagne, le Japon et les États-Unis donnent la priorité à la lutte contre l'inflation ; ils adoptent des politiques de rigueur simultanées et non coordonnées qui se renforcent donc mutuellement pour freiner la demande mondiale ; en 1982, ces politiques débouchent sur la récession la plus grave qu'ait connue l'économie mondiale depuis la Grande Dépression des années 1930. En France, les importations s'envolent tandis que les marchés étrangers s'effondrent : la France enregistre alors un déficit extérieur record et une spéculation contre le franc qui contraindra le gouvernement à des dévaluations successives. A court terme, les dévaluations aggravent le déficit commercial, accentuent l'inflation importée, et ne stoppent pas les spéculateurs qui, constatant la divergence flagrante de politique économique entre la France et ses partenaires, ne peuvent que continuer à anticiper des dévaluations en cascade. Dès juin 1982, le gouvernement doit inverser le sens de sa politique et mettre en place un plan de lutte contre l'inflation. La France n'a alors que deux possibilités : le repli sur soi (sortie du SME et protectionnisme) ou l'alignement sur la politique dominante dans le reste du monde. L'économie française est trop dépendante de l'extérieur, tant pour ses approvisionnements que pour ses débouchés, pour que le repli sur soi constitue une stratégie viable. Après quelques mois de débat politique interne, la France s'engage définitivement dans une politique de rigueur à partir de mars 1983.

Néanmoins, les années 1980 démontrent aussi que certains pays sont en mesure de poursuivre leurs priorités nationales. Mais cette possibilité est réservée aux nations capables d'exercer une domination monétaire internationale et d'imposer leurs priorités au reste du monde.

b) Une politique indépendante suppose une domination monétaire internationale

Durant les années 1980, deux pays, les États-Unis et l'Allemagne, vont en partie échapper au *diktat* du marché des changes et imposer leurs choix économiques au reste du monde.

• ***Le reaganisme et la domination du dollar***

En arrivant au pouvoir, en 1980, le président Reagan affiche un programme libéral proche du programme monétariste et de celui des politiques de l'offre : lutte contre l'inflation, réduction du déficit budgétaire, réduction des impôts pour renforcer les incitations au travail, à l'épargne et à la productivité. Ce programme se trouve apparemment en phase avec celui de la *Fed* (banque de réserve fédérale), indépendante du pouvoir politique, dirigée par un gouverneur proche des monétaristes, Paul Volcker, et qui, depuis 1979, a également donné la priorité à la rigueur monétaire et à la stabilité des prix.

Mais, pour réduire le déficit budgétaire, alors que l'administration réduit les impôts et accroît par ailleurs les dépenses militaires, il eût fallu limiter considérablement les autres dépenses publiques. Tel ne sera pas le cas. En conséquence, la politique de Ronald Reagan se traduit finalement par le développement d'un déficit budgétaire record au début des années 1980. Force est de constater que les États-Unis, en dépit du discours officiel, ont alors pratiqué une politique keynésienne de relance par le budget de l'État. Et, à certains égards, cette politique keynésienne est plutôt efficace : l'économie américaine retrouve des taux de croissance relativement soutenus de 1983 à 1987 et le taux de chômage redescend à un niveau proche de celui du début des années 1970. Comment une relance budgétaire massive est-elle possible aux États-Unis alors qu'au même moment elle s'avère impossible en France ? Cela tient pour l'essentiel à ce que la contrainte extérieure, et en particulier la contrainte du taux de change, ne joue pas de la même façon dans les deux cas.

Aux États-Unis, la conjonction d'une politique monétaire rigoureuse et d'un besoin de financement public considérable entraîne une forte hausse des taux d'intérêt. La hausse des taux attire massivement les capitaux étrangers : le déficit budgétaire américain n'évince donc pas les investissements privés américains en les privant d'épargne, il évince les investisseurs privés à l'étranger. Mais l'afflux massif des capitaux étrangers provoque une appréciation sans précédent du dollar sur le marché des changes. Le dollar étant détaché de tout système monétaire international depuis 1973, les autorités monétaires laissent le dollar s'envoler vers des niveaux records (le taux de change moyen par rapport au franc passe de 4,22 F en 1980 à 8,98 F en 1985). Bien entendu, une telle dégradation de la compétitivité prix des produits américains nuit gravement aux exportations et favorise les importations : le déficit commercial américain connaît donc à son tour des niveaux records. Mais la contrainte des paiements extérieurs est atténuée pour un pays qui a le privilège de régler l'essentiel de ses achats extérieurs dans sa propre monnaie. Certes, l'appréciation du dollar implique une certaine éviction par le taux de change : les industries exportatrices ou concurrencées par des produits étrangers sont défavorisées par cette politique. Mais cet inconvénient est plus supportable pour un pays qui n'exporte que 10 % de son PIB que pour les autres grands pays industriels européens qui exportent 21 à 27 % de leur PIB (cf. tableau 9). En revanche, le niveau élevé du dollar renforce sérieusement la contrainte extérieure de nombreux pays importateurs de matières premières (et notamment de pétrole) habituellement facturées en dollars. Par ailleurs, l'appréciation du taux de change a aussi des effets bénéfiques sur l'économie américaine. Elle contribue à la désinflation en réduisant les prix des produits importés. Elle incite aussi les entreprises exposées à la concurrence internationale à des efforts intenses pour rétablir leur compétitivité dégradée par le taux de change : gains de productivité et/ou réduction des marges.

Au total, les États-Unis combinent plusieurs instruments dans un sens conforme à leurs priorités. La rigueur monétaire et l'appréciation du dollar contribuent à la désinflation tandis que le déficit budgétaire soutient la croissance et l'emploi. Les seules ombres au tableau sont constituées par le gonflement du déficit commercial et celui de l'endettement public. Mais ces deux ombres ne deviennent réellement contraignantes qu'à long terme et elles le sont moins pour ce pays moins ouvert que la moyenne au commerce extérieur et qui dispose de la monnaie internationale la plus utilisée dans le monde.

• ***Le SME et la loi de la Bundesbank***

En théorie, un système de changes fixes ne tolère pas des divergences durables de politiques économiques entre les pays adhérents. Le taux de change entre deux pays n'est stable qu'en l'absence d'écarts durables entre leurs taux de croissance, leurs taux d'intérêt et leurs taux d'inflation [cf. chapitre 6, **1. B.** ***a)***]. En conséquence, en 1979, le choix des Européens de fixer leurs taux de change bilatéraux à l'intérieur de limites relativement étroites (+ ou – 2,25 %) impliquerait en théorie une véritable coordination des politiques pour éviter des divergences trop marquées entre les différents partenaires. Le problème d'une telle coordination vient de ce que les problèmes et les priorités ne sont pas forcément identiques dans tous les pays.

En Allemagne, jusqu'au début des années 1990, le problème du chômage est modéré et la peur de l'inflation profonde. D'autres pays (la France, l'Italie, la Belgique, par exemple) sont nettement plus préoccupés par le sous-emploi et ont des traditions politiques plus inflationnistes. Compte tenu de ces divergences et de la difficulté à définir une politique réellement commune, le SME va d'abord fonctionner sans coordination des politiques.

Certains pays tolèrent plus d'inflation (France, Belgique, Italie) ; d'autres accordent la priorité à la stabilité des prix (Pays-Bas, Allemagne). Cette divergence se traduit inévitablement par une tendance à la dépréciation des monnaies à forte inflation et à la stabilité ou l'appréciation des monnaies à faible inflation. Régulièrement donc, les parités fixes établies dans le SME ne sont plus tenables et l'on doit procéder à des réalignements de parités. Un tel fonctionnement serait tenable dans un univers de faible mobilité des capitaux, de faible interdépendance commerciale et productive des nations, où l'on peut mettre en place des contrôles des changes relativement efficaces et où les dévaluations finissent par limiter les déficits commerciaux. C'est ainsi que le système monétaire international de Bretton Woods a d'ailleurs pu fonctionner de 1945 à 1973, avec des pays qui pratiquaient des politiques économiques divergentes. Certains pays pouvaient choisir les vertus de la rigueur monétaire (Allemagne), et d'autres les facilités de l'inflation dont les effets étaient de temps à autre compensés par une dévaluation et un plan de stabilisation (France).

Mais les conditions d'efficacité des dévaluations et des contrôles de change disparaissent progressivement au cours des années 1980. En particulier, la réalisation du grand marché unique à l'horizon 1993 rend nécessaire la libération intégrale des mouvements de capitaux : la libre circulation des personnes, des entreprises et des produits est en effet impossible sans libre circulation des capitaux. Cette libération des mouvements de capitaux se met en place à partir du milieu des années 1980 et, dès lors, il devient impossible de mener des politiques divergentes dans le cadre du SME. Le taux de change fixe associé à la mobilité des capitaux fait peser une contrainte de plus en plus insoutenable sur les pays à monnaie faible. Tant que ces pays ont une inflation plus élevée que celle de l'Allemagne, les spéculateurs savent que leur monnaie finira par se déprécier. Ils spéculent contre ses monnaies avant même que les facteurs fondamentaux (balance des transactions courantes, taux d'intérêt, taux d'inflation) ne justifient vraiment une dévaluation. Faute de réserves de change suffisantes les pays à monnaie faible ne peuvent soutenir leur monnaie qu'avec l'aide de la Bundesbank. Mais il n'y a pas de raisons pour que la Bundesbank soutienne indéfiniment la monnaie de ses partenaires si ces derniers ne font rien pour résorber durablement la spéculation et leur déséquilibre extérieur en maîtrisant l'inflation. Peu à peu, les pays à monnaie faible réalisent que l'inflation ne présente plus tellement d'avantages. En revanche, elle contraint les gouvernements à une humiliation permanente sur le marché des changes où les spéculateurs finissent toujours par l'emporter face à des monnaies dont tout indique qu'elles devront finalement être dévaluées par rapport au mark. Les gouvernements sont ainsi contraints de rapprocher leur politique de la politique allemande de taux d'intérêt élevés et de lutte contre l'inflation. Pour restaurer leur crédibilité sur les marchés financiers ils doivent mettre en place des politiques d'autant plus rigoureuses qu'ils ont derrière eux une longue tradition de laxisme monétaire. Plus le coût de la désinflation est élevé en termes de croissance et d'emploi, et plus les gouvernements sont contraints de s'enfoncer dans la rigueur pour ne pas risquer de gaspiller en quelques heures une crédibilité aussi durement acquise. C'est ainsi que, dans la seconde moitié des années 1980, le SME devient une *zone mark*. Seule l'Allemagne dispose encore d'une monnaie et d'une politique monétaire indépendantes. La Bundesbank fixe ses taux d'intérêt en fonction de ses objectifs internes et éventuellement en fonction des taux pratiqués en dehors de l'Europe (aux États-Unis notamment). Les autres pays européens adhérant au SME sont obligés de s'aligner sur la politique monétaire allemande, car le moindre signe de divergence (un simple discours suffit) serait interprété sur les marchés financiers comme un retour possible vers des politiques inflationnistes et déclencherait une vague de spéculation et le cercle vicieux : dévaluation → inflation → dévaluation ; il faudrait alors s'engager dans une nouvelle politique de rigueur, encore plus sévère, pour reconquérir une certaine crédibilité et rétablir la confiance dans la monnaie nationale.

Au début des années 1990, il n'y a plus de politique monétaire autonome au sein du SME. Il y a une politique allemande qui s'impose aux autres partenaires du SME. C'est dans ce contexte que vont se négocier les accords de Maastricht. Les Européens déjà privés de toute autonomie monétaire abandonnent volontiers leur monnaie et leur politique monétaire en échange d'un écu géré par une Banque centrale européenne. Ils contraignent ainsi l'Allemagne à partager le pouvoir monétaire de la Bundesbank au sein d'une instance européenne. Le gouvernement du chancelier Kohl n'acceptera qu'en contrepartie de garanties solides quant à la stabilité de la future monnaie européenne, du soutien des Européens dans le processus d'unification allemande, et d'une accélération du processus d'union politique européenne qui devrait renforcer son rôle politique international.

c) *Pénurie mondiale d'épargne et montée des taux d'intérêt*

A certains égards, il est heureux pour l'économie mondiale que les deux pays qui ont pu imposer leurs choix politiques au reste du monde aient contraint leurs partenaires à éliminer l'inflation. Mais dans le même temps, ils contribuent largement à une élévation durable des taux d'intérêt qui freine la croissance mondiale et contribue à la persistance d'un chômage massif en Europe.

Tableau 14. Épargne brute en % du PIB

	1960/67	*1968/73*	*1974/79*	*1980/90*	*1991/95*
États-Unis	19,9	19,6	19,8	16,3	15,4
Japon	33,6	38,5	32,8	32,1	32,6
Allemagne	27,3	27,1	22,5	22,7	21,5
Belgique	22,3	25,1	21,6	17,1	21,5
Espagne	24,8	26,4	23,9	20,8	19,8
France	**26,3**	**27,1**	**24,9**	**20,4**	**19,5**
Italie	28,3	26,9	25,7	21,6	18,5
Roy.-Uni	18,2	19,8	16,8	16,6	13,1
Canada	21,3	22,2	22,6	19,8	14,7

Source : Perspectives économiques de l'OCDE.

Le contexte des années 1975-1990 est spontanément défavorable pour l'épargne. Le ralentissement de la croissance et donc des revenus limite la capacité d'épargne. En outre, l'épargne vient principalement des ménages dont le pouvoir d'achat a stagné ou régressé durant une bonne partie des années 1980. Pour maintenir en partie leur niveau de vie courant en dépit de la stagnation des revenus, les ménages ont souvent tendance à réduire momentanément leur taux d'épargne. On constate sur le tableau 14 que cette tendance déjà très nette après le premier choc pétrolier s'est accentuée dans les années 1980.

Les capacités de financement disponibles se trouvent donc réduites. Or, dans le même temps, les besoins de financement publics se développent partout dans le monde. En effet, le ralentissement de la croissance limite les recettes fiscales et gonfle les dépenses sociales. Les déficits publics se creusent spontanément dans la plupart des pays industriels. Certains renforceront cette tendance spontanée par leurs politiques budgétaires (États-Unis et France en 1981, notamment). Ainsi, dans un contexte d'épargne limitée, les déficits publics exercent une forte pression sur la demande de fonds prêtables. La concurrence interne entre les besoins de financement des investisseurs privés et ceux des pouvoirs publics, la concurrence internationale entre les États pour attirer et retenir les capitaux, et, enfin, les politiques monétaires rigoureuses menées dans les années 1980, se conjuguent pour entraîner et maintenir les taux d'intérêt réels à des niveaux particulièrement élevés.

L'élévation des taux réels résulte de la combinaison de deux mouvements : une augmentation des taux d'intérêt nominaux sur les marchés de capitaux et la désinflation qui accroît le coût réel de la dette [cf. chapitre 6, fiche 10]. Le tableau 15 illustre ce phénomène en distinguant les taux à long terme sur le marché financier et les taux à court terme (à trois mois) sur le marché monétaire : la hausse des premiers reflète plutôt le manque d'épargne pour satisfaire les besoins de financement à long terme ; la hausse des seconds reflète davantage les effets des politiques monétaires rigoureuses.

Tableau 15. Taux d'intérêt réels
(taux nominaux déflatés par le déflateur du PIB)

	Taux à court terme [a]			***Taux à long terme*** [b]		
	1971/80	***1981/90***	***1991/95***	***1971/80***	***1981/90***	***1991/95***
États-Unis	– 0,5	3,6	2,0	– 0,1	5,3	4,5
Japon	0,3	4,2	3,1	0,0	4,8	4,1
Allemagne	1,6	3,7	4,0	2,7	4,6	3,7
Belgique	1,2	5,6	4,5	1,5	5,7	5,0
Espagne	…	5,1	6,1	…	4,6	5,5
France	**– 1,0**	**4,1**	**6,2**	**0,4**	**4,7**	**5,5**
Italie	– 3,0	4,1	6,4	– 2,8	4,1	6,7
Roy.-Uni	– 2,8	5,2	4,7	– 1,3	4,3	4,6

a. Taux des placements à trois mois sur le marché monétaire.
b. Taux de rendement des obligations d'État à long terme.
Source : Commission des communautés européennes, *Économie européenne*.

• ***Les taux d'intérêt et le chômage***

Au chapitre 6, nous avons déjà montré les effets pervers des taux d'intérêt réels élevés pour l'investissement privé, surtout quand cela intervient dans une période de faible croissance et de pessimisme des entreprises quant à leurs débouchés futurs. Indirectement donc, le maintien de taux élevés peut constituer un double facteur de chômage : chômage conjoncturel par limitation des débouchés présents, et, plus tard, chômage structurel par insuffisance de capital.

En outre, deux auteurs français, Jean-Paul Fitoussi et Jacques Le Cacheux, ont montré une autre source d'aggravation du chômage par les taux d'intérêt (*Observations et diagnostics économiques*, nº 29, octobre 1989). Ils rappellent que les taux d'intérêt réels déterminent l'arbitrage des producteurs entre profits présents et profits futurs. Si les taux réels (après élimination de l'inflation) sont nuls, 100 F aujourd'hui sont équivalents à 100 F l'année prochaine. Mais si les taux réels sont positifs, 100 F aujourd'hui valent plus que 100 F l'année prochaine, parce qu'ils peuvent être placés et augmenter la valeur réelle du capital. Quand les taux réels s'élèvent, les profits futurs sont dépréciés ; les entreprises adoptent des stratégies d'offre qui privilégient les profits présents. En particulier, en fixant leurs prix de vente, les entreprises choisissent leur taux de marge en arbitrant entre les profits immédiats associés à une marge plus forte et la réduction des parts de marché futures qu'elle peut entraîner : la hausse des taux réels, en favorisant la recherche des gains à court terme, provoque donc un relèvement des taux de marge. Cette augmentation des taux de marge a un effet dépressif sur la production et l'emploi. En effet, une hausse du taux de marge signifie que les producteurs relèvent le prix demandé pour chaque niveau de production offert. Le résultat est identique à celui d'un choc pétrolier : les producteurs estiment qu'aux prix anciens la production n'est plus assez rentable ; ils exigent un prix plus élevé pour maintenir leur production, ce qui revient à offrir une production plus faible aux prix anciens. Au plan macroéconomique, quand une majorité d'entreprises adoptent ce comportement, cela induit un recul de l'offre globale. Pour une demande globale inchangée, cela entraîne un recul de la production nationale, un recul de l'emploi, et une hausse du niveau général des prix : un effet « stagflationniste » identique à celui de n'importe quel choc sur les coûts de production.

On pourrait alors se demander pourquoi les États-Unis ont connu une forte reprise de la croissance et un net recul du chômage en 1984/1988, juste après une phase de hausse historique des taux d'intérêt réels. En fait, aux États-Unis, jusqu'en 1985, les effets de la hausse des taux d'intérêt sur le taux de marge sont compensés par la forte appréciation du dollar. L'appréciation du dollar provoque une détérioration sans précédent de la compétitivité prix des produits américains et contraint les producteurs à comprimer leurs marges pour ne pas être éliminés du marché mondial. Dès lors, la politique budgétaire expansionniste peut exercer ses effets stimulants sur la croissance et l'emploi, tandis que la rigueur monétaire et l'appréciation du dollar assurent la désinflation. En revanche, en Europe, dans la première moitié des années 1980, on connaît à la fois une hausse des taux d'intérêt et une forte dépréciation des monnaies par rapport au dollar. Or la dépréciation de la monnaie améliore la compétitivité prix et atténue donc la pression concurrentielle sur les produits européens : les entreprises peuvent en profiter pour relever leurs taux de marge, ce qui renforce l'incitation déjà exercée en ce sens par la hausse des taux d'intérêt. En conséquence, la hausse des taux d'intérêt exerce pleinement son effet dépressif sur la production et l'emploi en Europe. J.-P. Fitoussi et J. Le Cacheux ont pu vérifier que l'évolution réelle des taux de marge en Europe et aux États-Unis s'est trouvée conforme à leur analyse.

Ainsi, l'emploi peut se trouver pénalisé par le désir qu'ont les entreprises d'accroître leurs marges immédiates, et ce désir est directement influencé par le niveau des taux d'intérêt réels. L'effet d'éviction n'est donc pas le seul motif d'inquiétude devant un niveau élevé des taux d'intérêt ; on peut aussi craindre un effet plus direct sur le chômage. Cette crainte est confirmée par une étude statistique réalisée par Catherine Guillemineau et Lucrezia Reichlin (*Observations et diagnostics économiques* ; nº 29, octobre 1989). Leur travail porte sur la corrélation statistique entre le chômage et les autres principales grandeurs macroéconomiques en France et aux États-Unis. Il ressort de cette étude que les seules séries qui évoluent conjointement à long terme et à court terme sont le chômage et les taux d'intérêt.

d) La réunification de l'Allemagne et ses conséquences

A partir de 1989, l'ex-RFA doit consentir un effort considérable pour financer la transformation de l'économie est-allemande en économie de marché et commencer à combler l'écart des niveaux de vie entre les citoyens de l'Est et de l'Ouest. Un moyen de financement non inflationniste consisterait à imposer des prélèvements supplémentaires à la partie occidentale du pays. Mais la solidarité a, là comme ailleurs, ses limites. Le besoin de financement associé à la réunification est donc en partie comblé par la création monétaire, ce qui relance l'inflation.

La Bundesbank, garante de la stabilité monétaire, ne tarde pas à réagir par la rigueur monétaire et la remontée des taux d'intérêt. Cette politique, parfaitement adaptée à la situation allemande, impose aux autres pays de la Communauté européenne un choix problématique : aligner leurs taux d'intérêt sur les taux allemands, pour éviter la dépréciation de leur taux de change, ou bien, au contraire, conserver une politique monétaire indépendante adaptée à leur propre situation, en acceptant, le cas échéant, une dévaluation. Certains pays opteront finalement pour (ou ne pourront éviter) la dépréciation ou la dévaluation du taux de change (Royaume-Uni, Espagne, Italie).

Le dilemme est particulièrement délicat pour un pays comme la France qui, au début des années 1990, n'a plus à redouter une inflation déjà maîtrisée, mais connaît une montée continue du taux de chômage. Si une politique monétaire rigoureuse était justifiée dans le contexte inflationniste des années 1980, elle est désormais inadaptée, ce que ne manquera pas de relever l'immense majorité des économistes, de droite comme de gauche, d'obédience monétariste ou bien keynésienne. Mais ce beau consensus de l'analyse économique a peu de poids face à la « pensée unique » des leaders politiques qui, après avoir justement vanté, auprès de leurs électeurs, les mérites de la rigueur monétaire et du franc fort depuis 1983, ne veulent pas donner l'impression de se contredire en acceptant une ou plusieurs dévaluations du franc. Le choix politique d'une gestion monétaire plus rigoureuse va alors très certainement contribuer à aggraver la récession de 1992-1993 et se paiera par des centaines de milliers de chômeurs supplémentaires. Notre propos n'est pas ici de juger la pertinence d'un arbitrage qui n'était pas économique mais politique. Ce jugement appartient aux électeurs qui sanctionneront d'ailleurs le gouvernement Bérégovoy, en 1993, et le gouvernement Balladur, en 1995. Soulignons seulement à quel point les responsables politiques, comme les citoyens, gagneraient à une gestion plus solidaire des chocs économiques affectant l'Europe. Un compromis européen aurait pu mieux partager le coût de la réunification allemande pour limiter ses effets inflationnistes et obtenir en échange une politique monétaire moins rigoureuse en Allemagne. La convergence solidaire des pays européens vers un taux d'inflation un peu plus élevé, et un taux de chômage un peu plus faible, aurait aussi limité les attaques spéculatives sur les taux de change du SME, en renforçant la crédibilité de l'ensemble des politiques nationales.

9

Les stratégies disponibles à l'aube du XXIe siècle

L'impuissance apparente des politiques de relance a favorisé le développement des stratégies de désinflation. Pourtant, la lutte contre les récessions et le chômage conjoncturel reste possible à condition de surmonter le dilemme de la mondialisation par une réelle coordination internationale [**1.**]. Mais, dans le meilleur des cas, les politiques conjoncturelles resteront en partie impuissantes face à un ralentissement de la croissance et à une montée du chômage qui constituent de plus en plus des phénomènes structurels indépendants du niveau de la demande globale. Le siècle s'achève donc naturellement sur un certain scepticisme à l'égard des politiques conjoncturelles et la réflexion théorique et politique cherche les voies d'une action structurelle susceptible d'engendrer de nouveaux moteurs durables de la croissance et de l'emploi [**2.**].

A mi-chemin entre une stratégie conjoncturelle et une stratégie structurelle, les pays de la Communauté européenne tentent de surmonter une partie des dilemmes de la fin du XXe siècle par l'intégration économique et monétaire [**3.**]. Ils s'engagent sur cette voie à pas mesurés, au fur et à mesure que l'impuissance des politiques purement nationales les contraint à tolérer un déplacement progressif du pouvoir d'intervention au profit d'instances inter ou supra-nationales.

1. STRATÉGIES CONJONCTURELLES

Pour évaluer les différentes stratégies conjoncturelles, nous nous situerons dans le cas de figure le plus contraignant : un pays confronté à un chômage élevé, une croissance ralentie, et une forte contrainte extérieure. On entend par forte contrainte extérieure, d'une part, une sensibilité élevée des importations à toute reprise de la demande intérieure, et, d'autre part, la nécessité de maintenir un taux de change stable dans un monde où la mobilité des capitaux est forte. Ce cas de figure correspond à la situation dominante dans la plupart des pays industriels au début des années 1980 et à nouveau au début des années 1990. Les États-Unis et l'Allemagne se distinguent néanmoins par une contrainte extérieure plus modérée, en raison notamment de leur position dominante sur le plan monétaire ; le Japon se distingue quant à lui par l'absence d'un problème de sous-emploi comparable à celui des autres pays industriels, notamment en raison des caractéristiques structurelles du marché du travail japonais.

Face à la croissance ralentie et à la montée du chômage, on peut distinguer deux stratégies conjoncturelles principales : 1º) la *désinflation compétitive* qui se situe dans la droite ligne des stratégies libérales traditionnelles fondées sur la compétition et la flexibilité des prix et des salaires ; 2º) la *relance internationale* qui s'inscrit davantage dans une perspective keynésienne adaptée au contexte de mondialisation de l'économie.

A. La désinflation compétitive

La stratégie de *désinflation compétitive*, dont la France est devenue la « championne » incontestée de 1983 à 1993, s'appuie sur une logique théorique solide [***a)***]. Mais sa portée pratique est limitée face au problème du chômage, essentiellement en raison de la lenteur des mécanismes d'ajustement sur lesquels elle repose [***b)***].

a) La stratégie

La politique de désinflation compétitive est l'héritière naturelle des thèses classiques du début du siècle et des thèses monétaristes. Elle compte sur les vertus de la rigueur monétaire, d'une inflation faible et d'un taux de change fort pour contribuer à la fois à la croissance, l'emploi et l'équilibre extérieur. Elle s'appuie sur une série d'enchaînements théoriques.

1º) Une politique de rigueur monétaire et budgétaire vigoureuse entraîne un freinage de la demande intérieure, un ralentissement marqué de l'inflation, et une forte montée du chômage.

2º) Le freinage de la demande limite les importations ; le phénomène est accentué par la désinflation qui améliore la compétitivité des produits nationaux ; les gains de compétitivité contribuent à résorber le déficit extérieur.

3º) La réduction du déficit extérieur, voire l'apparition d'un excédent, et le recul de l'inflation par rapport à celle des partenaires étrangers, contribuent à la stabilité du taux de change ou à sa réévaluation. Un taux de change fort renforce la désinflation en stabilisant les prix des produits importés ; une réévaluation de la monnaie rend les produits importés meilleur marché.

4º) La montée du chômage entraîne une baisse des salaires réels. En effet, l'augmentation du chômage, dans un contexte de sous-emploi déjà élevé, doit conduire les syndicats et les travailleurs à accepter un recul de leur pouvoir d'achat pour maintenir l'emploi. Les chômeurs de plus en plus nombreux font concurrence aux salariés en place dans les entreprises, et cette concurrence accrue entre les offreurs de travail doit réduire le prix du travail.

5º) Outre son effet de stabilisation sur la montée du chômage, la baisse des salaires réels a deux effets potentiels. La baisse du coût du travail a d'abord un effet de *profitabilité* : elle améliore les marges des entreprises, si ces dernières laissent leurs prix de vente inchangés. Les entreprises soumises à la concurrence intérieure et internationale peuvent aussi maintenir leur taux de marge inchangé et profiter de la baisse du coût du travail pour baisser leurs prix de vente : elles améliorent ainsi la *compétitivité* de leurs produits, tout en maintenant leur profit. Le partage entre l'effet profitabilité et l'effet compétitivité dépend du degré de concurrence, des taux d'intérêt et du taux de change. Plus un secteur est exposé à la concurrence internationale, plus les producteurs sont incités à rechercher une forte compétitivité prix. Un taux de change fort qui limite la compétitivité prix des produits nationaux contraint les entreprises à contenir leurs marges et à privilégier l'effet compétitivité. Ce dernier est également favorisé par une baisse des taux d'intérêt qui développe l'incitation à rechercher les profits futurs[cf. chapitre 8, **2. C.** ***c)***].

6º) Les deux effets décrits ci-dessus ont des conséquences favorables pour la croissance et l'emploi. Une amélioration de la compétitivité implique plus d'exportations et donc plus de production intérieure et plus d'emplois. Un développement des profits favorise l'investissement et donc la demande dans le secteur des biens d'équipement ; cela réduit l'insuffisance de capital qui, nous l'avons vu, peut constituer une source structurelle de chômage ; le développement et la modernisation du capital sont aussi les conditions d'une meilleure compétitivité à moyen et long terme. Au total, l'effet de profitabilité, en stimulant l'investissement, a des effets bénéfiques sur la production et l'emploi, mais à plus long terme, tandis que l'effet de compétitivité, en stimulant la demande étrangère, a ces effets bénéfiques plus rapidement.

7º) La politique de désinflation compétitive peut en outre bénéficier d'un *effet de crédibilité auprès des entreprises et des travailleurs*. Si les producteurs sont convaincus de l'attachement du gouvernement à une inflation faible et à un taux de change fort, ils adoptent des comportements moins inflationnistes et améliorent la compétitivité. Ils résistent mieux aux revendications salariales parce qu'ils savent que ni eux ni leurs clients ne pourront compter sur le crédit pour surmonter des problèmes de trésorerie. Les syndicats sont également incités à modérer leurs revendications salariales s'ils sont convaincus que les licenciements sont la seule issue offerte aux employeurs confrontés à des difficultés financières. Les entreprises cherchent à améliorer leur compétitivité prix parce que celle-ci est dégradée par un taux de change fort et que l'on ne peut compter sur une prochaine dévaluation pour la rétablir. La difficulté à maintenir la compétitivité internationale des prix de vente quand la monnaie nationale est forte doit aussi conduire les entreprises à rechercher une compétitivité plus structurelle fondée sur la qualité et la fiabilité de leurs produits et sur une spécialisation dans des filières où la demande est forte et peu sensible aux prix.

8º) Enfin, cette stratégie peut exercer u*n effet de crédibilité auprès des marchés financiers*. Si les marchés financiers sont convaincus de l'attachement du gouvernement à la stabilité monétaire, ils ne craignent pas une future dévaluation. La confiance qu'ils ont dans la valeur de la monnaie les conduit alors à accepter des taux d'intérêt plus faibles que ceux exigés sur des placements libellés dans des monnaies qui risquent d'être dévaluées. Concrètement, par exemple, pour la France du début des années 1990, cet effet de crédibilité se traduit par la réduction de l'écart positif des taux d'intérêt entre les placements en francs et les placements en marks : cet écart représente une prime de risque exigée par les investisseurs qui craignent une éventuelle dévaluation du franc par rapport au mark ; plus la politique de franc fort et d'inflation faible du gouvernement français est crédible, moins la crainte d'une telle dévaluation est fondée, plus la prime de risque exigée sur les placements français est faible. L'effet de crédibilité permet donc d'abaisser les taux d'intérêt, ce qui est favorable aux investissements et donc à la compétitivité et à l'emploi à long terme.

Dans la mesure où cette stratégie repose en grande partie sur une baisse des salaires, elle suppose logiquement une politique d'accompagnement plus structurelle destinée à garantir la flexibilité des salaires à la baisse : désindexation des salaires par rapport aux prix, déréglementation des salaires (SMIC), limitation de toutes les entraves au fonctionnement concurrentiel du marché du travail (pouvoir syndical, réglementation de la durée du travail et des licenciements, etc.).

Ainsi, pour résumer, en acceptant momentanément un niveau élevé du chômage, on peut provoquer une baisse des salaires qui améliore la compétitivité et la profitabilité des entreprises. Ces deux effets contribuent à relancer la production et l'emploi, et ce d'autant plus vite que l'effet compétitivité l'emporte sur l'effet profitabilité. Par ailleurs, l'amélioration de la compétitivité contribue à rétablir l'équilibre extérieur et à détendre la contrainte extérieure. La stratégie de désinflation compétitive a de réels attraits théoriques dans la mesure où elle promet une victoire simultanée sur tous les tableaux : emploi, stabilité des prix et équilibre extérieur. Mais, hélas, une part essentielle de ces attraits reste purement théorique en raison de la lenteur des mécanismes d'ajustement qui fondent cette stratégie.

b) Portée et limites

La stratégie de désinflation compétitive se heurte à cinq objections principales.

1º) *Le chômage ne fait pas baisser les salaires assez vite.* Il existe de nombreuses raisons pour que les salaires ne s'ajustent pas rapidement à la baisse face à la montée du chômage. Nous les avons passées en revue au chapitre 3 [**2. B.** *a)*]. Soulignons simplement ici qu'en outre, la montée du chômage structurel renforce la rigidité des salaires à la baisse. En effet des chômeurs aux qualifications insuffisantes, ou inadaptées, ou tout simplement dévalorisées par la durée du chômage, ne constituent pas des concurrents pour les travailleurs disposant d'un emploi stable et ne les incitent donc pas à modérer leurs exigences salariales.

2º) *La baisse des salaires ne réduit pas le chômage assez vite.* La baisse des salaires n'a pas qu'un effet stimulant sur la demande de travail (effet de substitution). Elle a aussi un effet dépressif sur la consommation et les débouchés des entreprises qui tend à réduire l'emploi (effet revenu). Toutes les simulations empiriques sur les effets d'une baisse des salaires indiquent que l'effet revenu domine à court terme si bien que l'emploi a plutôt tendance à régresser. Il faut des délais importants (en général plusieurs années) pour qu'apparaisse un effet positif sur l'emploi.

3º) *L'effet de profitabilité peut l'emporter sur l'effet de compétitivité.* Lorsque les salaires réels baissent, les entreprises peuvent chercher en priorité à améliorer leurs profits et donc ne pas répercuter largement la baisse des coûts sur les prix de vente. L'effet compétitivité qui a les effets les plus directs sur l'activité et l'emploi est donc limité au profit de l'effet profitabilité qui n'exerce ses effets stimulants qu'à long terme. Ce phénomène sera renforcé en période de taux d'intérêt élevés car ceux-ci incitent à privilégier la recherche des profits immédiats par rapport à celle des profits futurs.

4º) *L'effet de compétitivité n'affecte que le chômage conjoncturel.* Quand bien même l'effet de compétitivité finirait par s'exercer, il ne fait que stimuler la demande et contribue donc seulement à limiter le chômage conjoncturel provoqué par une insuffisance des débouchés. Dans toutes les situations où l'essentiel du chômage est structurel, la désinflation compétitive n'affectera pas sensiblement le marché du travail.

5º) *L'effet de compétitivité est limité quand tous les pays adoptent la même stratégie*. Si un ensemble de pays qui sont les uns pour les autres les principaux partenaires commerciaux adoptent une stratégie de désinflation compétitive, l'effet de compétitivité risque d'être symbolique. En effet, si la plupart des partenaires réduisent en même temps leurs coûts salariaux et leurs prix, personne n'améliore sensiblement sa compétitivité. La conjonction de politiques de rigueur dans un grand nombre de pays contribue alors seulement au marasme de l'économie mondiale et à la persistance du chômage conjoncturel.

Un rapport de l'OFCE sur la *désinflation compétitive* (OFCE, Groupe international de politique économique, *Premier Rapport*, Seuil,1992) confirme la réalité des limites exposées ci-dessus dans le cas de la France des années 1980. Les effets bénéfiques de cette stratégie pour l'activité et l'emploi ne sont pas inexistants ; mais leur ampleur est limitée et surtout ils demandent des délais importants : il faut supporter de longues périodes d'aggravation du chômage pour obtenir finalement quelques résultats. Le coût économique et politique d'une telle stratégie peut donc sembler démesuré par rapport à ses avantages en matière d'emploi.

Finalement, la seule vertu incontestable de la désinflation compétitive est qu'elle permet de retrouver la stabilité monétaire et l'équilibre extérieur pour un pays longtemps caractérisé par le laxisme monétaire, l'inflation et les déficits extérieurs. Elle implique en contrepartie un coût élevé en chômage. Mais une telle cure d'austérité peut parfois constituer le prix inévitable à payer pour éliminer les comportements inflationnistes dont on a souligné les effets pervers au chapitre 4. Cette cure d'austérité sera d'autant plus facilement supportée que les agents, dans leur majorité, acceptent et sont capables de faire supporter l'essentiel de son coût à une minorité de travailleurs défavorisés : les chômeurs de longue durée. Mais, une fois remportée la victoire contre l'inflation et le déficit extérieur, le risque d'explosion du chômage et des troubles sociaux et politiques habituellement attachés aux processus d'exclusion sociale trop prolongés renversent inéluctablement les priorités politiques en faveur de la croissance et de l'emploi. Et, dans une économie mondialisée, cette priorité n'a guère de sens en l'absence d'une coordination internationale des politiques économiques.

B. La relance internationale

Les politiques de relance conservent une certaine efficacité à condition de tirer les leçons des difficultés rencontrées depuis les années 1970. Mais il est désormais évident que des politiques nationales isolées sont extrêmement limitées par l'ampleur de la contrainte extérieure dans une économie mondialisée. Les vraies chances d'une politique de relance se situent dans une réelle coordination internationale qui neutralise en partie la contrainte extérieure.

a) L'efficacité résiduelle des politiques de relance

L'expérience accumulée des années 1970 aux années 1990 n'a pas démontré l'impuissance totale des politiques keynésiennes de relance ; la plupart des difficultés rencontrées alors reflètent plus un emploi inadapté des instruments keynésiens que leur inefficacité intrinsèque. Ces emplois inadaptés sont principalement :

– l'usage d'instruments conjoncturels agissant sur la demande et la production pour s'attaquer à des problèmes structurels (chômage) largement indépendants du niveau d'activité ;

– la relance de l'activité dans des économies en situation de croissance (et non de recul ou de stagnation de la production) et/ou en situation de quasi pleine utilisation des capacités de production disponibles ;

– l'action sur le volume de la demande face à un choc qui affecte l'offre et les coûts de production (chocs pétroliers) ;

– la relance isolée d'un pays dans une économie mondialisée où les principaux partenaires commerciaux pratiquent des politiques opposées.

En revanche, l'argument keynésien en faveur d'une relance de l'activité reste en grande partie pertinent à condition de ne pas l'amputer du cadre pour lequel il a été développé, à savoir : il existe des capacités de production inutilisées et dont l'emploi serait rentable si les débouchés étaient plus importants ; la contrainte extérieure est faible ou aisément surmontable ; il existe des chômeurs disposant des qualifications requises pour occuper des emplois dans les secteurs où les débouchés sont insuffisants. Dans ce cadre, une relance de la demande intérieure contribue rapidement à stimuler l'activité et à réduire le chômage sans trop accélérer l'inflation. Les États-Unis en ont d'ailleurs fait la preuve durant les années 1983-1988 : une politique de déficit budgétaire massif a effectivement contribué à une forte reprise de la croissance et un recul très net du chômage sans réelle accélération de l'inflation. Pourquoi cette politique était-elle efficace aux États-Unis et impuissante en France (en 1981-1982) ? D'une part, parce que le chômage était plus conjoncturel aux États-Unis et plus structurel en France ; d'autre part, parce que la contrainte extérieure était faible pour une économie américaine nettement moins ouverte au commerce international, avec un taux de change flexible et une monnaie nationale servant aussi de monnaie de règlement international [cf. chapitre 8, **2. C. *b)***].

Ainsi les instruments keynésiens de régulation de la demande restent pertinents pour lutter contre un *chômage conjoncturel* simplement lié au faible niveau des débouchés, à condition que les entreprises disposent *d'équipements compétitifs et immédiatement disponibles* (pas d'insuffisance du capital) et que la *contrainte extérieure puisse être neutralisée.*

b) La stratégie et ses limites

Pour les pays ouverts à l'échange international, participant à un système de changes fixes ou désireux de stabiliser leur taux de change, et ne disposant pas de la monnaie de transaction internationale, la contrainte extérieure est incontournable et peut les empêcher de mener une politique de relance, alors même qu'elle serait efficace pour lutter contre le chômage conjoncturel. Ce constat fonde la stratégie de relance coordonnée au plan international.

Si les principaux pays industriels relancent leur demande intérieure en même temps, avec une intensité comparable, tous les pays vont provoquer une forte progression de leurs importations. Mais ces pays sont les uns pour les autres leurs principaux partenaires commerciaux. La relance généralisée des importations signifie donc symétriquement une relance généralisée des exportations. En conséquence, l'effet de détérioration de la balance commerciale associé à une relance de la demande intérieure se trouve considérablement réduit par rapport au cas où un pays relance tout seul son activité. Cette analyse est particulièrement pertinente pour les pays européens en raison des liens commerciaux étroits qui les unissent.

Une relance internationale peut agir par le développement coordonné des dépenses publiques. Elle peut aussi agir par le biais d'une baisse coordonnée des taux d'intérêt. On a vu que, dans les années 1980, l'absence de coordination des politiques monétaires avait progressivement conduit la plupart des pays à aligner leurs taux d'intérêt à la hausse en suivant les pays pratiquant la politique monétaire la plus restrictive (États-Unis et Allemagne). On a montré aussi les effets pervers du maintien des taux d'intérêt réels à un niveau très élevé. Aucun pays ne peut abaisser sensiblement ses taux d'intérêt sans s'exposer à une fuite massive de capitaux vers l'étranger et une dépréciation rapide de sa monnaie sur le marché des changes. La contrainte extérieure tend à paralyser la politique monétaire. Seule une coopération des différentes banques centrales pour abaisser simultanément leurs taux d'intervention sur les marchés monétaires peut entraîner une baisse des taux sans modifier les différentiels d'intérêt entre pays et donc sans déclencher des mouvements spéculatifs qui font buter rapidement les pays sur la contrainte extérieure.

En théorie donc, une certaine relance internationale de l'économie est possible et pourrait être efficace contre le chômage conjoncturel. Certes, elle ne s'attaquerait ainsi qu'à une petite partie du problème (un quart ou un cinquième du chômage en Europe peut être considéré comme conjoncturel), mais cela constituerait déjà un progrès considérable.

Le principal obstacle à une telle stratégie réside dans la faible capacité des pays industrialisés à coordonner leurs politiques nationales. Les exemples de coordination vraiment efficace ont surtout concerné l'évolution des taux de change : le SME en Europe ; les accords du Plaza (22 septembre 1985) entre les cinq plus grands pays industriels (G5) pour assurer un recul du dollar en douceur ; les accords du Louvre (22 février 1987) entre les sept plus grands pays (G7) pour limiter la chute du dollar. On peut également noter l'amorce d'une baisse coordonnée des taux d'intérêt au printemps 1993.

La coordination des politiques budgétaires est naturellement beaucoup plus délicate. Chaque gouvernement rend des comptes devant son marché politique national. Le niveau des dépenses publiques, des prestations sociales et des impôts constitue un critère d'appréciation de l'action politique particulièrement sensible pour les électeurs. Si les problèmes des différents pays et leurs priorités étaient les mêmes, les gouvernements auraient toujours intérêt à coordonner leurs actions. Mais tel n'est pas le cas. Or, dans une économie ouverte où la mobilité des capitaux ôte presque toute autonomie réelle à la politique monétaire, la politique budgétaire reste le seul instrument à l'aide duquel les responsables politiques peuvent tenter de répondre aux attentes spécifiques de leurs électeurs. Une coordination durable des politiques budgétaires supposerait le sentiment d'un intérêt commun entre les nations et ce sentiment ne doit pas seulement animer les décideurs politiques mais aussi et surtout les citoyens devant lesquels ils rendent des comptes. Mais l'expérience des années 1930, comme celle des années 1990, indique que les difficultés économiques, loin de développer le sentiment de solidarité entre les nations, tendent plutôt à exacerber les réactions nationalistes et protectionnistes. La faisabilité d'une véritable politique budgétaire internationale paraît donc limitée dans un avenir proche. La seule voie possible en la matière est sans doute celle ouverte par la réalisation d'une union monétaire européenne. Mais, comme nous le verrons ci-dessous, le chemin qui mène de l'intégration monétaire à la coopération budgétaire est long, coûteux et parsemé d'embûches.

2. STRATÉGIES STRUCTURELLES

Les limites de plus en plus évidentes des politiques uniquement conjoncturelles pour surmonter les dilemmes apparus depuis les années 1970 conduisent la réflexion et les pratiques politiques à rechercher les voies d'une action structurelle plus profonde et durable à la fois sur le rythme de croissance [**A.**] et sur le volume de l'emploi et du chômage [**B.**].

A. L'action sur la croissance : théories de la croissance endogène

a) Les limites de la théorie traditionnelle

Jusqu'au milieu des années 1980, le cadre d'analyse dominant la théorie de la croissance était constitué par le modèle néoclassique, en particulier dans la formulation proposée par R.M. Solow (1956). Dans cette approche, il n'existe que deux facteurs de production : le travail et le capital. La croissance suppose donc un développement du capital par l'investissement et une expansion de la population. La croissance de la population est bornée par un rythme d'accroissement naturel qui est considéré comme une donnée exogène (indépendante des facteurs économiques pris en compte dans le modèle). La croissance du capital par l'investissement est bornée par la *loi des rendements décroissants* : quand on utilise une quantité croissante d'un facteur, l'autre facteur étant fixe, sa productivité marginale (la production liée à une unité de facteur supplémentaire) est nécessairement décroissante (cf. fiche 12). Intuitivement, tout le monde comprend en effet que, passé un cesrtain seuil, on n'améliore pas la productivité en multipliant les outils et les machines s'il n'y a pas davantage de travailleurs qualifiés pour les utiliser. Certes, on peut imaginer que les entreprises tentent d'échapper à la fatalité des rendements décroissants en réalisant des économies d'échelle : le développement de la taille des entreprises permet une meilleure division du travail, une plus grande spécialisation des tâches confiées aux travailleurs et aux équipements qui autorise des gains de productivité. Mais, dans le long terme, des producteurs rationnels développent leur taille jusqu'au moment où ils atteignent l'échelle minimum efficace qui assure la productivité la plus forte. La théorie économique traditionnelle a souvent justifié sur cette base l'hypothèse de rendements constants à l'échelle. Mais la raison première de cette hypothèse vient sans doute de ce que, dans un modèle de marchés libres et concurrentiels, l'introduction de rendements croissants à l'échelle débouche sur une concentration croissante des entreprises et la disparition de la concurrence : s'il est possible de diminuer le coût moyen de production et d'améliorer la productivité de l'entreprise en développant sa taille, l'échelle efficace est en effet atteinte quand la taille de l'entreprise se confond avec celle du marché, c'est-à-dire quand la concentration conduit au monopole.

Le modèle de référence de Solow utilise donc une fonction de production à deux facteurs où les rendements d'échelle sont supposés constants. Dans le long terme, les producteurs ne peuvent pas échapper à la fatalité des rendements décroissants : plus le capital par travailleur augmente (grâce à l'investissement) plus la productivité marginale du capital diminue ; l'accumulation du capital tend donc à annuler la productivité : à terme, l'investissement ne permet plus d'augmenter la production et il n'y a plus aucune incitation à investir. La seule accumulation quantitative de facteurs de production ne permet pas d'entretenir un processus continu de croissance, en raison des rendements décroissants. Le seul phénomène qui permette d'échapper à la loi des rendements décroissants est une amélioration de la qualité des facteurs de production qui pour une quantité donnée développe leur efficacité. Aussi, le modèle de Solow inclut-il une variable supplémentaire dans la fonction de production : le progrès technique qui est susceptible d'améliorer la productivité des facteurs. Mais il s'agit d'un progrès technique exogène, c'est-à-dire qui n'est pas expliqué par l'analyse économique, et « tombe du ciel » comme par enchantement. Une série de travaux statistiques sur les sources de la croissance, notamment ceux de l'Américain E. Denison (1976) et ceux des Français J.-J. Carré, P. Dubois et E. Malinvaud (1972), ont d'ailleurs montré que, selon les pays, 40 à 70 % du taux de croissance ne pouvaient s'expliquer par la seule progression

Fiche 12. Productivité des facteurs

Productivité moyenne et productivité marginale

Les facteurs peuvent contribuer plus ou moins intensément à la production. On désigne l'intensité de leur contribution par le concept de *productivité* (on emploie aussi le terme équivalent de *rendement*).

La *productivité moyenne* est obtenue en divisant la production totale par la quantité de facteurs utilisés. La productivité du travail est ainsi un produit moyen par heure de travail et la productivité du capital un produit moyen par franc investi dans le capital. On parle de productivité *physique* quand on mesure la quantité moyenne de biens produits par unité de facteur ; on parle de productivité *en valeur* si on mesure la valeur monétaire moyenne des biens produits par unité de facteur. La *productivité marginale* mesure l'augmentation de la production qui est obtenue par l'emploi d'une unité de facteur supplémentaire.

La loi des rendements décroissants

Comment évolue la productivité marginale quand l'entreprise développe sa production ? A court terme, l'entreprise augmente la production en utilisant plus de travail avec une quantité de capital et des techniques inchangées. Or, il existe nécessairement un volume idéal de travail pour lequel les équipements ont été conçus et assurent la productivité maximum. Si l'entreprise utilise une quantité de travail inférieure à ce volume optimal, elle ne tire pas le meilleur parti des équipements disponibles et la productivité augmente à chaque fois qu'elle utilise plus de travail. Mais une fois atteint et dépassé le rapport capital / travail idéal, le développement de la force de travail ne peut que réduire la productivité : les équipements ont une durée d'utilisation journalière ou hebdomadaire idéale au-delà de laquelle leur rendement diminue et les incidents de fonctionnement se multiplient ; en outre, chaque travailleur se retrouve avec un volume moyen d'équipement de plus en plus faible, ce qui finit inéluctablement par réduire sa productivité. En théorie, on peut même atteindre un stade ou il y a vraiment trop de travail par rapport au volume de capital disponible et où les travailleurs supplémentaires gênent les autres plus qu'ils ne les aident : leur productivité est négative (ils font baisser la production) ! Les

et rendements d'échelle

entreprises rationnelles poussent l'utilisation du travail au moins jusqu'au point où la productivité décroît, mais jamais au-delà du point où elle devient négative. Elles se situent donc toujours dans une phase de rendements décroissants. *Pour un état donné des techniques et du capital disponible, la productivité du travail est donc décroissante*. On peut raisonner de façon symétrique quand c'est le facteur capital qui s'accroît tandis que la quantité de travail reste fixe : il arrive nécessairement un moment où la productivité d'un capital additionnel décroît régulièrement jusqu'à devenir nulle.

Les rendements d'échelle

A long terme, les producteurs peuvent échapper à la fatalité des rendements décroissants en modifiant les deux facteurs de production.

L'entreprise peut tout d'abord augmenter le capital et le travail dans les mêmes proportions : on multiplie par un même coefficient la quantité de travail et le volume d'équipements mis à la disposition des travailleurs ; on augmente ainsi l'échelle de production, mais le modèle technique est fondamentalement inchangé. Si la production progresse alors plus vite que le volume des facteurs, la productivité globale est améliorée : on dit que les rendements sont *croissants à l'échelle* ou encore que l'entreprise réalise des *économies d'échelle*. Si la production augmente dans les mêmes proportions que les facteurs, les rendements sont *constants à l'échelle*. Enfin, si la production se développe plus lentement que la quantité de facteurs utilisée, les rendements sont *décroissants à l'échelle* (la productivité globale diminue) ; il se produit donc des *déséconomies d'échelle*.

Les économies d'échelle tiennent pour l'essentiel à trois facteurs. D'une part, une taille et un nombre de travailleurs plus importants permettent une meilleure *division du travail* : on peut plus aisément spécialiser les individus et les différents départements de l'entreprise dans les tâches pour lesquelles ils sont les plus performants. D'autre part, on peut répartir les coûts fixes de direction, de gestion et d'administration de l'entreprise sur un volume de production plus élevé : quand on double le personnel et les équipements d'une société, il ne sera pas le plus souvent nécessaire de

→

→
doubler le nombre de directeurs dans les différents départements (commercial, financier, administratif, technique). Enfin, le développement de l'échelle de production permet de mettre en place des techniques et des équipements plus performants mais inadaptés pour des volumes de production restreints.

Toutefois, les économies d'échelle ne sont pas éternelles. Le gigantisme présente aussi des inconvénients. Au-delà d'une certaine taille, l'entreprise s'expose à des déséconomies d'échelle liées à la complexité croissante de la gestion, à la lenteur des processus de décision, aux difficultés de communication entre les différents services, aux coûts de transport provoqués par la multiplication des établissements séparés géographiquement, etc.

Entre les économies et les déséconomies d'échelle, il existe en théorie une *échelle minimum efficace* vers laquelle tend l'entreprise rationnelle : la taille qui assure la productivité moyenne la plus forte à long terme pour une technique donnée. Au-delà de ce point, les rendements d'échelle sont décroissants et l'entreprise ne peut plus améliorer la productivité dans le cadre du modèle technique qui est le sien. Les producteurs sont alors incités à *innover*, c'est-à-dire à mettre en place de nouvelles techniques et/ou une nouvelle organisation de la production pour échapper une fois encore à la fatalité des rendements décroissants. Le *progrès technique* permet d'élever la productivité globale en améliorant la qualité (et non la quantité) des facteurs et/ou l'efficacité des méthodes de combinaison des facteurs.

quantitative du travail et du capital : on est donc contraint de constater qu'il existe bien un progrès technique au sens large qui, pour une quantité donnée de facteurs, développe la production, c'est-à-dire améliore la productivité des facteurs à long terme, contrairement à ce qu'implique l'hypothèse des rendements constants.

Les nouvelles théories de la croissance développées depuis le milieu des années 1980 soulignent le caractère peu satisfaisant de l'approche traditionnelle. On ne peut se contenter d'une théorie qui « explique » au moins la moitié du taux de croissance par une variable inexpliquée : le progrès technique. Il n'est d'ailleurs pas raisonnable de supposer que le progrès technique ne dépend pas de la croissance elle-même, des investissements dans la recherche, de l'éducation, etc. Une bonne théorie de la croissance devrait rendre le progrès technique *endogène*, c'est-à-dire intégrer dans l'analyse une explication de cette source essentielle de la croissance économique.

De plus, le fait d'ajouter un troisième facteur (la technologie) ne suffit pas à expliquer la croissance permanente des économies développées. En effet, si ce troisième facteur est également soumis à la loi des rendements décroissants, la croissance permanente ne peut pas s'expliquer sans le recours à un nouveau *deus ex machina*. Il faut donc non seulement intégrer les progrès technologiques mais aussi expliquer pourquoi la production de technologie nouvelle peut se faire sans rendements décroissants à long terme.

Enfin, dans la théorie traditionnelle, la seule source de divergences à long terme entre les nations tient au rythme du progrès technique. Mais la circulation progressive de l'information scientifique et les imitations de procédés transforment finalement le progrès technique en un bien collectif, et, en conséquence, la productivité et les taux de croissance des nations devraient converger. Or, de nombreuses études statistiques sur la longue période ne permettent pas de conclure à une telle convergence. Au contraire, bien des indices militent en faveur d'une hypothèse de divergence des processus de croissance, et, dans bien des cas, on ne constate pas de rattrapage de leurs retards par les pays les moins avancés (on trouvera une revue détaillée de ces études dans les articles cités en bibliographie, notamment Lordon [1992] et Amable et Guellec [1992]).

b) Une nouvelle théorie de la croissance

Les nouvelles théories de la croissance tentent de surmonter les limites présentées ci-dessus, principalement en faisant du progrès technique un facteur de production endogène (expliqué par le modèle). Elles ont toutes pour conséquence de conclure à l'existence de rendements croissants à long terme susceptibles d'entretenir un processus de croissance permanente. On peut, pour résumer, distinguer quatre sources d'amélioration endogène de la productivité à long terme : l'accumulation de connaissances par l'investissement ; l'accumulation de connaissances par les activités de Recherche et Développement (R&D) ; l'accumulation de capital humain ; le développement des infrastructures par les pouvoirs publics.

• ***L'accumulation de connaissances par l'investissement***

Le premier modèle de croissance endogène est du à P.M. Romer (1986). Il intègre dans le modèle néoclassique de croissance deux hypothèses déjà anciennes.

La première hypothèse reprend une idée déjà avancée par K.J. Arrow (1962), selon laquelle l'*apprentissage par la pratique* permet aux entreprises d'améliorer leurs procédés de production au cours du temps. On peut ainsi supposer que la productivité d'une entreprise au cours d'une période donnée est une fonction croissante de l'expérience passée qu'elle a accumulée dans la production d'un bien. Cette amélioration de la productivité est incorporée aux investissements : à chaque fois qu'un producteur investit, les biens d'équipement nouveaux incorporent les connaissances accumulées par l'expérience et ils sont donc plus efficaces que les équipements anciens auxquels ils se substituent.

La seconde hypothèse reprend le concept d'externalité développé par A. Marshall à la fin du siècle dernier. En améliorant sa productivité, une entreprise a également un effet externe positif sur la productivité des autres entreprises. Il existe une synergie entre les producteurs qui rend chacun d'autant plus efficace que les autres le sont déjà. Cela tient notamment à l'émulation réciproque par la concurrence et à l'imitation des procédés les plus efficaces.

- ***L'accumulation des connaissances par la Recherche et Développement (R&D)***

L'accumulation des connaissances peut aussi résulter des activités de R&D. Certains individus ou entreprises sont en effet spécialisés dans la recherche de nouveaux procédés de fabrication, de nouveaux biens d'équipement ou de nouveaux biens de consommation : ils produisent des innovations technologiques. Ils peuvent ensuite vendre leurs innovations (sous la forme de brevets et licences) ou les exploiter directement. L'incitation fondamentale à l'innovation est liée au pouvoir de monopole temporaire qu'elle confère aux producteurs des biens nouveaux : tant que leurs brevets ne tombent pas dans le domaine public et qu'ils ne sont pas imités par des concurrents, ils sont sans concurrence ou disposent d'une avance notable sur la concurrence qui leur permet d'améliorer leurs profits (d'abord en vendant les biens à des prix élevés, ensuite en les produisant à des coûts plus faibles que chez les concurrents). A long terme, la diffusion des procédés et des biens nouveaux épuise les rentes de monopole et incite les agents à rechercher de nouvelles rentes en procédant à de nouvelles innovations. Notons au passage que cette analyse suit d'assez près la vision déjà développée dès 1912 par Joseph Schumpeter pour qui la croissance est un processus de *destruction créatrice* des anciens produits et procédés par de nouveaux biens et techniques.

Or, cette incitation permanente à l'innovation peut constituer une source de croissance durable à long terme. Dans un nouveau modèle, P.M. Romer (1990) indique que la production de connaissances par le secteur de R&D peut se faire avec des rendements croissants. En effet, les connaissances nouvelles se développent principalement sur la base des connaissances déjà accumulées par le passé. Ainsi, les découvertes de Galilée font pour toujours partie du patrimoine scientifique universel et leur coût d'accès est très faible. On peut supposer que la productivité des chercheurs est une fonction croissante du stock de connaissances déjà accumulé. Chaque découverte accroît le stock de connaissances pour toujours et, à chaque période, la recherche peut être plus performante qu'au cours des périodes précédentes. En outre, tout comme dans le premier modèle de Romer, la production de connaissances a un effet externe positif : même brevetées, les innovations technologiques finissent par se diffuser et elles peuvent être imitées ; la connaissance des uns améliore aussi celle des autres. La production de technologie nouvelle peut donc se faire avec des rendements croissants.

• ***L'accumulation de capital humain***

Le concept de *capital humain*, développé en 1961 par G. Becker et T.W. Schultz, peut être défini comme l'ensemble des capacités d'un individu susceptibles de contribuer à son efficacité productive : le niveau d'éducation, la santé, les capacités physiques, l'expérience professionnelle, l'expérience personnelle, l'intelligence, etc. L'un des modèles fondateurs de la théorie de la croissance endogène, celui de R.E. Lucas (1988), intègre le capital humain comme facteur de production à côté des deux facteurs traditionnels (travail et capital). Cela permet à nouveau de faire apparaître des rendements croissants. En effet, pour l'essentiel, le capital humain consiste en savoir accumulé par l'individu depuis sa naissance. Or, la production de savoir peut avoir des rendements croissants parce qu'elle se réalise surtout à l'aide du savoir déjà accumulé par l'individu lui-même ou par d'autres individus. Le coût de développement du savoir des individus est d'autant plus faible que le stock de connaissances auquel ils ont accès est déjà élevé. La productivité des investissements dans l'éducation des jeunes et la formation des travailleurs est donc d'autant plus élevée que le niveau de capital humain du pays est déjà élevé. En outre, la production privée de capital humain a un effet externe positif. En améliorant son niveau d'éducation et de formation, chaque individu augmente le stock de capital humain de la nation et par là même contribue à améliorer la productivité de l'économie nationale ; à son insu, il aide aussi les autres individus à produire du capital humain : on développe plus facilement ses capacités, ses connaissances et son intelligence lorsque le reste de la population a déjà un niveau élevé de capital humain ; les étudiants sont d'autant plus doués que leurs professeurs développent leurs connaissances et, réciproquement, les professeurs progressent d'autant plus vite qu'ils sont confrontés à un public exigeant et compétent. Les investissements en capital humain ont donc des rendements croissants et contribuent à alimenter une croissance permanente de la production.

• ***L'offre publique d'infrastructures***

Au sens large, les infrastructures comprennent les routes et autoroutes, les voies ferrées, les ports et aéroports, les réseaux de télécommunication, les réseaux nationaux de distribution du gaz et de l'électricité, l'éclairage public, etc., en un mot, tous les investissements qui développent et facilitent la circulation des informations, des personnes et des biens. Il est certain que le développement de ces infrastructures constitue un facteur important d'économies externes pour les entreprises. On peut donc faire l'hypothèse que la productivité des entreprises est une fonction croissante du stock et de la qualité des infrastructures dont elles peuvent bénéficier. R. Barro (1990) introduit ainsi les infrastructures publiques comme un facteur de croissance qui engendre des rendements croissants à long terme en raison des économies externes qu'elles permettent pour les producteurs privés.

c) Croissance endogène et politique économique

La théorie de la croissance endogène débouche sur une première conclusion optimiste du point de vue de la politique économique. Il existe des sources apparemment inépuisables de croissance économique : le développement des connaissances, les innovations technologiques, l'investissement dans l'éducation et la formation.

En outre, la plupart des modèles ont en commun de reconnaître la présence d'effets externes importants. Or la présence d'externalités justifie habituellement l'intervention de l'État, y compris dans l'optique libérale. En effet, lorsqu'un agent produit des effets positifs ou négatifs sur les autres, il n'est habituellement pas incité à en tenir compte dans ses décisions. Si une production a un effet bénéfique sur la collectivité, l'individu choisit le volume de la production en fonction de l'avantage privé qu'il en retire sans tenir compte de l'avantage social supérieur qui lui est associé : du point de vue de la collectivité il y a sous-production par rapport à l'optimum souhaitable. Ainsi, concrètement, quand les individus déterminent le niveau et la durée de leurs études ou de leur formation professionnelle, ils tiennent compte de l'amélioration privée de leur performance, mais ils négligent le gain de productivité globale et de bien-être qui en résulte pour la collectivité. La production sociale optimale d'éducation est supérieure à la production privée optimale. L'intervention de l'État est donc justifiée pour rapprocher l'économie de l'optimum social, notamment en subventionnant les dépenses d'éducation pour inciter les agents privés à développer ce type d'investissement. Sur la même base, on peut justifier les interventions de l'État pour soutenir les activités de recherche et développement, puisque les entreprises qui investissent dans ces activités le font seulement en fonction du gain privé attendu et non en fonction du gain social supérieur que la nation peut en retirer. Enfin, on l'a vu, les théories de la croissance endogène soulignent aussi le rôle positif des investissements publics dans les infrastructures.

Cette nouvelle approche tend donc à réhabiliter le rôle de l'État dans la croissance à long terme, sous la seule réserve que les politiques se détournent des interventions purement conjoncturelles de soutien de la demande, au profit d'actions plus structurelles touchant à la recherche scientifique, l'innovation technologique, l'éducation et la formation professionnelle et la qualité des infrastructures.

Néanmoins, il ne faut pas surestimer la portée réelle de la nouvelle théorie de la croissance pour la politique économique de la fin du XXe siècle. En premier lieu, elle n'apporte rien que les économistes ou responsables politiques ne connaissaient déjà. Il y a bien longtemps que les effets externes de l'éducation, de la recherche et des infrastructures sont reconnus par l'analyse économique et que les gouvernements interviennent pour stimuler les investissements dans ces domaines.

D'autre part, un investissement accru des pouvoirs publics dans les différentes sources de croissance endogène étudiées ci-dessus ne peut produire ses effets que dans le long terme ; il ne peut résoudre les dilemmes de court et moyen terme exposés au chapitre précédent. En outre, la recherche d'une croissance maximum à long terme ne correspond pas forcément à l'optimum social à long terme : la croissance maximum peut se faire au détriment de l'environnement et accentuer les risques écologiques majeurs qui menacent la planète à l'horizon 2030-2050 (effet de serre et destruction de la couche d'ozone). Enfin, la croissance ne contribue à réduire qu'une faible part du chômage dont la montée est essentiellement de nature structurelle. Pire encore, la croissance endogène ne repose pas sur une utilisation plus intensive des facteurs, et en particulier du travail, mais sur une amélioration de la productivité. Or, la difficulté majeure des pays industrialisés à la fin du XXe siècle réside justement dans leur incapacité à rendre compatibles, d'une part, le progrès technique qui limite les besoins quantitatifs en facteurs de production et, d'autre part, la progression de l'emploi nécessaire pour éviter l'exclusion sociale des individus les moins productifs.

Les sources de croissance endogène peuvent ainsi constituer à court et moyen terme des sources de chômage structurel. La politique économique de cette fin de siècle ne peut donc se passer de nouvelles stratégies de l'emploi s'attaquant plus directement au chômage structurel.

B. L'action structurelle sur le chômage : l'inéluctable partage

Le premier type d'actions structurelles à conduire dépasse largement le champ de la politique économique et concerne les politiques de l'éducation et de la formation. Il s'agit de réduire les situations d'échec scolaire et universitaire, de développer des filières d'enseignement adaptées aux besoins réels de l'économie, de favoriser les formations qui allient l'enseignement théorique et l'expérience en entreprise (apprentissage, stages réellement qualifiants, etc.). Mais les politiques d'éducation et de formation ne peuvent produire pleinement leurs effets que dans le long terme, voire le très long terme. Dans l'intervalle, la politique économique est nécessaire pour « gérer » le stock d'exclus déjà engendré par les défaillances passées des systèmes de formation et du marché du travail. L'inadaptation des qualifications des chômeurs de longue durée constitue à court terme une contrainte, une donnée en dépit de laquelle la politique économique doit trouver des solutions à l'exclusion sociale. D'une façon ou d'une autre, il s'agit de répondre à une même question : le marché du travail peut-il fonctionner autrement qu'en reportant durablement les coûts d'ajustement aux crises sur les travailleurs les moins qualifiés ? Quelles que soient les stratégies envisageables, elles impliquent toutes une forme de partage et de solidarité entre les agents les plus performants et les autres.

a) Le partage des profits

Le Japon est l'un des pays qui connaît le taux de chômage le plus faible dans le monde industrialisé. Il est donc naturel de s'intéresser à la spécificité du marché du travail japonais. Ce dernier se distingue notamment par le système de rémunération habituellement en vigueur au sein des grandes entreprises : un salaire fixe assorti de primes variables selon les résultats de l'entreprise et qui peuvent représenter un quart à un tiers de la rémunération totale. Les ralentissements d'activité n'entraînent pas de licenciements mais une réduction de la partie variable des rémunérations. Dans *L'Économie de partage* (L'Expansion / Hachette / Jean-Claude Lattès, 1986), Martin Weitzman a théorisé ce système et montré comment il pouvait contribuer au plein emploi.

• ***Le modèle de Weitzman***

Nous prendrons un exemple chiffré élémentaire pour comparer les effets d'un système salarial traditionnel et ceux d'un système de partage des profits. Admettons que le salaire moyen soit de 6 000 F par mois. Selon la théorie classique du marché du travail, les entreprises continueront d'embaucher tant que la productivité marginale du travail (disons celle du dernier travailleur embauché) est supérieure au salaire. Dans ce cas, en effet, chaque travailleur supplémentaire rapporte plus à l'entreprise qu'il ne lui coûte et les profits augmentent. Mais la productivité marginale est décroissante (loi des rendements décroissants). Il arrive donc forcément un moment où la productivité marginale est égale au salaire et où l'employeur arrête d'embaucher : au-delà, la productivité devient inférieure au salaire et le travailleur supplémentaire entraîne une perte. A l'équilibre donc, l'entreprise fixe le volume de son emploi en égalisant le salaire et la productivité marginale. Dans notre exemple, la productivité marginale est égale à 6 000 F. Admettons que la productivité *moyenne* (de l'ensemble des salariés et non plus seulement du dernier embauché) soit de 10 000 F. En négligeant les autres coûts de production, l'entreprise réalise un profit brut moyen par travailleur égal à 10 000 – 6 000 = 4 000 F.

Imaginons à présent que l'entreprise décide de partager une partie de ce profit et d'inclure ce profit partagé dans la rémunération globale des travailleurs. Par exemple, le contrat de travail peut prévoir un salaire fixe de 5 000 F et une prime représentant 20 % des profits.

Dans notre exemple, le profit brut moyen par travailleur est : 10 000 – 5 000 = 5 000 F. Le partage des profits donne alors la rémunération globale suivante :

$$5\,000 + 0{,}20 \cdot 5\,000 = 5\,000 + 1\,000 = 6\,000 \text{ F.}$$

La rémunération globale est la même que dans le système salarial. Mais, désormais, le salaire fixe est inférieur à la productivité marginale du travail (qui est de 6 000 F) et cela crée une incitation permanente à l'embauche. En effet, avant partage des profits, une embauche supplémentaire rapporte à l'entreprise la productivité marginale du travailleur supplémentaire (6 000 F) moins son salaire (5 000 F), soit 1 000 F de bénéfice. En raison du contrat de partage des profits, elle devra distribuer aux travailleurs 20 % de ce bénéfice supplémentaire, soit 200 F, mais il lui reste 800 de profits : la création de nouveaux emplois est donc attractive pour l'employeur. Avec un contrat salarial classique une embauche supplémentaire était sans intérêt puisque la productivité supplémentaire était entièrement absorbée par le salaire supplémentaire. Le système de partage du profit crée ainsi une demande excédentaire de travail : l'entreprise est toujours disposée à demander plus de travail qu'elle n'en utilise. Ce système crée en outre une communauté d'intérêts entre employeurs et employés et il incite les travailleurs à améliorer la productivité de leur entreprise.

• ***Les limites du partage des profits***

Par principe, l'analyse économique se méfie des « modèles ». En effet, les entrepreneurs étant supposés rationnels, il n'y a pas de raisons pour qu'un modèle idéal, s'il existe et se trouve déjà pratiqué par certains producteurs, ne soit pas rapidement étendu à l'ensemble des entreprises. Le seul fait qu'un tel système soit relativement peu répandu dans le monde indique au contraire qu'il peut impliquer de nombreux coûts et inconvénients pour les employeurs et/ou les travailleurs.

1º) *Le partage des profits réduit les profits nets des employeurs.* Une part non négligeable des bénéfices qui reviendraient à l'employeur dans un système salarial classique doit être distribuée aux travailleurs. L'entreprise n'accepte donc ce système que si elle obtient de ses salariés une contrepartie suffisamment attrayante. Le fait de pouvoir réduire la rémunération globale en période de difficultés ne constitue pas une contrepartie suffisante dans la mesure où l'entreprise pourrait très bien réduire le coût total du travail en réduisant l'emploi.

2º) *Le partage des profits suppose une relation stable à long terme* entre l'employeur et l'employé pour que chacun soit sûr d'en retirer le bénéfice. Les salariés n'acceptent pas le partage des bénéfices en période de réduction des primes s'ils ne sont pas certains d'être encore dans l'entreprise dans les périodes de prospérité à venir. C'est pourquoi, au Japon, ce système est en général associé à *l'emploi à vie* des salariés des grandes entreprises. Mais l'emploi à vie n'est pas concevable sans une réelle polyvalence professionnelle et une forte mobilité interne des travailleurs. Ainsi, en cas de récession, on ne se contente pas de réduire les primes, on réaffecte aussi la force de travail selon les besoins de l'entreprise : les travailleurs peuvent changer de poste dans l'entreprise, changer de filiale dans le groupe auquel appartient l'entreprise, changer de région, etc. Les individus doivent accepter une forte mobilité aussi bien professionnelle que géographique pour conserver leur emploi. La polyvalence des travailleurs est notamment assurée par un effort considérable de formation continue financé par les entreprises mais parfois aussi par les individus eux-mêmes. On le voit, l'introduction du partage des profits a probablement peu d'effets sur l'emploi sans une transformation plus profonde de l'ensemble des relations du travail.

3º) *Le partage des profits suppose une réelle solidarité entre les travailleurs.* L'employeur est incité à embaucher parce que chaque emploi nouveau augmente le profit. Mais, à chaque embauche nouvelle, la part des profits qui doit être distribuée aux travailleurs doit être partagée entre un plus grand nombre d'individus. Normalement, cela réduit la rémunération globale par salarié. Nous le montrons sur le tableau 16 qui reprend l'exemple chiffré présenté ci-dessus dans le cas où l'entreprise passe de 10 à 11 salariés.

On constate que l'embauche du 11e salarié est profitable pour l'entreprise mais réduit la rémunération moyenne des travailleurs déjà en place. L'employeur est donc incité à maximiser l'emploi, mais pas les travailleurs en place ! En particulier, on peut se demander pourquoi les travailleurs les plus qualifiés et les

Tableau 16. Le partage des profits

Nombre de salariés	10 salariés	11 salariés
Valeur ajoutée totale	+100 000	+ 106 000
Masse salariale	– 50 000	– 55 000
Profit brut	+ 50 000	+ 51 000
Profit distribué (20 %)	– 10 000	– 10 200
Profit net de l'entreprise	+ 40 000	+ 40 800
Rémunération du travail	60 000	65 200
Rémunération par tête	6 000	5 927

mieux protégés contre les risques économiques accepteraient une baisse de leur rémunération en période de récession alors qu'ils peuvent conserver leur emploi et même voir leur pouvoir d'achat progresser si l'ajustement nécessaire des coûts du travail est réalisé en licenciant et en maintenant au chômage les individus les moins qualifiés. Il faut d'ailleurs observer que, dans les pays industriels où le système de partage des profits est peu développé, les travailleurs et les syndicats revendiquent très rarement sa mise en place et sont plutôt réservés sinon franchement hostiles au développement de toute forme de rémunération liée aux performances de l'entreprise.

4º) *Le partage des profits représente un transfert vers les salariés des risques économiques* auparavant assumés en totalité par l'entrepreneur. Dans un pays de longue date accoutumé au contrat salarial classique, cela peut logiquement conduire les syndicats à revendiquer un droit de regard sur la gestion et les choix stratégiques de l'entreprise dont dépendent en grande partie les profits et donc la rémunération du travail. En outre, si les individus ont une certaine aversion pour le risque, ils peuvent exiger une rémunération globale moyenne plus forte pour accepter un système plus risqué qu'un contrat salarial ordinaire. On a vu au contraire que cette aversion pour le risque pouvait conduire les entreprises à rendre les salaires très indépendants de leurs résultats parce que cela permet d'attirer les travailleurs à moindre coût (cf. théorie des contrats implicites).

Au total, on comprend que le système de partage des profits ne se développe pas spontanément dans la plupart des entreprises, et il paraît délicat d'imposer par des réglementations un mode de rémunération peu prisé par les partenaires sociaux. En outre, quand il est pratiqué, le partage des profits vise plus souvent à inciter les salariés à la productivité et à retenir les travailleurs les plus performants, qu'à créer des emplois. Tout au plus peut-il constituer, en période de récession, un facteur de limitation du chômage dans les entreprises qui l'avaient spontanément mis en place durant les périodes de forte croissance.

b) Le partage du travail

Les gains de productivité limitent en permanence les besoins quantitatifs en main-d'œuvre. On ne peut donc pas compter à long terme sur un développement rapide du nombre de postes à pourvoir pour réintégrer dans la société les cohortes d'exclus alimentées par le chômage de longue durée. D'une manière ou d'une autre, on ne peut enrayer l'engrenage de l'exclusion sociale sans une forme de partage entre les travailleurs relativement privilégiés qui disposent d'un emploi stable et les autres. Dans une société non solidaire, la poursuite des gains de productivité risque de déboucher sur une évolution duale et paradoxale. D'une part, les individus les plus qualifiés doivent travailler autant que par le passé, et parfois davantage, et manquent de la ressource qui acquiert pourtant à leurs yeux de plus en plus de valeur : le temps libre. D'autre part, les individus les moins qualifiés disposent de plus en plus de temps libre, faute d'obtenir et de conserver des emplois, et sont privés de ressources stables. On pourrait souhaiter que, comme cela a été globalement le cas durant les deux premiers siècles de la croissance industrielle, le progrès technique permette *à l'ensemble des individus de travailler moins et de disposer à la fois de plus de loisirs et de revenus plus élevés*. Les stratégies de réduction du temps de travail (RTT) visent à réorienter en ce sens l'exploitation des gains de productivité.

- ***L'arithmétique élémentaire de la RTT***

Nous partirons d'une identité évidente : le PIB est égal au nombre total d'heures travaillées dans l'année multiplié par la productivité horaire du travail. Le nombre total d'heures travaillées est lui-même équivalent à la durée du travail individuelle (de chaque travailleur) multiplié par l'emploi total (le nombre de travailleurs employés). On a donc l'identité suivante :

PIB = Durée individuelle du travail × Emploi × Productivité

Dans cette identité, il est clair que pour une productivité donnée, une réduction de la durée du travail rend nécessaire un développement de l'emploi pour maintenir le niveau du produit intérieur. On peut reprendre la même idée en raisonnant sur la durée hebdomadaire du travail et non plus sur la durée annuelle. Quand la semaine de travail passe de 40 heures à 35 heures, on crée un besoin de main-d'œuvre équivalent à 5 heures par individu déjà employé. A chaque fois que l'on effectue cette réduction de la durée du travail pour 7 salariés, on crée un besoin de main-d'œuvre équivalent à un emploi nouveau à temps complet (7 fois 5 = 35 heures) ; appliquée à 7 millions de travailleurs, la RTT pourrait ainsi créer un million d'emplois ! Hélas, nous allons le voir, cette arithmétique élémentaire ne peut fonctionner dans la réalité ; mais elle sert ici à poser clairement les données du problème.

• ***Les limites de la RTT***

1º) *La RTT augmente la productivité.* Le calcul simple exposé ci-dessus suppose que toute heure de travail supprimée pour un travailleur doit être remplacée par une heure d'un autre travailleur pour que l'entreprise puisse maintenir sa production. Il n'en va pas ainsi parce que la productivité individuelle a tendance à diminuer avec l'allongement de la durée du travail. En conséquence, quand on permet à un individu de travailler moins dans la semaine, sa productivité moyenne a plutôt tendance à augmenter.

2º) *La RTT peut élever le coût du travail.* Si on réduit la durée du travail individuelle en maintenant le salaire mensuel inchangé, cela revient à accorder au travailleur une augmentation de salaire horaire. On dit alors que la RTT s'accompagne d'une *compensation salariale* puisque la hausse du salaire horaire compense la baisse du nombre d'heures pour maintenir la rémunération totale inchangée. Dans ce cas, le coût horaire du travail augmente pour l'entreprise, ce qui n'incite pas à embaucher des travailleurs supplémentaires et conduit plutôt à chercher des méthodes de production qui limitent les besoins en main-d'œuvre (substitution du capital au travail).

A court terme, tant que l'entreprise n'a pu mettre en œuvre de nouvelles méthodes de production pour compenser la hausse du coût du travail, elle voit ses coûts de production augmenter et doit réduire ses marges bénéficiaires (moindre profitabilité) et/ou relever ses prix (inflation et moindre compétitivité). Ces effets ne peuvent être que défavorables à l'emploi.

3º) *La RTT peut réduire les capacités de production* en réduisant la durée d'utilisation des équipements. Imaginons une entreprise industrielle organisée en deux équipes travaillant 8 heures par jour, cinq jours par semaine : une équipe du matin (6 h-15 h en comptant une heure de pause) et une équipe du soir (15 h-24 h). Les outils de production fonctionnent donc de 6 h du matin à 24 h, soit 18 heures par jour. Si cette entreprise est contrainte d'adopter une semaine de 35 heures au lieu de 40 heures, l'équipe du matin travaillera de 6 h à 14 h et celle du soir de 14 h à 22 h. Les outils de production fonctionnent deux heures de moins par jour, 10 heures de moins par semaine, une semaine de moins par mois, soit au total presque trois mois en moins par an. Cela représente en fait une réduction considérable de la capacité de production de l'entreprise. Les conséquences néfastes sont évidentes. La production est réduite. La rentabilité du capital diminue : un même volume de capital investi débouche sur une production totale plus faible. Même s'il n'y a pas de compensation salariale, le coût moyen de production augmente puisqu'il faut amortir le coût du capital sur une production plus faible. Les effets sont alors en partie semblables à ceux de la compensation salariale : baisse des marges bénéficiaires et/ou augmentation des prix. La baisse des profits déprime l'investissement et donc le développement de la firme et sa compétitivité à long terme. La hausse des prix réduit la compétitivité immédiatement. Si le phénomène touche une fraction importante des producteurs il développe l'inflation. Quel que soit l'effet dominant (baisse des marges ou hausse des prix), il ne peut y avoir au bout du compte que des effets défavorables à l'emploi. En outre, la réduction de la durée d'utilisation des équipements limite l'impact éventuel de la RTT sur les besoins en main-d'œuvre : selon les techniques utilisées, des salariés supplémentaires embauchés pour remplacer les heures de travail perdues n'auront éventuellement rien ou pas grand-chose à faire faute d'équipements pour travailler.

Ainsi, au total, une réduction de la durée du travail imposée par la loi, et avec compensation salariale, se traduit par un freinage de la production, une perte de compétitivité, une montée des coûts salariaux et de l'inflation, peu d'effets directs favorables sur l'emploi et donc encore moins sur le chômage [à cause de la flexion des taux d'activité, cf. chapitre 8, **2. B.** *c)*]. Ces conclusions théoriques sont dans l'ensemble confirmées par les expériences historiques de réduction autoritaire de la durée du travail (par exemple, en France, la loi des 40 heures en 1936 et celle des 39 heures en 1982). D'une manière générale, dans les années 1970-1980, la réduction du temps de travail en Europe s'est accompagnée d'une persistance ou d'une montée régulière du chômage. En revanche, on doit observer que le chômage est resté plus faible et/ou moins structurel au Japon et aux États-Unis où la durée du travail est sensiblement supérieure à la moyenne européenne.

• ***Les conditions d'une RTT efficace***

Néanmoins, la réduction du temps de travail reste la seule stratégie susceptible de réduire fortement le chômage structurel dans des délais raisonnables pour peu que l'on évite les limites décrites ci-dessus.

1º) *La RTT doit être importante.* Une réduction d'une heure ou deux est entièrement compensée par des gains de productivité et ne crée donc aucun besoin réel en main-d'œuvre.

2º) La réduction du temps de travail peut être accordée par les entreprises en contrepartie d'une *réorganisation des méthodes de travail qui allonge la durée d'utilisation des équipements.* C'est en général ce que l'on vise dans les accords *d'aménagement du temps de travail* spontanément négociés au niveau de l'entreprise. L'employeur concède une réduction substantielle de la durée du travail et/ou une plus grande souplesse dans la définition des horaires (horaires « à la carte »). En contrepartie, les travailleurs acceptent le développement du travail en équipes successives, le travail de nuit, le travail du week-end, etc., en un mot, toute une série de réaménagements du temps de travail qui permettent de faire « tourner les équipements » plus longtemps. Cela autorise une augmentation de la capacité de production sans investissement dans des équipements supplémentaires. Le coût d'un même équipement sera amorti sur une production plus importante : la rentabilité du capital est plus forte ou, ce qui revient au même, le coût unitaire de production diminue. L'entreprise peut alors baisser ses prix pour améliorer sa compétitivité et gagner des parts de marché et/ou améliorer ses profits et donc sa capacité d'investissement. Ces gains de compétitivité et de profitabilité, on l'a vu, sont créateurs d'emploi à long terme. A cet effet indirect s'ajoute un effet direct sur l'emploi. Si un accord de RTT permet à l'employeur de recourir à de nouvelles formes d'organisation du temps de travail qui lui permettent de faire fonctionner ses établissements plus longtemps, il est directement incité à créer de nouveaux postes pour tirer parti de ces possibilités nouvelles (pour créer une équipe de nuit, ou une équipe du week-end, par exemple).

3º) L'aménagement du temps de travail associé à la RTT peut être avantageux pour l'entreprise, même sans allongement de la durée d'utilisation des équipements. En effet, l'employeur peut tirer profit de la seule *faculté d'adapter plus librement et plus vite* les horaires et l'organisation du travail *aux besoins fluctuants de son entreprise*.

4º) La réduction de la durée du travail peut être conçue *sans augmentation proportionnelle du salaire horaire*. Il existe en la matière plusieurs solutions. La première, souvent la plus efficace mais aussi la plus délicate à mettre en œuvre, repose sur une solidarité réelle entre travailleurs : les salariés en place acceptent une réduction de leur temps de travail sans compensation salariale. Autrement dit, le partage des emplois entre les travailleurs en place et les chômeurs va de pair avec le partage des salaires attachés aux emplois. Cette stratégie n'a pas que des avantages. La réduction du revenu moyen des salariés exerce un effet dépressif sur la consommation et donc le niveau d'activité. Elle a également des effets pervers sur la motivation et donc les performances des travailleurs (cf. théorie du salaire efficient). On peut limiter ces inconvénients en accordant une compensation salariale limitée aux bas salaires (SMIC, ou jusqu'à 1,5 fois le SMIC, par exemple). Cela limite l'effet négatif sur la consommation d'autant plus que la propension à consommer est plus forte pour les bas salaires que pour les salaires élevés. Cette politique exige un effort de solidarité plus marqué des travailleurs mieux payés que la moyenne. L'effort exigé des cadres et surtout des cadres supérieurs est particulièrement important dans la mesure où, pour eux, la réduction du temps de travail reste le plus souvent purement théorique.

Cette logique de solidarité est défendable. Elle présente néanmoins un inconvénient de taille en matière d'emploi : la compensation salariale pour les bas salaires implique un relèvement du coût horaire du travail pour les postes les moins qualifiés qui sont précisément ceux qu'il faut développer pour intégrer les chômeurs de longue durée. On peut alors imaginer une troisième voie : la prise en charge de la compensation salariale par l'État, c'est-à-dire *in fine* par l'impôt. Le mécanisme est simple : une compensation salariale est accordée à certaines catégories de travailleurs défavorisés, mais l'employeur bénéficie en contrepartie d'une exonération de charges sociales qui compense tout ou partie de l'élévation de salaire horaire provoquée par la RTT. Bien entendu, les cotisations sociales exonérées doivent être remplacées soit par des cotisations supplémentaires des travailleurs soit par des impôts. Le choix entre ces deux solutions relève d'une réflexion sur le financement de la protection sociale sur laquelle nous revenons ci-dessous [cf. ***d)***].

On le voit, il convient de tenir compte de tous les effets induits pour évaluer correctement l'impact des différentes stratégies. L'Observatoire français des conjonctures économiques (OFCE) s'est précisément livré à une simulation de ces différentes stratégies dans l'hypothèse d'un passage de la durée légale de travail de 39 heures à 35 heures en France. Nous présentons les résultats sur le tableau 17. La hiérarchie des effets selon la stratégie adoptée est sans surprise : la lutte contre le chômage est d'autant plus efficace que la RTT s'accompagne d'une réorganisation du travail (allongement de la durée d'utilisation des équipements) ; l'impact sur l'emploi et le chômage est également d'autant plus élevé que la compensation salariale est faible ou elle-même compensée par une réduction des charges sociales.

En revanche, l'ampleur des effets potentiels sur l'emploi et le chômage est plutôt étonnante : grâce à la RTT, la France serait semble-t-il en mesure de réduire le chômage d'un tiers ou de la moitié sur cinq ans. L'étonnant est que la France n'ait pas déjà eu recours à ce type

Tableaux 17. Effets* de la réduction de la durée hebdomadaire du travail de 39 à 35 heures

Variante A. Sans réorganisation du travail, avec compensation salariale jusqu'à 1,8 SMIC

	3e *année*	*5*[e] *année*	*8*[e] *année*
PIB (en % de variation)	– 1,3	– 2,9	– 4,3
Emploi (en milliers)	1100	1770	1440
Chômage (en milliers)	– 650	– 1030	– 810
Prix à la consommation (%)	2,5	6,8	17,0
Salaire réel (en % de variation)	– 2,3	– 2,9	3,2
Solde extérieur (en % du PIB)	0,1	0,2	0,2
Solde budgétaire (en % du PIB)	– 0,1	– 0,6	– 1,3

Variante B. Avec réorganisation du travail, sans compensation salariale

	3e *année*	*5*[e] *année*	*8*[e] *année*
PIB (en % de variation)	0,5	0,5	– 0,7
Emploi (en milliers)	1330	2360	2300
Chômage (en milliers)	– 810	– 1440	– 1400
Prix à la consommation (%)	– 0,5	– 0,5	1,8
Salaire réel (en % de variation)	– 6,1	– 9,1	– 6,4
Solde extérieur (en % du PIB)	0,4	0,9	1,3
Solde budgétaire (en % du PIB)	0,6	1,2	1,2

Variante C. Avec réorganisation du travail, compensation salariale jusqu'à 1,5 SMIC et baisse des cotisations sociales employeurs

	3e *année*	*5*[e] *année*	*8*[e] *année*
PIB (en % de variation)	1,0	1,4	0,4
Emploi (en milliers)	1360	2450	2470
Chômage (en milliers)	– 830	– 1500	– 1510
Prix à la consommation (%)	– 0,8	– 1,2	1,2
Salaire réel (en % de variation)	– 4,7	– 6,7	– 2,2
Solde extérieur (en % du PIB)	0,2	0,5	0,9
Solde budgétaire (en % du PIB)	0,3	0,6	0,7

* Effet : écart de la variable par rapport à son niveau en l'absence de réduction de la durée du travail.
Source : Lettre de l'OFCE, 3 mars 1993.

de réforme, d'autant qu'elle figurait au programme du gouvernement socialiste de juin 1981. C'est en fait qu'une telle réforme ne se décrète pas aussi aisément qu'il y paraît en théorie. Les deux conditions d'efficacité de la RTT exposées ci-dessus sont susceptibles d'entraîner de vives résistances d'une partie des travailleurs et des entreprises. Une entreprise peut hésiter devant une réorganisation importante de la production et des méthodes de travail. L'allongement de la durée d'utilisation de la production n'améliore réellement la rentabilité du capital que s'il existe des débouchés suffisants pour utiliser pleinement les nouvelles capacités de production dégagées par l'aménagement du temps de travail. Ce dernier est donc plus facile à mettre en œuvre dans une période de forte croissance et d'optimisme sur les débouchés futurs qu'en période d'activité ralentie. L'employeur peut en outre craindre l'effet pervers des résistances des salariés à toute modification substantielle de leurs habitudes de travail. La deuxième condition d'efficacité de la RTT (pas de compensation salariale ou compensation financée par relèvement des impôts) suppose un fort sentiment de solidarité des individus employés envers les chômeurs. Or, l'expérience des années 1980 et des années 1990 a montré qu'un tel sentiment était plutôt limité. Les pouvoirs publics peuvent donc hésiter à imposer une solution qui suppose de la part de la majorité des agents des sacrifices immédiats dont les seuls bénéficiaires évidents à moyen terme sont les travailleurs les moins qualifiés qui sont plus ou moins régulièrement exclus d'une participation normale au marché du travail. Tant que les stratégies d'ajustement qui reportent l'essentiel des coûts sur des minorités ne dérangent pas la majorité, il est difficile pour un État démocratique d'imposer d'autres stratégies, même s'il est clair qu'à long terme elles sont préférables pour tous.

c) Subventionner de nouveaux emplois

Il peut exister des gisements d'emploi inexploités parce que leur coût privé dépasse l'avantage que pourrait en retirer les agents. Dans une économie de marché, l'allocation efficace des ressources suppose normalement qu'on laisse aux agents privés le soin de déterminer si une activité mérite d'être développée ou non. Néanmoins, ce principe ne s'applique plus quand les choix privés ont des effets externes qui font apparaître un écart notable entre les avantages privés et les avantages sociaux associés aux décisions des agents. Dans ce cas, l'analyse économique recommande en général une intervention de l'État pour subventionner les choix qui ont des effets externes positifs et pour taxer ceux qui ont des effets externes négatifs : cette politique améliore l'utilisation des ressources et le bien-être collectif.

Dans le problème qui nous occupe, les effets externes positifs associés à toute action qui réduit durablement le chômage sont clairs : bien-être supérieur pour les chômeurs réinsérés dans la vie professionnelle ; réduction des charges d'indemnisation du chômage ; amélioration du capital humain de la nation dont on a souligné plus haut l'impact sur la croissance à long terme ; certains effets plus diffus et impossibles à mesurer, mais dont presque personne ne doute, tels que l'atténuation des antagonismes sociaux et le recul de la délinquance. Pourtant, les agents privés, en décidant de créer ou non certains emplois, ne sont pas spontanément incités à tenir compte des effets bénéfiques d'une réduction du chômage pour la collectivité. Ils n'intègrent dans leur calcul que les coûts et avantages privés associés à ces emplois. Une intervention publique paraît donc justifiée : en subventionnant des emplois, l'État réintègre dans le calcul économique des agents les avantages sociaux attachés à ces emplois.

Encore faut-il qu'il existe des emplois potentiels correspondant à des besoins réels et que des agents soient disposés à les créer pour peu que l'État en abaisse quelque peu le coût de création. Tel est peut-être le cas dans le domaine des services aux particuliers. Une étude de l'INSEE (*Premières synthèses,* mars 1993) estime que pour un coût moyen de 50 000 F par emploi, des aides directes pourraient entraîner la création de 312 000 à 365 000 emplois nouveaux en cinq ans (1993-1998), en France ; ces emplois concerneraient principalement les domaines suivants : services d'aides aux gardes d'enfant (55 000 emplois) ; services de loisirs et de culture (50 000 emplois) ; aides au maintien du dernier commerce (58 000 emplois) ; services d'aides aux personnes âgées ou dépendantes (17 800 emplois) ; services d'aides scolaires (21 000 emplois) ; services de transports locaux (20 000 emplois) ; services de sécurité et de surveillance (25 000 emplois).

Ce chiffrage est purement indicatif, mais il a le mérite d'indiquer que le volume des emplois potentiels n'est pas symbolique. Cette étude montre aussi que le coût de création de certains emplois de service est sensiblement inférieur à la charge d'indemnisation d'un chômeur de longue durée. Quitte à utiliser des ressources publiques pour maintenir le revenu des individus les plus défavorisés sur le marché du travail, mieux vaut subventionner la création d'un emploi que le maintien au chômage.

Au milieu des années 1990, en France, on estimait le coût social moyen d'un chômeur à 120 000 francs (en comptabilisant le coût des indemnisations et les impôts et cotisations sociales non versés par les chômeurs). Cette *charge passive* peut, dans certains cas, être transformée en une *charge active* qui contribue à créer des emplois.

d) Fiscaliser en partie la protection sociale

La protection sociale est animée par deux logiques différentes. Pour une part, il s'agit d'une assurance : les agents versent des primes d'assurance (cotisations sociales) pour se couvrir contre la perte de revenu et les charges associées à certains événements (maladie, chômage, vieillesse) ; en contrepartie ils perçoivent des indemnités d'assurances (prestations sociales) lorsque ces événements se produisent. Pour une autre part, les prestations sociales constituent des dépenses d'assistance publique qui reflètent la solidarité nationale : indemnisation des chômeurs qui n'ont pas ou plus de droits à indemnisation en application du système d'assurance sociale (jeunes à la recherche d'un premier emploi, chômeurs de longue durée) ; dépenses de santé des chômeurs et inactifs ; prestations familiales ; retraites par répartition et non par capitalisation. Les prestations familiales et les dépenses de santé se justifient aussi par les effets externes positifs pour la nation de la natalité, de l'éducation des enfants et de la santé individuelle. Ainsi, la protection sociale a en même temps les traits d'une assurance privée et ceux d'un service public. Or, contrairement à la logique économique, on retrouve assez peu cette dualité au niveau du financement : la quasi-totalité de la protection sociale est financée par des cotisations sociales principalement à la charge des employeurs, alors qu'il serait plus logique de financer la part de service public par l'impôt. Le mode de financement habituel pénalise l'emploi du facteur travail qui se trouve en quelque sorte surtaxé pour financer la solidarité sociale, la surconsommation des services de santé, le vieillissement de la population, et la politique de la famille.

Dès lors, il est raisonnable d'envisager une réforme transférant une part des cotisations employeurs vers l'impôt qui constitue le mode normal de financement des services collectifs et de la solidarité nationale. Certains proposent de transférer une partie des charges sociales des employeurs sur les cotisations des salariés. Mais cette solution risque d'exacerber la lutte entre employeurs et employés pour le partage de la valeur ajoutée : les salariés peuvent exiger des hausses de salaires compensatrices et/ou réduire leur effort pour compenser le recul de leur rémunération nette ; au total le recul des charges sociales des employeurs risque de ne pas se traduire par une modération très nette du coût du travail. Même si le résultat est le même en termes de revenu net, les travailleurs acceptent probablement plus aisément une augmentation des impôts destinée à aider à la création d'emplois qu'une réduction directe de leur salaire net pour un travail effectif inchangé.

Les écologistes ont souvent proposé de financer une partie des charges sociales en taxant le capital (les machines et les robots) et non plus le seul facteur travail. Cette mesure aiderait éventuellement à équilibrer les comptes de la Sécurité sociale mais sans doute pas à réduire le chômage. En effet, elle revient peu ou prou à faire supporter les charges sociales aux employeurs en transférant seulement une part plus importante sur les entreprises les plus capitalistiques (qui ont le plus tendance à employer plutôt des biens d'équipement que de la main-d'œuvre). Il n'est pas certain que pénaliser l'investissement et le progrès technique soit une alternative souhaitable à la pénalisation du facteur travail. Faut-il s'opposer au progrès technique qui permet d'économiser le travail humain, ou faut-il trouver les moyens de mieux partager les bienfaits du progrès technique ?

La fiscalisation partielle des charges sociales nous paraît la seule voie qui concilie l'allégement du coût du travail et une réelle solidarité entre les travailleurs et les chômeurs. Une étude du Commissariat général au Plan a estimé les effets potentiels d'une politique de ce type (*Perspectives de l'économie française*, La Découverte, 1993). La mesure étudiée consiste à exonérer les employeurs de cotisations sociales sur le premier millier de francs de chaque salaire versé. Elle est financée par une augmentation de la Contribution sociale généralisée (CSG) qui est un impôt de solidarité assis sur l'ensemble des revenus. L'effet de réduction du poids des charges sociales est relativement plus fort sur les bas salaires, ce qui constitue une incitation directe à l'embauche des travailleurs peu qualifiés les plus touchés par le chômage de longue durée. La baisse du coût du travail peut aussi en partie servir à abaisser les prix des produits les plus exposés à la concurrence internationale ; il en résulte des gains de compétitivité extérieure et à terme de parts de marché. En revanche, l'augmentation de la CSG peut aussi freiner les dépenses des ménages. Les simulations réalisées dans l'étude précitée tiennent compte de tous les effets positifs et négatifs ; elles débouchent sur des résultats nets non négligeables : selon les variantes retenues, cette politique pourrait, en cinq ans, créer 250 000 à 270 000 emplois et réduire le chômage de 210 000 à 220 000 individus. Néanmoins, ce type de résultats est très sensible au modèle utilisé et aux hypothèses sur le comportement des entreprises. La même mesure, estimée à partir du modèle de prévision de l'OFCE, donne des effets beaucoup plus modestes (50 000 chômeurs en moins, en 5 ans). Il reste que le sens de cette politique reste sans ambiguïté favorable à l'emploi. Il n'y a donc que des avantages à explorer ce type d'action qui a en outre le mérite d'introduire un peu plus de logique économique dans le financement de la protection sociale.

e) La nécessaire politique de réinsertion

Les politiques conjoncturelles et structurelles les plus efficaces ne pourront jamais remettre au travail que les chômeurs considérés comme « employables » par les entreprises, c'est-à-dire susceptibles d'une productivité comparable à la moyenne dans leur secteur d'activité. Or, on constate souvent une faible « employabilité » pour les chômeurs de longue durée (plus d'un an) [cf. chapitre 8, **2. B.** *c)*]. Certes, avec des incitations adéquates et des débouchés importants, les entreprises peuvent assumer en partie la réinsertion des chômeurs de longue durée. Mais tel ne sera pas le cas pour certains chômeurs de très longue durée, ou pour des personnes encore plus démunies qui ne sont même pas enregistrées comme chômeurs : leur coût de formation et de réadaptation au monde du travail est jugé excessif par des employeurs soumis à des contraintes de compétitivité. Dans ces derniers cas, une prise en charge sociale est nécessaire pour assurer la formation, l'acclimatation progressive au travail en entreprise, l'accompagnement individuel, etc. L'expérience indique que ce travail social peut être efficacement accompli par des associations et des entreprises d'insertion subventionnées.

Ainsi, les politiques de l'emploi ne sont pas le dernier mot de la lutte contre l'exclusion sociale. En effet, il ne s'agit pas seulement de lutter contre le chômage présent. Encore faut-il assumer le coût de l'exclusion et de la pauvreté accumulées dans le passé, faute d'avoir su ou voulu agir, à l'époque où il aurait suffi de créer des emplois.

3. L'UNION MONÉTAIRE EUROPÉENNE

On pourrait voir dans l'intégration monétaire européenne un moyen de mieux coordonner des politiques économiques **tendues** vers la croissance et le plein emploi. Mais les conditions historiques dans lesquelles le projet d'union monétaire a été forgé n'ont pas orienté ce dernier dans ce sens.

Le traité de Maastricht signé entre les douze pays de la CEE le 7 février 1992 prévoit le passage à une monnaie unique européenne en trois étapes **[A]**. En théorie, cette unification monétaire est parfaitement justifiable et pourrait améliorer l'efficacité des politiques macroéconomiques **[B]**. Mais ce processus soulève aussi de nombreuses difficultés qui ne sont pas réglées par le traité de Maastricht. L'unification monétaire suppose au préalable une forte convergence des politiques nationales autour d'objectifs de rigueur monétaire et budgétaire. Elle rend ainsi plus difficile la poursuite des objectifs de croissance et de plein emploi. Une fois l'union monétaire établie, il subsiste de nombreux risques associés, notamment, à la persistance de problèmes différents dans chaque pays [**C**]. Ces risques ne peuvent être surmontés sans une plus grande solidarité financière entre les États qui préfigure l'avènement souhaitable d'une union politique plus étendue [**D**].

A. L'union monétaire selon le traité de Maastricht

a) La phase 1 : 1992-1993

– Libération générale des mouvements de capitaux à l'intérieur de la CEE.

– Amorce d'un processus de convergence des politiques macroéconomiques vers des objectifs de faible inflation et de déficit budgétaire modéré.

b) La phase 2 : 1994-1997 ou 1994-1999

– Création d'un Institut monétaire européen (IME) remplaçant le comité des gouverneurs des banques centrales ; chargé d'une fonction de conseil et d'étude pour contribuer au développement de l'Ecu *(European currency unit)* et préparer la mise en place d'un Système européen de banques centrales ; en fin de phase 2, l'IME et la Commission européenne sont chargés d'évaluer l'admissibilité des différents pays en phase 3 ; l'admission est décidée par le Conseil européen.

– Libération totale des changes entre pays de la CEE.

– Interdiction faite aux banques centrales de participer au refinancement des déficits publics.

– Réforme des statuts des banques centrales pour garantir leur indépendance à l'égard du pouvoir politique. Concrètement, cela implique la nomination de gouverneurs irrévocables pour un mandat relativement long (5 à 8 ans), et de préférence non renouvelable, pour éviter toute possibilité de pressions politiques.

– Entrée ou retour dans le SME, pour les pays qui ne participaient pas au système monétaire européen ou bénéficiaient de marges de fluctuation élargies au moment du traité de Maastricht (cf. tableau 18).

– Création d'un « fonds de cohésion » pour aider les pays dont le PNB/habitant est inférieur ou égal à 90 % du PNB/habitant moyen dans la CEE (Espagne, Portugal, Grèce, Irlande).

– Convergence des politiques macroéconomiques. Pour passer en phase 3, un pays doit satisfaire cinq critères de convergence des taux d'inflation, des taux d'intérêt, du déficit budgétaire, de la dette publique et des taux de change. Nous revenons en détail sur ces critères ci-dessous. Selon le traité, la monnaie unique pouvait être adoptée au 1er janvier 1997, entre les pays qui satisfont aux cinq critères de convergence, à condition qu'ils fussent au moins sept sur douze. Mais, en 1996, seul le Luxembourg remplit les conditions nécessaires. En conséquence, toujours selon le traité, la monnaie unique sera mise en place au 1er janvier 1999 entre les pays remplissant les conditions nécessaires, quel que soit leur nombre.

c) Les critères de convergence

Selon le traité de Maastricht, un pays doit remplir cinq critères de convergence des politiques économiques pour entrer dans le système européen de monnaie unique.

1º) Le taux d'inflation ne doit pas dépasser de plus de 1,5 point en % le taux d'inflation moyen enregistré durant les douze mois précédents dans les trois pays qui ont l'inflation la plus faible.

2º) Le déficit public doit être inférieur à 3 % du PIB.

3º) La dette publique brute cumulée des administrations centrales, locales, et de sécurité sociale, doit être inférieure à 60 % du PIB.

4º) Les taux d'intérêt à long terme ne doivent pas dépasser de plus de 2 points en % les taux moyens enregistrés dans les trois pays qui ont l'inflation la plus faible.

5º) Les taux de change de la monnaie nationale doivent être restés à l'intérieur des marges de fluctuation autorisées par le SME, sans dévaluation, depuis deux ans au moins.

En fait, toutes ces conditions ont une finalité commune : garantir que les gouvernements convergent vers un objectif commun de stabilité monétaire intérieure et internationale. Cela est évident pour les critères 1 et 5. La réduction de la dette est par ailleurs nécessaire pour éviter un financement monétaire et inflationniste des déficits publics. En effet, nous avons vu que, dans un contexte de prélèvements obligatoires déjà élevés, le gouvernement ne peut guère financer un déficit que par emprunt ou création monétaire. L'emprunt ne fait que reporter le problème de financement et peut même l'aggraver : la charge de remboursement de la dette et des intérêts vient accentuer les déficits publics, ce qui appelle de nouveaux emprunts, et ainsi de suite. Il est alors bien tentant de recourir plutôt à la création monétaire, ce qui serait inflationniste et éloignerait de l'objectif central de stabilité monétaire. D'où la contrainte de réduction de la dette publique imposée par le traité de Maastricht. Mais, pour réduire la dette publique, il faut limiter le déficit public. Plus précisément, pour rembourser par anticipation une partie de la dette accumulée, un État doit dégager un excédent primaire de son budget (c'est-à-dire un excédent avant paiement des intérêts de la dette).

Le critère de convergence des taux d'intérêt à long terme tend à faire converger *l'inflation anticipée* par les marchés financiers. En effet, les taux à long terme reflètent essentiellement deux facteurs : l'équilibre entre l'offre et la demande de fonds prêtables à long terme, et la dépréciation monétaire anticipée par les agents sur les placements longs (à cause de l'inflation). Sur un marché des capitaux européen unifié où les mouvements de capitaux sont parfaitement libres, il ne doit plus y avoir qu'une offre et une demande globales de fonds, ce qui tend à unifier les taux des placements à long terme : le seul facteur de différenciation des taux à long terme vient alors des écarts possibles entre les taux d'inflation anticipés dans les différents pays. Pour faire converger les taux à long terme, les différents gouvernements doivent donc convaincre les marchés financiers de leur attachement durable à une politique de convergence des taux d'inflation, en sorte que les investisseurs anticipent une réduction durable des écarts d'inflation et acceptent de réduire en conséquence les écarts de taux d'intérêt. Cette contrainte de crédibilité auprès des marchés financiers vient donc renforcer la simple contrainte de convergence des taux d'inflation (critère 1).

d) La phase 3 : 1999-2002

- ***La généralisation progressive de l'Euro***

1º) *1er janvier 1999 - 31 décembre 2001.*

Au 1er janvier 1999, l'Euro remplace l'Ecu et devient la monnaie centrale des pays participant à l'union monétaire. Le Conseil européen de Bruxelles des 2 et 3 mai 1998 a arrêté la liste des onze pays adoptant l'Euro (au 1er janvier 1999) : Allemagne, Belgique, Danemark, Grèce, Espagne, France, Irlande, Italie, Luxembourg, Pays-Bas, Portugal. Les unités monétaires nationales de ces pays subsistent comme instruments des paiements intérieurs, mais elles sont liées entre elles et à l'Euro par un taux de conversion définitivement fixe (le taux de conversion du franc est 1 € = 6,55957 francs). Quand le taux de change entre les monnaies est absolument fixe, on est bien déjà dans un système de monnaie unique : les taux de change sont de simples outils de conversion entre les différentes « présentations » de la monnaie dans les pays membres de l'union monétaire.

Les banques qui mettent en circulation des francs, des marks, des florins, des lires, des pesetas, etc., le font d'ailleurs sur la base d'une seule et identique monnaie centrale : l'Euro. En effet, dès le début de l'union monétaire, l'Euro est la monnaie banque centrale (cf. chapitre 6, **A.** ***a)***) qui sert aux règlements entre banques et aux interventions de la BCE sur le marché monétaire. Durant cette première étape, toutes les opérations sur les marchés de capitaux se font en Euros.

En ce qui concerne les opérations des agents non financiers, la Commission recommande de laisser ces derniers choisir librement leur propre calendrier de transition entre des règlements en monnaie nationale et des règlements en Euro.

2º) *1er janvier 2002 - 30 juin 2002.*

La période transitoire de trois ans achevée, toutes les opérations monétaires scripturales sont libellées en Euro, dès le 1er janvier 2002. Les billets et les pièces en Euro sont mis en circulation. S'ouvre alors une nouvelle période transitoire durant laquelle les anciens billets peuvent encore circuler.

3º) *1er juillet 2002.*

L'Euro sous toutes ses formes (fiduciaire et scripturale) est la seule monnaie en circulation.

• ***La Banque centrale européenne***

Le 1er janvier 1999, le système européen de banques centrales (SEBC) entre en vigueur. Les banques centrales nationales ne sont plus que les relais locaux d'une Banque centrale européenne (BCE). Le conseil des gouverneurs des banques centrales définit les grandes orientations de la politique monétaire. La politique monétaire au jour le jour est menée par le Directoire de la BCE. Ce dernier est composé de six membres irrévocables nommés pour huit ans non renouvelables par le Conseil européen ; il prend ses décisions à la majorité simple.

Les statuts de la BCE lui assignent pour objectif prioritaire la stabilité des prix et lui interdisent le financement des déficits publics. La BCE ne peut recevoir ni avis ni conseils de la part des gouvernements. La BCE est en outre chargée de mettre en œuvre la politique de change de la monnaie européenne à l'égard des autres monnaies. Certes, les orientations de la politique de change sont définies par le Conseil européen, mais il est stipulé que cette politique ne peut contrarier l'objectif prioritaire de stabilité des prix assigné à la BCE.

B. Les raisons fondamentales de l'intégration monétaire

Dans une certaine mesure, la monnaie unique est une conclusion logique du processus d'intégration européenne amorcé dès les années 1950 [*a)*]. C'est la thèse des « effets d'entraînement » selon laquelle l'intégration commerciale provoque nécessairement l'apparition d'un système monétaire européen, dont les limites entraînent la mise en place d'une monnaie unique qui, à son tour, est censée provoquer l'union politique. Les pères de l'Europe auraient ainsi réinventé une « ruse de l'Histoire » en enclenchant un processus économique dont le but réel n'est autre que la réalisation des États-Unis d'Europe. Mais, si la force des mécanismes en question ne fait pas de doute, elle ne commande pas un mouvement inéluctable. Les effets d'entraînement jouent aussi par la volonté politique des gouvernements de l'Union européenne.

En conséquence, les raisons fondamentales de l'intégration monétaire sont à chercher du côté des visions politiques qui sous-tendent les choix des décideurs. Ces visions touchent naturellement à des aspects non strictement économiques (la paix, la sécurité, la compétition politique et culturelle avec les États-Unis, etc.). Si l'on s'en tient à la question qui concerne au premier chef cet ouvrage (la conduite des politiques économiques), on peut dire que deux visions fondamentales et opposées semblent à l'œuvre dans l'intégration monétaire. La première, que l'on pourrait qualifier de keynésienne, voit dans l'euro un moyen de restaurer l'efficacité des politiques macroéconomiques qui se trouvait contrariée par les contraintes de gestion des taux de change intra-européens [***b)***]. La seconde, qui est libérale, se réjouit au contraire de voir les gouvernements privés de deux instruments de politique économique (taux d'intérêt et taux de change), espérant que le recul des moyens de régulation politique contraindra à accepter plus avant la régulation par les marchés [***c)***].

a) L'aboutissement logique de la CEE

L'intégration économique européenne s'est d'abord faite par les échanges commerciaux et par la production. Le développement progressif du Marché commun a débouché sur la constitution d'un grand marché unique où, depuis 1993, peuvent circuler librement les biens, les services, les personnes. Ce marché unique n'aurait eu aucun sens et n'aurait pu fonctionner si les agents qui y participent, et en particulier les entreprises, n'avaient pu déplacer aussi librement les capitaux d'un pays à l'autre. Aussi la libre circulation des capitaux et l'abolition des contrôles de change ont-elles été décidées avant même l'ouverture du marché unique. Mais l'intensification continue des échanges à l'intérieur du Marché commun, puis du Marché unique, suppose d'assurer la stabilité des taux de change entre pays membres pour éviter l'incertitude sur la rentabilité des échanges internationaux qu'implique une forte variabilité des changes.

Or, nous avons montré que des pays liés par un système de changes fixes et où les mouvements de capitaux sont parfaitement libres ne peuvent plus pratiquer de politique monétaire autonome. Nous avons vu ainsi que le SME s'était transformé en une zone mark où tous les pays se trouvaient contraints d'aligner leur politique monétaire sur celle du pays qui dispose de la monnaie la plus stable tant au plan intérieur qu'au plan international (le mark). Dès lors, un tel système fonctionne déjà comme s'il n'existait plus de monnaies nationales autonomes et il est parfaitement logique qu'une majorité de pays envisage l'adoption d'une monnaie unique. Cette solution permet de partager le pouvoir monétaire de la monnaie dominante et de négocier la définition d'une politique monétaire européenne au lieu de se voir dicter cette politique par un seul État (l'Allemagne).

b) La vision keynésienne : l'efficacité potentielle des politiques économiques est renforcée

La monnaie unique allège considérablement la contrainte extérieure : les pays ne sont plus contraints d'intervenir sur les marchés des changes pour stabiliser les taux de change entre monnaies européennes. Certes, les États perdent un instrument de politique économique : le taux de change. Mais il s'agit d'un instrument dont nous avons montré qu'il n'était plus d'une grande efficacité tant dans la recherche de l'équilibre interne que dans celle de l'équilibre externe. La contrainte financière d'équilibre de la balance des paiements se trouve également réduite. La plupart des pays membres de l'Union européenne réalisent une part essentielle de leurs échanges de biens, de services et de capitaux avec d'autres pays membres de l'Union. Si les échanges entre pays membres sont réglés en Euro, chaque pays peut ainsi payer une part importante de ses importations dans sa propre monnaie. Un pays qui doit régler son déficit extérieur en devises étrangères doit, un jour ou l'autre, réaliser des excédents de sa balance des paiements courants pour acquérir les devises nécessaires. Cette contrainte financière disparaît si ce pays règle son déficit avec sa propre monnaie. Certes, le pays n'a plus la possibilité de créer de la monnaie et, en conséquence, un déficit sera financé par un endettement accru des agents nationaux. Mais cette dette sera remboursée dans la monnaie unique qui est aussi celle du pays. Les agents ne sont donc pas contraints de dégager un excédent des échanges extérieurs pour rembourser cette dette extérieure : ils peuvent aussi accumuler des capacités de financement dans leur propre monnaie en développant leurs débouchés et leurs revenus intérieurs. En outre, la création d'une monnaie unique émanant de la nouvelle première puissance économique mondiale que constitue une Europe intégrée, peut, à long terme, se traduire par un usage international (hors Europe) plus étendu de cette monnaie européenne. La fraction des échanges que les pays européens seront en mesure de payer dans leur propre monnaie peut donc s'étendre progressivement.

Enfin, en allégeant fortement la double contrainte extérieure (contrainte financière et contrainte de taux de change), l'union monétaire redonne une marge de manœuvre plus étendue au seul instrument de politique qui reste actif au plan national : la politique budgétaire. Néanmoins, comme nous allons le montrer à présent, cette possibilité risque de rester longtemps théorique, du moins dans le cadre de l'union monétaire telle qu'elle est prévue par le traité de Maastricht.

c) La vision libérale

Depuis le 1er janvier 1999, les pays membres de l'*Euroland* ont perdu l'usage de deux instruments de la politique économique : la politique monétaire et la politique de change. Les orientations fondamentales de cette dernière restent en théorie du ressort des autorités politiques, mais au niveau européen (Conseil) et non plus national. Par ailleurs, même au niveau européen, la BCE joue en ce domaine un rôle essentiel puisqu'elle maîtrise les taux d'intérêt qui déterminent en partie l'évolution des taux de change, et qu'elle peut s'opposer à la mise en œuvre d'une politique de change souhaitée par le Conseil, si celle-ci lui semble contrarier son objectif prioritaire (la stabilité des prix).

Reste donc aux autorités nationales la seule politique budgétaire. Mais celle-ci se trouve également strictement encadrée par le « pacte de stabilité et de croissance » [cf. **D.** ***a)*** ci-dessous]. Son respect strict implique en réalité la poursuite d'un objectif d'équilibre budgétaire. Au total, on peut voir dans le traité d'union monétaire une restriction extrême des marges de manœuvre nationales en matière de politique macroéconomique : pour les libéraux, qui jugeaient ces politiques peu utiles ou nuisibles, c'est naturellement là une bonne nouvelle. D'autant que des États privés d'instruments de réaction face à une contre-performance économique (par rapport aux performances de leurs voisins) devront laisser jouer davantage les mécanismes du marché. La restauration de la compétitivité exigera en effet la flexibilité de la main-d'œuvre, la baisse des coûts salariaux et des charges fiscales. Le recul de la charge fiscale (sous une contrainte d'équilibre budgétaire) suppose le recul des dépenses publiques et donc un désengagement plus important de l'État. L'intégration monétaire, en substituant aux ajustements par la politique économique nationale, des ajustements par la flexibilité des marchés, peut ainsi être un levier puissant d'une stratégie de libéralisation de l'économie. Les politiques libérales que les responsables politiques nationaux étaient incapables d'imposer à leurs électeurs pourraient en effet être imposées par la compétition brutale des marchés européens.

Les tenants de ce que nous avons appelé la vision keynésienne ont naturellement conscience de l'éventualité libérale évoquée ci-dessus et des dangers de la compétition sauvage. Mais ils pensent (ou du moins, comme nous-mêmes, ils espèrent) que le spectre de la compétition brutale, rejeté par la majorité des électeurs en Europe, servira d'épouvantail stimulant pour la mise en place progressive d'une Europe fiscale, budgétaire et sociale, où la coordination puis l'intégration croissante de l'ensemble des politiques économiques serviront finalement à restaurer la maîtrise de l'économie par le politique.

Laquelle des deux visions l'emportera ? Ni l'une ni l'autre ne va de soi, ne s'impose pour des raisons techniques. La réponse appartient donc à l'Histoire, c'est-à-dire aux choix politiques. Une seule chose est certaine : il faudra effectuer ces choix politiques sans tarder, sans quoi l'union monétaire rencontrera des difficultés sérieuses que nous allons à présent aborder.

C. Les problèmes de l'union monétaire

Si le processus d'unification monétaire surmonte le problème de la convergence préalable des politiques macroéconomiques, le fonctionnement concret d'une monnaie unique soulève encore de réelles difficultés. Il existe, en effet, des risques de dysfonctionnement associés au nouveau système de banques centrales [***a)***], ou aux chocs asymétriques susceptibles d'affecter les économies nationales [***b)***].

a) Les risques associés à l'indépendance de la BCE

• ***Le déficit démocratique***

La politique monétaire, en droit, et la politique de change, en fait, sont déterminées par une banque centrale totalement indépendante des autorités politiques. C'est donc une part essentielle de la politique économique qui échappe à toute espèce de contrôle des citoyens de l'Union européenne. Dans les pays où la Banque centrale est déjà, de longue date, indépendante du pouvoir (en Allemagne par exemple), l'expérience indique que la Banque centrale ne reste pas pour autant complètement indifférente aux attentes de l'opinion publique et aux pressions des responsables politiques ; la logique démocratique n'est donc pas tout à fait absente dans la gestion de la politique monétaire. Mais

Fiche 13. Ecofin et Euro 11

L'appellation Conseil Ecofin ou Ecofin désigne le « Conseil économique et financier », c'est-à-dire **l'instance européenne du Conseil des ministres composée des quinze ministres des Finances et de la Commission**. Se réunissant une fois par mois, ce Conseil joue un rôle essentiel dans l'UEM. C'est la seule instance « habilitée à formuler et à adopter les grandes orientations des politiques économiques » ; il est chargé de la coordination des politiques économiques et vérifie que chaque pays de la zone euro s'inscrit bien dans les normes budgétaires du Pacte de stabilité et de croissance. Il dispose ainsi de pouvoirs non négligeables car c'est lui qui examinera les « circonstances exceptionnelles » justifiant un dépassement des normes de déficit budgétaire par un pays et qui décidera d'une éventuelle application des sanctions financières en cas de déficits excessifs.

L'Euro 11, appelé aussi en France **« Conseil de l'euro »**, est une instance informelle qui **réunit les ministres des Finances des seuls pays participant à la monnaie unique**. Ce Conseil est issu d'une revendication de la France qui souhaitait instaurer une sorte de « gouvernement économique européen » pour la zone euro afin de constituer un contrepoids politique fort face à la puissance de la Banque centrale européenne. Lors du Conseil européen d'Amsterdam, en juin 1997, les partenaires de la France ont accepté la création d'un organe « informel » permettant une concertation sur tous les sujets relatifs au bon fonctionnement de l'Union économique et monétaire. Au sein de l'Euro 11, les Onze doivent débattre librement de thèmes représentant un véritable enjeu politique (budget, coordination des politiques budgétaires, politique de change, etc.), mais seul le Conseil Ecofin est habilité à prendre une décision dans ces domaines.

Source : L'Union européenne, coll. « Les Notices », La Documentation française, Paris, 1999.

comment une banque centrale supranationale pourrait-elle tenir compte des souhaits, parfois contradictoires, des diverses populations composant l'Union ? Cela n'est envisageable qu'en présence d'un véritable contre-pouvoir politique, également supranational, un gouvernement européen, responsable devant les citoyens ou du moins devant leurs représentants élus au Parlement européen. Or, rien de tel n'existe pour l'instant, même si l'on peut estimer que le Conseil de l'Euro constitue un effort dans ce sens (cf. fiche 13).

• ***La coordination des instruments de politique économique***

Une fois en place, une union monétaire telle qu'elle est prévue par le traité de Maastricht peut rencontrer des difficultés de coordination entre les différents instruments de la politique macroéconomique. En premier lieu, il peut y avoir contradiction entre les objectifs de la politique de change définis par le Conseil Ecofin et la politique monétaire définie par la BCE. Le problème est réel dans la mesure où les taux d'intérêt fixés par la BCE constituent l'un des déterminants essentiels des variations du taux de change de la monnaie européenne. Politique monétaire et politique de change doivent donc être coordonnées alors que le traité de Maastricht en confie la responsabilité à des autorités différentes et indépendantes sans organiser leur indispensable coopération.

Un autre problème naît de l'absence de coordination entre la politique monétaire décidée par la BCE et la politique budgétaire qui reste du ressort des États. Il y a là un risque de conflit entre une politique monétaire entièrement vouée à la maîtrise des prix et des budgets nationaux établis en fonction des priorités locales en matière de croissance, d'investissement et d'emploi. Ce conflit d'objectif risque en outre de dégénérer en conflit entre États dans la mesure où les problèmes et les priorités des uns et des autres ne sont pas toujours identiques.

Mais quand bien même les problèmes seraient communs à tous les pays, une meilleure coordination entre politiques budgétaires et monétaires est nécessaire. Prenons l'exemple d'un choc pétrolier (un « choc d'offre ») qui peut engendrer à la fois inflation et récession (« stagflation ») dans la plupart des pays européens. La réaction politique optimale peut parfois consister à combiner, d'une part, rigueur budgétaire et politique des revenus pour contenir l'inflation, et, d'autre part, baisse des taux d'intérêt pour soutenir l'investissement et la production. Mais, dans une union monétaire où la banque centrale n'a ni le droit de poursuivre un autre objectif que la stabilité des prix, ni celui de négocier la combinaison idéale des politiques économiques avec les autorités politiques, on obtient une combinaison exactement inverse : une hausse des taux d'intérêt immédiate qui, en accentuant la récession, ne laisse aux gouvernements pas d'autre choix que la relance budgétaire.

• ***Le risque de surévaluation de l'Euro***

La BCE est en partie jugée par les marchés financiers sur sa capacité à faire de l'Euro une monnaie aussi stable et aussi forte que le mark. Certains voient là un risque d'incitation systématique à adopter une logique d'« Euro fort » qui pourrait pénaliser l'Europe dans la compétition internationale en maintenant les prix relatifs des produits européens à un niveau élevé. En 1995, les pays de la zone mark (dont le taux de change est durablement stable par rapport au mark : Autriche, Belgique, France, Luxembourg, Pays-Bas) avaient déjà des prix supérieurs de 37 % en moyenne aux prix mondiaux, et ce, en raison de leur taux de change élevé. Le maintien d'une logique de monnaie chère, au niveau européen, pourrait pérenniser ce handicap des produits européens et l'étendre à l'ensemble des pays participant à la monnaie unique. Cette crainte n'est toutefois pas confirmée par la première année de gestion de la BCE. Dans un contexte d'inflation maîtrisée, la BCE semble décidée à conduire une politique monétaire qui tienne effectivement compte des préoccupations relatives à la croissance et à la compétitivité de l'Europe.

b) Les risques associés aux chocs asymétriques

• ***La disparité des problèmes nationaux***

Les problèmes économiques ne sont pas tous identiques dans les différents pays de la communauté européenne. Par exemple, l'Allemagne est confrontée à des problèmes spécifiques associés à l'unification de l'est et de l'ouest du pays ; l'Italie est confrontée à un problème chronique de sous-développement relatif du Sud ; les pays n'ont pas le même problème d'insertion des jeunes sur le marché du travail selon les rythmes d'expansion démographique, etc. Par ailleurs, les chocs susceptibles d'affecter les économies n'ont pas forcément les mêmes conséquences selon les pays (on parle alors de « choc asymétrique »). Un choc pétrolier affecte moins le Royaume-Uni producteur de pétrole que ses partenaires entièrement dépendants des importations pour cette source d'énergie ; une sécheresse catastrophique pour l'agriculture grecque n'a pas d'effets notables pour l'économie allemande ; une crise de la pêche est plus grave pour la France que pour l'Allemagne ou le Luxembourg, etc. D'une manière générale, une crise dans un secteur particulier affecte en priorité les pays ou les régions où ce secteur est le plus développé et a peu d'effets directs dans le reste de l'Union. En outre, ces disparités de situation face aux chocs pourraient être accentuées par le développement de l'intégration économique et monétaire. En effet, un vaste marché européen libre et entièrement unifié devrait favoriser des relocalisations et des regroupements d'activités autour des pôles régionaux déjà les plus avancés ou offrant le plus d'atouts dans chaque secteur particulier. Autrement dit, la mobilité accrue des capitaux et des hommes est une source de meilleure spécialisation des différentes régions d'Europe dans les activités pour lesquelles elles sont les plus performantes. Il y a là un facteur de gains de productivité et donc de croissance accrue à long terme pour l'ensemble de l'Europe. Mais, en même temps, la plus grande spécialisation des régions accentue la disparité des problèmes régionaux et celle des conséquences associées aux chocs.

• ***Une Europe à plusieurs vitesses ?***

Si la disparité des problèmes se maintient ou s'accentue, il est raisonnable d'imaginer une situation éventuelle où certaines régions connaissent un ralentissement de leur développement tandis que les autres poursuivent leur activité au même rythme ou même à un rythme plus rapide. Dans ce cas de figure, le revenu réel progresse relativement vite dans certains États tandis qu'il stagne ou régresse dans d'autres États. Le même phénomène peut résulter de déséquilibres persistants dans les échanges entre pays. Le revenu réel se développe plus vite dans les régions qui vendent de mieux en mieux leurs biens et services à l'extérieur (qui ont un excédent de leurs paiements courants) ; il régresse dans les zones qui écoulent de moins en moins bien leur production à l'extérieur (qui ont un déficit des paiements courants).

Si de telles divergences d'évolution du revenu sont temporaires, elles ne posent pas plus de problèmes que celles qui existent en permanence entre les différentes villes ou régions d'un même pays. Il faut en effet du temps pour qu'apparaisse un réel sentiment d'inégalité internationale. Par ailleurs, les pays à plus forte croissance et/ou à excédent extérieur accumulent des capacités de financement qui viennent alimenter l'offre de fonds prêtables sur le marché financier européen et permettent ainsi de combler les besoins de financement des pays confrontés à une croissance plus faible et/ou à un déficit des paiements courants.

Mais l'endettement ne résout pas les déséquilibres durables. Il contribue au contraire à les accentuer si les pays concernés ne rattrapent pas rapidement leur retard de croissance et ne rééquilibrent pas leurs échanges de façon à dégager les ressources nécessaires au remboursement de la dette. Si les divergences persistent, les pays à plus faible développement peuvent buter sur une contrainte de solvabilité : ils ne peuvent développer indéfiniment leur endettement et sont contraints de dégager des ressources en réduisant leur consommation et leur investissement, ce qui ne fait qu'accentuer les écarts de développement.

• ***L'Union européenne n'est pas encore une « zone monétaire optimale »***

Au sens le plus large, une zone monétaire optimale est un espace à l'intérieur duquel les ajustements du taux de change entre les monnaies des différentes régions sont inutiles, soit parce que des écarts de performances économiques durables sont exclus, soit parce qu'existent d'autres mécanismes d'ajustement efficace à de tels écarts. Dans ce cas, les différentes régions n'ont rien à gagner en préservant leur souveraineté monétaire et peuvent en revanche pleinement bénéficier des avantages d'une monnaie unique. Pour apprécier la situation de l'Union européenne en la matière, il est utile de la comparer à celle des zones pratiquant déjà la monnaie unique (régions d'un même État ou États d'une même fédération).

Ainsi, lorsque des divergences durables apparaissent entre les régions d'un même État, leurs effets sont largement atténués par la mobilité du travail et la politique budgétaire. Les travailleurs et les populations se déplacent des régions les moins dynamiques vers les régions les plus prospères. Le premier critère retenu par la théorie économique pour définir une « zone monétaire optimale » – concept introduit par R. Mundell en 1961 – est d'ailleurs la mobilité des facteurs de production. Par ailleurs, les individus tolèrent mieux les écarts de développement entre villes et régions parce que leurs effets sur les écarts de niveau de vie sont fortement atténués par les investissements et les transferts publics :

les équipements collectifs, les prestations sociales, les services publics, etc., ont un poids non négligeable dans le niveau de vie réel de la population et sont développés indépendamment du degré de performance économique de chaque région. Au contraire même, la politique budgétaire et les politiques d'aménagement du territoire peuvent délibérément chercher à transférer davantage de ressources vers les régions à plus faible croissance.

A titre d'exemple, aux États-Unis, on estime que le coût d'ajustement à un choc économique affectant l'un des États est supporté par le Budget fédéral à hauteur de 40 % (par la baisse des prélèvements fiscaux et la hausse des transferts publics fédéraux). L'existence d'une politique budgétaire et fiscale commune est aussi l'un des critères essentiels de définition d'une zone monétaire optimale (proposé par H.G. Johnson en 1970).

Au niveau de l'Union européenne, ces mécanismes compensateurs sont extrêmement limités. La mobilité internationale du travail est limitée par la diversité linguistique et parfois aussi par la disparité des méthodes et des habitudes de travail. Par ailleurs, il n'y a pas de réel mécanisme budgétaire européen susceptible de corriger les déséquilibres régionaux. La politique budgétaire reste du ressort des États et le budget européen reste à un niveau dérisoire (plafonné à 1,2 % du PIB européen) par rapport à celui des États.

• ***Déficits publics, faillite des États et dumping social***

Dans l'union monétaire européenne, un pays confronté à des chocs ou des problèmes spécifiques qui freinent le développement de son activité et de son revenu, ne peut pas réagir en agissant sur les taux d'intérêt ou le taux de change. Il ne dispose que de la politique budgétaire. Il est d'ailleurs d'autant plus incité à user de son pouvoir budgétaire que l'union monétaire a considérablement atténué sa contrainte extérieure.

Mais une politique de déficit budgétaire systématique peut être interprétée par les pays voisins comme une forme de dumping ou de concurrence déloyale : une politique qui accorde des avantages artificiels aux agents d'un pays particulier. En outre, l'accumulation de déficits publics pose des problèmes financiers particuliers dans le cadre d'une union monétaire.

En effet, que se passe-t-il en matière de financement des déficits publics dans une Europe où n'existe plus qu'un vaste marché des capitaux unifié et où il n'est plus possible de financer les déficits par la création monétaire ? Les États sont directement en concurrence pour emprunter les capitaux disponibles sur le marché financier ; en période de déficits élevés et de difficultés intérieures, la non-coordination des politiques budgétaires risque de dégénérer en compétition sauvage entre les États déficitaires pour attirer les capitaux et assurer le financement des priorités nationales. Cela induit deux risques. En premier lieu, il peut y avoir une surenchère durable des gouvernements sur les taux d'intérêt offerts, ce qui détériore l'investissement et alourdit les charges financières des entreprises dans toute l'Europe. En second lieu, ce sont les marchés financiers et les banques qui opèrent le tri entre les demandes de fonds publics et qui doivent logiquement privilégier les États les plus solvables. Certains États peuvent donc rencontrer des difficultés pour combler leurs besoins financiers par l'emprunt et même se trouver dans l'incapacité de rembourser leur dette. Dans ce cas, puisqu'ils n'ont plus le pouvoir de créer de la monnaie, ils ne sont plus à l'abri de la faillite !

Bien entendu, il s'agit là d'un cas limite théorique qui ne constitue probablement pas un risque réel pour les pays européens. Mais ce cas d'école a le mérite de souligner de façon radicale la logique d'un système de monnaie unique. Ainsi, à l'intérieur d'un pays où circule une même monnaie, il n'y a que deux issues aux contre-performances systématiques de certains agents : la faillite ou l'intervention d'un prêteur de dernier ressort qui exprime ainsi l'existence d'une certaine solidarité financière entre les membres de la communauté. Mais, dans une communauté d'États, puisqu'on ne peut sérieusement envisager la faillite d'un État membre, il ne reste que la solution de la solidarité financière.

Une alternative dangereuse à la compétition pour emprunter des fonds réside dans la compétition pour attirer des investissements directs en pratiquant un véritable dumping fiscal et social : des salaires plus bas, une protection sociale moins étendue et donc moins coûteuse, une fiscalité plus avantageuse pour les profits, peuvent constituer une incitation à la délocalisation intra-européenne des entreprises au profit des pays adoptant la logique du « moins disant social » ou du « moins disant fiscal ». L'Union européenne a plus à perdre qu'à gagner dans le développement d'une compétition de ce type, compétition qui favorise l'alignement par le bas des niveaux de vie et des conditions de travail des salariés.

D. Quelles solutions ? De la coordination budgétaire au fédéralisme

L'exposé qui précède montre bien qu'il est impossible de laisser aux États participant à la monnaie unique une totale liberté en matière de politique fiscale et budgétaire. En même temps, il s'agit là du seul instrument de politique économique national encore disponible et susceptible d'être employé pour réagir aux problèmes spécifiques qui ne manqueront pas de surgir dans les différents pays.

Il convient donc de trouver un juste équilibre entre la nécessité de politiques adaptées aux chocs asymétriques et la nécessité d'éviter les effets externes nuisibles que des politiques budgétaires nationales incontrôlées risquent d'imposer à l'ensemble de l'Union. Le traité de Maastricht et les accords ultérieurs apportent à cette double exigence une réponse très partielle qui consiste à s'entendre sur un « pacte de stabilité » budgétaire [*a)*].

Une réponse plus complète et plus profitable à long terme consiste à mettre en place une véritable solidarité financière européenne dans le cadre d'un budget européen plus développé. Mais on ne peut s'engager sur cette voie sans enclencher un processus d'union politique plus étendue [*b)*].

a) Le pacte de stabilité

L'article 104-C du traité de Maastricht définit le cadre général d'une procédure de contrôle et de sanction des déficits publics jugés excessifs : rapport de la Commission au Conseil, vote du Conseil à la majorité qualifiée sur la nature excessive ou non d'un déficit, recommandations aux pays dont les déficits sont jugés excessifs, sanctions à l'égard des pays qui tardent trop à appliquer les recommandations du Conseil.

• *Le « pacte de stabilité » de Theo Waigel (novembre 1995)*

Il reste aux pays membres de l'Union à s'entendre sur les seuils précis susceptibles de déclencher les sanctions. Durant l'automne 1995, le ministre allemand des Finances, Theo Waigel, propose un « pacte de stabilité » très contraignant : une sanction automatique est imposée à tout pays qui dépasse un seuil de 3 % du PIB pour les déficits publics et un seuil de 50 % pour la dette publique. La sanction consiste en une amende de 0,25 % du PIB par point de dépassement du seuil autorisé. L'amende est temporaire si le pays incriminé retourne rapidement dans les limites tolérées, elle devient définitive dans le cas contraire.

• *Le « pacte de stabilité et de croissance » du sommet de Dublin (décembre 1996)*

Le projet de Theo Waigel impose une rigueur encore plus stricte que celle imposée par le processus de convergence avant la monnaie unique. Aussi rencontret-il de nombreuses résistances, notamment en France. La solution finalement adoptée en 1996, et confirmée au Conseil d'Amsterdam en juin 1997, est plus souple et laisse une place beaucoup plus grande à l'appréciation politique des déficits publics. En cas de déficit supérieur à 3 % du PIB, on distingue trois cas de figure :

1º) Récession de l'économie supérieure à 2 % du PIB : pas de sanctions.

2º) Récession comprise entre 0,75 % et 2 % du PIB : évaluation par le Conseil de l'opportunité des sanctions.

3º) Récession inférieure à 0,75 % du PIB : sanctions.

Ce pacte de stabilité et de croissance n'apporte qu'une réponse partielle au problème de la coordination des politiques budgétaires. En effet, il n'est réellement applicable qu'aux situations de récession temporaire de l'activité. Il ne règle pas les difficultés associées à un écart de performance plus profond et plus durable entre les différents pays de l'Union. Il restreint aussi la possibilité de laisser les stabilisateurs automatiques [cf. chapitre 6, **1. B. *b)***] jouer leur rôle anticyclique et risque d'imposer, à des pays en récession, des politiques budgétaires trop rigoureuses. En outre, la limitation des marges de manœuvre budgétaires des pays en difficulté peut renforcer l'incitation dangereuse au dumping fiscal et social que nous avons déjà évoquée. On pourrait envisager des critères à la fois plus contraignants et moins contraignants selon l'état de la conjoncture : élargir la marge de manœuvre budgétaire en cas de récession, mais exiger, en contrepartie, des excédents budgétaires en période de forte croissance, et l'affection de ces excédents à la liquidation des dettes contractées durant les récessions.

Ainsi, bien que l'on ait annexé le terme « croissance » à celui de « stabilité », ce pacte ne tient aucun compte des objectifs de croissance et de plein emploi. La seule coordination des politiques budgétaires envisageable dans l'Union européenne semble se limiter à une logique défensive ou répressive. En somme, il s'agit toujours de rassurer les Allemands sur le fait qu'on ne les oblige pas à partager leur monnaie avec des pays qui ne seraient pas capables de la même discipline monétaire et budgétaire qu'eux-mêmes. Il est clair, en tout cas, qu'on ne saurait mobiliser favorablement les citoyens de l'Union sans, à un moment ou à un autre, évoquer des politiques communes dont le but serait d'éradiquer la pauvreté et le chômage, sans un « pacte pour la croissance, l'emploi et le progrès social ».

Les inquiétudes exprimées ici sont peut-être exagérées si l'on considère qu'en pratique la limitation effective des déficits publics relèvera toujours d'une appréciation politique du Conseil. Il est possible que des pays hésitent à imposer des sanctions à leurs partenaires, d'autant plus qu'ils pourraient à leur tour être en position d'être sanctionnés. Mais si tel est le cas, on peut craindre qu'en l'absence de sanctions effectives, les déficits ne deviennent en effet excessifs.

Selon nous, la difficulté majeure tient ici au fait que l'on demande à des responsables politiques (au niveau du Conseil) de prendre des décisions conformes à l'intérêt général de l'Union européenne, alors qu'ils n'ont de compte à rendre qu'à leurs électeurs nationaux et ne sont ainsi jugés qu'en fonction de l'intérêt national. La nécessité évidente de coordonner l'ensemble des politiques économiques, au sein de l'Union, appelle, à terme, la constitution d'un véritable pouvoir politique au niveau européen.

b) Les voies d'une solidarité financière européenne

A la logique défensive et répressive du pacte de stabilité, on peut opposer une logique de solidarité européenne. Il ne s'agit plus, alors, d'interdire les déficits publics aux pays en difficulté, mais de considérer ces difficultés comme un problème européen et non plus seulement national, et de rechercher comment elles peuvent être gérées au mieux des intérêts de l'Union à long terme.

Si l'on veut traiter les problèmes associés aux disparités régionales, sans risquer une guerre financière des États pour attirer les capitaux, ou la faillite des pays connaissant les plus graves difficultés, il est nécessaire d'instaurer une réelle solidarité financière au niveau européen. On peut, en théorie, imaginer trois formes principales de solidarité internationale.

1º) *Solidarité directe entre États*. Les États disposant de capacités de financement et/ou d'une bonne capacité d'endettement effectuent des transferts ou des prêts au bénéfice des gouvernements qui connaissent des difficultés financières. Cette solution est envisageable à titre exceptionnel et à court terme. Mais, à moyen et long terme, des États ne peuvent subventionner en permanence leurs partenaires sans exiger en contrepartie la mise en œuvre de politiques différentes susceptibles de résorber rapidement les difficultés financières. Les pays déficitaires se voient alors dicter leurs choix par les pays les plus performants et ne peuvent sans doute pas se satisfaire durablement de cette situation ; ils militeront en faveur d'interventions et de politiques négociées au niveau des institutions européennes.

2º) *Participation de la BCE au financement des États*. La Banque centrale européenne ne doit normalement pas assurer un financement monétaire des déficits publics. Mais, devant certaines situations financières délicates, elle pourrait, techniquement, jouer le rôle de prêteur de dernier ressort. Toutefois, là encore, il ne peut s'agir que d'une mesure d'urgence et non d'une solution durable. Pourquoi, en effet, devrait-on durablement autoriser certains gouvernements à financer leurs dépenses par création monétaire et l'interdire aux autres ? Les prêts éventuels de la BCE à des gouvernements seraient très probablement assortis d'un engagement de ces gouvernements à suivre scrupuleusement les politiques définies par la BCE pour résorber les déficits publics. Les pays concernés, après avoir déjà cédé leur souveraineté monétaire à la BCE, se verraient ainsi contraints de lui céder aussi leur souveraineté budgétaire. Ils exigeraient alors le transfert des compétences en matière de politiques budgétaires vers les institutions politiques de la communauté, ce qui, du moins, leur laisserait l'opportunité de négocier ces politiques.

3º) *Solidarité par le biais d'un vrai budget européen.* L'actuel budget européen est alors développé de façon considérable pour lui permettre de jouer à l'échelle européenne le rôle de stabilisation économique et de solidarité sociale que jouent les budgets publics au niveau de chaque État. Les interventions économiques et sociales nécessaires au soutien des régions en difficulté sont progressivement confiées aux institutions européennes. Ce que nous avons évoqué à propos des deux autres solutions indique que cette dernière voie est sans doute la plus probable à long terme.

Les trois solutions envisagées ci-dessus supposent un transfert croissant du pouvoir de décision vers des instances inter ou supranationales. Tout comme cela s'est produit pour la politique monétaire, on peut s'attendre à ce que les pays qui perdront les premiers une réelle autonomie dans leur politique budgétaire soient aussi les premiers à exiger la mise en place d'une politique budgétaire européenne. Le gonflement du budget européen en volume et en importance pour la politique économique déplacera progressivement une part essentielle du pouvoir politique réel des Parlements et gouvernements nationaux vers le Parlement européen. Ce transfert de compétences introduira un déséquilibre entre le pouvoir politique resté aux mains des gouvernements locaux et leur pouvoir économique de plus en plus limité. A terme, cette situation ne peut évoluer que vers un renforcement du pouvoir politique des institutions européennes, c'est-à-dire, concrètement, vers une forme de fédéralisme. Ainsi, comme toujours dans l'Histoire, la monnaie unique conduit vers un pouvoir unifié, ou du moins vers un pouvoir fédéral étendu.

10

Mondialisation, horreur économique et horreur politique*

Le XXIe siècle paraît s'ouvrir sur un scepticisme généralisé à l'égard des politiques économiques. On entend souvent dire que l'on a tout essayé, des relances keynésiennes aux stratégies libérales. Or, il est aisé de constater que le bilan social des pays industrialisés est assez déplorable : le dernier quart du XXe siècle a vu s'installer la pauvreté de masse dans la plupart des pays riches. On aurait tout essayé, et rien n'aurait réussi ?

Ce contexte déroutant est favorable aux deux idéologies qui semblent désormais dominer le débat public : l'idéologie « mondiale-libérale », que l'on qualifie parfois de « pensée unique », et son contraire, l'idéologie antiéconomique.

La première prétend que la mondialisation rend obsolètes toutes les stratégies de politique économique nationales et qu'un seul et même modèle libéral doit s'imposer à tous. La régulation politique de l'économie serait

* Nous ne disposons pas ici de l'espace nécessaire pour développer pleinement l'argumentation qui sous-tend cette conclusion. Cette argumentation est l'objet principal de notre ouvrage *Une raison d'espérer* publié chez Plon, et à paraître en poche chez Pocket, coll. « Agora », en 2000.

une idée archaïque entravant la marche des nations vers la prospérité, en entretenant des charges publiques et des réglementations qui étouffent l'initiative privée, seule source fondamentale de la richesse collective.

L'horreur n'est pas économique, elle est politique

En réalité, autant la théorie économique que la réalité économique démontrent à l'envi que l'économie de marché sans une régulation politique efficace conduit au chaos. Et les citoyens n'ont pas besoin d'être experts pour savoir qu'ils ne veulent pas d'une société où régnerait une guerre sans merci pour être « le meilleur », pour être « compétitif », où la loi du plus fort, déguisée en « loi de l'économie », remplacerait les lois politiques.

Aussi, même si les médias s'entêtent à présenter l'idéologie libérale comme dominante, les foules prêtent plus volontiers l'oreille à ceux qui crient à l'horreur économique et nous désignent des coupables plausibles : multinationales, marchés financiers, progrès technique, spéculateurs, patrons… Mais cette « contre-pensée unique », anti-économique, anti-européenne, anti-mondialisation, abrutit plus le citoyen qu'elle ne l'éclaire, parce qu'elle se trompe de cible. En effet, une société horrible nous guette peut-être, mais cette horreur n'a rien d'économique, elle est politique. Elle résulte avant tout des stratégies de pouvoir de nos gouvernements.

Car la pauvreté, le chômage, l'exclusion sociale ne sont inscrits nulle part dans les fameuses « lois de l'économie » ; ces fléaux résultent des lois des hommes que la politique a justement vocation à redéfinir en fonction des choix collectifs issus du débat démocratique. L'exclusion sociale a commencé de caractériser nos sociétés démocratiques bien avant la « mondialisation », bien avant la « tyrannie des marchés financiers », avant le système monétaire européen et vingt ans avant le traité de

Maastricht. Notre incapacité à combattre la montée du chômage était déjà flagrante alors même que nous disposions encore de toutes les marges de manœuvre politiques qui se sont trouvées ensuite limitées par la nouvelle organisation de l'économie mondiale.

L'impuissance des politiques est un mythe, en partie élaboré et instrumentalisé par les politiques eux-mêmes, pour justifier l'immobilisme tant qu'il constitue la stratégie électorale la plus payante. Nous sommes puissants, et c'est peut-être là que se dissimule la véritable horreur. Nous sommes encore et toujours dans une période de relative prospérité économique et de progrès prodigieux des techniques. Mais le bénéfice de ces progrès est de plus en plus inégalement partagé entre les hommes. Notre crise n'est pas d'abord une crise de l'économie, mais une crise de la volonté politique, du courage politique, du débat politique, une crise de la démocratie.

Les voies difficiles de la solidarité

Les diverses stratégies disponibles, étudiées au chapitre précédent, indiquent qu'il existe bel et bien des marges de manœuvre politiques dans une économie ouverte. Mais ces stratégies soulèvent presque toujours une même difficulté politique : elles reposent sur une logique de solidarité qui n'a rien de spontané dans un système économique fondé sur la libre compétition entre les intérêts privés. Ainsi, nous avons montré qu'il n'est pas de solution au chômage structurel sans une forme de partage entre les travailleurs qualifiés à emplois stables et les autres travailleurs. Nous avons aussi montré la nécessité d'une réelle coopération internationale dans la définition des politiques macroéconomiques. Enfin, l'intégration européenne ne fera pas l'économie d'une vraie solidarité financière et sociale entre les États membres de la Communauté. Mais une économie de marché n'emprunte pas spontanément les chemins de la solidarité. Dans un système de libre compétition, les agents les plus performants s'adaptent mieux aux difficultés que les autres ; les coûts d'ajustement tendent donc naturellement à se concentrer sur les individus et les régions disposant de moins d'atouts.

La solidarité présente ainsi les caractéristiques d'un *bien collectif*, au même titre que la défense nationale, la justice ou l'éclairage public : *tout le monde a intérêt au développement de ce bien, mais personne n'a intérêt à s'engager dans la production de ce bien.* Ainsi, tout le monde a intérêt à vivre dans une société plus solidaire, mais personne n'a intérêt à être solidaire tout seul ! Un individu ne peut accepter les sacrifices imposés par la solidarité nationale que s'il est assuré, d'une part, d'en être le bénéficiaire quand il est en difficulté, d'autre part, que les sacrifices sont équitablement répartis entre tous les membres de la communauté à laquelle il appartient. Les agents privés n'ayant pas le pouvoir de contraindre les autres à la solidarité, tout le monde a plus ou moins tendance à attendre que le voisin donne l'exemple et, finalement, il ne se passe pas grand-chose. En présence d'un bien collectif, l'intervention de l'État est en général nécessaire parce qu'il est le seul agent disposant de l'usage légitime de la force et donc capable d'imposer à tous les individus leur part des charges collectives.

Mais si l'intervention de l'État est nécessaire, elle n'est pas automatique. Car l'État produit en priorité les biens collectifs les plus demandés sur son marché politique. Tout le monde a besoin de défense nationale, de routes, d'éclairage public, d'hôpitaux, d'une police efficace, etc. Mais tout le monde n'a pas a priori *besoin* de venir en aide aux chômeurs de longue durée. Les paysans français n'ont pas a priori *besoin* de secourir les paysans grecs. Tant qu'une majorité d'individus n'éprouve pas un besoin suffisant de solidarité, et n'est donc pas disposée à en supporter le coût, les pouvoirs publics n'ont pas fondamentalement intérêt à adopter des stratégies fondées sur plus de solidarité. Or, dans les pays développés, la majorité des individus passe désormais au travers des crises économiques sans subir de détérioration réelle et durable de son niveau de vie. Dès lors, le sentiment de solidarité de la majorité privilégiée ne peut se développer qu'à long terme, lorsque tout le monde finit par connaître au moins une personne qui appartient aux minorités défavorisées, lorsque les manifestations diverses de l'exclusion sociale (mendicité, délinquance, violence dans les banlieues, etc.) sont assez graves et fréquentes pour susciter une réelle prise de conscience et un sentiment de responsabilité (si ce n'est de culpabilité), lorsque, enfin, l'information sur les grands problèmes économiques est suffisamment développée pour que chacun puisse comprendre l'intérêt véritable de la solidarité nationale. L'émergence d'un sentiment de solidarité internationale est encore plus longue, parce que, en règle générale, les individus se sentent encore moins concernés par le chômage, la pauvreté et la délinquance dont souffrent les pays étrangers.

On ne peut donc éviter de longs délais d'apprentissage des citoyens : dans une démocratie, le pouvoir politique ne peut imposer très longtemps des solutions dont la majorité des individus n'est pas disposée à supporter le coût. En matière de solidarité internationale, les pouvoirs publics, eux-mêmes, sont longtemps incités à freiner le mouvement. En effet, de même qu'un bien collectif national suppose l'existence d'un pouvoir capable de le produire et d'en imposer la charge aux citoyens (l'État), un bien collectif international exige à terme le développement d'institutions internationales dotées d'un pouvoir contraignant à l'égard des nations. Mais les classes politiques des différentes nations n'ont pas a priori intérêt à transférer une partie de leur pouvoir vers des institutions internationales et ce transfert ne se fait donc pas tant qu'elles n'y trouvent pas un intérêt quelconque.

Ainsi, il ne suffit pas qu'existent des marges de manœuvre et des stratégies de lutte contre le chômage ou la pauvreté, pour qu'aussitôt elles soient mises en œuvre. Il faut encore attendre qu'elles soient politiquement supportables, politiquement rentables pour les partis et les leaders qui se disputent le pouvoir. Tel est le fond de ce que nous avons appelé « l'Horreur politique ».

Le premier degré de l'horreur politique

Plus précisément, depuis le milieu des années 1970, nous avons franchi trois degrés de l'horreur politique.

Prise à son commencement, la montée du chômage de masse et de la pauvreté pouvait être évitée en préservant la logique de partage des gains de productivité qui dominait avant les chocs pétroliers. Certes les gains à partager ont alors commencé à progresser deux fois moins vite qu'au cours des « Trente Glorieuses ». Mais un nouveau pacte social répartissant ces gains entre emploi, loisir, salaires et profits, n'aurait exigé de la majorité des citoyens qu'une *réduction du rythme d'augmentation* (et non du niveau) de son bien-être matériel ! De même, rien ne nous interdisait de réformer prématurément le financement de la protection sociale et d'éliminer ainsi la surtaxation aberrante du facteur travail. Ce ne sont pas davantage les lois de l'économie qui nous interdisaient de négocier une flexibilité intelligente, conciliant l'enrichissement des tâches et des qualifications et la nécessaire souplesse des méthodes et des rythmes de production.

Au lieu de tout cela, on a plus simplement accepté que la totalité des sacrifices imposés par les mutations économiques soient supportés par ceux qui en étaient les victimes, à savoir les ouvriers et les employés les moins qualifiés. Les gains de productivité ont d'abord été réservés aux salaires de ceux qui conservaient leur emploi, avant que la montée du chômage ne change le rapport de force à l'avantage des profits, à partir du milieu des années 1980. On pouvait faire autrement. Mais pourquoi imposer des réformes, des négociations délicates et le moindre sacrifice à la majorité des électeurs ? L'arithmétique électorale condamne toujours les minorités les moins armées pour faire valoir leurs intérêts. Tel est le premier degré de l'horreur politique.

Le deuxième degré de l'horreur politique

Vient alors le deuxième degré de l'horreur politique : la tyrannie du « marché politique » conduit les gouvernements à appliquer la stratégie du « pourrissement social ». Il n'est en effet pas « rentable » d'appliquer la moindre réforme ambitieuse tant que les problèmes sociaux n'ont pas dépassé un seuil de gravité tel que l'immense majorité des électeurs soit enfin convaincue que des réformes et des sacrifices sont nécessaires et souhaitables. Avec des échéances électorales qui reviennent tous les deux ou trois ans, aucun gouvernement n'a le temps de prouver le bien-fondé des réformes avant les élections. La stratégie optimale consiste alors à laisser pourrir les problèmes en faisant néanmoins semblant de s'y attaquer : « beaucoup de bruit pour rien », en somme. La gesticulation gouvernementale et l'inflation des « réformettes » tentent de masquer l'immobilisme. Le mythe des contraintes internationales paralysantes est quant à lui exploité pour excuser l'inaction, quand elle est trop flagrante.

En France, par exemple, la gauche et la droite se sont largement adonnées à cette stratégie du pourrissement social, durant plus de 20 ans, du premier choc pétrolier à 1996. Au point même qu'il nous semble moins urgent de savoir quels auraient été les mérites comparés des stratégies libérales ou keynésiennes ou socialistes que de réaliser qu'aucune de ces stratégies n'a vraiment été mise en œuvre, avant 1997.

La droite a vanté les mérites de la flexibilité et du libéralisme mais n'a au bout du compte jamais vraiment tenté d'imposer de vraies politiques libérales. La gauche s'était déjà engagée à réduire fortement la durée du travail en 1981, pour finalement ne rien faire ou presque. Elle avait annoncé la priorité absolue à l'emploi pour donner finalement la priorité à la rigueur monétaire jusques et y compris après que l'inflation eut disparu et que notre compétitivité externe eut été rétablie. Et, toutes inspirations confondues, bien des mesures pertinentes ont été systématiquement gâchées par le manque d'audace, par une politique des petits pas qui finit par laisser sur place. Aussi, les citoyens ont pu croire que tout avait été tenté pour combattre la crise sociale et que « rien ne marchait », alors qu'en réalité aucune politique n'a été poursuivie avec l'ampleur et la durée nécessaires pour constituer une expérience. On en vient ainsi à penser que l'horreur sociale démontre l'échec des politiques économiques quand elle n'atteste que de la démission politique.

De 1975 à 1996, dans le traitement du chômage, les libéraux n'ont pas été plus libéraux que les socialistes n'ont été vraiment socialistes. L'habillage idéologique des discours, qui a cependant accompagné un bilan social également lamentable, aura juste servi à dégoûter nombre de citoyens de la politique. Et cela nous conduit tout droit vers le troisième degré de l'horreur politique.

Le troisième degré de l'horreur politique

La politique est en effet tellement décrédibilisée que l'on n'en attend plus rien; nombre de citoyens s'en détournent alors tout à fait; quelques autres n'y participent plus guère qu'en criant leur rejet des hommes et des partis politiques en place. Une majorité d'électeurs ne croit plus en la parole politique, n'imagine même plus que la politique puisse changer quoi que ce soit. Et ce, paradoxalement, au moment même où émerge peut-être enfin une volonté commune sur laquelle les politiques pourraient fonder des actions radicales. Il se pourrait bien en effet – du moins en Europe – que les trois quarts des citoyens partagent désormais un idéal social très proche, composant les bienfaits d'une logique de concurrence avec ceux d'une logique de coopération et de solidarité. Mais si arrive enfin le jour où cette volonté existe – et où le courage politique redevient rentable car soutenu par l'opinion – cette volonté risque de rester longtemps étouffée par le mutisme de la majorité et le beuglement des extrémistes, par l'absence d'une vraie parole politique, d'un vrai débat politique. La démocratie entre là dans le troisième degré de l'horreur politique, celui où un idéal, pourtant commun à tous ou presque, n'est même pas mis au jour, faute des mots pour le dire, faute d'un espace public déserté par les citoyens.

L'horreur politique est bien plus scandaleuse que l'horreur économique, parce qu'elle est choisie, provoquée par les uns, tolérée par les autres. Mais elle recèle aussi une vraie raison d'espérer. Si notre crise sociale n'est pas le fruit des mutations économiques et technologiques qui échappent à notre contrôle, mais le résultat de nos choix politiques, il est toujours possible d'effectuer d'autres choix. A condition toutefois de faire de la politique autrement, de troquer l'immobilisme et le mensonge pour l'audace et la pédagogie.

Conseils de lecture

Macroéconomie et fondements théoriques des interventions de l'État (chap. 1 à 3)

Crozet (Y.). *Analyse économique de l'État*. Coll. « Cursus », Armand Colin, 1991.

Généreux (J.). *Économie politique. 2. Macroéconomie et comptabilité nationale*. Coll. « Les Fondamentaux », Hachette, 1996, 2e éd.

— *Introduction à l'économie*. Coll. « Points Économie », Éditions du Seuil, 1995, 2e éd.

Guitton (H.) et Vitry (D.). *Économie politique : introduction générale, analyse microéconomique, analyse macroéconomique*. Dalloz, 1991.

Teulon (F.). *Le Rôle de l'État dans l'économie*. Coll. « Mémo », nº 39, Éditions du Seuil, 1996.

Objectifs de la politique économique (chap. 4 et 5)

Boissieu (C. de). *Principes de politique économique*. Économica.

Frey (B.S.). *Économie politique moderne*. PUF, 1980.

Généreux (J.). *L'Économie politique. Économie des choix publics et de la vie politique*. Coll. « Textes essentiels », Larousse, 1996.

— *Droite, Gauche, Droite*... Plon, 1995.

— *Une raison d'espérer. L'horreur n'est pas économique, elle est politique*. Plon, 1997 ; 2e éd., Pocket, coll. « Agora », 2000.

Pébereau (M.). *La Politique économique de la France : les objectifs*. Coll. « U », Armand Colin, 1987.

Tullock (G.). *Le Marché politique : analyse économique des processus politiques*. Économica, 1978.

Wolfelsperger (A.). *Économie publique*. Coll. « Thémis », PUF, 1995.

— *Les Biens collectifs*. PUF, 1987.

Instruments de la politique économique (chap. 6 et 7)

Faugère (J.-P.). *La Monnaie et la Politique monétaire*. Coll. « Mémo », nº 37, Éditions du Seuil, 1996.

Flouzat (D.). *Économie contemporaine. 2. Les Phénomènes monétaires*. Coll. « Thémis », PUF, 1991.

Généreux (J.). *Économie politique. 3. Les Politiques en économie ouverte*. Coll. « Les Fondamentaux », Hachette, 1996, 2e éd.

— *Les Politiques économiques*. Coll. « Mémo », nº 6, Éditions du Seuil, 1996.

Grangeas (G.) et Le Page (J.-M.). *Les Politiques de l'emploi*. Coll. « Que sais-je ? », PUF, 1992.

Maris (B.) et Couret (A.). *Les Politiques économiques conjoncturelles*. Coll. « Que sais-je ? », PUF, 1991.

Plihon (D.). *Les Taux de change*. Coll. « Repères », La Découverte, 1991.

Stratégies de politique économique (chap. 8 et 9)

Alternatives économiques (magazine mensuel).

Amable (B.) et Guellec (D.). « Les théories de la croissance endogène ». *Revue d'économie politique*. Nº 102 (3), mai-juin 1992, p. 314-377.

Cette (G.) et Taddei (D.). « Les effets économiques d'une réduction-réorganisation du temps de travail ». *Futuribles*. Nº 165-166, mai-juin 1992, p. 171-192.

Flouzat (D.). *Économie contemporaine*. Tome 3 : *Croissance, crises et stratégies économiques*. Coll. « Thémis », PUF, 1991.

Greffe (X.). *Politique économique : programmes, instruments, perspectives*. Économica, 1991.

Grjebine (A.). *La Politique économique ou la maîtrise des contraintes*. Coll. « Points Économie », Éditions du Seuil, 1991.

Jacoud (G.). *Inflation et Désinflation. Faits, théories et politiques*. Coll. « Mémo », nº 42, Éditions du Seuil, 1996.

La Documentation française. *Les Politiques économiques*. Cahiers français, nº 245.

Lordon (F.). « Théories de la croissance : quelques développements récents ». *Observations et diagnostics économiques*, nº 37, juillet 1991, p. 193-243.

Mossé (E.). *L'Ère des certitudes. Comprendre la politique économique*. Tome 1. Coll. « Points Économie », Éditions du Seuil, 1990.

— *La Crise… et après. Comprendre la politique économique*. Tome 2. Coll. « Points Économie », Éditions du Seuil, 1989.

OFCE. « Veut-on réduire le chômage ?1993-1998 ». *Lettre de l'OFCE*. Nº 112, 3 mars 1993.

— *Premier rapport. La désinflation compétitive, le mark et les politiques budgétaires en Europe*. Coll. « Économie et société », Éditions du Seuil, 1992.

Stoffaës (C.). *Fins de mondes*. Éditions Odile Jacob, 1987.

Teulon (F.). *Le Chômage et les Politiques de l'emploi*. Coll. « Mémo », nº 38, Éditions du Seuil, 1996.

Thomas (J.-P.). *Les Politiques économiques au XXᵉ siècle*. Coll. « Cursus », Armand Colin, 1990.

Weitzman (M.). *L'Économie de partage : vaincre la stagflation*. Hachette/L'Expansion/Jean-Claude Lattès, 1986.

Intégration économique et monétaire européenne

Brociner (A.). *L'Europe monétaire. SME, UEM, monnaie unique*. Coll. « Mémo », nº 61, Éditions du Seuil, 1997.

Commelin (B.). *L'Europe économique. Marché unique, UEM, politiques communes*. Coll. « Mémo », nº 60, Éditions du Seuil, 1997.

Fitoussi (J.-P.) (sous la dir. de). *Rapport sur l'état de l'Union européenne* (annuel). Fayard-Presses de Sciences Po, 1999.

Fontaine (P.). *La Construction européenne depuis 1945.* Coll. « Mémo », n° 16, Éditions du Seuil, 1996.

Riché (P.) et Wyplosz (Ch.). *L'Union monétaire de l'Europe.* Coll. « Points Économie », Éditions du Seuil, 1993.

Politique économique en France

Alternatives économiques (magazine mensuel).

Asselain (J.-C.). *Histoire économique et sociale de la France du XVIIIe siècle à nos jours.* Tome 2. Coll. « Points Histoire », Éditions du Seuil, 1984.

Commissariat général du plan. *L'Économie française en perspective.* La Découverte/La Documentation française, 1993.

Capul (J.-Y.) et Meurs (D.). *Les Grandes Questions de l'économie française.* Coll. « Les Références », Nathan, 1988.

Eck (J.-F.). *Histoire de l'économie française depuis 1945.* Coll. « Cursus », Armand Colin, 1988.

Fitoussi (J.-P.). *Le Débat interdit.* Arléa, 1995.

Généreux (J.). *Chiffres clés de l'économie française.* Coll. « Points Économie », Éditions du Seuil, 1993.

— *Droite, Gauche, Droite...* Plon, 1995.

Gueslin (A.). *Nouvelle Histoire économique de la France contemporaine. 4. L'Économie ouverte, 1948-1990.* Coll. « Repères », La Découverte, 1989.

Hollande (F.) et Moscovici (P.). *L'Heure des choix. Pour une économie politique.* Éditions Odile Jacob, 1991.

Jeanneney (J.-M.) (sous la dir. de). *L'Économie française depuis 1967. La traversée des turbulences.* Éditions du Seuil,1989, chap. 7 à 13.

OFCE. *L'Économie française en...* (annuel). Coll. « Repères », La Découverte.

— *Premier rapport. La désinflation compétitive, le mark et les politiques budgétaires en Europe.* Coll. « Économie et société », Éditions du Seuil, 1992.

Pébereau (M.). *La Politique économique de la France.* Coll. « U », Armand Colin, 3 volumes.

Table

SECONDE PARTIE

INSTRUMENTS ET STRATÉGIES DE LA POLITIQUE ÉCONOMIQUE

FICHES

TABLEAUX

FIGURES

RÉALISATION : ATELIER GRAPHIQUE DES ÉDITIONS DE SEPTEMBRE, PARIS
IMPRESSION : MAURY-EUROLIVRES, MANCHECOURT (LOIRET)
DÉPÔT LÉGAL : NOVEMBRE 1999. N° 39651 (99/10/74985)